Zu diese

Wenn zur Adventszeit die Bu... und Onlinehändler ihre Weihnachtslektüren besonders hervorheben, dann handeln die Geschichten häufig von Begebenheiten der Vergangenheit. Einer Zeit, in der das Wort Klimawandel noch keine Bedeutung hatte, Kinder sich über den vielen Schnee freuten oder Krieg, Hunger und Kälte die Menschen näher zueinander führten. Man freute sich über Kleinigkeiten, die wir heute als 1-Euro-Artikel in vielen Geschäften erstehen können. Natürlich gibt es auch eine Vielzahl lustiger Geschichten, die Kinder und Erwachsene zum Schmunzeln bringen, aber oft in die Welt der Fantasie, Fabeln und Märchen gehören.

„Gibt es eine romantische Weihnacht nur in der Vergangenheit?“ Hat Weihnachten in unserer Zeit, seinen Zauber verloren, weil wir das Fest nur noch als willkommene Unterbrechung von unserer Arbeit wahrnehmen oder als lukrative Einnahmequelle in der Adventszeit? Die einen entfliehen dem Chaos in die Sonne, die anderen sind froh, wenn der Feiertagsstress bald vorbei sein wird und wieder andere meinen, dass Weihnachten nur noch ein Fest für Kinder ist.

Für mich hat Weihnachten auch heute noch etwas Wunderbares, im wahrsten Sinne des Wortes. Denn auch wenn Schicksale in unserer Zeit anders aussehen als in früheren Generationen, so ist es doch genauso wie früher die Besinnlichkeit zu Weihnachten, die Bedürftige und Helfende einander näher bringt. Zu keiner anderen Zeit wird so viel gespendet, vor Rührung geweint und der Zusammenhalt in der Familie und unter Freunden gepflegt, wie zu Weihnachten. Dieser Erzählband schildert von Schicksalen, Werten und Herausforderungen unserer Gesellschaft, und doch spiegelt jede Geschichte unseren geheimen Wunsch nach Tradition, Mitgefühl und Unterstützung Hilfebedürftiger wider.

Meine Erzählungen sind frei erfunden, Ähnlichkeiten zu Personen, Namen oder Schicksalen sind Zufall.

Ich wünsche Ihnen eine schöne Weihnachtszeit und vergnügliche Lesestunden.

Maria Bellmann

„Weihnachten in unserer Zeit“

Band I

Besinnliche Geschichten

für Erwachsene

von Maria Bellmann

2. Auflage

Illustration: Lars Vollbrecht, Gloryboards

Herstellung und Verlag: BoD – Books on Demand, Norderstedt

ISBN: 978-3-7392-7028-9

Inhalt

Die Öko-Gertrud

„Eins steht fest: Im nächsten Jahr gibt es keine Gans aus der Tiefkühltruhe.“ Mit diesen Worten hatte alles begonnen. Es war einer der unumstößlichen Sätze meiner Mutter, und es war zur Mittagszeit am 25. Dezember vor ein paar Jahren. Ich musste zehn oder elf Jahre alt gewesen sein, und wie wohl die meisten Jungen meines Alters, konnte der Wutausbruch eines Erwachsenen den Zauber des Weihnachtsfestes durch nichts erschüttern. Jedenfalls stand Mama in der Küche zwischen angewärmten Tellern, die mittlerweile dem Risiko ausgesetzt waren, wieder kalt zu werden, einem Topf Kartoffelknödeln und ihrem berühmten selbst gemachten Rotkohl mit Apfelstückchen. Rechts neben ihr stand die vorbereitete Schüssel für die Füllung und links eine wesentlich größere, deren Inhalt auf flüssiges Bratfett schließen ließ, das sie seit drei Stunden mühsamen Abschöpfens gesammelt hatte. Vor ihr auf einem braunen Holzbrett lag das Federvieh, wobei, Federn hatte es keine mehr, dafür war es goldbraun überkrustet und duftete verführerisch nach Gans, Beifuß und Äpfeln. Mama besah sich den Braten von allen Seiten. In der linken Hand hielt sie eine zweizinkige Bratgabel, in der Rechten die große Geflügelschere. Um ihren zierlichen Körper trug sie eine weiße Latzschürze, die mittlerweile stark die Farbe der Gans und des Rotkohls angenommen hatte. Mit dieser Bewaffnung stand sie also da und fluchte:

„Dieses fette Vieh, was haben sie dem bloß zu fressen gegeben, und bewegt hat es sich wohl nie!"
Wie eine geistesgestörte Mörderin stach sie mit der zweizinkigen Gabel auf das arme Tier ein, wobei jeder Piks ein weiteres Rinnsal goldgelben Fettes auslöste.

Papa und ich trauten uns nicht in die Küche, denn bei einem Kochwutanfall meiner Mutter ging man ihr besser aus dem Weg. Wir saßen an unserem Wohnzimmertisch, spielten Memory und warteten, bis sie sich beruhigen würde. Bei jedem Fluch, der aus der Küche an unsere Ohren drang, sahen wir uns Grimassen schneidend an und verdrehten die Augen. Wir wussten, dass sie irgendwann Freude strahlend, ohne Schürze und mit der Gans auf Omas guter Porzellanplatte ins Zimmer kommen und so tun würde, als wäre nichts geschehen. Wir hofften nur, dass es bald passieren möge, denn unsere Mägen knurrten gewaltig. Zunächst brachte sie – noch mit Schürze bekleidet - die Teller und schmetterte sie beinahe wie Frisbee-Scheiben auf das gestärkte Damast Tischtuch.
„Die nächste Gans kommt vom Bauern…"
Damit verschwand sie wieder in der Küche, ohne irgendeine Notiz von uns nehmen. Kurz darauf kam sie mit den dampfenden Schüsseln Rotkohl und Knödeln.
„…und zwar von dem hier in der Nähe, damit ich sie das Jahr über beobachten kann…", und wieder war sie in der Küche verschwunden.
Papa und ich sahen uns fragend an. Welchen Bauern sie wohl meinte? Als nächstes trug sie die Soße und Füllung herein.

„...und ich werde kontrollieren, was sie zu fressen bekommt. Am besten füttere ich sie selbst“... und weg war sie wieder.
Wir standen von unserer Memory Partie auf, setzten uns an den Esstisch und blickten erwartungsvoll zur Küchentür. Und dann war es endlich soweit: Ohne Schürze, mit dem Lächeln einer Frau, die soeben ihr Hauswirtschaftsdiplom erworben hatte, trat meine Mutter ins Zimmer. In beiden Händen hielt sie Omas gute Porzellanplatte mit der Gans darauf und schritt zum Esstisch, als brächte sie die Abgabenleistung zum Thron ihres Königs. Nachdem sie jedem von uns sein Stück Fleisch mit Knödel, Rotkohl, Füllung und Soße auf den Teller gelegt hatte, sagte sie:
„Frohe Weihnachten und eine gesegnete Mahlzeit. Ich hoffe es schmeckt.“
Die Gans war köstlich, und obwohl Papa ihre Kochkünste außerordentlich lobte, bestand Mutter für das kommende Jahr auf ein freilaufendes Tier mit gutem Futter und ständiger Kontrolle. Beschlossen und verkündet!

Den Gänseakt hatte ich bis zum Frühjahr bereits vergessen. Die ersten Blumen blühten, und die Sonne gab schon einmal einen Vorgeschmack auf das, was sie uns im Sommer noch bieten würde. An einem dieser Tage holte Mama mich mit dem Auto von der Schule ab. Normalerweise tat sie das nicht. Sie meinte immer, ich könne genauso gut den Kilometer mit dem Rad fahren und so wunderte ich mich, als ihr Wagen vor der Schuleinfahrt stand und sie mir dir Tür aufhielt.

„Schnall dein Fahrrad hinten auf und steig ein. Ich hab eine Überraschung für dich."
Kurz vor unserem Haus bogen wir rechts in die kleine Feldstraße ein. Dieser Weg führte zu Bauer Martens. ‚Öko-Hof' stand auf dem Schild vor der Eingangspforte. Mutter parkte den alten Golf vor dem Haus. Es war so ein richtiger Bauernhof wie aus alten Zeiten. Hühner rannten mit viel Geschrei vor uns davon, zwei Katzen schlichen über den Hof und ein schon ziemlich betagter Hund kam zur Begrüßung schwanzwedelnd auf uns zu. Das mit Reet gedeckte Haupthaus lag direkt vor uns. An der Häuserwand rankte der Efeu empor und sparte lediglich die Fenster wie kleine Gucklöcher aus. Osterglocken und Tulpen blühten neben dem Eingang und zogen sich an der Hauswand entlang. Links und rechts vom Haupthaus grenzten der Stall und die Scheune. Es roch nach Kuh und Schwein. Ich kannte den Bauernhof, obwohl ich bisher nie hier gewesen war. Was konnte es für eine Überraschung sein, die Mama mir präsentieren wollte? Bauer Martens kam aus dem Stall und begrüßte uns:
„Guten Tag, Frau Franke, wir haben telefoniert - und du musst Peter sein?"
Ich nickte, und er gab mir die Hand.
„Dann kommen Sie mal mit hinter den Stall."
Bauer Martens führte uns auf eine große eingezäunte Wiese, die wir bereits von der Straße aus gesehen hatten. Direkt hinter dem Haus hatte er ein Gehege mit einem niedrigen Ställchen gebaut. Laut schnatternd lief uns eine große weiße Gans mit langem Hals entgegen und hinter ihr eine Schar kleiner Küken.
„Oh", rief ich mit Entzücken aus „sind die süß."

Ich kniete mich nieder, und die Kleinen watschelten mit wildem Gepiepe neugierig auf mich zu. Federweich war ihr Flaum, und sie ließen sich sogar auf die Hand nehmen. Mama war ebenso entzückt wie ich und liebkoste eines nach dem anderen.
„Na, dann suchen Sie sich mal eine aus.“ sagte Bauer Martens.
„Mama, wirklich, können wir eins mitnehmen?“
„Nein, mitnehmen nicht, aber du kannst dir eins aussuchen, und das wird dann unseres sein.“
Ich wusste nicht, welches ich wählen sollte, sie waren alle so kuschelig. Schließlich entschied ich mich für ein kleines Moppeliges, das immer als Letztes dem Pulk hinterherlief. Ich gab es Bauer Martens in die Hand.
„Das soll's also sein. Na, da werde ich ihm mal ein Band um den Hals legen, damit wir es auch wiedererkennen. Es ist ja ein kleines Mädchen.“
„Können wir ihr einen Namen geben?“ fragte ich meine Mutter.
„Wenn du das gern möchtest.“
Spontan fiel mir kein geeigneter Name ein, der zu dem Gänslein passen könnte.
„Wie wär's denn mit Gertrud?“ meinte Mutter, „das ist doch ein typischer Gänsename.“
„Ja, Gertrud soll sie heißen, und ich werde sie jeden Tag besuchen“, rief ich begeistert aus.
„Du kannst sie sogar füttern, wenn du magst. Sie bekommt nur natürliches Öko-Futter.“
Ich war überglücklich. Keiner meiner Freunde hatte eine eigene Gans, die er großziehen durfte. In den folgenden Wochen fuhr ich jeden Tag nach der Schule mit dem

Fahrrad zu Bauer Martens und verbrachte Stunden mit den kleinen Gänsen. Gertrud schien mich schon von weitem zu erkennen. Sie watschelte mit ihren kleinen Beinchen sofort auf mich zu. Mittlerweile hatten auch schon einige der anderen Gänse einen Besitzer gefunden. Rote, grüne, weiße und blaue Bändchen zierten ihre Hälse. Auf den meisten stand der Nachname geschrieben. Ich fand das langweilig, schließlich hieß ich ja auch Peter und nicht einfach nur Franke. Wahrscheinlich kümmerten sich die neuen Besitzer auch gar nicht um ihre Tiere, denn Gertrud war wirklich die einzige von ihnen, die sich immer prächtiger entwickelte. Eigentlich auch gar kein Wunder, denn jeden Tag gab Mutter mir eine Leckerei für Gertrud mit. Am liebsten fraß sie Obst oder Maiskörner, aber auch mein Schulbrot schien ihr zu schmecken.

Die Wochen vergingen und die Sommerferien rückten immer näher. Dieses Jahr sollte es nach Griechenland gehen. Am letzten Tag vor dem Flug besuchte ich Gertrud noch einmal und gab Bauer Martens konkrete Anweisungen für ihre Pflege während meiner Abwesenheit.
„Mach dir mal keine Sorgen, junger Mann, ich pass schon auf Gertrud auf, der passiert hier nichts.“ Das beruhigte mich.

Vierzehn Tage waren Mama, Papa und ich unterwegs, und es gab keinen Tag, an dem ich nicht an Gertrud dachte. In Griechenland gab es auch Gänse. Sie liefen frei auf den Höfen umher oder rannten auf den engen Straßen in den Dörfern. Aber keine sah so hübsch aus, wie meine Gertrud. Nach unserer Rückkehr führte mich mein erster

Weg zu Bauer Martens. Gertrud erkannte mich sofort und rannte hoch erhobenen Hauptes und mit breit aufgestellten Flügeln schnatternd auf mich zu. Sie war groß geworden und zu einer richtigen Gans herangewachsen. Das Namensband hatte Bauer Martens anscheinend erneuern müssen, so dick war ihr schöner Hals mittlerweile geworden. Am liebsten hätte ich sie mit nach Hause genommen, aber ich sah natürlich ein, dass eine Gans in dem Viertel unserer Wohnsiedlung vielleicht doch nicht passend war. Außerdem hatte Gertrud mittlerweile die Angewohnheit, bei jedem, der vorbeikam, lauthals anzuschlagen, was wiederum in unserer Straße die Bewohner um ihre Nachtruhe gebracht hätte. Ich begnügte mich also mit meinen Besuchen bei Gertrud und nahm mir vor, aus ihr etwas ganz Besonderes zu machen. Ich hatte gehört, dass man Gänsen kleine Kunststücke beibringen konnte. Im Internet las ich viel darüber und begann in den kommenden Monaten mit dem Training.

Der Sommer ging in den Herbst über. Gertrud war ein gelehriges Tier. Woher das Sprichwort ‚dumme Gans' kam, war mir ein Rätsel. Sie lief mir hinterher, wenn ich sie rief, und sie konnte auf Kommando über eine Wippe laufen oder unter ihr hindurch marschieren. Sie war sogar in der Lage, mir auf Befehl die Schuhbänder aufzuziehen. Das Training mit Gertrud war unser Geheimnis. Erst wenn sie alle Kunststücke perfekt beherrschte, wollte ich ihr Talent präsentieren und sah schon die bewundernden Gesichter meiner Eltern und Freunde vor mir, wenn es soweit war.

Irgendwann kurz vor Weihnachten kaufte ich mit Mama die ersten Spekulatius in dem großen Supermarkt am Rande der Stadt. Sie wollte schon beizeiten den Vorrat für das Weihnachtsfest besorgen und nicht erst, wenn die Preise zum Fest steigen würden. Unser Einkaufswagen war randvoll mit vielen Leckereien. Mein Blick fiel auf die tiefgefrorenen Gänse, Puten und Enten, die da federlos mit abgeschnittenen Beinen, Köpfen und Flügeln vor sich hin froren.
„So etwas kommt uns dieses Jahr nicht auf den Tisch", sagte Mama. „Dieses Jahr gibt es Öko-Gans frisch vom Bauern."
Ich blieb wie angewurzelt vor der kalten Truhe stehen und traute mich nicht, meiner Mutter in die Augen zu sehen. Mir rasten die Gedanken durch den Kopf. Was für eine Öko-Gans meinte Mutter? Meine Knie wurden weich. Der vergangene 25. Dezember purzelte auf einmal in mein Gedächtnis zurück. Aber das konnte unmöglich ihr Ernst sein… Meine geliebte Gertrud… Ich sah auf die nackten eingeschweißten Leiber vor mir in der Kälte. Die Tränen stiegen mir in die Augen. Nein, das durfte ich nicht zulassen, ich musste Gertrud retten. Ich wusste noch nicht wie, aber irgendetwas würde mir schon einfallen. Mutter hatte mittlerweile den Einkaufswagen weiter bis zur Kasse geschoben. Ich wischte mir die Augen trocken, damit sie keinen Verdacht schöpfte und rannte hinter ihr her. Zu Hause ging ich sofort auf mein Zimmer, warf mich auf mein Bett und dachte nach. Weglaufen war ausgeschlossen. Mama und Papa würden eine Vermisstenanzeige aufgeben und mich innerhalb kurzer Zeit finden. Einen Aushang im Supermarkt ‚Gans abzugeben'

war zu riskant. Auch wenn mir jemand sein Versprechen gab, so konnte ich doch nicht sicher sein, dass Gertrud vielleicht dennoch als Weihnachtsbraten enden würde. Außerdem hatte ich kein eigenes Mobiltelefon, so wie viele meiner Klassenkameraden. Die Gefahr bestand, dass ein Interessent mit Mama oder Papa sprach, und dann würde die ganze Sache auffliegen. Nein, ich musste mir etwas anderes einfallen lassen, etwas, bei dem ich anonym bliebe. Und dann fiel es mir ein – es war die ideale Lösung, wie ich Gertrud retten konnte. Ich hoffte nur, mir würde noch genügend Zeit bleiben, um den Plan vorzubereiten.

An den folgenden Tagen besuchte ich Gertrud wie gewohnt. Wie immer freute sie sich bei meinem Erscheinen und hoffte auf einen Leckerbissen. Die Gänseschar kannte mich mittlerweile so gut, dass sie nicht mehr lauthals schnatterten und schrien, wenn sie mich erblickten. Das war gut, denn sonst hätte ich Gertrud niemals unbemerkt aus ihrem Gehege entführen können. Doch ein anderes Problem tat sich auf: Aufgrund meiner guten Pflege und der Köstlichkeiten, die ich ihr täglich mitbrachte, betrug Gertruds Gewicht stolze 9 Kilogramm, und ihre Größe war beachtlich. Ich konnte sie unmöglich auf meinem Gepäckträger mit dem Fahrrad transportieren und tragen konnte ich sie schon lange nicht mehr. Sie musste also noch ein weiteres Kunststückchen lernen. Dazu nahm ich die alte Einkaufstasche auf Rädern aus unserem Keller, die meine Großmutter, als sie noch lebte, immer hinter sich herzog, wenn sie zu Fuß einkaufen ging. Mama wollte den alten ‚Hackenmercedes', wie sie ihn nannte, schon zum Sperrmüll geben, aber dann tat sie es doch nicht. Sie meinte: „Wer weiß, ob man ihn nicht noch einmal brauchen kann.“ Und nun brauchte ich ihn – für Gertruds Rettung! Hier hinein sollte sie marschieren.

Die Bauersleute hatten sich bereits so an meine Besuche und Trainings mit Gertrud gewöhnt, dass sie überhaupt keinen Verdacht schöpften, als ich mit dem Hackenmercedes auf den Hof kam. Ich legte das Wägelchen auf die Wiese, öffnete die Luke und drapierte einige Apfelecken vor den Eingang. Gertrud reckte bereits neugierig ihren langen Hals. Sie liebte Obst und konnte es gar nicht abwarten, diesen Leckerbissen zu erwischen. Sie lief auf den Wagen zu, schnappte sich die Apfelstückchen und wackelte stolz mit ihrem Po.
„Brav“, lobte ich sie „mal sehen, ob du dich auch weiter in die Höhle hineintraust.“
Nun legte ich den Leckerbissen etwas weiter in die Einkaufstasche hinein, aber immer noch gerade so, dass Gertrud mit ihrem Körper auf der Wiese bleiben konnte und sie nur ihren langen Hals im Dunkel der Tasche verbergen musste. Gertrud schaute neugierig zu, was ich tat. Dann lief sie auf die Öffnung zu, blieb jedoch davor stehen. Sie reckte den Hals, zog ihn wieder zurück, reckte ihn wieder. Ich sah ihr gespannt zu und drückte die Daumen, dass sie das Wagnis auf sich nehmen würde. Gertrud sah mich an, zog mir ihren Kopf entgegen und schnatterte, als wollte sie mich fragen, ob ich ihr den Leckerbissen nicht auf die Wiese legen könnte.
„Na los, nimm’s dir!“, ermunterte ich sie, aber Gertrud wollte nicht, ihre natürliche Angst überwog.

Nach mehreren Versuchen gab ich es schließlich auf und beschloss, morgen einen erneuten Versuch zu starten. Auf dem Weg vom Gehege zum Bauernhof traf ich Bauer Martens.
„Na, Peter, deine Gertrud ist ja ein wahres Prachtexemplar. So einen Braten wird wohl niemand zu Weihnachten auf seinem Tisch haben. Deine Mutter sagte mir, dass ihr einige Gäste erwartet, da braucht man schon so ein Tier, um alle satt zu kriegen."
„Ja, das denke ich auch", erwiderte ich und hoffte, er würde mir meine Sorge um Gertrud nicht anmerken. „Wann soll sie denn geschlachtet werden?" fragte ich mutig, obwohl ich die Antwort gar nicht hören wollte.
„Am 13. Dezember ist es soweit. Na und im Frühjahr kannst du dir dann wieder eine neue Gans aussuchen. Freust du dich schon darauf?"
„Ja, natürlich", log ich und verabschiedete mich schnell. 13. Dezember, das waren gerade noch vier Tage, an denen ich mit Gertrud üben konnte. Ich brauchte mehr Zeit. Es wurde nun schon um halb fünf dunkel, und häufig kam ich erst gegen zwei Uhr aus der Schule. Es nützte nichts, ich musste in den kommenden Tagen die Schule schwänzen, damit wir schon früh mit dem Training beginnen konnten. Am nächsten Morgen ging ich wie üblich aus dem Haus. Den Einkaufswagen hatte ich heimlich aus dem Keller geholt und radelte zur Schule. Nach der ersten Stunde gestand ich meiner Lehrerin, dass mir übel war und ich Durchfall hatte. Obwohl ich durch die vielen Besuche draußen bei Gertrud an der frischen Luft alles andere als krank aussah, schickte sie mich sofort nach Hause. Wahrscheinlich befürchtete sie den Unmut der

anderen Eltern, wenn ich meine Klassenkameraden so kurz vor dem Fest ansteckte. Ich fuhr direkt zu Bauer Martens, wo mich meine Freundin schon zu erwarten schien. Wir nutzten die verbleibende Zeit für ein Intensivprogramm, und am 12. Dezember hatte Gertrud endlich so viel Vertrauen gewonnen, dass sie mit dem ganzen Körper in das Innere der Einkaufstasche watschelte. Doch jedes Mal, wenn ich den Wagen anhob, um ihn auf seine Räder zu stellen, veranstaltete sie ein derartiges Geschrei, als wolle ich sie bereits jetzt schon schlachten. Es half nichts, ich würde ihr den Schnabel zubinden und den Deckel der Tasche schließen müssen. Nur wollte ich das nicht mit ihr üben, denn ich hatte Angst, ihr gewonnenes Vertrauen dann ganz zu verlieren. Ich musste es darauf ankommen lassen. Also fuhr ich nach Hause und sagte meiner Mutter, dass ich am späten Nachmittag noch einmal zu meinem Klassenkameraden Michael fahren müsse, um mit ihm zu lernen.

„Aber dann ist es doch schon dunkel?“ fragte sie besorgt.

„Ja, es kann länger dauern, aber Michaels Vater bringt mich später wieder nach Hause.“

Ich hatte meine Mutter noch nie belogen, aber dies war eine Notlage und Notlügen waren erlaubt. Ich wusste, dass Bauer Martens die Gänse gegen fünf Uhr abends noch einmal füttern würde. Danach blieben sie die Nacht über allein. Ich fuhr gegen vier Uhr los und verbrachte die Zeit bei dem nahegelegenen Wäldchen. Es war unheimlich, aber ich wollte nicht riskieren, dass meine Klassenkameraden mich sahen und an die Lehrerin verpetzten. Ungeduldig sah ich auf meine Armbanduhr. Es war viertel nach fünf. Sicherheitshalber wartete ich bis halb sechs, dann fuhr ich los.

Der Bauernhof lag im Dunkeln, nur im Haupthaus brannte Licht. Ich schlich mich um den Stall herum zum Gehege. Ich hatte Glück, die Gänse waren in ihrem Stall beim Fressen und nahmen kaum Notiz von mir. Ich lockte Gertrud aus dem Gehege heraus und präsentierte ihr den Einkaufswagen. Es schien sie nicht im Geringsten zu stören, dass sie ihr Kunststückchen zu so später Stunde vorführen sollte. Schnurstracks lief sie auf den Wagen zu, in Erwartung ihres Leckerbissens. Mein Herz klopfte, und mein Blut raste. Jetzt durfte nichts schiefgehen, sonst war die ganze Mühe umsonst gewesen und Gertrud landete auf Omas guter Porzellanplatte. Gertrud wagte sich mit ihrem gesamten Körper in das Wägelchen vor, nur ihr Po schaute noch heraus. Mit einem Ruck hob ich den Wagen hoch, schnappte ihren Hals und hielt den Schnabel zu. Gertrud war so verdutzt, dass sie sich zunächst nicht wehrte. Jetzt aber strampelte sie, versuchte ihre Flügel auszubreiten und ließ ein - trotz geschlossen Schnabels - noch recht lautes Gurren hören. Durch die Hektik begannen allerdings auch die anderen Gänse zu schnattern und einen Höllenlärm zu veranstalten, dass ich befürchtete, jeden Moment würde Bauer Martens um die Ecke kommen. Es gelang mir, mit meiner freien Hand in die Hosentasche zu greifen und Gertrud das Klebeband um den Schnabel zu wickeln. Eigentlich hatte ich vor, den Einkaufswagen zu verschließen, aber wahrscheinlich würde Gertrud erneut anfangen zu zappeln und so ließ ich sie aus der Tasche herausschauen und schnürte nur das

Band an ihrem Hals zu. Dann schlich ich vom Hof. Gerade noch rechtzeitig, denn hinter mir hörte ich, wie die Tür des Haupthauses geöffnet wurde und der Hund bellend heraus rannte.

Etwas abseits stand mein Fahrrad an einem Baum gelehnt. Hier war ich erst einmal in Sicherheit. Ich nahm der armen Gertrud das Klebeband vom Schnabel und gab ihr etwas Brot, das sie sich dankbar zu Gemüte führte. Dann klemmte ich das Gestänge des Einkaufswagens an meinen Gepäckträger und radelte los. Bis zur Bushaltestelle am Rathaus war es nicht weit. Gertrud schien das Schaukeln zu genießen. Sie schaute aus ihrer Tasche und schnatterte nicht einmal. An der Bushaltestelle schloss ich das Fahrrad an und studierte den Fahrplan. Ich hatte Glück: Der nächste Bus in die Stadt kam in wenigen Minuten. Ich kramte mein Taschengeld aus der Hosentasche und wartete. Es war viertel nach sechs. Die Geschäfte waren hell erleuchtet und voller Menschen, die ihre Weihnachtseinkäufe erledigten. Als der Bus vorfuhr und sich die Tür öffnete, schaute mich der Fahrer irritiert an.
„Willst du etwa mit dieser Gans in den Bus steigen?“
„Ja, ich muss sie zu meiner Großmutter bringen, damit sie das Vieh für Weihnachten zubereiten kann.“
„Aber die ist ja noch lebendig.“
„Eben darum bringe ich sie ja zu meiner Großmutter, weil sich sonst keiner in der Familie traut, das arme Tier zu töten.“
„Na, dann steigt mal ein. Wohin soll`s denn gehen?“
„Meine Großmutter wohnt beim städtischen Tierheim.“
„So, so beim Tierheim wohnt die Oma also.“

Der Busfahrer verzog das Gesicht zu einem Grinsen, und ich zog Gertrud unter protestierendem Geschnatter die Stufen des Busses hoch. Die Fahrgäste lächelten, als ich an ihnen vorbeiging, aber sonst nahmen sie keine weitere Notiz von mir. Zur Weihnachtszeit war ein Junge mit Gans wohl nicht so ungewöhnlich. Ich setzte mich auf einen der hinteren Plätze und stellte den Einkaufswagen in den Gang neben mich. Dann lockerte ich die Schnüre der Tasche um Gertruds Hals, und sie dankte es mir mit einem leisen „Schnatt, Schnatt".

„Tierheim, bitte aussteigen", rief der Busfahrer und ließ die Tür ein Weilchen länger offen, bis ich den Einkaufswagen endlich herausgezogen hatte. Dann fuhr er weiter. Gott sei Dank, im Tierheim brannte noch Licht. Lautes Hundebellen war von weitem zu hören. Als ich jedoch näher kam, musste ich feststellen, dass das Tor bereits verschlossen war. Auf einem Schild standen die Öffnungszeiten: ‚In den Wintermonaten bis achtzehn Uhr'. Mist, was sollte ich jetzt tun. Umkehren konnte ich nicht, das wäre Gertruds Tod gewesen. Ich entdeckte eine Klingel. ‚Notfälle' stand darauf. Dies war ein Notfall, also klingelte ich. Einen Moment lang hörte ich nichts. Ich klingelte noch einmal. Endlich kam eine Frau mit langen Haaren und grünem Overall, auf dem der Name ‚Birgit Berthold' eingestickt war und öffnete das Tor.
„Das Tierheim ist schon geschlossen."
„Das ist ein Notfall."
Erst jetzt schien sie Gertrud zu bemerken, die ruhig in ihrer Tasche saß.

„Ein Notfall? Sieht mir eher wie eine Weihnachtsgans aus, die nicht in den Ofen soll."
„Nein, nein, das ist eine ganz besondere Gans. Sie kann Kunststücke und hört auf den Namen Gertrud."
„Na, wenn das so ist, dann kommt mal rein."
Frau Berthold führte mich in ihr Büro und deutete mir an, vor dem Schreibtisch Platz zu nehmen. Dann holte sie ein Formular hervor und fragte mich nach meinem Namen, Adresse und Telefonnummer.
„Wo hast du Gertrud denn gefunden?"
„Auf der Landstraße, direkt neben den Autos. Sie wäre beinahe überfahren worden."
„Und wieso weißt du, dass sie Gertrud heißt und dressiert ist?"
„Na, weil sie ein Band um den Hals trägt, auf dem ihr Name steht und sich von mir anfassen lässt. Vielleicht gehört sie zu einem Zirkus und ist weggelaufen."
„Vielleicht, obwohl seit Wochen hier kein Zirkus in der Gegend war. Bestätigst du, dass du die Gans niemandem gestohlen oder anderweitig widerrechtlich entwendet hast?"
Ich überlegte. Mama hatte die Gans bestimmt schon bezahlt und irgendwie gehörte sie ja auch mir, das hatte Mama im Frühjahr jedenfalls gesagt.
„Ja, das bestätige ich."
„Dann musst du hier unterschreiben." Sie schob mir das Formular zu, und ich setzte meinen Namen auf die vorgesehene Zeile.
„Gertrud wird zunächst von unserem Arzt untersucht, um vorzubeugen, dass sie keine ansteckenden Krankheiten

hat. Danach kommt sie in unser Freigehege zu den anderen Gänsen."
„Wird sie von hier auch keiner abholen und zu Weihnachten schlachten?"
„Nein, ganz sicher nicht. Wir geben die Tiere nur an Menschen ab, die sich um sie kümmern, andernfalls drohen kräftige Geldbußen."
Ich atmete auf – Gertrud war in Sicherheit. Die Berthold hob sie aus der Tasche, wobei Gertrud wieder in ein heftiges Geschrei ausbrach und mich ängstlich ansah.
„Wie kommst du jetzt nach Hause? Der letzte Bus ist bereits vor einer halben Stunde gefahren."
Ach herrje, daran hatte ich überhaupt nicht gedacht. „Ich weiß nicht."
„Wenn du noch einen Moment wartest, dann kann ich dich bis ins Dorf mitnehmen. Ich habe gleich Feierabend und denselben Weg."
„Das wäre prima. Am Rathaus steht mein Fahrrad, von dort aus ist es nicht weit nach Hause."
Ich schaute wehmütig hinterher, als Gertrud unter lautem Geschnatter fortgetragen wurde. ‚Hoffentlich würde es ihr hier gut gehen', dachte ich.

Wie versprochen brachte mich Frau Berthold, die mittlerweile keinen grünen Overall mehr trug, sondern Pullover und Jeans, zur Bushaltestelle am Rathaus. Beim Abschied zwinkerte sie mir vertrauensvoll zu:
„Gertrud ist tatsächlich etwas Besonderes. Ich habe noch nie eine Gans gesehen, die sich so ruhig untersuchen ließ. So ein Tier gehört wahrhaftig nicht in den Ofen."

Als ich zu Hause ankam, war es bereits halb acht. Mama und Papa saßen vor dem Fernseher.
„Habt ihr gut gelernt?“ fragte Mama mich.
„Ja, Michael hat endlich alles kapiert, war aber ein ganzes Stück Arbeit.“
Dann ging ich in mein Zimmer und legte mich aufs Bett. Gertrud war gerettet, und ich fühlte mich, wie Harry Potter, der die Macht des Bösen besiegt hatte.

Am nächsten Tag radelte ich wie gewohnt zur Schule. Die Lehrerin lächelte glücklich, als sie mich gesund auf meinem Platz sitzen sah, ohne in der Zwischenzeit weitere Kinder angesteckt zu haben. Sie fragte nicht einmal nach meiner Entschuldigung. Ich war sehr froh darüber, denn neben einer Notlüge noch die Unterschrift meiner Mutter zu fälschen, erschien mir doch etwas kriminell. Am Nachmittag rief Bauer Martens bei uns zu Hause an. Mama hatte schon auf seinen Anruf gewartet, um zu erfahren, wann sie die geschlachtete Gertrud abholen könne. Ich bekam nur Wortfetzen mit, aber dass Mama wütend war, das hörte ich genau.
„Wie bitte… nicht mehr da? … Wie konnte denn das passieren? …Nein, ich möchte keine andere… Wir haben für dieses Jahr mehrere Gäste eingeladen und brauchen eine so große Gans. Haben Sie denn überhaupt noch eine, mit dem Gewicht? …6 Kilogramm? Das ist ja weit weniger, als unsere Gertrud wog. Da müsste ich ja zwei Gänse nehmen, und die bekomme ich nie und nimmer in meinen Ofen. … Ich kann ja verstehen, dass es das Einzige ist, was Sie mir anbieten können, aber zwei kleine Gänse – das muss ich mit meinem Mann noch einmal besprechen.

Reservieren Sie mir die beiden aber bitte.“ Dann legte sie auf und ging in die Küche.

Ich saß am oberen Absatz unserer Treppe, und mir wurde auf einmal ganz schwer ums Herz. Ich hatte mich so gefreut, dass Gertrud in Sicherheit war, und nun dachte ich traurig an die anderen Gänse, die heute Morgen geschlachtet worden sind. Ich dachte an den vergangenen Abend, als sie in wildem Geschrei Gertrud helfen wollten, während ich sie in den Einkaufswagen verfrachtete. Ich sah das Bild der toten nackten Körper in der Tiefkühltruhe im Supermarkt vor mir und die vielen Federn, die jetzt im Gehege bei Bauer Martens reglos umher lagen. Und ich dachte an zwei weitere Gänsebraten, die am 25. Dezember von unserer gesamten Verwandtschaft verspeist werden würden. 6 Kilogramm? Wahrscheinlich waren es zwei der kleinen Gänse ohne Namensband, um die sich während der vergangenen acht Monate niemand wirklich gekümmert hatte. Gertruds Leben war wenigstens schön gewesen und eigentlich war es das ja noch, während ihre Geschwister schon ohne Kopf, Beine und Flügel an irgendwelchen Haken hingen. Ich vergrub mein Gesicht in den verschränkten Armen. Innerhalb von ein paar Minuten waren meine Pulloverärmel durchtränkt mit dicken Tränen. Ich wollte keine dieser Gänse essen, und ich wollte auch nicht, dass Mama sie wieder unter Fluchen zubereitete, weil sie diesmal viel zu mager ausfallen würden.

Am Abendbrottisch sprach Mama das Thema an:

„Stellt euch vor, Gertrud konnte nicht geschlachtet werden."
Papa grinste Mama an: „Warum nicht, war sie zu schwer für die Schlachtbank?"
Ich hätte beiden am liebsten die Meinung gesagt, stattdessen setzte ich ein möglichst entsetztes Gesicht auf.
„Nein, sie war heute Morgen einfach nicht mehr da – verschwunden eben. Das Problem ist nur, dass Bauer Martens keine weitere Gans mit diesem Gewicht hat, und für sechzehn Personen war Gertrud ideal."
Etwas kleinlaut meldete ich mich zu Wort: „Können wir nicht in diesem Jahr etwas anderes kochen?"
„Ach Peter, zu Weihnachten gehört eben nun einmal eine Gans. Außerdem habe ich unsere Gertrud bei unseren Gästen schon so angepriesen. Das alles ist wirklich ärgerlich."
„Vielleicht überlegt es sich Gertrud ja noch und kommt wieder zurück. Na und wenn nicht, dann machst du eben etwas anderes Leckeres zu essen. Unsere Verwandtschaft wird deine Kochkunst trotzdem zu schätzen wissen", sagte Papa, der die ganze Geschichte nicht so ernst nahm und sich eher belustigt zeigte. Aber Mama warf ihm einen so verächtlichen Blick zu, dass die beiden Falten über ihrer Nasenwurzel sich zusammenzogen - ein untrügliches Zeichen, dass mit ihr nicht zu spaßen war. Doch wenn ich die ganze Sache jetzt beichtete, dann wäre sie noch wütender geworden. Ich hätte erzählen müssen, dass ich die Schule geschwänzt hatte, und Gertrud wäre letzten Endes doch im Ofen gebraten worden. Und das wollte ich auf gar keinen Fall. Mir war so elend zumute, und immer wieder musste ich an Gertrud denken. Ob es

ihr wohl gutginge? Ich vermisste sie so sehr. In den vergangenen Monaten war kaum ein Tag vergangen, an dem ich nicht bei ihr gewesen war, und nun fühlte sie sich bestimmt einsam, trotz ihrer vielen Artgenossen. Sie konnte ja nicht verstehen, dass ich es nur gut mit ihr gemeint hatte, schließlich war sie nur eine Gans. Gertrud ließ mir keine Ruhe, ich musste mir Klarheit darüber verschaffen, ob es ihr gut ging. Am folgenden Tag rief ich im Tierheim an. Ich hatte Glück, Frau Berthold war selbst am Telefon.

„Guten Tag, erinnern Sie sich an mich? Ich hatte vor ein paar Tagen eine Gans zu Ihnen gebracht."

„Aber natürlich erinnere ich mich. Gertrud ist unser ganzer Stolz. Sie wohnt jetzt im Freigehege bei den anderen."

„Geht es ihr gut?"

„Na, du scheinst ja sehr an dem Tier zu hängen. Sie hat einen ausgezeichneten Appetit und somit geht es ihr gut."

„Am liebsten isst sie klein geschnittene Apfelstückchen", rutschte es mir voller Eifer heraus.

„So, so, was du nicht alles weißt. Solche Sonderwünsche können wir hier natürlich nicht erfüllen, aber vielleicht holt sie ja in den kommenden Tagen jemand ab, der ihre Vorlieben zu schätzen weiß."

„Nein", rief ich aufgeregt, „ich meine, das wäre natürlich schön, wenn sie in gute Hände käme, aber wo sie doch so etwas Besonderes ist, da soll sie doch auch zu jemandem, der sie nicht nur im Stall laufen lässt, sondern sich mit ihr beschäftigt."

„Wir haben hier so viele Tiere zu versorgen, dass wir froh sind, wenn sich so schnell wie möglich ein Liebhaber findet. Eine individuelle Auswahl können wir leider nicht treffen."
„Und wenn ich Ihnen jeden Tag mein Taschengeld schicke, kann Gertrud dann nicht wenigstens über Weihnachten bei Ihnen bleiben?"
„Wir freuen uns natürlich über jede Spende, aber ablehnen darf ich leider nur Interessierte, die das Tier schlecht behandeln würden."
Resigniert verabschiedete ich mich und legte auf. Ich hatte gehofft, dass Gertrud erst nach Weihnachten ein neues zu Hause finden würde. Nach den Feiertagen mögen die meisten Erwachsenen keinen Gänsebraten mehr, weil sie sich daran schon so sattgegessen hatten. Jedenfalls wusste ich, dass es Gertrud gut ging – zumindest fraß sie das Tierheimfutter.

In den kommenden Tagen rief ich fast täglich im Tierheim an und erkundigte mich nach Gertrud. Frau Berthold war zwar jedes Mal recht freundlich, doch ich merkte ihr an, dass meine Anrufe sie doch allmählich zu stören begannen. Im Supermarkt lagen nur noch wenige Gänse in der Tiefkühltruhe, und die, die dort lagen, wogen nur sehr wenig. Die meisten Kunden hatten sich die besten Tiere bereits ausgesucht. Wahrscheinlich war Gertrud die einzige noch lebende Gans mit 9 Kilogramm Gewicht, und je weiter es auf Weihnachten zuging, desto heftiger klopfte mein Herz bei jedem Anruf. Ich hatte so große Angst, dass kurz vor Weihnachten, sich doch noch ein Liebhaber für Gertrud interessierte und sie schlachten würde.

Der 24. Dezember kam, und es hatte pünktlich in der Nacht angefangen zu schneien. Unser Garten war mit dicken weißen Flocken bedeckt, die den Lärm von der Straße geheimnisvoll eindämmten. Es war kalt, und ich dachte unweigerlich an meine Freundin. Ihr Federkleid war jedoch so dicht, dass sie sicherlich nicht frieren würde. In den vergangenen zwei Tagen hatte ich mich nicht getraut im Tierheim anzurufen. Zu groß war meine Befürchtung, dass Gertrud abgeholt worden sein könnte. Wenn sie jedoch heute, am Heiligen Abend, noch im Tierheim war, dann würde sie gewiss die Feiertage überleben. Die Erwachsenen hatten an diesem Tag so viel zu tun, dass ein Tierheimbesuch sicherlich nicht auf ihrem Programm stand. Außerdem schloss das Büro bereits um zwölf Uhr, und da waren die meisten Menschen noch mit den letzten Einkäufen beschäftigt. Auch Mama und Papa trafen Vorbereitungen für die Bescherung. Ständig liefen sie im Haus umher, sodass ich kaum Gelegenheit fand, unbemerkt das Telefon zu benutzen.
„Peter, hilf mir mal den Baum ins Zimmer zu tragen“, bat mein Vater mich, und als wir die wieder einmal viel zu große Tanne nach mehrmaligem Zusägen endlich in ihrem Ständer hatten, war es bereits halb zwölf.
Ungeduldig sah ich auf meine Armbanduhr. Mama stand in einem Meer von Christbaumkugeln, Strohsternen, kleinen Holzfiguren und Lebkuchenanhängern und fluchte, weil sich die Lichterkette in ein scheinbar nicht aufzulösendes Gewirr verheddert hatte und nun der

Länge nach durch unser Wohnzimmer schlängelte. Währenddessen brodelten köstlich duftende Dinge auf dem Herd, deren in regelmäßigen Abständen überschäumende Geräusche Mama aufschreiend in die Küche rennen ließen. Dies war einer der Momente, an dem ich bei offener Haustür ausrief, dass ich noch einmal dringend weg müsse. Und ehe Mama und Papa noch etwas erwidern konnten, zog ich auch schon die Tür laut knallend hinter mir ins Schloss.

Eine der wenigen noch existierenden Telefonzellen lag eine gute viertel Stunde entfernt, und durch den hohen Schnee, der an vielen Stellen noch nicht weggeräumt war, konnte ich mit dem Fahrrad nicht durchkommen. Ich stapfte also los und hoffte, das Tierheim würde nicht ganz so pünktlich schließen. Als ich an der Telefonzelle ankam, war es sechs Minuten vor zwölf. Mit zittrigen Fingern wählte ich die Nummer:
„Hallo, ich möchte gern Frau Berthold sprechen."
„Frau Berthold is schon jegangen, und wir schließen jleich. Ick mach hier nur Aushilfe für de nächsten Taje", sagte eine dumpfe Berliner Männerstimme, der man unweigerlich anmerkte, dass der Mann sich über den Einsatz zu den Feiertage ärgerte.
„Ich wollte fragen, ob es Gertrud gut geht?"
„Wem?"
„Na, Gertrud der Gans?"
„Woher soll ick dat wissen, ick kenn doch nich jedet Tier mit Namen. Da musste schon selbst herkommen und nachsehn."
„Aber sie schließen doch gleich."

„Na, denn musste eben nach den Feiertajen kommen und sehen, ob et der Janz jut jeht."
„Können Sie nicht in den Unterlagen nachsehen, ob in den letzten zwei Tagen eine Gans abgeholt wurde?"
„Hör mal, Junge, det führt nun en bischen zu wet, dass ick deinetwegen alle Unterlagen durchforste."
„Aber es ist doch heute Weihnachten, und es ist sehr wichtig. Können Sie nicht wenigstens im Gehege nachsehen, ob Gertrud da ist. Sie werden sie sofort erkennen. Gertrud wiegt über 9 Kilogramm und kommt sofort, wenn Sie ihren Namen rufen."
„Also jut, bleib am Apparat .... weil heute Weihnachten is."
Ich hörte wie der Alte sich schlürfend durch das Büro bewegte und einen Schlüsselbund von irgendwo hernahm. Ich wartete und sah auf der Anzeige den noch verbleibenden Geldbetrag. Ich hatte noch ein paar 10 Cent Stücke und steckte sie alle in den Schlitz. Mit lautem Klacken rutschten sie in das schwarze Innere des Apparates. Minuten vergingen, endlich hörte ich wieder das schlürfende Geräusch und den Schlüssel, der auf einen Tisch geworfen wurde. ‚Bitte, lieber Gott, lass es Gertrud gut gehen', betete ich in Gedanken.
„Hörst du Junge?"
„Ja, ich bin noch dran."
„Nee, da ist kene jroße Jans, die sehen alle gleich aus. Und jerufen hab ick se och, aber die ham alle nur jeschnattert, jekommen ist keene."
Ich stand da, den Hörer in der Hand und sagte kein Ton. Die Anzeige des Telefonapparates zeigte nur noch 10 Cent an.

„He Junge, biste noch dran?“
Aber ich sagte nichts. Es piepte in der Leitung und der alte Mann war weg. Ich henkte den Hörer ein und trat aus der Zelle. Langsam und mit gebeugtem Kopf ging ich in Richtung unseres Hauses. Meine liebe Gertrud, die ganzen letzten Tage hatte ich gehofft, ihr bliebe das Gänseschicksal verschont, und nun war es doch passiert. Ich malte mir aus, wie sie unter beschwörenden Worten, dass sie es gut haben würde, Frau Berthold aus der Hand genommen wurde und wie sie in einem dunklen Kofferraum eingesperrt zu einem erleuchteten weihnachtlich geschmückten Haus gefahren wurde, in dem schon alle Vorbereitungen, Kräuter und Zutaten für den Braten bereitstanden. Der Gedanke, dass meine liebe Gertrud schreiend in einen Stall gebracht, auf einen Holzklotz gelegt und mit einem Beil der Kopf abgeschlagen wurde, versetzte mir einen so tiefen Stich in meinem Herzen, dass ich laut zu weinen begann. Ach, wäre ich doch mit ihr weggelaufen, ganz weit weg, wo uns niemand gefunden hätte. Ich wollte kein Weihnachten mehr – nie mehr. Wie sollte ich mich über meine Geschenke am Heiligenabend freuen, wo ich doch wusste, dass wegen desselben Festes meine Freundin ihr Leben lassen musste, und nur, weil eine Gans nun mal zu Weihnachten dazugehört.

Als ich nach Hause kam, rief ich meinen Eltern nur ein kurzes „bin wieder daaa!“ zu und verkroch mich auf mein Zimmer. Sie schienen keine weitere Notiz von mir zu nehmen, und ich war froh darüber, so konnte ich in Ruhe meinen Gedanken nachhängen. Das schlimmste war, dass ich niemanden von meiner Trauer erzählen konnte

und so tun musste, als würde ich mich auf Heiligabend freuen. Irgendwann am Nachmittag steckte Mama den Kopf zur Tür herein und brachte einen Teller ihrer selbst gebackenen Kekse.
„Es ist ja so ruhig bei dir. Ich wollte mal sehen, wie es dir geht.“ Sie setzte sich zu mir aufs Bett und strich mir über den Kopf.
„Bist du denn schon gespannt, was der Weihnachtsmann dir bringen wird?“
„Ach Mama, du weißt doch, dass ich nicht mehr an diesen Hokuspokus glaube. Von mir aus, können wir Weihnachten auch ganz ausfallen lassen.“
„Was sind das denn für Töne? Du hast dir doch so viele Dinge gewünscht, sind die denn jetzt gar nicht mehr wichtig?“
„Doch schon, aber eigentlich könnte man sich doch auch etwas schenken, ohne dieses ganze Brimborium.“
„Aber dann wäre Weihnachten eben kein ganz besonderes Fest. Im Grunde kommt es nicht auf die Geschenke an, sondern auf die Erwartungen, die wir in uns und anderen wecken. Und dabei geht es den Erwachsenen ebenso wie den Kindern. Wir alle freuen uns auf die vielen kleinen Überraschungen, die wir jemandem bereiten können und die uns ein liebender Mensch zuteilwerden lässt.“ Sie legte ihren Arm um mich. Es tat so gut, ihre Nähe zu spüren.
„Du bist mein großer Junge. Erwachsen zu werden ist nicht immer einfach, und wenn uns die Realität des Lebens einen Strich durch die Rechnung machen will, dann

ist es umso wichtiger, dass wir uns an Traditionen festhalten können. Du wirst sehen, es wird ein schöner Abend werden."
Sie küsste mich auf die Stirn, lächelte und ging leise aus dem Zimmer.

Ach, es war alles so furchtbar. Ich wusste ja, dass in allen anderen Familien auch Gänse gegessen, und dass sie in Masttierhaltungen zu Tausenden nur für diesen einen Tag geschlachtet wurden. Aber mit Gertrud war das eben etwas anderes, sie war wie eine Freundin, mit der ich so viele schöne Stunden verbracht hatte. Ich versuchte mich abzulenken und surfte ein wenig im Internet. Lauter fröhliche Botschaften und liebe Grüße sandten sich die Menschen in den Foren zu. Zwischendurch hörte ich es unten in der Stube rascheln. Türen wurden leise aufgemacht und wieder geschlossen, und ich hörte, wie Papa nach draußen ging und sich beim Wiederkommen die Stiefel vom Schnee stampfte. Es war mittlerweile dunkel geworden, überall in unserer Straße brannten die Lichter in den Häusern oder Kerzen auf den Tannenbäumen. Nun kam auch bei mir die Spannung durch. Ob ich meine Rollerblades bekommen würde, die ich mir so wünschte? Aus meinem Versteck unter dem Bett holte ich zwei Geschenke hervor. Mama sollte eine duftende Seife bekommen, die ich in der Parfümerie unter fachmännischer Beratung gekauft hatte. Die Verkäuferin wollte wissen, was Mama für ein Typ sei und wie sie aussah, und dann griff sie nach dieser hübschen Verpackung. Es war ein durchsichtiges kleines Päckchen mit einer hellblauen Schleife und viel Tüll obendrauf. Für Papa hatte ich mit Mamas

Unterstützung eine Dose Pfeifentabak erstanden. Es war die Sorte, von der er immer sagte, dass er sie nur für besondere Anlässe kaufen würde. Ich musste lange für diese Dose sparen, dafür roch der Tabak aber auch viel würziger als alle anderen, die ich von ihm kannte. Ich setzte mich auf mein Bett und wartete. Wieder tauchten die Gedanken an Gertrud in mir auf. Vielleicht gab es ja doch so etwas wie einen Himmel, wo alle Seelen nach dem Tod hinkamen, und wo es Gertruds Seele gut ging, auch wenn ihr Körper bereits verspeist war.

Dann ertönte das gewohnte Glöckchen, und Mama rief mit ihrer hellen Stimme.
„Der Weihnachtsmann war da."
Nun klopfte mein Herz vor Erwartung. Ich nahm meine Geschenke und rannte die Treppe hinunter. Im Flur war es dunkel, aber durch die Glastür des Wohnzimmers sah ich die Lichter am Baum flimmern. Vorsichtig öffnete ich die Tür, und die ganze Herrlichkeit des Weihnachtsfestes strahlte mir entgegen. Stille Nacht, Heilige Nacht klang in meine Ohren, und unter dem Baum lagen viele große und kleine Päckchen, alle in unterschiedliches Papier gewickelt und mit Schleifchen verziert.
„Fröhliche Weihnachten, lieber Peter", sagte Mama während sie mich in ihre Arme schloss, und auch Papa drückte mich an sich.
Ich stand bewundernd vor dem Baum. Ich wollte diesen Anblick noch einen Moment genießen, bevor ich mich auf die Päckchen stürzte. Mama hatte recht: Es waren nicht die Geschenke, sondern die Erwartungen auf die vielen Überraschungen, die sich vor mir ausbreiteten.

„Willst du denn nicht auspacken?“ fragte Papa mich.
Und ob ich das wollte. Schnell übergab ich meine Geschenke und setzte mich neben den Baum. Mama und Papa saßen auf der Couch und sahen mir zu, wie ich ein Paket nach dem anderen auswickelte. Es gab nützliche Dinge, wie Unterhosen, Socken und einen dicken Pullover, aber auch eine neue Federtasche für die Schule, weil meine alte ein Loch im Leder hatte. Zum Spielen bekam ich zwei Krimi-Bücher, einen Zauberkasten, einen großen Kran zum selber zusammenbauen und alles, was zu einem Baustellenbetrieb dazugehörte. Und ich bekam meine heiß ersehnten Rollerblades. Das Wohnzimmer glich einem Papierhaufen, aber ich war überglücklich. Ich ging zu meinen Eltern und umarmte sie zum Dank für die vielen Dinge. Nachdem sich die erste Aufregung gelegt hatte, setzte ich mich wieder auf den Fußboden und begann meine Geschenke noch einmal zu inspizieren.
„Peter“, sagte Papa, „draußen, vor der Tür wartet noch ein Geschenk auf dich.“
Ich sah meinen Vater erstaunt an: „Noch ein Geschenk?“
„Ja, es hat etwas mit dem Zauberkasten zu tun, den du bekommen hast, und ich denke, du solltest es jetzt reinholen.“
Ich lief zur Tür. Was konnte es sein, das so groß und nicht unter dem Tannenbaum Platz fand? Ich hatte doch schon alles bekommen, was ich mir wünschte.“
Kurz vor der Haustür blieb ich stehen und öffnete sie voller Erwartung ganz vorsichtig nur einen Spalt breit.
„Schnatt“, machte es, und da riss ich die Tür auf und lief in Hausschuhen hinaus in den Schnee.

„Gertrud, meine liebe Gertrud!“ Sie saß in dem alten Einkaufswagen von Oma auf dem Weg vor unserem Haus. Ihr Kopf schaute oben raus, und sie trug eine große rote Schleife um den Hals. Ich kniete mich vor sie hin und umarmte sie samt Wägelchen.
„Schnatt, schnatt“, und Gertrud zog mir mit ihrem Schnabel an den Haaren. Das machte sie immer, wenn ich ihr meinen Kopf hinhielt, und ich fing an zu lachen. Ich drehte mich zu meinen Eltern um, die in der Tür warteten und blickte sie fragend an.
Mama lächelte: „Vor zwei Tagen rief eine Frau Berthold aus dem Tierheim an und erzählte uns von einem kleinen Jungen, der eine Gans gefunden hatte, die Gertrud hieß und dressiert war. Und sie erzählte uns, dass dieser Junge sich fast täglich nach der Gans erkundigte, und da wollte sie doch fragen, ob der Junge hier wohnt. Kannst du dir vorstellen, wie dieser Junge heißt?“
Ich lief zu meiner Mutter, fiel ihr in die Arme und heulte Rotz und Wasser.
„Danke, Mama, danke, dass ihr sie nicht geschlachtet habt.“
„Wenn wir gewusst hätten, dass sie so etwas Besonderes ist, dann hätte sie ganz bestimmt nicht zu Weihnachten in unserem Ofen geendet. Ab jetzt wird sie bei Bauer Martens im Gehege leben und du kannst ihr Kunststücke beibringen, so viele du möchtest. Aber fürs erste solltest du sie ins Haus holen, damit sie nicht noch länger in dem Wägelchen sitzen muss.“
Es war das schönste Weihnachten überhaupt. Ich zeigte Mama und Papa, was ich Gertrud beigebracht hatte, und sie schien auch noch alles behalten zu haben. Vielleicht

wusste sie auch einfach nur, was sie tun musste, um Apfelstückchen zu bekommen. Für die Nacht bereiteten wir ihr eine große Holzkiste mit Stroh neben meinem Bett. Und immer wenn sie sich umdrehte und ein leises „Schnatt“ von sich gab, dann wusste ich im Traum, dass sie da war.

Es war der 25. Dezember zur Mittagszeit, und unsere Gäste saßen am Tisch. Mama stand wieder mit ihrer Schürze in der Küche, und wieder war sie bewaffnet mit der zweizinkigen Bratgabel. In der rechten Hand hielt sie diesmal ein großes scharfes Messer. Links neben ihr standen eine Schüssel mit Butterbohnen und rechts ein Blech mit Herzoginkartoffeln.
„Ich habe mich genau an das Rezept gehalten, aber das Biest war zu lange im Ofen.“
Papa und ich grinsten uns an, während sich die anderen unterhielten. Einige Minuten später kam Mama wie gewohnt freudestrahlend und ohne Schürze ins Wohnzimmer. Auf ihren Händen trug sie Omas alte Porzellanplatte.
„Die Gans ist uns dieses Jahr abhandengekommen, daher habe ich mich für Filet Wellington entschieden. Aber ich darf euch beruhigen…“ und Mama zwinkerte mir zu „…unsere Gertrud hat rechtzeitig zum Fest wieder nach Hause gefunden.“
Ich blickte mich um. Gertrud stand in ihrer Holzkiste neben dem Tannenbaum, reckte den Hals und wackelte mit dem Po: „Schnatt.“

Sein letzter Tag

„Bahnhof Joschendorf, guten Morgen“
„Morgen Kalle, Harald Ehmich aus Zug 427 hier.“
„Morgen Harald, seid ihr pünktlich?“
„Werden in circa fünf Minuten bei euch durchfahren, sind aber ziemlich spät dran.“
„Bei dem Schneesturm kein Wunder, und das am Heiligabend, wo’s ohnehin hektisch genug ist.“
„Die Zentrale hat schon gesagt, dass sie die Pläne bis zum Abend nicht halten können, da kommen wieder Reservezüge zum Einsatz. Ist Paul schon da, der hat doch heute seinen letzten Arbeitstag?“
„Paul müsste jeden Augenblick kommen, acht Uhr ist Schichtwechsel.“
„Dann grüß ihn mal, war`n netter Kollege.“
„Mach ich.“
„Hör mal, warum ich mich überhaupt melde: Zwischen Herminen- und Joschendorf ist die Lok so stark hin und her gesprungen, dass ich gedacht hab, die geht mir aus den Gleisen.“
„Solltest mal auf dein Tempo achten, außerdem bei den Witterungsverhältnissen, kein Wunder.“
„Ne ne Kalle, ich bin runter auf 100 km/h gegangen, und die letzten Tage hatte ich auch schon so’n komisches Gefühl, da stimmt was nicht.“
„Ich werd`s an die Zentrale weiterleiten, die können die Information den anderen Zugführern durchgeben.“

„Also dann, frohe Weihnachten für dich."
„Für dich auch Harald"
Einen Moment später raste Zug 427 auch schon an den Bahnsteigen von Joschendorf vorbei. Kalle sah auf den Monitor zu den beiden Gleisen hinunter. Nur wenige Menschen warteten auf den nächsten Regionalzug, der sie in die Stadt zu ihrem letzten Arbeitstag vor dem Heiligenabend bringen würde. Der Wind pfiff über die Plattform und blies die unaufhörlich rieselnden Schneeflocken über die Gleise. Kalle gähnte, kämpfte gegen die Müdigkeit aus der Nachtschicht und hoffte Paul würde bald kommen, um ihn abzulösen. Er stand auf, ging zu dem alten Holztisch mit den zwei Stühlen hinüber und goss sich eine letzte Tasse Kaffee aus der Thermoskanne ein. Vor ihm lag das Abschiedsgeschenk für Paul. Es war eine Fotocollage, festgehalten hinter Glas in einem dunklen Holzrahmen und mit einer roten Schleife verziert. Kalle blickte auf die Bilder. In ganz Joschendorf hatten er und seine Frau die Fotos gesammelt. Die ersten stammten aus dem Jahr 1922 und zeigten die Baumaßnahmen des kleinen Bahnhofgebäudes. Ab 1968 war auch Paul auf einigen Bildern zu sehen, damals noch als junger Anwärter des Fahrdienstes mit dichtem dunkelbraunem Haar, das er pilzartig wie einer der Beatles trug. Auf einem anderen war er in seiner Uniform zu sehen, mit blauem Hemd, der roten Schaffnermütze, die Pfeife zwischen den Lippen und die Kelle in der erhobenen Hand, das Zeichen zur Weiterfahrt. Das letzte Foto hatten sie vor einigen Tagen aufgenommen, während des Einbaus der neuen Kameras, die ab dem kommenden Jahr die Geschicke des Bahnhofs leiten würden. Er und sein

jüngerer Kollege Egon werden dann in der Zentrale in Hannover sitzen und von dort aus die vielen Bahnsteige von neuen Monitoren überwachen. Kalle hörte ein Stapfen auf der Treppe, kurz darauf wurde die Tür von einem so heftigen Windstoß aufgeschlagen, dass sie polternd gegen die Wand schlug und die Papiere auf dem Schreibtisch zum Wehen brachte.

„Frohe Weihnachten Kalle“, begrüßte Paul ihn und klopfte sich dabei den Schnee von der Jacke.

„Morgen Paul, mach bloß die Tür zu, damit die Kälte nicht so durchzieht.“ Kalle ging auf seinen Kollegen zu, gab ihm die Hand und drückte ihn beherzt an sich.

„Nun ist es so weit, dein letzter Arbeitstag. Das hier haben wir Joschendorfer für dich zum Abschied gebastelt und eine Flasche alten Rum dazu für die kalten Wintertage“, und er zeigte mit einer kurzen Handbewegung auf den Bilderrahmen mit der roten Schleife. Paul trat, noch immer in seiner Winterjacke, an den Holztisch, stellte seine schwarze abgenutzte Aktentasche neben sich auf den Boden, nahm den Rahmen in beide Hände und betrachtete jedes einzelne der Fotos sekundenlang. Kalle stand vor ihm und bemerkte, wie Pauls Gesicht nachdenklich wurde, und die dunklen Ränder unter seinen Augen einen fahlen traurigen Ausdruck annahmen.

„Danke, Kalle, sag den Leuten, vielen Dank.“ Er gab ihm förmlich die Hand, senkte seinen Kopf und drehte sich zur Wand, an der die Kleiderhaken und Kalles Mantel hingen. Still knöpfte er seine Jacke auf und hängte sie über einen der freien Bügel. Kalle stand hinter ihm, die Hände in den Hosentaschen und wusste nicht recht, was er seinem Kollegen sagen sollte.

„Weißt du Paul, irgendwie beneide ich dich."
„Wieso?" fragte Paul und drehte sich fragend um.
„Na ja, jetzt wo sie Joschendorf im Januar dicht machen, ist das doch ein schöner Abschluss für dich. Egon und mich haben sie in die Zentrale berufen. Egon ist jung und hat seine Karriere noch vor sich, aber ich kann mir die letzten fünfzehn Jahre den Hintern vor mehreren Monitoren plattsitzen."
„Du vergisst, dass es andersherum war. Sie wollten die Station schon lange schließen, und sie haben sie nur so lange aufrechterhalten, weil sie sonst nicht gewusst hätten, was sie mit mir bis zur Pension machen sollten."
„Mensch Paul, sieh`s doch positiv: Du kannst deinen Ruhestand genießen, sitzt in deinem Häuschen und hörst weiterhin die Züge vorbeiflitzen. Ich muss mit meiner Frau wegziehen, nach Hannover in die große Stadt, wo uns keiner kennt", versuchte Kalle den alten Mann aufzumuntern.
Paul seufzte und ließ sich auf einen der alten Holzstühle am Tisch nieder. „45 Jahre bin ich nun schon Fahrdienstleiter hier. Dieser Bahnhof ist meine Heimat, versteht du Kalle? Jeden Heiligabend habe ich Dienst geschoben, damit die Kollegen mit ihren Familien feiern konnten und nun soll es das letzte Mal sein?"
Kalle verstand nur zu gut, wie schwer es Paul fiel in den Ruhestand zu treten. Den Weihnachtsdienst hatte er nie aus Wohltätigkeit für seine Kollegen geschoben, sondern weil er am Heiligenabend nicht einsam vor dem Fernseher sitzen wollte. Dabei war Paul immer allein gewesen, hatte nie geheiratet und fühlte sich verbunden mit diesem Bahnhof. Als die Vorstände der Deutschen Bundesbahn

im Sommer beschlossen, Joschendorf als einer der letzten Bahnhöfe in Deutschland gleichfalls zu zentralisieren, war es für Paul, als wollte man ihm einen Platz wegnehmen, von dem er gehofft hatte auch während seiner Pensionierung hin und wieder vorbeischauen zu können.
„Du hast Freunde im Dorf, bei denen du Weihnachten feiern kannst und jederzeit willkommen bist." Kalle legte ihm beschwichtigend seine Hand auf die Schulter.
„Lass gut sein, Kalle. Machen wir die Übergabe, damit du zu deiner Familie kannst." Paul wollte über das Thema nicht weiter sprechen, nicht daran denken und seinen letzten Tag hinter sich bringen.
„Die Nacht war ruhig, keine Vorkommnisse. Aber seit heute früh der Sturm eingesetzt hat, liegen wir im Fahrplan zurück."
„Wenn das Wetter sich nicht beruhigt, werden sie in der Zentrale die verlorene Zeit wohl auch nicht mehr aufholen können. Wann kommt meine Ablösung?"
„Egon liegt noch immer mit hohem Fieber im Bett und kann die Abendschicht nicht übernehmen. Es soll eine Vertretung aus Hannover kommen, ab Mitternacht übernehme ich dann wieder."
„Also gut, dann geh nach Hause und ruh dich aus, damit du später wieder fit bist."
„Eh ich's vergesse: Harald vom Zug 427 lässt dich grüßen. Er meinte, dass zwischen Herminen- und Joschendorf die Lok sehr stark hin- und her gesprungen ist."
„Die Gleise wurden im Sommer doch erst überprüft?"
„Wahrscheinlich ist Harald nur zu schnell gefahren, um die Zeit wieder aufzuholen. Kannst es ja durchgeben an

die Zentrale, damit die ihre Zugführer auf die Strecke hinweisen."
„Mach ich, und nun sieh zu, dass du ins Bett kommst."
Paul stand auf und drückte seinen Kollegen noch einmal zum Abschied.
„Frohe Weihnachten wünsche ich dir und alles Gute in Hannover."
„Das wünsche ich dir auch Paul, und lass dich nicht unterkriegen, du wirst dich an dein neues Leben schon gewöhnen."
Kalle nahm seinen Mantel vom Haken, packte die Thermoskanne und den Becher in seine Tasche und drehte sich an der Tür noch einmal um.
„Ich hab immer gern mit dir gearbeitet, Paul - wirst mir fehlen." Dann öffnete er die Tür. Ein eisiger Wind fegte alle Sentimentalitäten hinweg, drückte sich mächtig in den kleinen Raum und wehte eine Wolke feinen Schneestaubs bis zu dem Holztisch mit den beiden Stühlen. Dann schloss sich die Tür und Paul blieb allein. Einen Augenblick stand er dort, in Gedanken an den letzten Händedruck seines Kollegen, doch dann riss er sich los und schaute auf den Monitor. Der Bahnsteig war mittlerweile gut besucht, die Fahrgäste warteten tippelnd vor Kälte, in Schal, Mütze und dicken Mänteln eingehüllt sehnsüchtig auf das Eintreffen des Regionalzuges, der sie in die Stadt bringen sollte.

Paul zog sich die Jacke über und stieg die Treppe hinunter. Der Wind war eisig und wehte in immer heftigeren Böen über die Plattform hinweg. Langsam, wie in Zeitlupe rollte der Zug mit quietschenden Bremsen in den

Bahnhof ein und kam mit lautem Zischen der Abluft schließlich zum Stehen. Die Türen öffneten sich. Bis auf eine ältere Dame stieg niemand aus, und die wartenden Fahrgäste auf dem Bahnsteig beeilten sich, von der Kälte in den aufgeheizten Zug zu gelangen. Paul ging zur Fahrerkabine vor und grüßte den Zugführer.
„Frohe Weihnachten Henning, alles klar bei dir?“
„Hallo, Paul, hast deinen letzten Tag heute hab ich gehört, und ausgerechnet zu Weihnachten und bei dem Wetter.“
„Ich mach doch immer Schicht am Heiligabend. Sag mal, ist dir was aufgefallen zwischen Herminen- und Joschendorf?“
„Wenn du die Gleise meinst, stimmt schon, die ruckeln etwas, aber ich kenn das schon, hab mich dran gewöhnt, außerdem sind die erst überprüft worden.“
„Eigentlich schon, na, nun fahrt erst mal weiter, damit die Leute rechtzeitig in die Stadt kommen.“
“Frohe Weihnachten für dich und alles Gute für deinen Ruhestand.“
Der Zugführer drückte ihm die Hand. Dann hob Paul die Kelle und gab einen kurzen schrillen Pfiff mit seiner Pfeife zur Abfahrt. Gemächlich setzte sich der Zug in Bewegung, nahm Fahrt auf und ratterte davon, bis nur noch die Rücklichter durch einen weißen Schneeschleier zu erkennen waren. Paul umklammerte seine Jacke fest am Körper, hielt schützend vor der eisigen Kälte den Kopf gesenkt und machte sich zurück zum Diensthäuschen. Ihm war nicht wohl bei dem Gedanken, dass die Gleise zwischen Herminen- und Joschendorf nicht in Ordnung sein könnten. Kurz vor der Tür zum Büro hörte er das

Telefon klingeln, schnell trat er ein und nahm den Hörer ab.
„Bahnhof Joschendorf"
„Zentralstelle Hallo, sind Sie der diensthabende Fahrdienstleiter?"
„Ja"
„Wir haben zurzeit Verspätung bis zu einer Stunde, und das Wetter scheint sich weiterhin zu verschlechtern. Ich wollte Ihnen ausrichten, dass wir auf Ihrer Strecke einen Reservezug einsetzen müssen, der voraussichtlich um neun Uhr zweiunddreißig Joschendorf passieren wird."
„Gut, ist mit noch weiteren außerplanmäßigen Fahreinsätzen zu rechnen?"
„Das können wir jetzt noch nicht voraussehen, aber gehen Sie mal davon aus, dass es bis zum Abend noch zu einigen Verschiebungen kommen wird."
Der Beamte in der Zentrale wollte sich bereits wieder verabschieden, als Paul schnell dazwischen rief:
„Mir berichtete ein Zugführer, dass seine Lok zwischen Herminen- und Joschendorf stark hin- und her gesprungen ist. Vielleicht sind dort die Gleise nicht in Ordnung. Können Sie eine Überprüfung veranlassen?"
„Na, Sie machen mir Spaß. Haben Sie mal aus dem Fenster gesehen? Da draußen tobt der Winter, wir sind schon froh, wenn wir die Gleise eisfrei halten können. Ich kann mir nicht vorstellen, dass die Inspektion Zeit für Sondereinsätze hat, zumal Sie nichts Genaues wissen. Bei dem Schnee würde ich als Zug auch hin- und her springen."
„Verstehe, aber vielleicht können Sie die Zugführer darauf hinweisen, dass sie auf diesem Streckenabschnitt das Tempo drosseln sollen?"

„Hören Sie, es ist Weihnachten, die Leute wollen zu ihren Verwandten, und da möchten sie rechtzeitig zum Heiligabend ankommen. Wir versuchen das Schnellste aus den Loks herauszuholen, was die Zugführer bei den Witterungsverhältnissen verantworten können, da werde ich bestimmt niemanden sagen, er solle halblang machen?“
„Aber was ist, wenn etwas passiert?“
„Sind Sie nicht derjenige, der heute seinen letzten Tag hat?“
„Was hat das damit zu tun?“
„Na ja, wenn ich meinen letzten Tag hätte, würde ich auch peinlichst darauf achten, nen guten Abgang zu machen. Also ich geb's weiter, sollen die von der Inspektion entscheiden, was zu tun ist. Vielleicht schaffen sie`s ja nach den Feiertagen, sich die Gleise anzusehen. Machen Sie sich keine Sorgen, in ein paar Stunden sitzen die Leute vor ihren geschmückten Christbäumen, dann wird's ruhiger.“
Der Beamte verabschiedete sich, und Paul hörte nur noch ein Klicken in der Leitung. Er lehnte sich zurück, blickte wieder auf den Monitor und hoffte, der Beamte würde trotz der Hektik die Bahninspektion informieren.

Stunden vergingen, der Wind wurde immer heftiger und das Schneetreiben dichter. Obwohl Paul ständig Neuigkeiten über den Stand der Verspätungen durchsagte und sich für die Witterungsverhältnisse entschuldigte, konnte er über den Monitor den Ärger der Fahrgäste auf ihren Gesichtern deutlich ablesen. Bepackt mit Koffern, Weihnachtsgeschenken und Blumensträußen, die in der Kälte zu erfrieren drohten, warteten sie ungeduldig auf die eintreffenden Züge. Eine junge Frau versuchte ihr Baby im Kinderwagen zu beruhigen, indem sie das Gestell auf- und niederwippte und ein übergroßes Schaltuch schützend über die Kinderwagenöffnung hielt. Paul fertigte die Züge ab, so schnell es ging. Die Zugführer waren angespannt, sodass sie kaum noch Zeit für ein paar Worte fanden. Mittlerweile waren bereits drei Reservezüge außerplanmäßig durch Joschendorf hindurch gefahren.

Doch Paul war noch immer beunruhigt wegen der Gleise zwischen Joschen- und Herminendorf. Er saß vor seinem Schreibtisch und dachte nach. Sollte er vielleicht direkt bei der Bahninspektion anrufen? Oder war er wirklich zu überängstlich? Im Grunde kannte er die Geschichte doch nur von Kalle, der mit einem der Zugführer gesprochen hatte und dieser vielleicht viel zu schnell gefahren war. Andererseits… er dachte an das tragische Zugunglück in Eschede vor einigen Jahren und an das in Bad Aibling vor nicht allzu langer Zeit. Damals kamen über hundert Menschen um und mehrere waren schwer verletzt. Und wenn sich so ein Unglück nun wiederholen würde? Aber die Gleise waren im Sommer erst überprüft worden, er selbst hatte den Bauarbeitern kurzzeitig über die Schulter gesehen. Paul stand auf, ging zu dem kleinen Aktenregal und zog einen Ordner aus dem Fach. Er blätterte und fand die Kopie des Wartungsberichts, darauf wurde eine ordnungsgemäße Überprüfung bescheinigt, über behobene Mängel konnte er nichts finden. Wieder setzte er sich zurück, versuchte sich abzulenken, blätterte in der Tageszeitung und bekam den Gedanken nicht aus dem Kopf, irgendetwas tun zu müssen. Mittlerweile begann es schon wieder zu dämmern und noch immer warteten die Fahrgäste auf die verspäteten Züge, in der Hoffnung noch rechtzeitig bei ihren Angehörigen anzukommen.

Paul griff zum Telefonhörer und wählte die Nummer der Bahninspektion, wenn er schon nichts weiter tun konnte, so wollte er sich wenigstens vergewissern, dass seine Anfrage weitergegeben wurde.
„Hallo, Einsatzzentrale der Bahninspektion."
„Guten Tag, Bahnhof Joschendorf. Ich hatte am Vormittag eine Meldung durchgegeben zur Überprüfung der Gleise zwischen Herminen- und Joschendorf. Wurde die Meldung an Sie weitergeleitet?"
„Einen Moment, ich sehe einmal nach."
Paul hörte im Hintergrund lautes Stimmengewirr und heftiges Tastaturgeklapper. Anscheinend hatten die Beamten tatsächlich jede Menge zu tun.
„Ja, hier ist eine Meldung eingegangen. Wir kümmern uns darum sobald unsere Mitarbeiter die akuten Probleme auf dem Streckennetz gelöst haben."
„Aber vielleicht ist dieser Abschnitt auch akut?"
„Hören Sie, bisher haben wir nur von Ihnen diese Meldung erhalten, und solange die Züge noch fahren können, haben wir in anderen Gleisabschnitten dringendere Probleme zu lösen. Wir bearbeiten die Sache, sobald es geht."
Damit war für den Beamten das Gespräch beendet. Paul legte auf. Was konnte er nur tun, um sich Gewissheit zu verschaffen? Die Station durfte er nicht ohne Aufsicht lassen, denn sonst wäre er selbst die paar Kilometer hinausgefahren und hätte nachgesehen. Egon lag mit hohem

Fieber im Bett, seine einzige Hoffnung war Kalle. Mit zitternden Fingern wählte er die Telefonnummer seines Kollegen.
„Hallo Kalle“
„Was gibt’s denn?“
„Ich bin beunruhigt wegen der Gleisgeschichte zwischen Herminen- und Joschendorf, von der du mir erzählt hast. Ich würde gern mal rausfahren und mir die Sache genau ansehen, könntest du eben einspringen?“
„Mensch Paul, nun mach dir mal keine Sorgen. Harald hatte das Gleis heute Morgen nur beiläufig erwähnt, eigentlich wollte er sich von dir verabschieden. Hast du denn in der Zentrale angerufen?“
„Ja, aber die haben bei dem Schneesturm zu viele andere Baustellen und mich vertröstet.“
„Na siehst du, wenn die das nicht für so wichtig erachten, dann solltest du dir auch keine Sorgen machen. Du hast deine Schuldigkeit getan, mehr kannst du nicht unternehmen.“
„Also würdest du nicht kommen?“
„Weißt du, ich habe die gesamte Familie hier und wir trinken gerade Kaffee, die Enkelkinder sind schon so aufgeregt. Um siebzehn Uhr kommt doch ohnehin die Ablösung, dann kannst du dir die Sache ja ansehen, wenn es dich beruhigt.“
„Vielleicht hast du recht, ich sollte warten, bis zum nächsten Schichtbeginn.“
Sie verabschiedeten sich voneinander und legten auf. Paul atmete tief durch, er sah aus dem Fenster. Der Sturm war ungebrochen und fegte immer neue Schneemassen über die Straßen und den Bahnsteig. Die Streufahrzeuge

fuhren rund um die Uhr, um dem Schnee Herr zu werden, und die Jungs von der freiwilligen Feuerwehr waren schon seit heute Morgen damit beschäftigt, umgestürzte Bäume von den Straßen zu räumen oder vorm Umfallen zu sichern. Paul sah auf die Uhr. Bis zur Ablösung würde noch über eine Stunde vergehen, und er hatte nicht einmal eine Mobilnummer von dem Kollegen. Dann sah er auf den Fahrplan. Bis zur nächsten Zugabfertigung waren noch gut vierzig Minuten Zeit, bei den Verspätungen vielleicht etwas mehr. Und wenn er sich nun doch ins Auto setzte und zu den Gleisen hinausführe? Die Stelle an der die Schienen nicht in Ordnung sein sollten, waren vielleicht sechs Kilometer entfernt, bis zur nächsten Abfertigung würde er es locker hin und zurück schaffen. Es war den Fahrdienstleitern untersagt, während der Dienstzeit den Bahnhof zu verlassen, aber was konnten sie ihm schon anhaben? Er hatte seinen letzten Arbeitstag und eine fristlose Entlassung machte wenig Sinn? Pauls Herz klopfte, er merkte, wie ihm das Blut in den Kopf stieg und kribbelnd durch seine Adern rann. Er kramte nach der Taschenlampe im unteren Fach der Büroschublade, dann zog er seine Jacke an, nahm die rote Mütze vom Haken und verließ das Büro. Die Tür schloss er sorgfältig ab, schlich sich, als wollte er ein geplantes Verbrechen ausführen, die kleine Treppe hinunter auf den Bahnsteig und hinaus zu seinem Auto. Hastig steckte er den Schlüssel ins Schloss und fuhr los. Er kannte die Strecke genau, die Gleise lagen direkt neben der Fahrbahn, doch er kam nur langsam voran. Die Straßen, die die Streumannschaften mit ihren Fahrzeugen freigeräumt hatten, waren innerhalb von wenigen Minuten wieder zugeschneit und verwandelten den Asphalt zu einer schmierigen spiegelglatten Schneedecke. Paul sah auf die Uhr, ihm blieben noch ungefähr dreißig Minuten bis der nächste Zug in Joschendorf eintreffen würde. Er konnte kaum etwas durch die Windschutzscheibe erkennen, das Gebläse hatte er auf volle Kraft gestellt und die Scheibenwischer auf die schnellste Stufe. Endlich kam er der Stelle näher, die Harald vermutlich meinte. Zwischen den beiden Dörfern an den Gleisen gab es eine kleine Haltebucht, dort konnte er den Wagen parken. Paul stieg aus, knipste die Taschenlampe ein und stapfte die Böschung hinauf. Seine Uniformhose versackte knöcheltief im Schnee, und Sekunden später spürte er kaum noch seine Zehen vor Kälte in den leichten Halbschuhen. Er rutschte ab, fiel auf die Knie, musste sich abstützen und hätte beinahe die Taschenlampe verloren. Vollkommen durchnässt stand er nun vor den Gleisen und leuchtete auf das Metall. Auf den ersten Blick konnte er nichts erkennen, dann hockte sich Paul vor die Gleise, wischte sie vom Schnee frei und strich mit der Hand sachte über das Metall. Er schrak zurück, das konnte doch nicht möglich sein? Dort wo der obere Schienenstoß zusammengeschweißt war, spürte er einen Riss, fein und kaum zu sehen, aber er war da. Er untersuchte die Schwellenschraube, ruckelte kurz daran und hielt sie plötzlich in seinen Händen. Schnell steckte er sie wieder zurück, dann ging er zur nächsten Schraube und zur übernächsten und zu der darauf folgenden – überall dasselbe. Und auch die Risse an den Schienenstößen wiederholten sich. Was war hier passiert? Hatte man die Wartung im Sommer nicht korrekt durchgeführt, wollte jemand den Zug sabotieren? Pauls Gedanken rasten.

Wenn einer der nächsten Züge mit hoher Geschwindigkeit hier über diese Gleise fuhr, dann wäre es so sicher wie das Amen in der Kirche, dass die Wucht des Kolosses die Schienen an der Bruchstelle auseinanderdrückten, die lose sitzenden Halterungen herausrutschten und den Zug zum Entgleisen brächten. Paul dachte daran, die Gleisstrecke abzugehen, um herauszufinden, wie weit die Beschädigung führte, aber er durfte keine Zeit verlieren. Der nächste Zug würde in etwa zwanzig Minuten eintreffen. Er hastete hinunter zu seinem Wagen und fuhr in Richtung Bahnhof. Kein Zug durfte diese Gleise auch nur ein einziges Mal noch passieren, das war ihm klar. Am Bahnhof stellte er den Wagen ab, rannte die Treppe hoch und griff zum Telefon. Zitternd wählte er die Nummer der Inspektion. Jetzt musste die Zentrale reagieren, ob sie wollte oder nicht.
„Hallo, Leitzentrale der Bahninspektion."
„Hier noch einmal Bahnhof Joschendorf. Ich hatte heute Nachmittag schon angerufen…" Paul hechelte ins Telefon, doch der Beamte unterbrach ihn.
„Sie schon wieder. Ich habe Ihnen doch bereits gesagt, dass wir uns darum kümmern, sobald wir die Mitarbeiter zur Verfügung haben."
„Aber es kann nicht warten. Ich habe mir die Gleise angesehen, die Schienen sind an mehreren geschweißten Stellen der Schienenstöße gerissen, und die Schwellenschrauben sitzen so lose in ihrer Befestigung, dass ich sie mit der Hand herausziehen konnte."
„Bleiben Sie ruhig. Wo genau ist der Abschnitt?"
„Etwa fünf Kilometer vor Joschendorf, hinter Herminendorf."

„Okay, ich schick einen Trupp raus, damit die sich die Sache ansehen. Bis dahin verhalten Sie sich bitte ruhig und verbreiten keine Panik, alles klar?“
„Aber dann kann es schon zu spät sein.“
„Bitte, lassen Sie uns unsere Arbeit tun, der Trupp ist so gut wie unterwegs.“
Paul musste einsehen, dass er bei dem Beamten nichts weiter ausrichten konnte, er legte auf und sah auf die Uhr. Zehn Minuten bis zur planmäßigen Einfahrt. Mit Sicherheit würde auch dieser Zug Verspätung haben. Wieder griff Paul zum Hörer, diesmal wählte er direkt die Nummer des Zugführers. Es war Ronny, ein erfahrener alter Hase, der die Strecke mehrmals täglich hin- und zurückfuhr.
„Hallo Ronny, Paul hier von Joschendorf. Du musst den Zug anhalten, verstehst du?“
„Was soll ich?“
„Du kannst nicht nach Joschendorf einfahren, die Schwellenschrauben sitzen locker in den Gleisen und mehrere Schienenstöße sind angerissen.“
„Sag mal, Paule haste wat jetrunken? Ick bin die Strecke heute bestimmt schon dreimal rauf und runterjefahn und da war nix locker. Ick bin eh schon spät dran, nu mach mir nich kirre.“
„Mensch Ronny, du musst anhalten!“
„Also ick kann ja verstehen, dass de an deinem letzten Tach `n bisschen Aufsehen erregen willst, aber wenn de Schrauben bis jetzt jehalten ham, dann wern se das in der nächsten halben Stunde och noch tun, vorher bin ick eh nich bei dir, un nu lass man jut sin.“

Paul legte auf. Was sollte er nur tun, wenn niemand auf ihn hören wollte? Es nützte nichts, zunächst musste er die wartenden Fahrgäste über die Verspätung informieren. Mutlos regulierte er die zentrale Anzeige über dem Bahnsteig, nahm das Mikrophon und machte seine Durchsage. „…ich wünsche Ihnen trotz der schlechten Witterungsverhältnisse eine frohe Weihnacht“, schloss er seinen Satz ab, dann ließ er sich in den Stuhl zurückfallen. Dreißig Minuten hatte Ronny gesagt, bis dahin würde seine Ablösung aus Hannover bereits hier sein, doch was wäre, wenn auch die ihm nicht glauben würde? Es war dann nicht mehr seine Schicht, und er musste das Schicksal der Menschen einem anderen überlassen. Paul wischte sich mit der Hand über das Kinn. Was würde er jetzt darum geben, bereits im Ruhestand zu sein. Bis heute Morgen hatte er diesen Tag gehasst, hätte ihn am liebsten hinausgezögert oder wäre gar nicht erst zum Dienst erschienen. Er blickte auf den Bilderrahmen mit den Fotos darin. Vergangenheit – ‚Alles ist vergänglich‘, dachte er, ‚so wie ich bald vergessen sein werde, so wie über Joschendorf bald nur noch geisterhafte Stimmen hinwegfegen würden, um den Fahrgästen die notwendigsten Informationen für ihre Fahrt mitzuteilen‘. Die Kameras an den Strecken waren bereits überall angebracht, im Grund warteten sie nur noch auf seinen Abtritt, bis sie hier die Türen schließen konnten. Pauls Gedanken hielten inne – das war`s, in der Zentrale konnte man die Gleise über eine der neuen Kameras sehen. Paul sprang auf, er sah auf die Uhr. Zwanzig Minuten noch. Wieder klopfte sein Herz bis zum Anschlag. In zehn Minuten würde seine Ablösung kommen. Es war ihm egal, ob der Beamte ihn dann antreffen würde oder nicht. Plötzlich wusste er, wie er den Zug retten konnte und die vielen Menschen, die einem gesegneten Weihnachtsfest entgegenfuhren. Paul zog sich noch einmal die Jacke an, seine nasse Hose klebte an den hageren Beinen und ließ fröstelnde Kälte in ihm hochsteigen. Hastig zog er den Autoschlüssel, das Smartphone und seine Fahrzeugpapiere vom Tisch und lief zur Tür. Der Wagen war noch warm und sprang sofort an, und auch der Sturm schien ein wenig nachgelassen zu haben, nur die Flocken rieselten unaufhörlich weiter und versperrten Paul die Sicht. Er musste sich jetzt beeilen, musste die Stelle finden, an der die Bauarbeiter die Kameras angebracht hatten. Paul parkte sein Auto an derselben Stelle wie vorhin. Er stieg aus, nahm die Taschenlampe und bahnte sich einen Weg zu den Gleisen. Wieder rutschte er aus, wieder fiel er auf die Knie und durchnässte seine Hose, aber es war ihm egal. Dann endlich hatte er die Böschung erklommen. Er stellte sich direkt vor eine der Kameras, und noch einmal blickte er auf die Uhr. In wenigen Minuten würde Ronny den Zug hier vorbeiführen. Langsam ging er auf die Bahnstrecke und stellte sich mitten auf die Schienen, aber so, dass die Kamera ihn fest im Blick hatte und er vor und hinter sich die kilometerlange Gleisstrecke sehen konnte. Der Wind pfiff und wehte seine Haare wild durchs Gesicht. Paul zog sein Smartphone aus der Jackentasche und wählte die Nummer der Zentrale.

„Deutsche Bundesbahn, guten Abend."

„Hallo, Sie müssen den Zug nach Joschendorf stoppen. Auf den Gleisen steht ein Mann und möchte sich das Leben nehmen."

„Bleiben Sie in der Leitung, wir überprüfen das."
Paul hörte ein Knacken, dann etwas weihnachtliche Musik. Er nahm das Smartphone vom Ohr und versuchte durch den Schneeschleier auf die Schienen zu blicken. In der Ferne hörte er den Zug. Wenn der Beamte nicht in wenigen Sekunden wieder in die Leitung zurückkäme, dann.... Paul konnte nicht daran denken, er wollte es nicht. Er stand im rieselnden Schnee auf den Gleisen und hörte das Rattern des Zuges immer näher kommen, in einer Geschwindigkeit, die keinen Zweifel daran ließ, dass der Beamte in der Zentrale die notwendigen Schritte noch nicht eingeleitet hatte. Der Zug kam näher und näher, jetzt konnte Paul seine Lichter sehen, in rasender Geschwindigkeit kamen Sie auf ihn zu. Paul sah auf die Lichter des Zuges direkt vor ihm, und dann hörte er plötzlich lautes Quietschen und das Geräusch hastig gezogener Bremsen. Nun konnte er auch das Fahrerhäuschen erkennen und seinen Kollegen Ronny, der wie gebannt auf die Schienen sah. In diesem Moment nur wenige Meter mit einem lauten Ausstoß von dichtem Nebel aus den Bremszylindern kam der Zug zum Stehen. Sekundenlang geschah nichts. Paul atmete tief durch, Sein Herz jagte noch immer das Blut in heftigen Stößen durch seinen Körper. Langsam spürte er, wie ihn die Kälte wieder durchfröstelte. Noch immer starrte er geradeaus auf den Zug und die Fahrerkabine.
„Hallo, sind Sie noch in der Leitung?", fragte der Beamte in der Zentrale.
Paul nahm das Smartphone an sein Ohr.
„Ja, ich glaube, es ist niemand zu Schaden gekommen, alle sind gerettet."

„Warten Sie noch einen Moment, wir benötigen Ihre Personalien für den Bericht."
„Die stehen seit 45 Jahren in Ihren Akten."
Paul schaltete das Smartphone ab. Er wusste, dass es eine Untersuchung für diesen Fall geben und irgendjemand seine Handlungsweise in Frage stellen würde. Man würde darüber debattieren, ob er seine Kompetenzen überschritten und dem Unternehmen unnötige Kosten verursacht hatte. Doch all das interessierte ihn nicht. Ab morgen war er im Ruhestand, und ‚seine Reisenden' konnten friedlich Weihnachten feiern.

Konjunktur für Weihnachtsmänner

Stolz betrachtete ich mein Spiegelbild. Zugegeben, Ärzte würden mich für stark übergewichtig halten, aber in meinem Fall gehörte der Bauch quasi zum Berufsbild. Auch meine Runzeln in dem altersbedingt gedunsenen Gesicht, dazu die knollige Nase, für die ich in meiner Jugend so oft gehänselt wurde, passten zum Gesamteindruck. Und das Beste: Selbst der lange Rauschebart war in monatelanger Prozedur gewachsen, lediglich bei der Farbe für Haar, Bart und Augenbrauen hatte ich etwas nachhelfen müssen. Weiß und buschig stand mir jedoch ausgezeichnet, fand ich. Den dunkelroten Samtmantel und die schweren Stiefel, passend in meiner Größe mit etwas Luft für dicke Socken, wurden mir von der Weihnachtsmann-Agentur gestellt, und man unterrichtete mich sogar mit anderen meiner Zunft in einem mehrstündigen Training über die Do's und Dont's bei der Klientel. „Die Zufriedenheit unserer Kunden steht an erster Stelle!" hatte die Dame von der Agentur gebetsmühlenartig wiederholt, damit wir sie draußen niemals vergessen und stets aufs Neue beherzigen würden.

Was hatte ich doch für ein Glück mit meinem Zuverdienst als Rentner. Nach meinem langen Arbeitsleben durfte ich von nun an nur noch Freude schenken. Es war eine Berufung, die mir über die dunklen Wintertage half, den Rest des Jahres aber genug Freiraum für meine Vergnügungen gab. Überall, wo ich auftauchte, würde ich ein Lächeln auf die Gesichter von Jung und Alt zaubern, könnte zusehen, wie sich die Alltagshektik für einen Moment legte und liebgewonnener Aberglaube die Menschen glücklich machte.

Es war bereits Mitte Dezember, und viele meiner Kollegen taten schon ihren Dienst. Sozusagen als Eingewöhnung, so hatte die Dame von der Agentur gesagt, sollte ich zunächst einige Tage am Eingang eines Kaufhauses stehen und den Shoppern kleine Gutscheinkärtchen in die Hand drücken, die sie bei ihren Einkäufen einlösen konnten. Ein junger Mann aus der Marketingabteilung nahm mich in Empfang, begutachtete meine Uniform von Kopf bis Fuß und stellte mich anschließend fachmännisch an den mir zugedachten Platz vor dem Haupteingang des Kaufhauses. Dann drückte er mir die Gutscheinkärtchen in die Hand und ließ mich allein. Es war ein kalter trüber Morgen und über den Straßen leuchtete bereits die Weihnachtsdekoration. Zunächst stand ich etwas ideenlos herum und blickte auf die Einkaufswilligen, die an mir vorbei durch die Tür des Kaufhauses huschten. Hin und wieder sah einer zu mir auf und lächelte. Schnell reichte ich ihm eines meiner Kärtchen. Einige streckten ihre Hand danach aus, warfen einem kurzen erwartungsvollen Blick darauf und steckten sie in ihre Jackentasche. Andere nahmen den Gutschein entgegen, warfen ihn jedoch ohne eines Blickes der Würdigung in den Abfallbehälter, der im Innern des Kaufhauses direkt hinter der großen Glastür stand. Die meisten aber hasteten zielstrebig an mir vorbei, scheuten einen Augenkontakt zu mir oder meinen Kärtchen, als befürchteten sie, sich dadurch mit einer tödlichen Krankheit anzustecken. Es war ein mühsames Geschäft. Ich lächelte, wünschte fröhliche Weihnachten, sprach das Wort ‚Gutschein' so klar und deutlich wie möglich aus, aber wie sehr ich mich auch bemühte, irgendeinen Kontakt zu meiner Klientel herzustellen, erntete ich höchstens ein müdes Lächeln. Ein kleiner Junge an der Hand seiner Mutter griff freudig nach meinem Kärtchen, doch im letzten Moment zog die Frau ihn schroff zurück mit den Worten, dass ich nicht der richtige Weihnachtsmann sei, sondern die Menschen nur zum Geldausgeben verleiten solle und er niemals von Weihnachtsmännern wie mir etwas annehmen dürfe. Ich lächelte den Jungen mitleidig an, als er mir im Vorbeigehen einen verabscheuungswürdigen Blick über die Schulter zuwarf. Am späten Nachmittag waren meine Finger und Füße, trotz der dicken Socken in den Stiefeln, steif gefroren, sodass ich sie kaum noch spürte. Der Stapel mit den Gutscheinkärtchen in meiner Manteltasche war zwar merklich geschrumpft, dafür hatte ich beobachtet, dass ein Mitarbeiter des Kaufhauses den Abfallbehälter hinter der großen Glasscheibe bereits zweimal leeren musste. Am Abend erlöste mich der junge Mann aus der Marketingabteilung, meinte, dass ich meinen Job sehr gut gemacht hätte und klopfte mir dabei ermutigend auf die Schulter. Doch mein Lächeln war mittlerweile ebenso eingefroren wie Hände und Füße und die Enttäuschung über meinen ersten Arbeitseinsatz zerrte an meinem Gemüt.

In den darauf folgenden Tagen erging es mir nicht besser. Ich lächelte, wünschte frohe Weihnachten und überreichte Gutscheinkärtchen, die nicht eingelöst wurden. Nach einer Woche bat ich bei der Dame der Weihnachtsmann-Agentur um die Möglichkeit eines anderen Einsatzes, der mir etwas mehr Annäherung zu den Menschen bringen würde und denen ich meine Freude schenken durfte. Nach einiger Überlegung sagte sie voller Entzückung:
„Ich habe etwas für Sie, dass Ihnen sicher mehr Spaß machen wird."
Sie reichte mir eine Adresse der noblen Geschäftsviertel der Stadt, nannte mir Zeit, Ansprechpartner und eine Telefonnummer, unter der ich nähere Informationen über meinen Einsatz erhalten würde. Am Abend des folgenden Tages stiefelte ich in den stuckverzierten Saal eines um die Jahrhundertwende erbauten Bürogebäudes. Fleißige Mitarbeiter einer Cateringfirma waren damit beschäftigt, ein Büfett mit allerlei Köstlichkeiten zu bestücken und etwa 25 runde Tische für jeweils 10 Personen festlich einzudecken. Im vorderen Teil des Raumes auf einer schmalen Bühne rückten Techniker ein Rednerpult zurecht und stellten durch mehrmaliges „Eins, zwei, eins, zwei" die optimale Tonqualität des Mikrophons ein. Links vom Pult stand eine Musikanlage, und ein bebrillter Mann mit knittrigem Anzug hielt einen Kopfhörer an sein Ohr, während er sein Programm für den heutigen Abend noch einmal überprüfte. Ein riesiger Weihnachtsbaum mit glitzernden goldenen Kugeln, jeder Menge Lametta und einer Baumspitze in Form des sich drehenden Firmenlogos prunkte auf der rechten Seite der Bühne.

Eine elegante Dame mit Kostüm, Perlenkette und einigen Zetteln in der Hand sah mich und hastete herzlich lächelnd auf mich zu.
„Da sind Sie ja. Toll sehen sie aus, so richtig echt“.
Ich lächelte zurück, gab ihr die Hand und wartete auf meine Anweisungen für den bevorstehenden Abend.
„Sie haben gar nicht viel zu tun. In einer halben Stunde kommt unsere Führungsebene. Sie bleiben hier am Eingang stehen und überreichen jedem Mitarbeiter eines dieser Geschenke.“
Damit reichte sie mir einen Jutesack. Die darin enthaltenen Päckchen hatten die Form eines Visitenkartenkästchens, eingewickelt in einem silberfarbenen Geschenkpapier mit Firmenlogo und einer großen blauen Schleife.
„Sobald alle Platz genommen haben, werden einige Reden gehalten. Danach wird das Büfett eröffnet und etwas später beginnt der lockere Teil der Veranstaltung mit Tanz und Unterhaltung. Sie mischen sich dann unter die Gäste, gehen von Tisch zu Tisch und verteilen diese kleinen Wunschzettel.“
Wieder erhielt ich Kärtchen. Diesmal sollten die Empfänger ihre Ideen für die Firmenweihnachtsfeier im kommenden Jahr darauf notieren.

Wenig später empfing ich also die Mitarbeiter der Führungsebene, und wie es meine Aufgabe war, verteilte ich aus meinem Jutesack die kleinen Geschenke mit dem Silberpapier, Firmenlogo und der großen blauen Schleife. Die Eintretenden lächelten mir zu, sagten „Oh“ und „Ah“ zu der Überraschung, erwiderten mein „Fröhliche Weihnachten“ oder tätschelten meinen Bauch und Bart, als wollten sie prüfen, ob ich auch tatsächlich der echte Weihnachtsmann war. Voller Freude ging ich in meiner Arbeit auf, ließ hin und wieder ein tief grollendes „Hohoho" verlauten oder schnackelte mit dem Finger, wenn sich einer von ihnen zu nah an mich heranwagte. Dann wurden die Reden gehalten. Zahlen, Balkendiagramme und viele bunte Bilder tauchten an einer Leinwand hinter dem Rednerpult auf, wurden von der obersten Leitung in ein gutes Licht gerückt, anerkennend dokumentiert oder visionär fortgeschrieben, um zu noch mehr Leistung anzuspornen. Als einige Zeit später das Büffet eröffnet wurde, bildete sich innerhalb weniger Sekunden eine Schlange fröhlich lachender Damen und Herren in eleganter Businesskleidung vor diversen Platten mit ausgesuchten Delikatessen. Ich nahm währenddessen auf einem Stuhl vor dem Eingang Platz, und kurz darauf kam die elegante Dame in Kostüm und Perlenkette zu mir herüber und lud mich ein, gleichfalls vom Büffet zu speisen, sobald alle anderen gegessen hatten. Ich nickte ihr dankend zu und beobachtete vom meinem Platz aus die muntere Menge. Hin und wieder kam einer der Gäste aus dem Saal, ging mit einem munteren Zunicken an mir vorbei, um das WC im Gang aufzusuchen.

Schließlich trat der bebrillte Mann in seinem knitterigen Anzug hinter seine Anlage und startete mit dem Musikprogramm. Das Licht im Saal verdunkelte sich gemütlich schummrig, sodass die Flammen der Kerzen auf den runden Tischen deutlicher als zuvor hervorglänzten. Sofort erhoben sich die ersten Bewegungswütigen und zwäng-

ten sich beschwingt zur Tanzfläche vor, um dem Rhythmus der Musik zu folgen. Dies war auch der Aufruf für mich, mit meiner zweiten Aufgabe zu beginnen. Ich nahm meine Wunschkärtchen, steckte mir einen Teil davon in die Tasche meines Mantels und startete meine Tour durch die Menge. Fröhlich lachend wurde ich bereits am ersten Tisch in Empfang genommen.
„Herr Nikolaus, gibt es noch mehr Geschenke?“ und „Ach, jetzt sollen wir wohl die Arbeit für die Eventabteilung machen“.
Wann auch immer ich mein Zettelchen jemandem in die Hand drückte, herrschte freudige Stimmung. Und so ging ich von Tisch zu Tisch, ließ mein „Hohoho“ vernehmen, schnackelte ab und zu mit dem Finger und erfand Geschichten von meinem aufregenden Leben als Weihnachtsmann. An jedem Tisch war ich ein willkommener Gast, sollte mich niederlassen und wurde zu dem einen oder anderen Glas Wein eingeladen. Alkohol zu trinken war mir jedoch strengstens von der Agentur untersagt worden. Schließlich war die Kundenzufriedenheit oberste Priorität, und ich wollte diesem Ziel gerecht werden. Und so lehnte ich jedes Mal höflich ab mit dem Vorwand, dass Rudolf der Leithirsch mit der roten Nase, zwar die Wege kannte, dennoch auf einen nüchternen Schlittenführer nicht verzichten konnte.

Je weiter die Stunden voranschritten, umso übermutiger wurden die Gäste. Die Tanzbegeisterten unter ihnen hatten längst Jackett, Krawatte oder Pumps abgelegt und bewegten sich zum Teil wild und hemmungslos, als wollten sie mit ihren Windungen dem Paarungsritual von Kranichen folgen. Doch auch an den Tischen herrschte munteres Treiben, und nicht jede Hand legte sich auf einen Körperteil seines Gegenübers, wo es angemessen schien. Witze und Anekdoten erhielten einen zunehmend pikanten Beigeschmack und wurden laut lachend quittiert. Hin und wieder wankten einige heiter zum Büffet, um noch ein Häppchen von den Köstlichkeiten zu naschen. Während die Mitarbeiter ihrer Fröhlichkeit ungehemmt Ausdruck verliehen, wischte ich mir zum wiederholten Male den Schweiß von der Stirn. Mein dicker dunkelroter Samtmantel lag auf meinem Körper wie ein mittelalterliches Kettenhemd und schien halbstündlich an Gewicht zuzunehmen. In den schweren Stiefeln spürte ich meine Füße in warmer Feuchtigkeit schwabbern. Ich trank jede Menge Mineralwasser, das meiner Hitze wenigstens von innen heraus etwas Wohltat verschaffte. Gerade als ich in den Vorraum trat, um mich draußen in der kalten Dezemberluft etwas abzukühlen, packten mich plötzlich von hinten zwei kräftige Hände unter die Arme und hielten mich zurück. Ich erschrak, doch ehe ich noch ein Wort hervorbringen konnte, drehten mich die Hände in Richtung Saal.

„Hallo, Herr Weihnachtsmann, Sie wollen doch wohl nicht schon gehen. Die Party fängt doch erst richtig an."

Ich blickte mich um und sah in die Augen zweier jüngerer Herren, die mich, gefolgt von einigen kichernden Damen, durch den Saal direkt auf die Tanzfläche zuschoben.

„Los Väterchen, zeig uns mal, ob so ein Nikolaus auch tanzen kann", rief einer von ihnen und lachte über seine Schulter einer der Damen zu.

„Au ja, ich will mit ihm tanzen“, entzückte sich die junge Frau, klatschte mit über den Kopf erhobenen Händen und tänzelte wackelnden Gesäßes meinen Verfolgern und mir hinterher. Mir wurde schwindelig, ich versuchte mich aus den Griffen zu winden, spürte jedoch, dass es sinnlos war, mich aus der Situation zu befreien. Mittlerweile johlten auch die anderen Gäste, standen von ihren Tischen auf, liefen laut lachend und in die Hände klatschend zur Tanzfläche, um mich tanzen zu sehen. Mir brach der Angstschweiß aus. Verzweifelt suchten meine Augen die elegante Dame mit dem Kostüm und der Perlenkette, fanden sie und sahen auch bei ihr ein spöttisch ausgelassenes Lachen. ‚Die Zufriedenheit unserer Kunden hat oberste Priorität‘ schoss es mir durch den Kopf, und da stand ich auch schon auf der Tanzfläche vor der Bühne, umringt von einer Horde alkoholisierter Führungskräfte, die mich händeklatschend ermunterten zu hüpfen, wie Eingeborene vor einem Jagdaufbruch. Der DJ stimmte einen Song mit hämmerndem bassüberladenen Rhythmus an, in dem es keinen Text gab, sondern lediglich eine düstere, gewaltvolle Männerstimme, die „Let’s dance Santa!“ ausrief. Die junge Dame mit dem wackelnden Gesäß hüpfte nun direkt vor mir von einem Bein auf das andere, wedelte mit ihren Händen über dem Kopf zum Rhythmus der Musik und schüttelte ihren Busen. Dabei kam sie mir so gefährlich nahe, dass ich vor Schreck einen Schritt zurück trat. Vorsichtig versuchte auch ich von einem Bein auf das andere zu treten, sodass es ein wenig wie Tanzen aussah. Mein Mantel wippte schwerfällig über meinem Körper, als hätte jemand ein Bleiband in den Saum genäht, meine Füße patschten in

ihrem Schweiß, Ich keuchte und versuchte mir dennoch ein Lächeln abzuringen. ‚Die Zufriedenheit unserer Kunden hat oberste Priorität', erinnerte ich mich.
„Los Santa, it's christmas party", schrie es aus der Menge.
„Ein bisschen Sport hält dich fit", rief eine männliche Stimme.
„Ja, wie soll er auch mit dem Bauch durch die Kamine rutschen", grölte es von der anderen Seite.
"Schenkt ihm mal `nen ordentlichen Schnaps ein, damit er seine Hemmungen verliert", kam es von einem der Tische.
„Der verliert gleich noch etwas ganz anderes", ergänzte jemand, kommentiert vom lauten Lachen der anderen.
„Au ja, Striptease Santa", quiekte diesmal eine weibliche Stimme.
Ich erschrak, tanzte, was das Zeug hielt, keuchte und schnappte nach Luft, damit sie mich vielleicht in Ruhe ließen. Doch ich irrte mich gewaltig.
"Striptease, Striptease, Striptease…", schrien jetzt auch alle anderen und klatschten dazu im Rhythmus. Bevor ich noch etwas sagen konnte, fingerte die vor mir tänzelnde junge Frau an meinem Gürtel herum. Ich schüttelte energisch den Kopf, hielt ihre Hände zurück und rief, das dies zu weit ginge, doch sie ließ sich nicht abhalten. Unter immer lauter werdendem Gejohle riss sie mir die Schnalle auf, zog mir den Gürtel vom Leib und wedelte ihn wie ein Lasso über ihrem Kopf, bevor sie ihn mit einem kreischenden Juchzen in die Menge warf.

„Lass mal sehen, ob das auch alles echt ist da unter dem Mantel“, schrie es wieder aus der Menge. Einer der Umstehenden riss mir meine Mütze vom Kopf, ein anderer zupfte mir am Bart, während die junge Frau vor mir nach den Knöpfen meines Mantels fingerte.
„Was trägt denn so ein Weihnachtsmann darunter“, die Menge tobte, und der DJ stimmte ein weiteres Stück an, diesmal „Jingle Bells“ in einer besonders schnellen Discoversion. Ich schluckte, versuchte die Hände der jungen Frau von mir zu halten, protestierte wieder energisch, und spürte schließlich, wie sie mich am Kragen packte und mir mit einem Ruck den Mantel vom Körper fortriss. Schallendes Gelächter brach los, ich schloss meine Augen, vernahm ihren Hohn und hörte ihre Stimmen.
„Der hat ja Feinripp drunter!“
„Echt cool!“,
„Mensch, Unterhosen mit Eingriff, wer trägt denn noch so was?“
„Mann, du hast ja richtig behaarte Beine in deinen dicken Stiefeln.“
‚Die Zufriedenheit unserer Kunden hat für uns oberste Priorität‘ schallte es in meinem Gedächtnis. Mit meinen Händen versuchte ich meine entblößte Männlichkeit zu bedecken, hob meinen Mantel vom Boden auf und schaffte es irgendwie, mir einen Weg durch die Menge in Richtung Ausgang zu bahnen. Lachsalven dröhnten mir hinterher. Jemand warf mir meinen Gürtel über den Rücken und gab mir einen Klaps auf meinen Hintern. Ich sah mich nicht um, rannte wie ich war, aus dem Saal hinaus in die Kälte und wäre beinahe in ein Ehepaar hineingelaufen, das auf dem Bürgersteig an mir vorüberging.

Lachend nahmen sie von meinem Anblick Notiz, bevor sie ihren Weg fortsetzten. Ich atmete tief durch, zog mir hastig meinen Mantel über, band mir den Gürtel um und lief schnellen Schrittes in Richtung Parkhaus. Minuten später schloss ich die Augen hinter meinem Steuer, schnaufte tief durch und genoss einen Moment lang die Stille um mich herum, bevor ich den Motor in Gang setzte und mit zitternden Knien den Wagen zum rettenden Ausgang steuerte.

Zurück in der Weihnachtsmann-Agentur am nächsten Tag entschuldigte sich die Mitarbeiterin mit warmherzigen Worten und betonte, dass ich mich unter den gegebenen Umständen vorbildlich verhalten und laut Kunde zum Erfolg der Weihnachtsfeier entscheidend beigetragen hätte. Ihre Worte flogen ohne Bedeutung durch meinen Kopf hindurch, und ich bat sie lediglich, mir keine weitere Firmenfeier zu vermitteln. Sie nickte gnädig, lächelte mich an und gab mir wiederum einen Zettel mit meinem nächsten Auftrag.
„Das hier ist ganz sicher etwas für Sie. Mit Kindern werden Sie bestimmt keine Probleme bekommen."
Eigentlich hätte ich mich nach dem Firmeneinsatz gern etwas erholt, bevor ich mich an meine nächste Aufgabe machte, aber es war bereits zwei Tage vor Heiligabend und da konnte ich meinen Auftraggeber unmöglich hängenlassen. Ich sollte eine Privatschule besuchen. Meine Kundschaft würde gerade einmal fünf bis maximal acht Jahre sein, ein Alter also, in dem man durchaus noch an

mich glaubte. Hier war vor allem mein Einfühlungsvermögen gefragt, damit ich den richtigen Ton träfe und sich keines der Kinder vor mir fürchtete.

Aufgeregt zupfte ich noch einmal meinen Mantel und die Mütze zurecht, bevor ich kräftig an die Tür des Gruppenraumes klopfte. Ich vernahm ein vielstimmiges helles „Herein!“, schulterte meinen Jutesack, steckte die Rute unter meinen Arm und trat schweren Schrittes ein. Die Kinder saßen im Halbkreis auf Stühlen mit dem Blick nach vorn zu einer übergroßen Tafel gerichtet. Einige von ihnen kicherten, andere ließen ein flüsterndes „Ohhh“ vernehmen. Ich stapfte nach vorn, wo ich von einer jungen Lehrerin mit goldblonden Haaren, die sie zu einem Zopf zusammengebunden hatte, herzlich in Empfang genommen wurde. Da stand ich nun, und nahezu dreißig Augenpaare blickten mich erwartungsvoll an, damit ich sie in der kommenden dreiviertel Stunde unterhalten würde. Ich ließ mein grollendes „Hohohoho“ ertönen, worauf wieder einige kicherten, andere jedoch einen etwas ängstlichen Gesichtsausdruck annahmen. Dann begann ich mit meinem einstudierten Programm.
„Vom Himmel hoch, da komm ich her,
ich muss euch sagen, mein Sack ist sehr schwer.
Doch nicht für jedes Kind ist was dabei,
nur für die Guten habe ich allerlei.
Diejenigen jedoch, die nicht artig sind gewesen,
bekommen die Leviten gelesen.“

„Woher willst du denn wissen, ob wir immer artig waren?“ rief es aus einer der hinteren Reihen. Auf solche

und andere Fragen waren alle Weihnachtsmänner der Agentur eindringlich trainiert worden, schließlich sollte auch die Zufriedenheit der unter Achtjährigen höchste Priorität erhalten.
„Das haben mir die Englein verraten", erzählte ich mit schnackelndem Finger und hochgezogenen Augenbrauen. Ehrfürchtig schauten einige Kinder auf den Jungen, der es wagte, mir mutig entgegenzutreten und drehten sich daraufhin wieder artig zu mir. Andere rutschten auf ihren Stühlen hin und her, ungeduldig wartend, um endlich in den Genuss ihrer Geschenke zu gelangen.
„Wo ist denn dein Schlitten mit den Rentieren?" kam ein zaghaftes Stimmchen aus der vorderen Reihe.
„Nun, da bisher noch kein Schnee gefallen ist, konnten sie mit dem Schlitten nicht auf dem Schulhof landen, und ich musste aus großer Höhe abspringen".
„Rentiere können gar nicht fliegen", rief wieder der Junge aus der hinteren Reihe.
„Meine Rentiere können es", behauptete ich und versuchte schleunigst auf ein anderes Thema zu wechseln: „Und nun wollt ihr mir doch erst einmal ein Gedicht aufsagen. Eure Lehrerin hat mir erzählt, dass ihr etwas gelernt habt."
Ich wandte mich zu der jungen Frau und wartete darauf, dass sie einspringen würde, um mich vor weiteren intelligenten Fragen zu verschonen. Sie lächelte mir sanftmütig zu und wollte sich gerade erheben, um im Einklang die erste Strophe anzustimmen, als sich wieder eine Kinderstimme an mich richtete:

„Meine Mutter sagt, der Weihnachtsmann kommt nur am 24. Dezember. Alle anderen, die man vorher sieht, sind keine echten, und man soll nicht mit ihnen reden."
„Mein Bruder sagt, dass es gar keinen Weihnachtsmann gibt. Das sind immer nur irgendwelche verkleideten Menschen", brachte nun ein anderes Kind mutig vor.
„Bei uns hat zu Weihnachten einmal mein Großvater den Weihnachtsmann gespielt, da war ich noch ganz klein, aber ich habe ihn doch erkannt. Und seitdem ist er auch nie wieder zu uns gekommen", klang es jetzt auch von der anderen Seite.
„Außerdem kann es gar keinen Weihnachtsmann geben. Wie sollte der denn auf der ganzen Welt zur selben Zeit bei allen Kindern sein? Das geht ja gar nicht."
„Und wie soll der Weihnachtsmann denn die vielen Geschenke tragen, das sind ja Trillionen-Millionen Kilos. Wenn du so stark bist, dann kannst du bestimmt den Tisch da hinten hochheben", sagte nun ein kleines Mädchen und zeigte mit ihrem kleinen Finger in den hinteren Teil des Raumes, wo einige Schultische aufgereiht waren.
Ich blickte hilfesuchend zu der jungen Lehrerin, die ihrerseits etwas hilflos die Arme hob und mit einem lauten „Schhhhhhh" versuchte, die aufgebrachte kleine Menge zur Raison zu bringen. Aber ihre Beruhigungsversuche richteten sich an eine Generation selbstbewusster Kinder, die von aufgeklärten Eltern frühzeitig dazu erzogen wurden, so lange Fragen zu stellen, bis ihre Wissbegier gestillt war. Einige Kinder schauten sich zu ihren Mitschülern um, und man merkte ihnen nun deutlich an, dass auch ihre kleinen Gehirne sich in Bewegung setzten und

mit viel Fantasie die Wahrheit über den Weihnachtsmann zu ergründen suchten. Jeder kleine Geist richtete nun Fragen an mich, die er bisher von den Erwachsenen nur unbefriedigend beantwortet bekommen hatte.
„Wieso bist du nie schmutzig, wenn du durch den Kamin kommst?“
„Wieso kaufen die Erwachsenen die Spielsachen im Kaufhaus, wenn sie doch in der Himmelswerkstatt angefertigt werden?“
„Wie kannst du so weit oben im Himmel atmen, wo doch die Luft viel zu dünn ist?“
„Mama sagt, die Weihnachtswerkstatt heißt Amazon.“
„Warum haben Rentiere keine Flügel?“
„Bei uns bringt immer der Paketdienst die Weihnachtsgeschenke.“
„Wieso zeigt Rudolfs Nase den Weg im Himmel an, wenn es doch da oben gar keine Straßen gibt?“
„Wieso hat die Weihnachtsmannadresse eine Postleitzahl auf der Erde?“
Auf so viel Fantasie hatte man uns in dem Training der Weihnachtsmann-Agentur nicht vorbereitet. Ich saß auf meinem Stuhl, unfähig auch nur auf eine der trickreichen Fragen eine plausible Antwort zu geben. Wieder dachte ich daran, dass die Zufriedenheit der Kunden oberste Priorität besaß. Vor meinem geistigen Auge traten unzählige wütende Eltern hervor, die sich erbost über das Entreißen ihrer Sprösslinge aus der behüteten Kinderwelt beschwerten. Ich zog mein Taschentuch aus der Manteltasche und tupfte mir den Schweiß von der Stirn, während ich wieder hilfesuchend zur Lehrerin schaute. Sie zuckte mit den Achseln und schien inständig zu hoffen, dass ich

Antworten auf all die Fragen wüsste. Schließlich kam eines der Kinder auf mich zugestürmt und zog mir kräftig an meinem Bart.
„Aua!", schrie ich auf und blitzte den Lümmel erbost an. Der Junge trat einen Schritt zurück, sichtlich erschrocken, dass mein Bart tatsächlich echt war. Ich witterte meine Chance, den Spieß umzudrehen, zog meine Rute unter dem Arm hervor und erhob sie über den Jungen.
„Nein!", schrie die Lehrerin und warf sich mir entgegen. „Das können Sie nicht tun!"
Schnell steckte ich meine Rute wieder weg und lächelte gespielt besänftigt, obwohl mir bei weitem zu anderen Taten zumute war. Aber die Zufriedenheit meiner Kunden durfte ich nicht aufs Spiel setzen. Doch nun war es mit der Disziplin der Racker restlos vorbei. Sie stürmten auf mich zu, zogen an meinem Bart, stießen mir ihre kleinen Fäustchen in den Bauch und entrissen mir meinen Sack. Wie eine Horde wilder Wölfe um ein erlegtes Reh herum, zerrten sie die Geschenke aus der Jute. Zu ihren Füßen rollten Mandarinen, Äpfel und Schokoladenkugeln, doch sie interessierten sich nur für die Filetstücke, die vielen verpackten Geschenke, zogen wild an Schleifen, zerrissen Papier und stritten sich. Die junge Lehrerin stand mitten drin, zog ein Kind um das andere aus dem Pulk und war vor Hektik puterrot angelaufen. Dabei wedelte sie wild gestikulierend mit dem Arm in meine Richtung und deutete mir an, den Raum zu verlassen. Ich hinterfragte ihre Aufforderung nicht, nahm meine Rute in die Hand, überließ meinen Jutesack den kleinen Monstern und schlich mich schnellen Schrittes aus dem Raum.

Ich rannte durch den überdachten Pavillonweg geradewegs in eine Gruppe von drei Jugendlichen, die auf dem Weg in ihre Klasse waren, bei meinem Anblick in schallendes Gelächter ausbrachen und mich festhielten.
„Bleib doch mal stehen!"
„Hey Alter, musst wohl deinen Schlitten kriegen, was?"
„Wo hast du denn deinen Sack gelassen?"
Ich blickte die Jungs an und flehte stotternd, mich gehen zu lassen, was ihr Gelächter nur noch mehr anheizte. Einer der Jungs packte mich am Kragen, riss mir die Mütze vom Kopf und setzte sie sich auf. Ein anderer hatte wohl Erbarmen mit mir und redete beruhigend auf seine Freunde ein.
„Ach kommt, lasst den alten Mann doch gehen."
Daraufhin ließen sie von mir ab. Ich drehte mich rasch um, froh, der Bedrohung entkommen zu sein und hastete zum Ausgang. Sekunden später vernahm ich ein verächtliches Knistern, schrie auf und warf blitzartig meine Rute von mir, die in hellen Flammen stand. Hastig trat ich mit meinen schweren Stiefeln auf den Reisigzweig bis das Feuer schließlich erloschen war. Zum Glück hatte mich niemand gesehen, und ich sputete mich, auch diesen Ort schleunigst zu verlassen.

Meine anfängliche Euphorie über diesen so freudeschenkenden Beruf war jäh in sich zusammengefallen. Was war nur aus dem Weihnachtsmann geworden, den ich aus meiner Jugendzeit kannte? Zu gern hätte ich einfach alles hingeworfen, aber in zwei Tagen war Heiligabend, der Höhepunkt und zugleich stressreichste Tag für jeden meiner Zunft. Außerdem hatte mich die Agentur bereits fest eingeplant. Ich musste wohl oder übel die Geschichte bis zum bitteren Ende durchziehen. Meinen letzten Einsatz vor dem Heiligabend verbrachte ich wieder mit dem Verteilen von Gutscheinkärtchen, diesmal für ein anderes Geschäft und diesmal vor dem Hauptbahnhof. Die Temperaturen waren kräftig gefallen, und ich fror in dem zugigen Bahnhofeingang. Doch kaum jemand nahm nun noch Notiz von mir. Die Menschen hasteten vorüber, zu den Zügen oder den Taxen, die sie zu ihren Angehörigen bringen sollten. Die meisten hatten ihr Geld schon für Weihnachtsgeschenke ausgegeben und brauchten keine Gutscheine mehr. Meine Kollegen und ich waren in den vergangenen Wochen so oft zu sehen gewesen, dass unser Zauber kaum noch Wirkung zeigte. Ich hasste Weihnachten, ich verachtete die Eltern, die mich als Kinderschänder darstellten. Ich verabscheute das Internet mit seinen Online-Angeboten, das jede Glaubwürdigkeit über mich zunichtemachte und ich empfand tiefsten Groll gegenüber der Weihnachtsmann-Agentur, für die nicht die Zufriedenheit ihrer Kunden oberste Priorität hatte, sondern einzig und allein die Vielzahl der Einsätze, die meine Kollegen und ich nahezu im Akkord erledigten.

Doch am Heiligabend war es anders. Es ging nicht mehr um irgendwelche Werbeaktionen, und mein Einsatz war auch kein Beiwerk für gelungene Veranstaltungen. Am Heiligabend wurde ich zum Höhepunkt des Tages, wurde erwartet, steigerte die kindliche Spannung auf das ersehnte Geschenk und lieferte das Repertoire für Foto, Video und Smartphone-Aufnahmen. Und so freute ich mich doch ein wenig auf meine zahlreichen Einsätze, die mir

die Dame der Weihnachtsmann-Agentur am 24. Dezember in die Hand drückte.
„Halten Sie sich nicht länger als eine halbe Stunde bei den Familien auf, sonst kommen Sie in Zeitverzug“, rief sie mir noch einmal eindringlich beim Hinausgehen zu. Mein erster Einsatz war bereits um zwei Uhr nachmittags bei einer Familie mit kleinen Kindern. Der Sack stand vor der Tür, der Hausherr öffnete mir, ich trat ein, schaute in ehrfürchtige Kinderaugen, ließ mir ein Gedicht aufsagen und verteilte die Geschenke. Beim darauf folgenden Besuch war es ähnlich und bei dem nächsten, und nächsten. Ich fuhr, suchte einen Parkplatz, fand den Sack vor der Tür, ließ mein „Hohoho“ vernehmen, hörte Gedichte, tadelte, wenn es mir aufgetragen, verteilte Geschenke und ging. Ich arbeitete im Viertelstundentakt, doch wo ich auch hinkam war es immer dasselbe: Nicht ich war die Attraktion des Abends, sondern immer nur die Geschenke. Die Gedichte wurden nicht für mich aufgesagt, sondern für die Geschenke. Die gespannten und ehrfürchtigen Kinderaugen galten nicht mir, sondern der Befürchtung, dass ich eine Untat aufzählen würde und somit das ersehnte Geschenk nicht aus dem Sack kam. Die Fotos und Filmaufnahmen der Eltern galten nicht dem traditionellen Weihnachtsritual, sondern lediglich der Miene des Sprösslings. Dabei war es ganz gleich, ob es sich um einen überraschten, erschrockenen, verweinten oder einen panischen Gesichtsausdruck handelte, weil ganze Strophen vor Kinderaufregung in Vergessenheit gerieten. Hauptsache die Eltern hatten ihren Spaß. Ich, der Weihnachtsmann war nur das Werkzeug dieses Materialismus. Gegen halb acht Uhr abends klingelte ich

zum letzten Mal an einer Haustür. Wieder öffnete der Hausherr, drückte mir den Jutesack und einen großen Zettel mit den Worten ‚Markus Gedicht, Max Lied' in die Hand und ließ ein lautes „Der Weihnachtsmann ist da!" vernehmen. Ich sprach zum x-ten Mal mein ‚Draus vom Walde komm ich her und muss euch sagen, mein Sack ist gar schwer' und stapfte schweren Fußes in das Wohnzimmer, wo zwei artige Jungs von etwa 4 und 6 Jahren mit aufgerissenen Augen vor mir standen. In einem Sessel neben dem Weihnachtsbaum saß die Mutter mit einem kleinen Mädchen auf dem Schoß, das an seinem Daumen nuckelte. Auf dem Sofa sahen mich Oma und Opa an. Oma begrüßte mich überbetont mit einem „Ahhh, Herr Weihnachtsmann, das ist aber schön, dass Sie uns besuchen", als wäre es Sommer und ich käme unerwartet. Der Sack war schwer, ich ließ ihn über meine Schulter auf den Boden plumpsen und hoffte nur, dass nichts Zerbrechliches vor mir in Scherben liegen würde. Noch bevor ich mein „Hohohoh" hervorbringen konnte, war auch schon die Kamera auf die Kinder gerichtet, und ich fühlte, wie sich ein böser dicker Kloß in meinem Hals ausbreitete. Meine Adern schwollen an, die Muskeln zogen sich zusammen, mein Hals verengte sich und mit zusammengekniffenen Zähnen quetschte ich ein „Wart ihr denn auch artig?" hervor. Die Jungs nickten eifrig und blickten abwechselnd mich und den Jutesack herausfordernd an. Wieder spürte ich, dass es nicht um mich, sondern einzig um die Geschenke ging, die verdammten Geschenke und darum, wie diese kleinen Monster am besten daran kamen. Ich hatte die Schnauze gestrichen voll, wollte nicht mehr Hofnarr spielen für Foto, Kamera und

Kinder. Mit einem grollenden, wutentbrannten „Grrrrr Hohohooooooooooo“ bäumte ich mich vor den Kindern auf, hielt meine Rute hoch in die Luft, riss mir die Mütze vom Kopf und schleuderte beides wild von mir. Dann öffnete ich kraftvoll die Schnalle meines Gürtels, riss mir dir Knöpfe meines Mantels auf, ließ einen weiten Blick auf meine Feinrippunterwäsche mit dem Eingriff zu und schrie mit puterrotem Gesicht:
„Es gibt keinen Weihnachtsmann, es hat ihn nie gegeben und es wird ihn niemals geben! Ich will keine Gedichte und Lieder mehr hören! Nehmt eure Geschenke, reißt euch darum, tauscht sie in den nächsten Tagen im Kaufhaus wieder um und hört auf, an mich zu glauben!“
Damit hob ich den Sack hoch, drehte ihn auf den Kopf und schleuderte die Päckchen vor dem Tannenbaum auf den Boden.
Das kleine Mädchen fing an zu weinen, die Jungen hatten sich hinter den Sessel verkrochen, Oma und Opa hielten ihre Münder offen, ohne einen Ton von sich zu geben, die Mutter versuchte mit einer Hand die Augen ihrer Tochter vor mir zu verbergen und mit der anderen beschwichtigend auf mich einzuwedeln. Einzig der Vater hielt weiter seine Kamera auf mich gerichtet, um den Wutausbruch als Reklamationsbeweis bei der Weihnachtsmann-Agentur festzuhalten. Ich aber stürmte aus der Tür, hinaus in die kalte Nacht, jagte mit offenem Mantel, in der einen Hand meine Mütze, in der anderen den Gürtel, die Straße hinunter zu meinem Auto. Dann japste ich das erste Mal nach Luft und vernahm im Geiste die Stimme der Dame von der Weihnachtsmann-Agentur, dass doch die Zufriedenheit der Kunden zur obersten

Priorität gehörte. Es war mir natürlich klar, dass ich nach diesem Einsatz nie wieder den Weihnachtsmann spielen würde. Aber mir war auch klar, dass die Tradition des Weihnachtsmannes einfach nicht mehr in unsere aufgeklärte Zeit passte.

Ich knöpfte meinen Mantel zu, band mir den Gürtel um meinen Bauch, und als ich in meinen Wagen stieg und gerade den Motor anstellen wollte, klingelte mein Smartphone. Auf dem Display sah ich die Nummer der Weihnachtsmann-Agentur. So schnell hatte ich mit der Beschwerde nicht gerechnet, aber der Zeitpunkt war im Grunde einerlei. So konnte ich die Angelegenheit auch sofort hinter mich bringen.
„Hallo?“, sagte ich gespielt unbekümmert, als wäre nichts geschehen.
„Wie gut, dass ich Sie erreiche. Haben Sie ihren letzten Einsatz hinter sich gebracht?“ fragte die Dame geschäftig.
„Ja“, sagte ich kurz und doch erleichtert, dass es sich anscheinend nicht um eine Standpauke handelte.
„Prima, können Sie bitte noch einen letzten Einsatz übernehmen. Ein Kollege von Ihnen hat sich im Zeitplan so sehr verschätzt, dass ich seinen Auftrag umdisponieren muss.“
Ich war erstaunt, überlegte, wollte schon ablehnen und hörte wieder ihre Stimme.
„Hallo, sind Sie noch dran? Bitte, es wird sicher nicht lange dauern.“
„Also gut, ich übernehme den Auftrag.“

Glücklich gab sie mir die Adresse durch und wünschte mir zum Abschied frohe Weihnachten.

Mein letzter Auftrag führte mich in eine ruhige Seitenstraße mit dicht geparkten Autos vor alten Stadthausvillen im Jugendstil. Es hatte zu schneien begonnen und eine zarte Schneeschicht auf Straße und Bürgersteig dämmte die Fahrgeräusche der fern gelegenen Hauptstraße. Ich fand eine kleine Parklücke, stieg aus dem Auto und ging den Fußweg entlang. In einigen Wohnungen war es dunkel, in anderen brannten die Kerzen auf den Tannenbäumen und hüllten den späten Abend in eine heimelige Stimmung. Als ich vor dem Haus zu meinen letzten Einsatz stand, stutzte ich und holte noch einmal meinen Zettel hervor, auf dem ich die Adresse notiert hatte. Es war eine schmale weiße Villa mit mehreren Stockwerken. Zum Eingang führten fünf Stufen und durch die Tür sah ich nur ein spärliches Licht im Flur. Ein Jutesack stand nicht bereit und ich konnte auch keine Weihnachtsdekoration entdecken, die auf Kinder hindeutete. Zaghaft stieg ich die Stufen hinauf und klingelte. Einen Moment lang tat sich nichts. Wurde ich etwa nicht erwartet? Ich klingelte noch einmal und sah schließlich einen Schatten aus dem hinteren Teil des Hauses nach vorn in den Flur treten. Dann öffnete sich die Tür und eine hagere ältere Dame mit leicht gekrümmten Rücken lächelte mir zu.
„Ohhh, wie schön, dass Sie es noch schaffen konnten, uns zu so später Stunde zu besuchen. Bitte kommen Sie herein, Sie sind ja ganz verschneit."

Sie machte einen Schritt zur Seite, sodass ich eintreten konnte. Die Dame war elegant gekleidet und trug eine wassergewellte graue Kurzhaarfrisur. Mein grollendes „Hohohoho“ erschien mir in diesem Fall nicht angebracht, doch bevor ich noch einen geeigneten Satz hervorbringen konnte, gab mir die Dame ihren Jutesack in die Hand. Er war ebenso groß wie die anderen Säcke, die ich den ganzen Abend über geschleppt hatte, aber bei weitem nicht so prall gefüllt. Es schien mir, als ob lediglich ein Geschenk darin lag.
„Er wünscht es sich seit einigen Jahren“, sagte die Dame lächelnd, winkte mich näher zu sich heran und flüsterte mir dann ins Ohr: „Aber erst muss er sein Gedicht aufsagen.“
Ich nickte, wusste ich doch zu gut, was ich zu tun hatte. Dann folgte ich der Dame ins Innere des Hauses, und als sie die Tür zum Wohnzimmer öffnete, strahlte mir zunächst ein gut und gern vier Meter hoher Tannenbaum entgegen, geschmückt mit echten Kerzen und roten Äpfeln. In einem großen Lehnsessel saß ein schmaler alter Mann, gekleidet in Anzug, Weste, weißem Hemd und einer altmodischen gepunkteten Fliege. Seine Augen strahlten, als er mich sah und seine Mundwinkel formten sich zu einem Lächeln, das die akkurat gereihten Zähne seines Gebisses erkennen ließ. Suchend blickte ich mich um, konnte jedoch kein Kind entdecken. Die Dame schob mich sanft zu dem Herrn hinüber.
„Schau mal, Alfred, wer zu uns gekommen ist.“
Der Mann reichte mir die Hand, und ich stellte den Sack neben mich, erwiderte den Gruß und begriff.
Alfred schaute zu mir auf.

„So lange habe ich auf Sie gewartet, so lange… Immer habe ich auf Sie gewartet, aber es war zu kalt, es lag zu viel Schnee, um durchzukommen, und die Panzer waren zu nah.“ Er hielt seine Hand hinter das Ohr und lauschte in Richtung Fenster. „Aber jetzt ist es still, hören Sie? Die Kanonen haben aufgehört.“
Ich schwieg, hielt seine Hand umschlungen und drückte sie sanft.
„Alfred“, lenkte die Dame ihn sanft aus seinen Gedanken, „der Weihnachtsmann hat dir auch etwas mitgebracht. Etwas, das du dir schon lange gewünscht hast.“
Alfred blickte zunächst zu seiner Frau, entzog mir seine Hand und faltete sie beglückt vor seiner Brust, dabei füllten sich seine Augen mit Tränen.
„Ein Geschenk, ganz für mich allein?“
„Ja, ganz für dich allein, aber erst musst du dein Gedicht aufsagen. Du kannst es doch noch, nicht wahr Alfred?“
Die Dame zwinkerte mir zu. Ich trat einen Schritt zurück und ließ Alfred ein wenig Platz. Er stützte sich auf die Armlehnen und erhob sich langsam und schwerfällig. Dann stellte er sich vor mir auf, wie ein Soldat vor seinem Offizier, zog seine Weste und Fliege zurecht und begann mit ausholender Betonung, dennoch so gefühlvoll, als könne er jedes gesprochene Wort in seinem Herzen spüren:

„Von Hermann Claudius:

Immer ein Lichtlein mehr
im Kranz, den wir gewunden,

dass er leuchte uns so sehr
durch die dunklen Stunden.

Zwei und drei und dann vier!
Rund um den Kranz welch ein Schimmer,
und so leuchten auch wir,
und so leuchtet das Zimmer.

Und so leuchtet die Welt
langsam der Weihnacht entgegen.
Und der in Händen sie hält,
weiß um den Segen!"

Ich stand ruhig da, hörte die Verse und versuchte meine Tränen zu unterdrücken. Als er sein Gedicht beendet hatte und voller Erwartung in meine Augen blickte, räusperte ich mich und nickte ihm wohlwollend zu:
„Das hast du aber wirklich schön gesagt."
Alfred entspannte seinen Körper und strahlte aus seinen kleinen hellblauen Augen.
„Na, dann wollen wir einmal sehen, was ich für dich mitgebracht habe", sprach ich betont und griff tief in den Jutesack hinein. Ich ertastete einen großen Karton, in hübschem Weihnachtspapier mit einer breiten roten Schleife und musste ihn mit beiden Händen aus dem Sack ziehen. Alfred klatschte entzückt in die Hände, nahm das Paket und setzte sich zurück in den Lehnsessel.
„Du darfst es jetzt öffnen", sagte die Dame zu ihm, und beide standen wir vor Alfred, schauten ihm zu, wie er langsam die Schleife aufzog und vorsichtig das Papier löste. Er hob gespannt zunächst einen kleinen Spalt des

Kartondeckels in die Höhe, als könnte ihm eine Gefahr entgegenspringen. Doch dann riss er den Deckel hoch, stieß ein langes, fast flüsterndes „Ohhhhhh" hervor und nahm sein Geschenk in die Hand. Es war eine alte, sehr alte Holzlokomotive mit zwei Anhängern daran. Alfred nahm sie in die Hand, streichelte sie liebevoll und blickte zu mir auf.
„Danke, die habe ich mir schon so lange gewünscht."
Die Dame beugte sich zu Alfred hinunter. „Der Weihnachtsmann muss nun weiter, er hat noch viele Kinder zu beschenken".
Sie legte ihre Hand auf meine Schulter und deutete mir damit an, dass mein Job erledigt war. Alfred nahm keine Notiz mehr von mir, er war in seiner Welt, die Lokomotive vor sich auf dem Tisch hörte ich nur noch ein „Tschtschtsch", als er sie mit seiner schmächtigen faltigen Hand im Kreis führte.

Die Dame brachte mich zur Haustür. „Ich danke Ihnen für Ihren Besuch. Sie haben meinen Alfred heute Abend sehr glücklich gemacht, und ich würde mich freuen, wenn Ihre Agentur auch im kommenden Jahr einen Weihnachtsmann für uns reserviert."
Ich griff in meine Manteltasche und reichte der Dame eine Karte mit meiner Telefonnummer darauf. „Vielleicht möchten Sie mich direkt anrufen, denn ich würde sehr gern Alfred wieder selbst sein Weihnachtsgeschenk bringen."
Sie nahm die Karte, lächelte noch einmal und schloss dann die Tür hinter mir. Ich blieb noch einen Moment lang stehen, sah in den Himmel, wie die Schneeflocken

unaufhörlich hinunterrieselten. Dann stieg ich nachdenklich die fünf Stufen hinunter, stapfte durch den stillen Abend und freute mich auf meinen einzigen Einsatz im nächsten Jahr.

Krisenstimmung

Über mein Glas hinweg blicke ich in deine Augen, in dieses dunkelbraune, warme Glitzern, das umringt ist von hundert kleinen Falten, die mir lächelnd zuprosten. Unsere Gläser klirren aneinander, als wäre es die erste Berührung zweier Wesen, die sich voreinander erschrecken und dennoch feststellen, dass sie zusammengehören.
„Frohe Weihnachten wünsche ich dir. Du bist das Beste, was ich jemals am Heiligabend geschenkt bekommen habe."
Ich erwidere nichts, lächle durch den Kerzenschein zurück und wende mein Glas dem Orangensaft meines Sohnes zu.
„Ich wünsche euch beiden ein wundervolles Weihnachtsfest. Lasst uns den Abend genießen und daran denken, dass es nicht immer so war", höre ich meine Stimme und kann es auch nach so vielen Monaten kaum glauben.

Weihnachten ist für uns zu etwas ganz Besonderem geworden, denn es war der Grund dafür, dass ich beinahe eine Straftat begangen hätte. Weihnachten bist du über deinen Schatten gesprungen und hast gelernt, dass Reichtum keine Bedeutung ohne das Wort ‚Armut' haben kann. Weihnachten hat uns zusammengeführt, zwei Menschen, die verschiedener nicht sein können und sich dennoch perfekt ergänzen. Weihnachten ist unser ganz persönliches Fest der Liebe geworden.

Damals kannte ich dich noch nicht - obwohl das nicht ganz stimmt. Ich wusste, dass du im T-Shirt schläfst und dich in der Nacht hin- und her wälzt. Ich kannte deine Angewohnheit, die Zähne mit zu viel Druck zu putzen, die ersten grauen Haare in der Toilette verschwinden zu lassen und den Duft deines Aftershaves. Du trugst sportliche weiße Baumwoll-Pants mit viertellangem Bein und extrafeinem Elasthan für einen perfekten Sitz. Deine Anzüge waren aus reiner Wolle und ließen keine Knitter zu; die Hemden stets gestärkt. Dreimal in der Woche aßt du Sushi, dazwischen chinesische Ente zweimal gebraten oder Pasta vom Italiener an der Ecke. Du warst kein guter Koch, zumindest gehörten Töpfe nicht in deinen Tagesablauf, dafür lagen deine Vorlieben bei teuren Weinen, französischem Cognac und original irischem Whiskey. Und auch bei deinen Frauen liebtest du die Abwechslung. Zwischen blond und schwarz war alles dabei, doch deine Beziehungen hielten nie länger als wenige Wochen. Ob du mich kanntest? Natürlich, du hattest mich engagiert, mir deinen Wohnungsschlüssel gegeben. Ob ich dir erzählte, dass ich Hartz IV bekam und für mich und meinen Sohn Dennis allein sorgen musste, weiß ich nicht, du hast nicht danach gefragt. Dreimal in der Woche lagen 32 Euro auf dem Tisch, manchmal etwas mehr, doch niemals ein Wort oder ein paar Zeilen. Du zahltest gut, und ich steckte das Geld ein, tat meine Pflicht, wie es zwischen uns vereinbart war, bis zu dem Tag im Dezember 2008, als wir uns zum zweiten Mal begegneten…

Es war kalt, nass, und der kurze Weg vom Bus bis zu deiner Wohnung ließ mich frösteln. Ich registrierte es nicht, dachte nicht einmal an das Wetter, sondern war mit meinen Gedanken bei Dennis. Wie immer hatte ich ihn morgens zur Schule gebracht und ihm unauffällig einen Kuss auf die Stirn gedrückt, wie das die Mutter eines Viertklässlers tut, um ihren Sprössling nicht vor den Mitschülern zu blamieren. Und abermals habe ich ihm keine Antwort auf seine Frage gegeben, ob er seine Carrera Evolution Sunset Racing Bahn zu Weihnachten bekommen würde. Wenn ein Junge von zehn Jahren nur ein zaghaftes Lächeln auf die Frage nach seinem Weihnachtswunsch erhält, bedeutet das für ihn ‚ja'. Doch für mich war es die Herausforderung, Dennis einen sehnlichen Wunsch zu erfüllen, den wir uns auch mit viel Anstrengung nicht leisten konnten. Seit Tagen zählte ich unser Geld, trug Euro um Euro in das Haushaltsbuch ein und sparte, wo ich nur konnte. Auf einen Christbaum wollte ich nicht verzichten, er gehörte nun einmal zu Weihnachten, und Dennis sollte sich niemals an ein Heiligabend ohne Baum erinnern müssen. Freunde, von denen ich mir etwas leihen konnte, hatte ich schon lange nicht mehr, denn ich musste erfahren, dass mir durch meine Teilnahme am Hartz IV-Programm leider auch das Image einer Arbeitsunwilligen anhaftete. Ich nahm meinen Bekannten ihre Ansicht nicht übel, hatte ich doch früher als Sekretärin in der Vorstandsetage selbst verachtend über Sozialhilfeempfänger geurteilt. Aber als alleinerziehende Mutter halbieren sich die Chancen für eine Position, in der Überstunden nun einmal an der Tagesordnung standen. Dennis litt unter unserer finanziellen Situation weit mehr als ich. Seine Mitschüler trugen Markenklamotten, besaßen MP3-Player oder sogar schon ein Handy. Er hatte nichts von alledem und spürte die grausam kindliche Direktheit Tag für Tag. Er wurde stiller, fühlte sich zu seinesgleichen hingezogen und begann die Schule zu hassen. Es versetzte mir jedes Mal einen Stich, wenn er mir am Schultor hinterher sah und mir bewusst wurde, dass ich für sein Schicksal verantwortlich war. Er sollte seine Carrera-Bahn unter dem Christbaum finden, das war ich ihm schuldig! Lange hatte ich über eine Möglichkeit nachgedacht und irgendwann kam mir der Gedanke. Zuerst verwarf ich ihn, doch je länger ich darüber nachdachte, umso mehr schien er mir mit meinem Gewissen vereinbar zu sein.

Ich schloss die Tür zum Treppenhaus auf - die Wände und Stufen aus weißgrauem Marmor, das Geländer Gold verziert, der Griff in dunkelbraun poliertem Eichenholz. Deine Wohnung lag im obersten Stock, 200 Quadratmeter Altbau und eine Dachterrasse mit Blick auf den Hafen. Ich zog die Moonboots vor der Haustür aus und schlüpfte in meine mitgebrachten Pantoffeln. Deine Nacht war wieder einmal kurz gewesen. Aus der Asche im Kamin strömte noch die Wärme des Vorabends hervor. Eine halbleere Flasche Cognac und der Schwenker standen neben der Fernbedienung für die Videoleinwand und einem vollen Aschenbecher auf dem Glastisch zwischen der hellen Designer-Couchgruppe. Ich zog meinen Mantel aus, legte ihn über einen der Barhocker vor der Küchentheke und nahm die 32 Euro für meine nächsten zwei Stunden Arbeit. Mein Herz klopfte, ich hatte Zeit,

jede Menge Zeit, denn du würdest nicht vor heute Abend nach Hause kommen. Aber war ich auch mutig genug, das auszuführen, was ich mir in den Kopf gesetzt hatte? Du würdest es wahrscheinlich nicht einmal merken, und doch wusste ich, dass es Unrecht war. Ich atmete tief durch, beruhigte mich und begann mit meinem Job. Ich öffnete die Türen zur Dachterrasse, räumte Cognac, Schwenker und Aschenbecher weg, stellte den dreckigen Teller in die Spülmaschine und entsorgte die Aluminiumfolie deines Abendessens – gestern war es die chinesische Ente. Dann ging ich in dein Schlafzimmer, schüttelte dein Bett auf, legte das T-Shirt zusammen und hängte deinen Anzug auf. Aus meiner Tasche nahm ich eine neue Zahnbürste und tauschte sie gegen deine aus, spülte die Haare im Toilettenbecken hinunter und wischte die Spritzer deiner Zahnpasta vom Spiegel. Es dauerte gut eineinhalb Stunden, bis ich die Spuren der vergangenen zwei Tage beseitigt hatte und dein Apartment in seiner gewohnten Klarheit wiederhergestellt war.
Nun konnte ich also mit meinem Vorhaben beginnen: Noch nie hatte ich etwas anderes getan, als das, wofür du mich engagiertest. Dein Wunsch, die Papiere und Ordner auf deinem Schreibtisch zu belassen, wie du sie hingelegt hattest, war für mich ein Gesetz, das ich nicht brechen durfte. Die chaotische Unordnung deiner Architekturzeichnungen berührte ich nie und wagte es kaum, deinen Computer abzustauben, aus Angst, ich könnte etwas zerstören, das in deinen Gedanken bereits Formen angenommen hatte.

Ich zog die Bücher aus dem Regal. Geldschatullen versteckt man hinter Büchern – nichts. Dann sah ich hinter deine Bilder an der Wand. Sie waren schwer, als ich sie bewegte und vermutlich teuer, doch du hattest auch keinen Safe. Ich setzte mich in den weichen alten Ledersessel hinter deinen antiken Schreibtisch. Die Schubladen waren verschlossen, der Schlüssel fehlte. Hieltst du das Innere vor mir verborgen? Ich, die deine Unterhosen kannte, deine Bettwäsche wusch und die Toilettenbrille herunterklappte? Vorsichtig tasteten meine Finger unter die Lederablage – nichts. Ich blickte mich um, kramte in deinem Stiftkasten, schaute unter dem Läufer nach und bohrte meinen Finger in die Erde der Kokospalme. Meine Bewegungen wurden hektischer, zwanghafter, entschlossener. Ich hatte mir in den Kopf gesetzt, bei dir Geld zu finden, eine eiserne Reserve für notwendige Dinge, die man mit Kreditkarten nicht bezahlte oder wenigstens meine Bezahlung für die noch ausstehenden vierzehn Tage bis zum Jahresende. Du gehörtest nicht zu den Männern, die wegen jeder Kleinigkeit zum Geldautomaten rannten. Du dachtest in großen Dimensionen, konstruiertest Häuser, wohntest allein auf 200 Quadratmetern und nahmst dir, was du brauchtest. Ich war mir sicher, etwas von dieser Großspurigkeit bei dir zu finden.

Wieder blickte ich auf den Schreibtisch und mein Blick fixierte sich auf die kleine Magnetbox mit den Büroklammern darauf. Wie hypnotisiert griffen meine Finger danach, drehten das runde Etwas auf den Kopf und schraubten den Deckel ab – Treffer! Mit zitternden Händen nahm ich den Schlüssel, steckte ihn in das Schloss der Schublade und drehte ihn um. Die Lade klemmte etwas, und ich zog ruckartig daran. Ich erschrak, ein plötzliches Rascheln verriet mir, dass sich beim Aufziehen ein Stück Papier am hinteren Ende verklemmt haben musste und nun zerknittert zwischen Schublade und Rückwand steckte. Ich hockte mich vor den Schreibtisch und tastete vorsichtig mit meiner Hand zu dem Blatt, hob die Schublade ein wenig an und konnte das Papier ohne Risse hervorziehen. Ich sah auf das Schreiben. ‚Zweite Mahnung' stand in fetter schwarzer Schrift im Betreff. Ich stutzte, blickte auf den Stapel Zettel in dem Schubfach und fächerte sie kurz zwischen meinen Fingern durch: ‚Mahnung', ‚Rechnung', ‚Erinnerung', ‚Letzte Aufforderung'. Ich ließ mich zurück in den Ledersessel fallen, schluckte und blickte wieder auf den Papierberg. Erst allmählich begriff ich, warum du diese Rechnungen unter Verschluss hieltst. Es war nicht meinetwegen, sondern du selbst wolltest dich vor ihnen schützen, wolltest nicht wahrhaben, was die Realität dir entgegenschleuderte, warst den Tatsachen des Lebens einfach nicht gewachsen. Ich nahm den Stapel heraus und legte ihn vor mir auf den Tisch. Dann schob ich den Taschenrechner zu mir hin und begann einzutippen. 1.700 Euro für zwei Anzüge, 130 monatliche Rate für das Sportstudio, 580 Euro für Wein und Spirituosen, 1.030 Leasingrate für den Porsche, 2.100 Kreditrate für die Wohnung, 200 Euro Versicherungsprämie, noch einmal Versicherungsprämie, diesmal 348 Euro, 473 für Dessous, 620 Jahresbeitrag Golfclub… Ich tippte, verrechnete mich, begann von neuem, zog ein leeres Blatt Papier von deinem Zeichentisch, notierte Zwischensummen, teilte die Beträge in Kategorien ein und rechnete die Beträge erneut zusammen. Als ich endlich fertig war, tauchte eine für mich unbeschreiblich gigantische Zahl vor meinen Augen auf. Anhand der Papiere, die ich in deiner Schublade fand, hattest du mehr als 40.000 Euro Schulden. Ein Teil der Kosten stammten aus langfristigen Vertragsverbindungen, doch ein nicht unerheblicher Betrag addierte sich aus Einkäufen, Kurzreisen und Vergnügungen zusammen. Darüber hinaus entdeckte ich ein Schreiben deiner Bank, in der sie dich bat, endlich den Gesprächstermin wahrzunehmen, den du anscheinend mehrmals verstreichen ließest. Ich hatte keine Ahnung von deinen Geschäften, wusste nicht, was du mit einem Projekt verdientest, aber mir wurde klar, dass wir finanziell gesehen beide nicht weit voneinander entfernt waren. Während ich nichts hatte und gezwungen war, meine Armut nach außen kundzutun, tarntest du einen Berg von Schulden mit diesem luxuriösen Luftschloss, dass täglich mit der Ankunft des Briefträgers in sich zusammenfallen konnte.

An mein Vorhaben dachte ich nicht mehr. Wie konnte ich dich bestehlen, wo du doch im Grunde selbst zum Dieb geworden warst. Doch was wäre, wenn der Schwindel aufflog, wenn die Bank dir die Konten sperrte? Was würde aus mir werden? 32 Euro bekam ich für jeden Tag, an dem ich dir deinen Alltag erleichterte; 32 Euro, die das Überleben von mir und Dennis etwas einfacher machten. Was wäre, wenn du sie nicht mehr zahlen konntest?

Ich fuhr zusammen, blickte auf die Uhr. Ich hatte Dennis ganz und gar vergessen. Er besaß zwar einen Haustürschlüssel, aber er würde sich bestimmt Sorgen machen, wo ich so lange bliebe. Schnell sortierte ich die Papiere wieder in der Reihenfolge, in der ich sie gefunden hatte. Gerade wollte ich sie in die Schublade zurücklegen, als ich plötzlich das Klicken eines Schlüssels von der Haustür her vernahm. Ich blieb wie angewurzelt sitzen. Nicht bewegen, dachte ich, vielleicht wolltest du nur schnell etwas aus dem Schlafzimmer holen und wärst gleich wieder verschwunden. Dann dachte ich an meine Moonboots vor der Tür, an meine Tasche und den Mantel über dem Barhocker. Wie sollte ich dir das erklären? Deine Schritte kamen näher. Ich spürte dich, vorsichtig gingst du die Wohnung entlang, öffnetest Tür für Tür und bliebst vor dem Arbeitszimmer stehen. Ich hielt den Atem an und schloss die Augen, dann hörte ich deine Stimme:
„Wer sind Sie, was haben Sie hier zu suchen?“, fragtest du mich mit scharfem Ton.
„Ich, ich bin Ihre Haushaltshilfe.“
„Oh, ich hatte Sie nicht erkannt.“ Offensichtlich kanntest du nicht einmal mehr meinen Namen „Und was machen Sie an meinem Schreibtisch?“ Du standst nun neben mir, neben der geöffneten Schublade, den Rechnungen auf dem Tisch und dem Blatt Papier mit den addierten Beträgen.
„Ich... eh... ich meine... ich habe zufällig Ihre Rechnungen gefunden.“
„Zufällig also - und wo haben sie zufällig den Schlüssel her?“

„Hören Sie, ich weiß, dass ich etwas Unrechtes getan habe…“, stammelte ich.
„Allerdings, ich kann mich nicht daran erinnern, Ihnen die Befugnis für meinen Schreibtisch gegeben zu haben.“
„Nein, das haben Sie nicht, es war auch das erste Mal, dass ich…“
„…dass Sie was?“
„…dass ich nach Ihrem Schlüssel gesucht habe.“
„Und warum haben Sie nach meinem Schlüssel gesucht?“
Es hatte keinen Zweck, ich war noch nie gut im Geschichtenerfinden. Es war sowieso alles aus, gestohlen hatte ich zwar nichts, doch du würdest mich für meinen Vertrauensmissbrauch auch ohne Diebstahl rauswerfen, warum sollte ich dann nicht gleich die Wahrheit sagen.
„Ich habe nach Geld gesucht.“
„Sie wollten mich bestehlen?“ Jetzt stütztest du dich mit den Fäusten auf den Schreibtisch, hieltest dein Gesicht so dicht vor meins, dass ich dein Aftershave deutlich wahrnehmen konnte. Deine Augen hielten mich im Bann, drängten nach einer Erklärung.
„Ich dachte, für Sie spielen 50 Euro keine große Rolle, und mein Sohn wünscht sich so sehr eine Carrera-Bahn zu Weihnachten, die ich ihm einfach nicht bezahlen kann.“
„Und da haben Sie sich gedacht, dass Sie sich hier bedienen können. Hatten Sie geglaubt, ich würde das nicht merken oder wollten Sie das Geld nach Weihnachten abarbeiten? Oder wie haben Sie das geplant?“
„Ich weiß es nicht, ich habe nicht darüber nachgedacht, ob und wie ich Ihnen das Geld zurückzahle, ich hatte nur

an Dennis gedacht und dass ich ihm irgendwie diese Carrera-Bahn zu Weihnachten beschaffen muss. Ich habe Sie nicht beklaut, stattdessen habe ich das hier gefunden."
Ich deutete auf die Rechnungen und blickte dich an, in der Hoffnung, damit von meinem Vorhaben ablenken zu können.
„Schön, Sie haben also meine Papiere durchwühlt, Grund genug, die Polizei zu rufen."
„Nein, bitte nicht, tun Sie mir das nicht an. Ich wollte nichts Böses, als ich die Rechnungen las, ganz bestimmt nicht."
„Nun gut, schließlich habe ich Ihnen ja meinen Haustürschlüssel gegeben, da dürfte ich sowieso bei der Polizei einigen Erklärungsnotstand haben. Jetzt machen Sie, dass Sie raus kommen."
„Ich kann verstehen, dass Sie sauer sind, aber Sie brauchen Hilfe. Sehen Sie sich doch all diese Rechnungen an."
„Ich glaube nicht, dass Sie meine Papiere irgendetwas angehen."
„Und ob mich das etwas angeht." Ich wagte jetzt meinen Vorstoß, ich hatte nichts mehr zu verlieren, aber wenigstens wollte ich, dass du weißt, wie wichtig deine Arbeit für mich und Dennis war.
Ich schrie dich an, es war das Schreien meiner Verzweiflung der letzten Wochen, und die Wuttränen stiegen in mir auf:
„Ohne diese Arbeit bei Ihnen leben mein Sohn und ich von Hartz IV. Wenn Sie mich nicht mehr beschäftigen können, kann ich meinem Sohn nicht einmal einen Christbaum für das Weihnachtsfest kaufen!"

Erschreckt tratst du einen Schritt zurück, vergrubst deine Fäuste in die Hosentaschen, und ich bemerkte, wie sie sich langsam entspannten. Dann blicktest du mich matt an und sagtest eher zu dir selbst als zu mir:
„Sie haben ja keine Ahnung. Wer denkt denn schon an einen Christbaum, wenn die ganze Welt um einen herum zum Einsturz kommt."
Du taumeltest, drücktest deine Nasenwurzel zwischen Daumen und Zeigefinger, als wolltest du eine aufkommende Tränenflut aufhalten, drehtest dich schließlich um und gingst ins Wohnzimmer. Langsam stand ich von deinem Chefsessel auf, lief dir nach und fand dich vor dem Küchenschrank.
„Wollen Sie auch einen Cognac?" Du drehtest dich nicht mal nach mir um.
„Ja, ich glaube, ich kann jetzt einen gebrauchen."
Du nahmst die Flasche und zwei Cognacschwenker, setztest dich auf die Couch vor dem Kamin und deutetest mir an, dir gegenüber Platz zu nehmen. Dann schenktest du uns ein. Während ich meinen Cognac einen Moment lang hin- und herschwenkte und den seifigen Geruch einzog, stürztest du deinen hinunter und schenktest dir sofort nach. Dann nahmst du eine Zigarette aus dem Holzkistchen über dem Kamin und zündetest sie an.
„Warum haben Sie so viele Schulden?", fragte ich dich.
Du verzogst dein Gesicht zu einem süffisanten Lächeln, verdrehtest die Augen und ließest einen verächtlichen Atemzug vernehmen.
„Vielleicht haben Sie neben Ihrem Hartz IV-Gehalt, das regelmäßig auf Ihr Konto fließt, schon einmal etwas von der Finanzmarktkrise gehört?

Natürlich hatte ich die Berichte in den Nachrichten verfolgt, wusste, dass durch spekulative Immobilienkredite in den USA auch das deutsche Bankwesen in Schieflage geraten war und die weltweite Börse mitgerissen wurde, aber ich musste gestehen, dass ich niemals geglaubt hatte, selbst – zumindest indirekt – Opfer dieser Krise zu werden. Dennoch ärgerte mich deine arrogante Art, mir meine Unwissenheit aufzuzeigen.
„Ich gebe zu, keine besondere Ahnung von diesen Dingen zu haben. Im Grunde weiß ich nicht einmal, was an der Börse wirklich passiert, aber ich habe gelernt, mit meinem Geld umzugehen und mit dem auszukommen, was ich habe."
„Anscheinend ja nicht, sonst müssten Sie mich nicht bestehlen."
Eins zu null für dich, doch ich wollte nicht aufgeben und beschloss, deine Bemerkung zu ignorieren.
„Ich kaufe wenigstens nichts ein, was ich nicht unbedingt benötige."
„Und Carrera-Bahnen gehören dazu?"
„Sie haben ja keine Ahnung, was heutzutage ein Kind in der Schule auszustehen hat, nur weil seine Mutter ihm keine Markenklamotten oder das neueste Spielzeug kaufen kann. Sie sind wenigstens selbst verantwortlich für Ihre Misere."
„Und Sie etwa nicht?"
Ich schwieg. Du hattest mich getroffen, an meinem tiefsten Punkt. Ich wollte eine gute Mutter für Dennis sein, aber dafür brauchte ich einen Job, in dem ich ausreichend für uns beide verdiente, und den bekam ich nun einmal nicht mit einer Halbtagstelle. Du bemerktest mein

Schweigen, blicktest mich an und hieltest mir noch einmal die Flasche wie ein Versöhnungsgeschenk entgegen.
„Nein, danke, einer reicht. Ich sollte jetzt gehen, Dennis wird mich schon vermissen."
„Tschuldigung, war nicht so gemeint." Du sahst mich nicht an, schenktest dir noch einen ein und bliest den Rauch deiner Zigarette in die Luft.
„Sie sollten nicht so viel trinken, davon wird Ihre Lage auch nicht besser", rutschte es mir heraus, und ich ärgerte mich augenblicklich über meine Belehrung.
„Manchmal tut es ganz gut, seinen Kummer zu ersäufen, dann schläft es sich besser."
„Nur leider taucht der Kummer immer wieder auf und wird größer mit jedem Schluck. Warum verkaufen Sie nicht Ihren ganzen Luxus? Sie brauchen das alles hier doch gar nicht."
„Da merkt man, dass Sie überhaupt keine Ahnung haben. Na ja, wie auch, Sie sind ja nur ne Putze."
Ich hätte dir am liebsten dein Cognacglas ins Gesicht geschleudert, aber ich wollte mich nicht provozieren lassen.
„Dann erklären Sie es mir, ich verspreche Ihnen auch, mir mit dem Verstehen allergrößte Mühe zu geben", gab ich spitz zurück.
„Glauben Sie mir, ich habe bereits versucht, meine Wohnung und das Auto loszuwerden. Aber wer soll bitteschön eine Wohnung in bester Lage kaufen, wenn er keinen Kredit von den Banken bekommt? Natürlich werden Sie jetzt sagen, dass ich eben mit dem Preis runtergehen soll, nach dem Motto: Hauptsache weg mit dem Luxus und dann ab in eine Sozialwohnung. Aber was erzähle ich den Banken, wenn ich mit dem Erlös der Wohnung

nicht einmal die Kredite abzahlen kann? Haben Sie darauf vielleicht auch ein Rezept mit Ihrer Sparmoral?"
Ich schwieg und musste zugeben, dass deine Lage wirklich nicht einfach war. Dafür schenktest du dir noch einen weiteren Cognac ein und kamst langsam in einen Redefluss, der dir offensichtlich Erleichterung verschaffte.
„Jetzt werden Sie sagen, dann schaffen Sie doch wenigstens den Porsche ab. Doch auch hier muss ich Sie enttäuschen, denn in Zeiten der CO2-Grenze auf maximal 120 Gramm Ausstoß, schwankender Ölpreise und jeder Menge heruntergesetzter Neuwagen ist so ein Porsche nicht gerade ein Verkaufsschlager, insbesondere wenn der neue Käufer in den bestehenden Leasingvertrag einsteigen soll."
Allmählich verstand ich, was du mir zu erklären versuchtest und spürte, dass ich in meiner Welt weitaus einfacher leben konnte, als du in deiner.
„Und was ist mit Ihren Projekten? Sie müssen doch auch Einnahmen haben?"
„Sie verstehen es noch immer nicht: Die Banken vergeben keine Kredite, ohne Kredite, keine Baumaßnahme, ohne Baumaßnahme keine Aufträge für Architekten – so einfach ist das. Die Regierung will zwar die Konjunktur mit Gebäudesanierungen ankurbeln, aber Neubauten gehören nicht dazu. Außerdem... 500 Milliarden Euro Rettungsfonds für marode Banken wollen erst einmal wieder reingeholt werden."
„Das heißt, Sie haben keine Aufträge zurzeit?"
„Sehen Sie, jetzt haben Sie es erfasst. So wie mir, geht es noch ganz vielen Kollegen da draußen, aber es gibt einen

entscheidenden Unterschied zwischen mir und diesen Dilettanten.“ Du blicktest mich aus glasigen Augen an und hobst wie ein Lehrer den Finger in die Luft, als du mit Betonung fortfuhrst: „Ich habe mir einen Namen gemacht mit Gebäuden in ganz Deutschland und darüber hinaus. Ich war sogar schon in Dubai, wussten Sie das eigentlich?“
Natürlich wusste ich das, ich hatte deine Sommeranzüge reinigen lassen und dir Nikotintabletten für den Flug besorgt. Aber du wartetest eine Antwort von mir nicht ab und fuhrst fort:
„Und wenn die Krise vorbei ist, dann werde ich wieder dabei sein und ganz oben mitschwimmen. Und darum darf ich jetzt nicht an Anzügen sparen oder meine Mitgliedschaft im Golfclub aufgeben.“
Du senktest deinen Finger und gabst mir zu verstehen, dass deine Rede beendet war. Ich sah dich an, sah in dein Gesicht, in die dunkelbraunen, warmen Augen, die mich müde anblickten. Du tatst mir Leid, denn mit all meinen Sorgen konnte ich bei weitem nicht gegen deine Selbstlügen und Illusionen aufwarten, die du schützend um dich gelegt hattest.
„Sie wollen mir doch nicht wirklich weismachen, dass Sie dieses Luftschloss aufrechterhalten wollen, bis die Finanzmarktkrise vorbei ist? Was wollen Sie denn der Bank sagen, wenn die Ihnen das Konto sperren?“
„Das werden die nicht wagen, die wissen genau, wer ihnen die besten Kunden verschafft hat.“
„Und weil Sie da so sicher sind, haben Sie die anberaumten Gesprächstermine verstreichen lassen?“ Ich zog jetzt

meine letzten Karten, in der Hoffnung, dir die Augen öffnen zu können.
„Sie vergessen, wen Sie vor sich haben. Schließlich reicht es immer noch, um mir eine Putzfrau leisten zu können."
Du lalltest, und ich wusste, dass deine Beleidigung das Resultat purer Verzweiflung war.
„Hören Sie, ich bin ausgebildete Chefsekretärin und habe auf Vorstandsebene gearbeitet. Darüber hinaus kann ich wirklich mein Geld zusammenhalten. Ich weiß, wie man mit Firmenchefs umgehen muss und habe oft in Verhandlungen, in denen es um Preise oder Ablösesummen ging, Protokoll geführt. Die meisten sind sehr gesprächsbereit, wenn es darum geht, auf Beträge zu verzichten, um eine Insolvenz abzuwenden. Ich kann Ihnen helfen."
„Pah, Sie wollen mir helfen? Meine Putzfrau? Ich soll zu Kreuze kriechen? Vielleicht bei meinem Weinhändler oder meinem Schneider? Niemals, dann kann ich meinen guten Ruf vergessen und komme nie wieder auf die Beine. Wenn das Ihre Ratschläge sind, dann sehen Sie mal zu, dass Sie Ihre Hartz IV-Kröten zusammenhalten und lassen mich allein."
„Na, gut, dann schicken Sie doch Ihr letztes Geld dem Weinhändler und sterben Sie in Schönheit durch den Schneider. Ich komm schon irgendwie durch dieses Weihnachtsfest - auch ohne Ihre Arbeit!"
Ich hatte die Schnauze endgültig voll, stand auf, zog meinen Mantel und die Tasche vom Barhocker, schmiss deinen Haustürschlüssel auf den Tresen und knallte die Tür hinter mir zu. Ich weiß nicht, ob du mir nachblicktest oder dich deinem letzten Schluck Cognac hingabst, der

noch in der Flasche war. Im Grunde war es mir egal. Ich nahm meine Moonboots lief in Pantoffeln zum Fahrstuhl und drückte wild auf den Knopf, der mich so schnell wie möglich nach unten befördern sollte. In meinen Augen standen die Tränen der Wut, der Enttäuschung und meiner Verzweiflung über das bevorstehende Weihnachtsfest, ohne Carrera-Bahn und wahrscheinlich nicht einmal mit einem Christbaum für Dennis. Vor der Tür holte ich tief Luft, zog meine Moonboots an und stiefelte zum Bus. Der Nieselregen hatte wieder eingesetzt, und ich zog die Kapuze meines Mantels über den Kopf, doch meine Gedanken waren bei dir, den Rechnungen und deiner Hoffnungslosigkeit.

Die gesamte Woche über hatte ich verzweifelt versucht, irgendeine Arbeit zu finden, doch es war wie verhext. Im Zuge der Finanzmarktkrise stieg natürlich die Arbeitslosigkeit, und nahezu jedes Unternehmen war darauf fixiert, dieses verflixte Jahr zu einem glimpflichen Ende in den Bilanzen zu bringen, um dann ab Januar mit neuer Kraft und Zuversicht wieder durchzustarten. Niemand benötigte jetzt noch eine Arbeitskraft. Ich versuchte es in den Schokoladenfabriken, aber die hatten das Weihnachtsgeschäft schon längst hinter sich und bereiteten ihre Maschinen für die Osterproduktion vor. Sogar als Weihnachtsmann in den Kaufhäusern bewarb ich mich, obwohl die Emanzipation – das musste ich wohl oder übel eingestehen - an diesem Job tatsächlich jedes Recht verloren hatte. Lediglich für einige Silvesterpartys suchten Cateringfirmen noch Aushilfskräfte, aber das nützte mir wenig für das bevorstehende Weihnachtsfest. Wieder drehte ich jeden Euro zweimal um, und trug Zahl um Zahl in mein Haushaltsbuch ein. Doch diesmal dachte ich nicht nur an Dennis Glück dabei. Jeder Cent, den ich sparte, war ein Gedanke an dich. Du warst in meinen Kopf, als mein Blick im Supermarkt wie zufällig den Cognac streifte und als der Mann im Anzug vor mir an der Kasse mit seiner Kreditkarte bezahlte. Ich dachte an dich, wenn Dennis und ich auf dem Weg zur Schule an der Bank vorbeigingen, die in ihrem Schaufenster noch immer für Kredite zum Weihnachtseinkauf warb, oder wenn in den abendlichen Nachrichten wieder über die Auswirkungen der Finanzmarktkrise berichtet wurde. Wenn ich im Bett lag, sah ich dich vor deinem Kamin sitzen, den überfüllten Aschenbecher und die halbleere Flasche Cognac auf dem Tisch, und ich griff hunderte Male in Gedanken zum Telefon, um dich anzurufen. Doch ich tat es nicht. Du hattest deinen Weg gewählt, und ich kam darin nicht mehr vor. Ich musste dich vergessen, musste dich ablegen, wie ein Kleidungsstück, das einmal schön und teuer gewesen war, doch im Zuge der Zeit verblasste und irgendwann ausrangiert werden musste, auch wenn man noch immer daran hing.

Mit Dennis hatte ich mittlerweile gesprochen und ihm klargemacht, dass es keine Carrera-Bahn geben würde und vermutlich auch keinen Weihnachtsbaum. Er war so verständnisvoll, viel reifer und erwachsener als du. „Das macht gar nichts, Mama“, hatte er gesagt. „Wir gehen einfach in den Wald, brechen uns ein paar Zweige ab, die behängen wir dann mit Strohsternen und der Lichterkette, dann ist es fast wie ein Weihnachtsbaum.“ Ich

strich ihm über das dunkle Haar, sah in seine braunen Augen und wünschte, es wären deine. Am Heiligen Abend konnten Dennis und ich dann doch noch einen Christbaum auf dem Weihnachtsmarkt bekommen. Der Händler hatte uns wohl schon eine ganze Weile gegenüber seinem Stand beobachtet und sich gedacht, dass wir kurz vor dem Einpacken noch auf ihn zukommen würden, denn er gab sich versöhnlich für unsere Bitte:
„Haben Sie wohl noch einen kleinen Baum, den Sie heute nicht mehr verkaufen werden?“, fragte ich ihn demütig.
„Na, sucht euch mal einen schönen raus, was jetzt noch da ist, werde ich auch nicht mehr los.“
„Mehr als 10 Euro können wir aber nicht ausgeben.“
„Knappe Kasse was?“
„Hartz IV“, sagte ich etwas zerknirscht.
„Lasst mal stecken, ich schenk euch den Baum, ist ja schließlich Weihnachten.“
Dennis und ich grinsten uns an. Wir wählten eine kleine Tanne aus und trugen sie gemeinsam nach Hause. Als wir den Baum in den Ständer gestellt hatten und ihn von allen Seiten betrachteten, begann Dennis zu schmunzeln.
„Siehst du Mama, ist doch gar nicht so schlecht, wenn man Hartz IV bekommt.“
Ich verdrehte die Augen, musste ihm in diesem Punkt aber recht geben. Und wieder flogen meine Gedanken zu dir. ‚Wer denkt denn schon an einen Christbaum, wenn um uns die ganze Welt zusammenbricht‘, hattest du gesagt. Was hätte ich in diesem Augenblick darum gegeben, dir eine Ahnung davon zu vermitteln, wie wichtig ein Christbaum ist, wenn um uns die ganze Welt zusammenbricht. Dennis und ich schmückten gemeinsam den

Baum, legten dazu eine CD mit Weihnachtsmusik ein und planten unseren Abend. Ich hatte für ihn ein paar neue Jeans und zwei Sweatshirts im Secondhand Laden um die Ecke besorgt. Drei Bücher und einen Raupenbagger, der ihm bis zur Hüfte ragte, ergatterte ich schon im Sommer während eines Flohmarktes. Dazu hatten meine Eltern noch 10 Euro geschickt, sodass er sich sogar selbst etwas Schönes kaufen konnte. Er freute sich riesig, und ich sah ihm beim Auspacken zu, dankbar, einen Menschen an meiner Seite zu haben, mit dem ich ein Stück meines Lebens teilen konnte, für den ich sorgen durfte und der mir trotz unserer Probleme so viel zurückgab. Und wieder dachte ich an dich und deinen Freund, den Cognac, der dich heute Abend wärmen und spät in der Nacht in den Schlaf bringen würde. Nach der Bescherung stellte ich mich in die Küche und kochte uns beiden Nudeln à la Bolognese, und während ich das Hackfleisch anbriet, überlegte ich, ob der Chinese am Heiligen Abend wohl geöffnet hatte. Dann setzten Dennis und ich uns an den Tisch. Das Tischtuch hatte ich mit Kartoffelstärke gewaschen, und als ich es bügelte, sah ich deine Hemden vor mir – immer im selben Abstand zueinander auf den Bügeln hängend.

„Weißt du“, sagte ich beim Essen zu Dennis, „es ist gar nicht so schlimm, wenn man mal weniger Geld zur Verfügung hat. Viel wichtiger ist es, dass man lernt mit dem auszukommen, was man besitzt und seinen eigenen Wert erkennt.“

„Sagst du das, weil wir nicht so viel Geld haben?“ Dennis sah mich kauend an.

„Ja, aber auch weil es Menschen gibt, die es nicht gelernt haben, mit ihrem Geld umzugehen und die glauben, ohne Geld und teure Sachen nur zweite Wahl zu sein."
„So wie die aus meiner Klasse?"
„Ja, zum Beispiel, so wie einige Kinder aus deiner Klasse, aber es gibt auch Erwachsene, die es nie gelernt haben, dass man auch mit wenig auskommen und Freude haben kann."
„Ich finde, dass wir es schön haben, besonders heute Abend."
„Ja, das finde ich auch, und nach dem Essen spielen wir etwas."

Zuerst vertrieben wir uns die Zeit mit „Mau-Mau" und dann mit „Mensch, ärgere dich nicht." Dennis war gut, und so sehr ich mich auch bemühte, fand er immer einen Weg, ein kleines bisschen besser zu sein als ich. Er klatschte jedes Mal vor Begeisterung in die Hände, wenn er mich schlug und wir lachten. Ich vergaß dich, und das war gut so.
Das Telefon klingelte.
„Das sind bestimmt Oma und Opa, die uns frohe Weihnachten wünschen wollen." Dennis sprang auf und nahm den Hörer aus der Station.
„Hallo? – Ja, das wünsche ich Ihnen auch – ja, meine Mutter ist da, einen Moment bitte", und er drehte sich zu mir, hielt die Hand über das Telefon und flüsterte mir zu: „Ist für dich, hab den Namen nicht verstanden." Ich nahm den Hörer in die Hand, mein Herz klopfte, wieder dachte ich an dich.

„Hallo“, fragte ich zaghaft und vernahm kurz darauf deine Stimme. Du hattest nichts getrunken, sprachst klar, deutlich und doch voller Anspannung:
„Entschuldigen Sie bitte, wenn ich Sie am Heiligabend störe.“
„Das macht nichts“, und ich hörte das Blut in meinem Kopf pochen.
„Heute bekam ich das Schreiben von der Bank. Wenn ich bis zum 15. Januar die ausstehenden Raten für die Wohnung nicht bezahle, sperren sie mir das Konto.“
„Ich verstehe“, hörte ich mich sagen und lauschte deiner Stimme, die warm, rau und verzweifelt an mein Ohr drang.
„Ich weiß, dass ich Sie beleidigt habe und möchte mich bei Ihnen entschuldigen. Sie sind die Einzige, die von meiner Situation weiß und ich dachte, ich könnte Sie anrufen, um Ihnen zu sagen, dass Sie recht hatten mit Ihrer Behauptung. Die Banken werden mich fallen lassen, und im Grunde habe ich es selbst gewusst.“
„Mein Sohn und ich spielen ‚Mau-Mau‘ und ‚Mensch ärgere dich nicht‘. Falls es Sie auf andere Gedanken bringt, dann würden wir uns freuen, wenn Sie uns Gesellschaft leisteten. Wir wohnen in der Böhmerstraße 3a.“
„Ich würde sehr gern kommen. Heiligabend ist es nicht einfach, allein zu sein.“
„Allerdings sind wir auf Gäste nicht eingestellt, und es ist etwas einfach bei uns.“
„Das macht gar nichts. Konnten Sie für Ihren Sohn die Carrera-Bahn bekommen, die er sich gewünscht hatte?“
„Leider nicht, aber wir haben auch so einen schönen Abend.“

„Ich glaube im Keller steht noch meine alte Carrera-Bahn, meinen Sie, Ihr Sohn würde sich darüber freuen?"
„Ganz sicher würde er das, aber machen Sie sich bitte keine Umstände", und ich lächelte zu Dennis hinüber, der mich fragend ansah.
„Dann werde ich in einer halben Stunde bei Ihnen sein, abgemacht?"
„Abgemacht!"
Ich legte auf, ging zu Dennis zurück und legte meine Hand auf seine Schulter.
„Ich habe dir doch vorhin erzählt, dass es Menschen gibt, die glauben, nur mit Geld würde man sich wertvoll fühlen."
„War der Mann am Telefon so einer?"
„Ja, ich habe ihn zu uns eingeladen, ich hoffe, es ist dir recht. Er hat in letzter Zeit viel Geld verloren, und ich denke, wir können ihm zeigen, dass wir auch mit wenig eine Menge Spaß haben."
„Wer ist der Mann?"
„Es ist der Architekt, für den ich bis vor einer Woche noch gearbeitet habe und der mich nun nicht mehr bezahlen kann. Meinst du, wir können ihm helfen, seine Sorgen für heute Abend zu vergessen?"
Und ich konnte die Antwort in Dennis Gesicht ablesen - wir waren uns einig.

Mittlerweile sind einige Jahre vergangen, und es ist wieder Weihnachten. Aus Dennis ist ein Teenager geworden. Seine Liebe gilt nicht mehr den kleinen Sportwagen, sondern den realen, schnellen Autos. Die Carrera-Bahn liegt im Karton verpackt im Keller und wird als Andenken gut verwahrt.

Damals spielten wir bis tief in die Nacht, ließen die Wagen sausen, lachten und vergaßen für einige Stunden unsere Welt in Trümmern. Nachdem Dennis schon lange im Bett lag und schlief, diskutierten wir noch bis in die Morgenstunden bei einer deiner teuren Flaschen Wein und schenkten uns kein Mitleid. Der Vorstand der Bank gewährte dir im Januar noch einen Aufschub, weil sie an dich glaubten und durch den Verkauf deiner Wohnung niemals den Wert bekommen hätten, den sie besaß. Heute wohnen wir gemeinsam darin. Wir verkauften übers Internet, was dein Haushalt hergab und arbeiteten einen Verhandlungsplan für die Gespräche mit deinen Gläubigern aus. Viele verzichteten auf einen Großteil ihrer Forderungen, denn eine Insolvenz hätte sie leer ausgehen lassen. Ich zeigte dir, wie man ein Haushaltsbuch führt, zu dem du noch heute ein zwiespältiges Verhältnis hast. Aber das macht nichts, denn ich bin ja da und passe auf, dass die Kosten unsere Einnahmen nicht übersteigen.

Die Welt hat ihre Finanzmarktkrise überwunden. Durch die günstige Zinspolitik der folgenden Jahre gelang es dir, mit neuen Ideen und deinem etablierten Namen im Markt wieder Aufträge zu gewinnen. Nie mehr hast du abfällig über Minijobs oder Hartz IV-Empfänger gesprochen, und wir sind froh, in einem Land zu leben, das seine Menschen in der Not nicht fallen lässt.

Wenn ich heute, am Heiligenabend in das warmherzige Glitzern deiner Augen blicke, glaube ich, dass jede gesellschaftliche Krise auch etwas Gutes in sich birgt, denn die Menschen lernen, dass sie nicht nur Individuen, sondern auch Teil unserer Gemeinschaft sind und damit unmittelbar Betroffene. Anstatt sich in Geld, Image und Macht zu verlieren, beginnen sie, sich gegenseitig beizustehen, und damit hat auch Weihnachten eine Chance auf die Rückkehr zum Fest der Liebe.

Weiße Lacklederstiefel

Weiße Lacklederstiefel mit hohem Absatz sollten es sein. Ich fand diese Dinger zwar etwas gewagt, aber in den Augen meiner achtzehnjährigen Tochter war ich natürlich unwissend darüber, was heute en vogue war. Insbesondere, da ich eh und je in meiner Freizeit am liebsten Jeans und Turnschuhe trug. Sämtliche Läden in Hamburg hatte ich in der vergangenen Woche schon abgeklappert - ohne Erfolg. Entweder gab es die Stiefel nicht in Weiß, oder sie besaßen keine High-Heels, oder sie waren schlicht und ergreifend nicht in der Größe vorrätig, die Tina für ihre mannequinhaften Beine und die langzehigen Füße benötigte. Meine letzte Hoffnung legte ich in die Geschäfte auf der Reeperbahn. Obwohl sich in mir alles dagegen sträubte in diesem Viertel ein Weihnachtsgeschenk für sie zu besorgen, wollte ich nicht als die spießige Mutter dastehen, als die sie mich in ihrer pubertären Ausdrucksweise neuerdings betitelte.

Zwei Tage vor Weihnachten war in der Versicherung die Hölle los, und ich spürte die missbilligenden Blicke meiner Kollegen, als ich ihnen ein weiteres Mal offerierte, früher gehen zu müssen, um für Tina diese Stiefel zu besorgen. Die Rushhour machte mir zu schaffen, und ich kam nur schrittweise voran. Hinter mir auf dem Heiligengeistfeld verfolgte mich das Kreischen der Jahrmarktbesucher, die beim ratternden Hinabsausen der Achterbahn ihrem Nervenkitzel Ausdruck verliehen. Langsam fuhr ich in die Dreißigerzone der Reeperbahn hinein. Links und rechts blinkten mir die Reklameschilder entgegen. Vor den Lokalen und Peepshows standen die Animierherren in langen warmen Wintermänteln und versuchten die vorbeilaufenden Schaulustigen in ihre Etablissements zu locken, was in Anbetracht der eisigen Temperaturen nur schwerlich glücken wollte. Auf der linken Straßenseite warteten die Besucher des Operettenhauses darauf, dass sich die Türen öffnen würden, einige trugen teure Roben, anderen schien legere Freizeitkleidung als angemessen. Vor der Davidwache zerrten zwei Polizisten einen heruntergekommenen mageren Mann aus ihrem Dienstwagen, der offensichtlich nicht mehr Herr seiner Sinne war und kaum noch stehen konnte. In einigem Abstand zueinander warteten schlüpfrige junge Frauen auf Kundschaft, vor Kälte von einem Fuß auf den anderen tippelnd und zwischen lackierten Fingernägeln eine Zigarette haltend. Wie jung sie waren, dachte ich und stellte erschreckend fest, dass die meisten von ihnen hochhackige lange Stiefel zu superkurzen Miniröcken oder eng anliegenden Leggings trugen.

Vergeblich hielt ich nach einer Parklücke Ausschau, wobei ich höllisch aufpassen musste, nicht aus Versehen einen der Fußgänger auf meine Motorhaube zu nehmen, die wie aus heiterem Himmel und ohne Vorwarnung die Straßen überquerten. Und auch mein Vordermann bremste unablässig, wahrscheinlich um eine der Damen des Gewerbes näher betrachten zu können. Es blieb mir nichts anderes übrig, als in einer der dunkleren Seitenstraßen mein Glück zu versuchen und dann zu Fuß auf die Hauptstraße zurückzulaufen. Ich bog rechts ab, links, wieder rechts und noch mal links, vorbei an schmutzigen Häusermauern mit steilen Treppen, die in enge Kellerkneipen führten und vor denen abermals Frauen standen, die ihrer Arbeit nachgingen. Hier waren sie jedoch weitaus älter, weniger hübsch, und statt die männlichen Blicke auf Beine und Po zu lenken, boten sie tiefe faltige Dekolletees in hoch geschnürten Brüsten feil.

Ich wusste nicht mehr, wo ich mich befand und musste wohl schon einige Straßen von der Reeperbahn entfernt gewesen sein – und plötzlich sah ich sie! Ich konnte sie aus dem Augenwinkel wahrnehmen, denn meine Blicke waren auf freie Parklücken fixiert, doch ich war mir sicher, sie erkannt zu haben. Mein Herz klopfte heftig, und obwohl ich saß, schoss mir das Blut in den Kopf, und ich glaubte einen Moment lang, der Boden würde sich unter meinen Füßen auftun. Ich musste mir noch einmal Gewissheit verschaffen und hoffte inständig, mich geirrt zu haben. Ich blinkte, bog rechts ab, die nächste rechts und noch einmal bis ich wieder die Straße erreichte, wo ich sie vermutete. Ich verlangsamte mein Tempo, fuhr weniger als Schrittgeschwindigkeit und sah sie durch die Windschutzscheibe immer deutlicher vor mir. Ihre langen kastanienbraunen Haare hatte sie sich hochtoupiert, dunkler Lidschatten und ein lasziven Schwung schwarzer Augentusche vergrößerten optisch ihre schönen Augen. Der Reißverschluss ihrer weißen Kurzjacke war halb geöffnet und erlaubte einen tiefen Blick auf die kleinen festen Brüste. Darunter trug sie eine hautenge schwarze Jeans, die sie in ihre schwarzen Lederstiefel gesteckt hatte und so die Länge ihrer schlanken Beine noch betonten. Ihre große Umhängetasche, in die sie jeden Morgen ihre Schulbücher verstaute, hing lässig über ihrer Schulter. Ein dunkelhaariger Mann südländischen Aussehens stand ihr gegenüber, eine Hand in der Manteltasche vergraben, die andere wild gestikulierend, als wäre er mit dem was sie ihm sagte nicht einverstanden. Ich fuhr an ihr vorbei, etwas schneller, hatte Angst, sie könnte mich erkennen, bog wieder rechts ab und suchte verzweifelt nach einer Stelle, wo ich anhalten könnte. Hinter mir hupte es, ich trat auf das Gaspedal, fuhr geradeaus, entfernte mich immer weiter von ihr bis zur Hauptstraße am Heiligengeistfeld, wo ich wieder das Kreischen der Jahrmarktbesucher vernahm und bunte Lichter die Straßen erhellten. Ich spürte wie mir die Tränen der Verzweiflung an den Wangen hinunterliefen und sich ein dicker Kloß in meinem Hals breitmachte. Getrieben von den Fahrzeugen hinter mir fuhr ich weiter geradeaus, ohne zu wissen wohin, doch immer weiter von ihr entfernt. Endlich, ein Auto rechts vor mir, es blinkte, wollte ausparken und wartete auf einen bereitwilligen Fahrer, der ihn ließ. Ich hielt an, erwiderte kurz sein dankendes Nicken, zwängte mich in die freigewordene Lücke und würgte den Motor ab – Stille!

Ich ließ meinen Kopf auf das Lenkrad fallen, schloss die Augen und versuchte zu begreifen, was ich soeben gesehen hatte. Vergessen waren die weißen Stiefel und das

Weihnachtsfest. Wie könnte ich auch mit ihr besinnlich vor dem Christbaum sitzen, über das vergangene Jahr und die Zukunft plaudern, wenn wir beide insgeheim wussten, was sie in ihrer Freizeit tat. Ich musste mit ihr sprechen, heute Abend noch, sobald sie nach Hause kam. Was wäre, wenn sie nicht nach Hause käme? Ich dachte an den südländischen Ausdruck des Mannes und seine aggressiven Bewegungen. Was wäre, wenn er ihr etwas antäte? ‚Oh Tina, du bist noch so jung, hast keine Ahnung, wozu diese Männer fähig sind`. Warum tat sie das nur? Mir schwirrte der Kopf. Was konnte ich unternehmen? Sollte ich zusehen, wie meine Tina ihr Leben, ihre Werte, ihren Stolz für ein paar Euro hergab? Was hatte ich falsch gemacht? Immer versuchte ich ihr Vater, Mutter und Freundin in einem zu sein? Warum kam sie nicht mehr zu mir, so wie früher, wenn es ein Problem gab? Ich konnte nicht mehr klar denken, wollte es auch nicht, durfte mich nicht mit Selbstvorwürfen niedermachen und grübelnd vor diesem Elend sitzen. Ich musste Tina jetzt zur Seite stehen, ob sie es nun wollte oder nicht, ich musste sie dazu bringen, mir wieder zu vertrauen und auf mich zu hören – Pubertät hin oder her, hoffentlich war es noch nicht zu spät.

Ungeduldig saß ich in unserem Wohnzimmer auf dem Sofa, hatte Kerzen angezündet, eine Weihnachts-CD eingelegt und starrte auf die Zeilen meines Krimis, ohne mich auch nur auf einen Satz darin konzentrieren zu können. Vor mir stand ein Glas Rotwein, das ich strategisch, aber mehr noch um mich zu beruhigen, eingeschenkt hatte. Ich wollte so unbekümmert wie möglich erscheinen, um sie nicht zu verschrecken, wenn sie zur Tür hereinkam und hoffte, sie würde mir meine gespielte Ahnungslosigkeit abnehmen. Dann hörte ich ihren Schlüssel im Schloss, es war nur ein leises Klicken, so als wolle sie mich nicht stören oder sich an mir vorbei in ihr Zimmer schleichen.

„Tina, bist du das?“ rief ich ihr zu, und sie steckte den Kopf ins Zimmer. Ihr Haar war glatt gekämmt und auch die Schminke war auf ein dezentes Maß reduziert. Ihre Jacke hatte sie bis zum Hals geschlossen, nur die enge Jeans steckte noch in den Stiefeln und betonte ihre mädchenhafte Figur.

„Wer soll denn sonst zur Tür reinkommen?“ fuhr sie mich gereizt an.

„Wie war dein Tag?“ versuchte ich ihren aggressiven Ton zu ignorieren.

„Ganz okay, nichts von Bedeutung.“

„Hast du Lust auf ein gemeinsames Glas Wein? Morgen ist letzter Schultag vor Weihnachten und da wird wohl nicht mehr so viel los sein. Ich würde gern noch mit dir über ein Weihnachtsgeschenk reden.“

„Eigentlich bin ich todmüde, aber wenn es dich glücklich macht…“

Sie ging zur Garderobe und hängte ihre Jacke an einen der Haken, während ich aufstand und aus der Küche ein zweites Glas für sie holte. Aus dem Augenwinkel betrachtete ich ihren Body, der zwar eng an ihrem Körper lag, jedoch nicht den geringsten Ansatz ihrer hellen Haut über dem kleinen festen Busens preisgab. Locker setzte sie sich mir gegenüber auf einen Sessel, zog ihre Stiefel

aus und kuschelte sich mit angezogenen Beinen in die Mulde des Sitzes.
„Also von mir aus können wir Weihnachten auch ausfallen lassen, ist doch sowieso immer nur Getue. Du schenkst mir was, ich schenk dir was, warum geben wir uns nicht einfach Geld, und jeder kauft sich selbst, was er haben möchte."
„Bisher fandst du unser Weihnachten immer schön."
Sofort ärgerte ich mich über das, was ich sagte, denn wie immer ließ ich mich von ihr provozieren, doch diesmal musste ich die Führung übernehmen, durfte ihr keine Möglichkeit des Ausbruchs geben, und so versuchte ich das Gespräch wieder an mich zu nehmen.
„Was ich eigentlich meinte ist, dass ich deine weißen Stiefel nirgendwo bekommen kann."
„Sag ich doch, gib mir einfach das Geld, und ich besorg sie mir selbst."
„Heute war ich sogar auf der Reeperbahn deswegen - leider vergeblich."
Tina schwieg, und ihr Gesichtsausdruck verriet mir, dass sie die Information verarbeitete. Sie dachte darüber nach, ob ich ihr Geheimnis kannte oder nur zufällig die Reeperbahn erwähnte. Doch sie wusste genau, dass sie ihr Schweigen nicht zu lange hinauszögern durfte, dass sie etwas sagen musste, um keinen Verdacht aufkommen zu lassen.
„Hätte ich dir gleich sagen können, dass du da nichts findest."
Mit dieser Antwort gab sie mir eine Steilvorlage, denn ich brauchte sie nur zu fragen, warum sie sich so auskannte, aber ich fiel auf ihr Manöver nicht herein. Sie

hätte mein „warum“ als Misstrauen ausgelegt, wäre sofort aufgestanden und gegangen. Ich wusste, dass ich jetzt die Katze aus dem Sack lassen und sie direkt konfrontieren musste:
„Statt der Stiefel habe ich dich gefunden!“ Und ohne auf mögliche Ausflüchte zu warten fuhr ich fort: „Du standest in einer dunklen Gasse mit einem Mann und hast offensichtlich einen Preis ausgehandelt.“
Jetzt sah ich sie fragend an und Tina hielt meinem Blick stand. Wie zwei Tiere, die sich nicht trauten auszuweichen, um dem anderen kein Stück Feld preiszugeben, starrten wir uns sekundenlang an. Tina presste die Lippen aufeinander, ihre Augen wurden schmal und die Muskeln in ihrem Körper spannten sich an, sodass ihre eingenommene Kuschelposition auf dem Sessel nur noch einer Fassade glich.
„Spionierst du mir nach?“
„Nein, es war reiner Zufall.“
„Okay, dann weißt du ja jetzt Bescheid.“
„Aber Tina, warum tust du das?“
„Mama, ich bin achtzehn und dir keinerlei Rechenschaft schuldig.“
Und da war sie wieder, die provokative Steilvorlage, auf die ich in jedem anderen Moment mit einem abgedroschenen 'solange du die Füße unter meinem Tisch hältst…' geantwortet hätte. Und wieder wäre sie aufgestanden und gegangen – vielleicht sogar für immer, und das wollte ich auf keinen Fall riskieren. So sanftmütig es irgend ging und es mir mein Zittern in der Stimme ermöglichte erwiderte ich:

„Rein rechtlich bist du mir keine Rechenschaft schuldig, aber ich habe dich großgezogen und versucht, dir Werte mitzugeben, die dir eine Zukunft ermöglichen. Sag mir bitte, was ich falsch gemacht habe?“
„Nichts.“
Sie warf ihre dunklen Locken in den Nacken und blickte mich wieder starr und provokativ an. Was sollte ich darauf sagen? Sie war mir haushoch überlegen in ihrer Rhetorik, ließ sich auf ein emotionales Gespräch nicht ein, wich mir aus und beantwortete doch meine Frage. Ich setzte erneut an:
„Aber wenn ich nichts falsch gemacht habe, warum tust du das dann?“
„Mama, nenn es doch einfach beim Namen. Ich gehe Anschaffen, und es ist ein Beruf wie jeder andere auch. Wenn ich es genau nehme, müsste ich sogar Steuern zahlen.“
„Aber wofür?! Reicht dein Taschengeld nicht aus?“
„Darum geht es primär gar nicht.“
„Worum dann? Ist es der Reiz? Und was ist mit deinem Abitur? Du wolltest doch Tierärztin werden?“
„Weißt du eigentlich welcher Numerus Clausus für ein Studium in Veterinärmedizin gefordert wird? Das habe ich mir ohnehin schon abgeschminkt.“
Wer saß da vor mir? Das war doch nicht meine Tina. Sie war so abgeklärt, voller Realismus, ohne Visionen und Träume. Natürlich war es mir bewusst, dass ihr innigster Wunsch Tierärztin zu werden, schwierig wäre, aber dennoch nicht aussichtslos, und es gab doch auch andere Berufe zwischen Tiermedizin und Prostitution.

„Tina, weißt du eigentlich, auf was du dich da einlässt? Die Typen da draußen sind unberechenbar.“ Mein Ton war jetzt bittend, fast flehend, um irgendeinen Funken von Einsicht bei ihr zu wecken.
„Ich glaube, ich hab in meinem bisherigen Leben schon jetzt mehr Schwänze gesehen als du. Und was die Stiefel angeht: Mach dir keine Gedanken, ich besorg sie mir schon selbst.“
Sie erhob sich aus ihrem Sessel, sah mir noch einmal mit versteinerter Miene ins Gesicht und ging hinaus. Kurz darauf vernahm ich den Rhythmus ihrer Musik, der monoton, wie stumpfes Hämmern durch ihre Zimmertür drang.

Ich saß auf dem Sofa, vor heruntergebrannten Kerzen, zwei halbleeren Gläsern Wein und blickte auf den Titel meines Krimis, der mir so märchenhaft erschien, gegen die pralle Wirklichkeit, die mir soeben ins Gesicht geschmettert wurde. Tina hatte recht, es gab nichts, was ich tun konnte, außer dabei zuzusehen, wie sie sich ihre Zukunft verbaute. Ich schüttelte unwillkürlich mit dem Kopf. Nein, die Augen verschließen wollte ich auf keinen Fall. Ich war ihre Mutter und mochte sie auch noch so volljährig sein, es war nicht fair, meine Bemühungen der vergangenen achtzehn Jahre einfach so mit Füßen zu treten. Wut machte sich in mir breit, Hilflosigkeit und Verzweiflung. Es musste einen Weg geben, sie aufzuhalten, irgendwie… Ich nahm mein Glas, stürzte den Inhalt in wenigen Zügen hinunter und entschloss mich, den Abend in dem Glauben zu beenden, morgen würde alles anders aussehen. Im Flur hörte ich noch immer Tinas Musik, und es gab mir einen Hauch der Hoffnung, dass auch sie unser Gespräch nicht vollkommen kalt gelassen hatte.

Als ich am Morgen aufwachte, war Tina bereits aus dem Haus. Sie musste sehr leise gewesen sein, um mich nicht zu wecken, denn normalerweise standen wir zur gleichen Zeit auf und frühstückten gemeinsam. Ich ging in ihr Zimmer und schaute in den Kleiderschrank, ihre Sachen lagen geordnet übereinander und auch die CDs waren an ihrem Platz, nur die Schultasche hatte sie mitgenommen. Ob sie in die Schule gegangen war oder vielleicht direkt …? Ich sah das gestrige Bild vor mir. Unwillkürlich schaltete sich mein Kopfkino ein. Ich sah sie in ihren verführerischen Spitzenpantys, den straffen Apfelpo nach hinten streckend und auf den Knien hockend. Die Szene entwickelte sich weiter in meinem Gehirn und steigerte sich mit jedem Gedanken. Ich roch männlichen Schweiß und vernahm animalisches Stöhnen, das lauter, fordernder, aggressiver wurde… Mir wurde plötzlich speiübel und ein tiefer Stich durchfuhr mein Herz. Wie konnte ich mir nur ein solches Bild ausmalen? War ich pervers, dass ich mir meine eigene Tochter zwischen den Beinen eines Widerlings vorstellte? Ich ging ins Bad und duschte mich. Ich schrubbte meinen Körper, als wollte ich den Schmutz von ihr waschen, wollte sie reinigen, alles ungeschehen machen, was ihr widerfahren war. Mir wurde klar, dass ich etwas unternehmen musste. Ich zog mich an und meldete mich im Büro krank. Ich hätte ohnehin keinen klaren Gedanken den Versicherungsbanalitäten der Kunden widmen können. Ich setzte ich mich in mein Auto und fuhr los.

Ich musste eine Weile in der Schlange warten, bis sich mir eine junge Polizistin zuwandte:
„Was kann ich für Sie tun?“ Sie lächelte und war vielleicht wenige Jahre älter als Tina. Bevor ich etwas erwiderte, schaute ich kurz über meine Schulter, um mich zu vergewissern, dass die Umstehenden meine Worte nicht hören konnten.
„Meine Tochter geht auf den Strich“, sagte ich so leise wie irgend möglich, und zum ersten Mal hatte ich es wirklich ausgesprochen. Augenblicklich stiegen wieder die Tränen in mir auf. Schnell griff ich nach meinem Taschentuch und tupfte sie ab.
„Kommen Sie“, sagte die Polizistin, legte ihre Hand fürsorglich auf meine Schulter und schob mich sanft in eine ruhige Ecke zu einem winzigen Tischchen, an dem gerade mal zwei Stühle Platz fanden.
„Möchten Sie einen Kaffee?“
„Nein, vielen Dank.“
Wir setzten uns und die junge Beamtin streckte mir beruhigend ihre Hand entgegen.
„Haben Sie Ihre Tochter gesehen?“
„Ja, aber sie hat es mir auch gestanden, als ich sie gestern Abend darauf ansprach.“
„Wie alt ist Ihre Tochter?“
„Achtzehn.“
Die Polizistin zog ihre Hand von mir, verschloss die Lippen und schüttelte leicht mit dem Kopf.
„Es tut mir leid, aber in diesem Fall können wir nichts für Sie tun. Ihre Tochter ist volljährig.“

„Aber es muss doch irgendetwas geben, um sie davon abzuhalten."
„Leider nicht. Nur wenn sie etwas Gesetzeswidriges tut, dann könnten Sie Ihre Tochter anzeigen. Ich gehe davon aus, dass sie ihre Tätigkeit nicht als Gewerbe angemeldet hat und auch keine Steuern bezahlt?"
„Davon gehe ich auch aus."
„Das bietet Ihnen natürlich die Möglichkeit einer Anzeige, aber unsere Erfahrungen zeigen, dass die jungen Mädchen dann aus Trotz ihr Gewerbe anmelden. Was bisher nur Spiel war, wird so zu einer legitimen Einnahmequelle."
„Aber was soll ich denn tun, ich muss doch irgendetwas unternehmen?"
„Versuchen Sie, den Kontakt zu ihr aufrechtzuhalten. Wohnt Ihre Tochter noch zu Hause?"
„Ja, bisher noch, aber seit unserem Gespräch scheint sie mir aus dem Weg gehen zu wollen."
„Mädchen in dem Alter testen gern aus, wie ihr Körper auf andere wirkt. Es ist oftmals nicht das Geld, das sie treibt, sondern vielmehr der Reiz der Macht, die sie über die Männer haben. Manchmal hört es von ganz allein wieder auf, bei anderen…" sie machte eine Pause und ihr Gesicht verzog sich zu einem mitleidvollen Ausdruck „…sind es leider auch schlechte Erlebnisse, die sie auf den richtigen Weg zurückbringen. In jedem Fall sollten Sie für Ihre Tochter gesprächsbereit bleiben. Tadel, Rausschmiss oder Wutausbrüche führen Sie in die falsche Richtung."

Ich sah ein, dass mir die Polizei nicht weiterhelfen konnte. Nachdem mir die junge Beamtin die Adresse einer Selbsthilfegruppe für Eltern prostituierender Kinder mitgegeben hatte, verließ ich die Wache und marschierte zu meinem Wagen. Die Sonne schien, und ich atmete die kalte klare Luft ein, wie neues Lebenselixier. Gehwege und Straßen waren durch die zahlreichen Streueinsätze der vergangenen Tage freigeräumt, nur an den Bäumen und Laternenmasten häuften sich die Schneeflocken zu kleinen Gipfeln. In den Schaufenstern blinkte es weihnachtlich, und rabattierte Angebote lockten die ewig Letzten, ihren Einkäufen für den morgigen Abend nachzukommen. Die Vorstellung eines friedlichen Weihnachtsfestes war so weit von mir und Tina entfernt, als wäre das Fest der Liebe nur eine Fata Morgana und unerreichbar für uns. Ich drängte mich durch die Menschenmenge, stieß gegen Plastiktüten und blieb schließlich vor einer Bratwurstbude stehen, warum, wusste ich nicht. Es war kein Hunger, der mich halten ließ und auch nicht der Geruch frittierter Pommes, vielmehr war es meine innere Unruhe, die mir sagte, dass ich irgendetwas tun musste, nur um nicht in der Wohnung warten zu müssen, bis Tina nach Hause kam. Ich nahm meine Bratwurst in Empfang, quetschte Senf und Ketchup auf das Papptellerchen und stellte mich etwas abseits vor einen Kiosk, dessen Besitzer hinter den Zeitungen kaum zu sehen war. Kauend sah ich auf die Zeitschriften und Titelseiten der Tagespresse. Wie eine Schwangere überall Babys sieht, fixierte sich mein Blick auf die pornografischen Hefte, und wieder sah ich Tina vor mir in einer dieser animierenden Posen. Angewidert wandte ich mich ab. Was hatte die Polizistin gesagt? ‚...bei manchen muss erst etwas passieren, bis sie auf den richtigen Weg zurückfinden'. Ich mochte gar nicht daran denken, was Tina alles geschehen konnte. Und dann kam mir ein Gedanke. Zunächst war es nur eine Art Geistesblitz, etwas vollkommen Abwegiges, niemals Denkbares und wieder glaubte ich an eine Perversion von mir. Doch dann formte sich der Gedanke zu etwas Möglichem, hakte sich in mir fest und wurde immer realer, bis er wie ein Film in meinem Kopf ablief. Ich warf den Rest meiner Bratwurst in den Abfalleimer und studierte die Tageszeitungen. Zunächst war ich unschlüssig, welche ich mitnehmen sollte, wählte schließlich eine der Regionalpressen aus und hastete zu meinem Wagen. Ich wollte keine Zeit verlieren und vor allem musste ich handeln, bevor Tina nach Hause kam.

Es war später Nachmittag, als ich mit zitternden Händen meinem Gegenüber den Umschlag über den Caféhaustisch schob. Keiner der Gäste schien sich für mich und den überaus gut aussehenden Mann mit den grauen Schläfen zu interessieren. Wahrscheinlich hielt man uns für ein gewöhnliches Ehepaar, dass sich nach seinem weihnachtlichen Einkaufsbummel eine Pause gönnte. Sean, wie er sich nannte, lupfte mit dem Finger die Öffnung des Briefumschlages und zählte mit geschultem Blick die 500 Euro. Dann steckte er den Umschlag in die Innenseite seines Anzugs, umfasste meine Hand, drückte sie zuversichtlich und lächelte mich aus blauen von charmanten Lachfalten umgebenen Augen zuversichtlich an. „Sie sind eine mutige Frau."

„Ich hoffe, es ist das Richtige.“ Meine Stimme bebte, und ich sah Sean ängstlich an.
„Machen Sie sich keine Sorgen, morgen Abend ist alles vorbei.“
Ich kannte diesen Mann erst wenige Minuten und dennoch vertraute ich ihm instinktiv, er war mir auf den ersten Blick sympathisch, und das beruhigte mich ein wenig. Wir zahlten, gingen gemeinsam aus dem Café und trennten uns.

Tina war noch nicht wieder zurück, als ich nach Hause kam. Auf dem Weg hatte ich noch einige Kleinigkeiten für das Abendessen eingekauft und deckte den Tisch. Vielleicht konnte ich sie wenigstens dazu überreden mit mir zu essen. So wie die Polizistin es mir geraten hatte, wollte ich kein Wort über ihre Tätigkeit verlieren und hoffte inständig, sie würde mir meine Nervosität nicht anmerken. Endlich hörte ich das gewohnte Klicken ihres Schlüssels. Sie ging direkt in ihr Zimmer und schloss die Tür, also lag es an mir, eine Annährung zu suchen. Klopfenden Herzens lief ich zu ihr hinüber und steckte meinen Kopf in ihr Zimmer.
„Hallo, ich habe den Tisch gedeckt, kommst du zum Abendessen?“ versuchte ich so unbekümmert wie möglich zu klingen, und sie schien tatsächlich überrascht darüber zu sein, jedenfalls schaute sie mich an, ließ jedoch sekundenlang auf eine Antwort warten.
„Eigentlich habe ich keinen großen Hunger, aber ich komme gleich.“

Geschafft, sie war zumindest noch bereit, ein einfaches Gespräch mit mir zu führen. Ich ging zurück in die Küche, goss Pfefferminztee auf und setzte mich an den Tisch. Einige Minuten später kam sie und nahm Platz, ohne ein Wort zu verlieren.

„Auf dem Nachhauseweg habe ich noch ein paar Leckereien eingekauft und dein Lieblingsbrot."

„Danke."

Sie nahm sich eine Scheibe, bestrich sie mit Butter und gabelte etwas Heringssalat auf ihren Teller. Schweigend saßen wir uns gegenüber, kauten appetitlos unsere Bissen und wussten nicht, wo wir hinsehen sollten, um dem anderen nicht zufällig mit den Augen zu begegnen. Es machte keinen Sinn, so zu tun, als wäre nichts geschehen, das wurde mir klar, und es beschlich mich das Gefühl, als wollte auch sie mit mir reden, konnte nur keinen Anfang finden, und so brach ich unser Schweigen.

„Hattest du einen guten Tag?"

„Was meinst du damit?"

„Wir sind gestern nicht gerade friedlich auseinandergegangen, und heute Morgen bist du sehr früh aufgestanden…"

„Mama, ich habe mir überlegt, dass es an der Zeit ist, auszuziehen", unterbrach sie mich, und gab mir damit zu verstehen, dass sie nicht wie eine Katze um den heißen Brei herumschleichen wollte. Plötzlich waren meine schlimmsten Befürchtungen eingetreten, ich würde den Kontakt zu Tina verlieren. Ich schluckte, bemühte mich, die Fassung zu wahren.

„Ich muss gestehen, dass ich gestern sehr geschockt war, aber du hast recht, du bist achtzehn und kannst tun und

lassen, was du möchtest – und ich habe das zu akzeptieren! Dennoch möchte ich nicht, dass du gehst."
„Du würdest niemals akzeptieren, was ich tue, sondern ständig versuchen, auf mich einzuwirken. Du würdest beobachten, was ich anziehe und warten bis ich nach Hause komme."
„Ist das denn verwunderlich? Ich bin deine Mutter und würde es dir so sehr wünschen, dass du wenigstens dein Abitur zu Ende bringst und irgendwann einmal studieren kannst."
„Eben, das meine ich. Du glaubst zu wissen, was das Beste für mich ist, aber du fragst nie, was ich eigentlich möchte."
„Was willst du denn?! Prostituierte werden?!" Wieder hatte sie mich so weit, dass ich verzweifelt schrie. Entschlossen legte sie ihr Messer quer auf den Teller und zeigte mir, dass für sie das Abendessen und unser Gespräch beendet waren. Sie stand auf und wandte sich zur Tür.
„Ich gehe noch einmal weg und übernachte dann bei einer Freundin. Du brauchst nicht auf mich zu warten", sagte sie trocken.
„Tina, bitte", flehte ich sie an, „morgen ist Weihnachten, sag mir wenigstens, ob du am Heiligabend nach Hause kommst."
Ihre Hand lag bereits auf der Türklinke, sie stutzte einen Moment lang und überlegte, dann drehte sie sich noch einmal zu mir um, sah auf den Boden. Sie sprach mehr zu sich selbst als zu mir:
„Ich weiß es noch nicht, es kommt darauf an."
„Worauf?!" schrie ich sie an.

„Wie das Geschäft läuft…“, sagte sie leise, drückte die Klinke hinunter und schloss die Tür hinter sich. Ich fiel in mich zusammen, stützte meinen Kopf in die Hände, schloss die Augen und hatte wieder das Gefühl, versagt zu haben. Am liebsten wäre ich ihr hinterhergelaufen, hätte die Tür verriegelt, sie ans Bett gefesselt oder windelweich geprügelt, aber ich saß da, hilflos vor dem Gesetz der Volljährigkeit. Meine letzte Hoffnung lag nun in den Händen von Sean. Wenn er versagte, würde ich mir mein Leben lang Vorwürfe machen.

Nervös sah ich auf die Uhr an meinem Handgelenk, es war bereits viertel nach sechs und draußen stockduster. Seit dem gestrigen Abend hatte ich Tina nicht mehr gesehen. Der Christbaum stand, wie jedes Jahr, geschmückt in seiner Ecke. Silberne Kugeln, weiße Kerzen und nur wenige Stränge Lametta bildeten einen kühl eleganten Kontrast zu seinen dunkelgrünen Zweigen. Bewusst hatte ich keine Geschenke unter den Baum gelegt, weil ich mir nicht sicher war, ob Tina zurückkommen würde. Ich ging zum Fenster und schaute in die gegenüberliegenden Wohnungen. In den meisten von ihnen brannten die Kerzen auf den geschmückten Bäumen, ein untrügliches Zeichen, dass Friede und Zusammengehörigkeit für einen Moment lang die Menschen ihre Sorgen vergessen ließen. Nur unsere Kerzen brannten nicht, und meine Sorgen um Tina waren kaum noch zu ertragen. Wo sie jetzt wohl sein mochte? Wie hatte ich mich nur zu dieser Idee hinreißen lassen? Ich kannte Sean nicht und vertraute ihm blind.

Meine Gedanken wanderten neunzehn Jahre zurück. Lange Zeit hatte ich sie verdrängt, wollte mich nicht daran erinnern und schob mein Glück mit Tina vor die Ereignisse. Sie baute mich auf, wenn ich daran dachte, ihr kindliches Lachen gab mir stets das Gefühl, richtig gehandelt zu haben und so wurde sie mit der Zeit zu meinem Alibi, mit dem Erlebten nicht aufräumen zu müssen. Über Nacht packte mich die Vergangenheit, holte mich zurück, als wollte sie mich mahnen und zurechtweisen, weil ich dich, meine geliebte Tina, und auch mich selbst, die Jahre hindurch belogen hatte. Und nun forderte sie mich auf zu handeln, noch einmal in diese Qual einzusteigen, sie zu durchleben, um an dir gut zu machen, was mir widerfahren war.

Ich schaltete den Fernseher ein und sofort wieder aus, ging zum Telefon, prüfte, ob es korrekt in seiner Basisstation saß, knipste in der Küche das Licht an, schaute kurz auf den gedeckten Tisch und schaltete es wieder aus. Dann ging ich zurück ins Wohnzimmer ans Fenster. Es begann zu schneien, dicke weiße Flocken fielen vom Himmel, ließen sich auf der Straße nieder und verbreiteten eine dumpfe Stille. Nur wenige Autos fuhren entlang und in den gegenüberliegenden Wohnungen brannten noch immer die Lichter auf den Christbäumen. Ich setzte mich auf das Sofa und spielte mit dem heruntertropfenden Wachs der Kerzen auf dem Adventskranz. Die Minuten vergingen wie Stunden und immer wieder Tina in meinen Gedanken.

Plötzlich hörte ich das Klicken des Haustürschlüssels, ich konnte nicht sitzen bleiben, sprang auf und lief auf den Flur. Mein Körper zitterte vor Angst und voller Erwartung. Da stand sie! Tränen in ihren Augen und über den Wangen, die Schminke im Gesicht verschmiert, das Haar zerzaust. Der Reißverschluss ihrer Jacke war hoch verschlossen, unter ihrem kurzen Minirock zog sich eine breite Laufmasche und ließ eine dunkelrote Schürfwunde über dem Knie erkennen. Ich erschrak, und ein Ruck fuhr durch mein Herz. Ich lief auf sie zu, breitete meine Arme aus und drückte sie an mich. Nur ein durchdringendes tiefes Schluchzen konnte ich vernehmen, kraftlos ergab sie sich meiner Nähe und ließ sich sanft mit mir auf den Boden gleiten. Minutenlang hockten wir im halbdunklen Flur neben der Eingangstür, sagten kein Wort und hielten uns aneinandergeklammert, wie siamesische Zwillinge, die Angst hatten, voneinander getrennt zu werden. Irgendwann hob sie den Kopf und sah mich an.
„Mama, es war so furchtbar!“
„Kanntest du ihn?“
„Nein, er fuhr eine S-Klasse und hielt mir die Tür auf. Es war ein etwas älterer Mann mit grauen Schläfen, sah aber ziemlich gut aus und war teuer angezogen…“, sie schluchzte und wischte mit einem durchnässten Taschentuch über ihre Augen. „…er sagte, dass er auf dem Weg zu einer Weihnachtsparty sei, auf der sich alles trifft, was Rang und Namen hat, und dann erzählte er, dass er sich mit seiner Frau gestritten hätte und nun allein zu der Party müsste. Er fragte mich, ob ich nicht als seine Begleitung mitkommen wolle, und dann zog er seine Brieftasche heraus und streckte mir 500 Euro entgegen…“

Ich zuckte kurz zusammen und dachte an den Inhalt des Briefumschlags, aber Tina spürte es nicht und erzählte weiter, redete sich frei, den Schmerz von der Seele.
„… ich nahm das Geld und hatte geglaubt, das große Los gezogen zu haben. Dann fuhren wir in Richtung Villenviertel nach Blankenese, was mir ganz normal vorkam. Er war total sympathisch, plauderte, erzählte mir von seiner Frau und seinen beiden Kindern. Dann fuhren wir immer weiter raus aus der Stadt bis zur letzten Bahnstation von Hamburg, und da wurde mir etwas unheimlich zumute. Als er hinter der Bahnstation in einen kleinen Waldweg einbog, holte ich mein Smartphone aus der Tasche und sagte ihm, dass ich meine Freundin anrufen müsste. Auf einmal stellte er den Motor ab und riss mir das Telefon aus der Hand. Er sagte, dass er erst noch ein wenig Spaß mit mir haben wollte und dass er für 500 Euro doch schon was Exklusives verlangen könnte. Ich wusste nicht, was er meinte, bisher hatte ich es den Männern doch nur mit dem Mund gemacht oder mit ihnen geschlafen. Er zog einen Strick aus dem Handschuhfach und fesselte mir die Hände an der Kopfstütze. Ich hatte schreckliche Angst und bat ihn, mich gehen zu lassen, aber er sagte, ich solle mit dem Geschrei aufhören und mich nicht so mädchenhaft anstellen, und dann steckte er mir ein Tuch in den Mund. Ich konnte kaum noch Luft holen und dachte ersticken zu müssen…“
Ich schloss die Augen und drückte Tina sekundenlang ganz fest an mich, dann redete sie weiter:
„… er streichelte mir die Oberschenkel von den Knien an und immer weiter aufwärts bis unter meinen Rock, ich wollte ihn treten, aber er drückte mir sein Bein auf den

Schoß. Dann öffnete er meine Jacke und ging mit der Hand unter mein T-Shirt. Er leckte mir den Hals und begann daran zu saugen. Er fragte mich, ob mir das gefiele, und ich sah ihn nur flehend an, damit er mich losbinden würde, aber er tat es nicht. Er setzte sich auf und wurde wütend, er schrie mich an, warum ich nicht mitmachte, wo er doch so viel Geld bezahlt hätte, er nannte mich eine Hure, Schlampe und dass ich es verdient hätte, so richtig durchgezogen zu werden. Er zog meinen Kopf an den Haaren nach hinten und hatte mich so in der Mangel, dass ich starr in seine Augen sehen musste. Sein Ausdruck war irgendwie abwesend, als wäre ich gar kein Mensch, sondern irgendein Ding, an dem er sich abreagieren wollte. Da habe ich einfach die Augen geschlossen, um ihn nicht ansehen zu müssen, und als mir die Tränen hinunterliefen, wurde er richtig wütend. Er band mich ruckartig los, riss mir das Tuch aus dem Mund, öffnete die Wagentür und befahl mir auszusteigen. Ich dachte, er würde mich umbringen und wollte zunächst nicht hinaus, aber er stieß mich einfach aus dem Auto, zog die Tür zu und trat wie ein Geisteskranker auf das Gaspedal…“
Ich atmete auf, tief und erleichtert. „Was geschah dann?“
„…dann bin ich zur Bahn gelaufen, so schnell ich konnte, dabei bin ich hingefallen und habe mir meine Strümpfe kaputt gemacht…“
Noch einmal drückte ich sie an mich, nahm ihren Kopf zwischen meine Hände und sah ihr in die verschmierten nassen Augen.
„Es ist vorbei Tina, du bist zu Hause, und hier kann dir nichts passieren.“

Langsam löste ich mich aus unserer Umarmung, erhob mich vom Fußboden und ließ Tina ein Bad mit sehr viel Schaum ein. Dann half ich ihr beim Ausziehen, versorgte ihre Wunde und verfrachtete sie in die Wanne. Nach einiger Zeit kam sie mit Bademantel, Turban und Stricksocken ins Wohnzimmer, kuschelte sich neben mich auf das Sofa und schien die Geborgenheit in sich aufzunehmen. Ich hatte die Kerzen am Christbaum angezündet, für uns beide etwas zu trinken und einige Häppchen bereitgestellt. Lange Zeit sagten wir nichts, sahen auf den Baum und hingen unseren Gedanken nach.

„Ich habe dir immer erzählt, dass ich deinen Vater kaum kannte und das ist auch richtig…“, begann ich schließlich. Sie sah mich nicht an, aber die plötzliche Versteifung ihres Körpers verriet mir, dass sie aufmerksam zuhörte.
„…und ich habe dir gesagt, dass du in einer stürmischen Liebesnacht gezeugt wurdest, und das stimmt nicht ganz. Ich war drei Jahre älter als du heute und fand es genauso aufregend, Männern den Kopf zu verdrehen. Es war an einem Abend nach der Disco. Meine Eltern gaben mir jedes Mal Geld für ein Taxi mit, aber ich behielt es für andere Dinge und fuhr per Anhalter nach Hause. Er war ungefähr in meinem Alter. Nach einigen Kilometern bog er in eine kleine Seitenstraße und forderte sein männliches Recht. Ich wehrte mich, aber er war viel stärker – ich konnte gegen ihn nichts ausrichten. Als ich nach Hause kam schlich ich mich in mein Zimmer und wollte die Sache nur vergessen. Meinen Eltern vertraute ich mich nicht an, und irgendwann wurde mir bewusst, dass ich

schwanger war. Natürlich hätte ich dich abtreiben lassen können, aber es schien mir nicht richtig, dich büßen zu lassen, was ich mir leichtfertig eingebrockt hatte. Du warst ein Stück Leben in mir und jedes Mal, wenn ich die Übelkeit der Schwangerschaft spürte, bildete ich mir ein, dass du dich auf diese Weise bemerkbar machtest. Meinen Eltern beichtete ich schließlich ein Liebesabenteuer auf dem Heuboden mit einem gut aussehenden Durchreisenden. Ich weiß nicht, ob sie es geglaubt hatten. Meine Ausbildung in der Versicherung konnte ich gerade noch beenden und dann kamst du auch schon zur Welt. Ich war so glücklich, dich in den Armen zu halten, dass mir dein Vater vollkommen egal war."
„Hast du niemals versucht, ihn zu finden?"
„Nein, niemals!"
Tina schwieg, und ich merkte, wie es in ihrem Kopf arbeitete. Ich ließ sie ihren Gedanken nachhängen und machte mich darauf gefasst, weitere Fragen zu beantworten. Aber sie sagte nichts, sah auf die Kerzen und blieb ruhig in meinem Arm.
„Tina, sag mal, hat der Mann dir die 500 Euro eigentlich wieder abgenommen?"
Sie setzte sich auf und sah mich verdutzt an.
„Nee, der war so wütend, dass er daran wohl gar nicht mehr gedacht hatte."
Ich schmunzelte. „Dann kannst du dir ja jetzt ein paar richtig tolle weiße Stiefel kaufen."
„Mama, ich glaub, die möchte ich gar nicht mehr haben."
Ich lächelte zufrieden und drückte meine Kleine noch einmal ganz fest an mich.

Bekenntnis der Schönheit

Es begann schleichend, so schleichend, dass die Menschen um mich herum es gar nicht mitbekamen. Doch ich bemerkte es – jeden Tag ein bisschen mehr, vielfältiger und mit immer neuen Anhaltspunkten. Ich fühlte mich nicht mehr wohl in meiner Haut, in meinem Körper und mit meinem Dasein. Dabei hatte ich nichts auszustehen. Ich führte das Leben einer Hausfrau und Mutter mit allen Pflichten und Freuden, die traditionsreich dazugehörten. Holger, mein Mann, arbeitete seit über15 Jahren als Leiter der Buchhaltung in einem mittelständischen Betrieb. Er verdiente ausreichend Geld, damit wir davon leben, einmal im Jahr in den Urlaub fahren konnten, unser Häuschen abzahlen und monatlich noch einen kleinen Betrag für die Rente oder die Ausbildung der Kinder zurücklegten. Meine dreizehnjährige Tochter Anja trat in die Phase ein, in der sie ihr Erwachsenendasein revolutionär verkündete, um wenig später in kindliche Trotzphasen zu verfallen. Oliver war gerade acht geworden und gehörte zu den Kindern, die vor allem das harmonische Beisammensein der Familie für ihre Entwicklung benötigten. Neue Ereignisse musste man ihm schonend schmackhaft machen, währenddessen seine liebsten Worte: ‚… können wir nicht mal wieder…' oder ‚…das fand ich immer so schön…' waren. Meine und Holgers Eltern lebten im nahen Umkreis und besuchten uns ab und an, jedoch regelmäßig am Heiligabend zur Bescherung. Und dann gab es natürlich mich: Bettina, einundvierzig Jahre alt, gelernte Kindererzieherin, 1,75 groß, dichte dunkelbraune Haare, die leicht gelockt bis auf meine Schultern reichten und große braune Rehaugen mit langen Wimpern, die ich von meiner Mutter geerbt hatte und die mir schon häufig den Vergleich mit Audrey Hepburn einbrachten. Das war aber auch schon alles, was mich mit der extravaganten Schauspielerin verband, denn wenn ich von den Augen an abwärts mein Spiegelbild betrachtete, erinnerte es eher an Bette Midler, wobei ich bei weitem nicht über deren Sexappeal verfügte. Seit meiner Schwangerschaft mit Anja und Oliver hatte sich mein Gewicht langsam aber stetig auf über 82 Kilo gesteigert, was bei einem Body Maß Index von 27 Übergewicht bedeutete. Viele unserer Bekannten und Freunde waren der Ansicht, dass ich doch proportional hervorragend aussah, doch diese Fraktion schleppte in der Regel noch mehr Gewicht mit sich herum und konnte es wohl kaum nachempfinden, wie sich eine Frau fühlen musste, die als fünfundzwanzigjährige einmal Modelmaße besessen hatte. Meine Pfunde kaschierte ich mit weiten dunklen Pullovern – dunkle Farben machen schlank - und ich trug keinen BH, was den Oberbauch mit meinem Unterbauch auf nahezu eine Linie brachte. Diesem Anblick konnte ich noch standhalten, aber was mich am meisten störte, waren meine ‚Reiterhosen' diese wabbeligen, orangenformartigen Beulen, die sich an den Außenseiten meiner Oberschenkel festgesetzt hatten, und die sich weder mit Diäten noch eisernem Walking überreden ließen, von meinem Körper wieder zu verschwinden. In Zeiten der

Karottenhosen hätten sie mich nicht wirklich gestört, aber man trug jetzt Röhrenjeans mit Stiefeln oder hochhackigen Pumps, und eine Röhre sah nun wirklich anders aus, als das, was da unterhalb meines Pos herauswölbte. Mit meinem Mann und den Kindern konnte ich über Problemzonen nicht reden. Holger liebte mich, wie ich war. Er sah meine Dellen angeblich gar nicht, aber vielleicht verschloss er einfach nur die Augen davor. Für Anja sah ich aus, wie ihre Mutter, die sie seit eh und je kannte, und für Oliver war es ein Vergnügen, seinen Kopf lachend in meine weichen Hüllen zu vergraben oder mir mit der kleinen Hand auf den Po zu hauen. Für die drei gab es Wichtigeres als eine hübsche Mutter und Ehefrau, nämlich ein funktionierendes Vehikel, dass Haus und Garten in Schuss hielt, Essen kochte, Chauffeurdienste übernahm und besonders zur Weihnachtszeit für die Behaglichkeit der Familie sorgte. Ich war der Inbegriff von duftendem Backwerk, Adventsdekorationen an Fenstern und Türen, warmen Hausschuhen auf der Heizung nach durchnässten Schneeballschlachten oder lobenden Motivationshymnen, wenn der Text für die weihnachtliche Schulaufführung nahezu fehlerfrei aufgesagt wurde. Und so ergab ich mich in mein Schicksal. Sie liebten mich und ich liebte sie, aber ich liebte mich nicht. Die Reiterhosen an meinen Oberschenkeln steuerten meinen gedanklichen Tagesablauf und diktierten mir bereits am Morgen, wie ich mich in den nächsten sechzehn Stunden fühlen würde. Der Gang auf die Waage, mein Blick in den Spiegel, die Auswahl meiner Kleidungsstücke, der Griff nach der Diätmargarine im Kühlschrank, die Gestaltung meines Einkaufszettels oder der Vergleich mit schlankeren oder extrem korpulenteren Frauen auf der Straße taten ein Übriges und weckten in mir das ständige Gefühl der Hässlichkeit. Selbst meine schönen Augen mit den langen Wimpern vermochten keinen Einfluss auf meinen Seelenfrieden mehr zu nehmen, und so wurde ich zum perfekten Opfer der abendlichen Reportagesendungen, wenn es um das Allheilmittel meiner Probleme ging: Die Schönheitsoperation. Diese Frauen sprachen meine Gedanken aus, die in meiner Familie kein Gehör fanden. Sie waren mutig, zeigten ihre Schwachstellen in aller Öffentlichkeit und strahlten so unendlich viel Hoffnung aus. Strategisch getimte Werbepausen, wiesen auf Diätprodukte und Rezepthefte hin, zeigten Pülverchen und Dragees, aber vor allem gesunde, hübsche, lachende Frauen meiner Altersgruppe. Ich konnte die Fortsetzung der Reportage nach der Werbepause kaum abwarten und freute mich mit meiner Heldin, wenn sie sich nach einer nicht ungefährlichen Fettabsaugung und mehreren Tagen Schmerzen endlich im Spiegel betrachtete und ihre neuen Maße sie zu einem anderen Menschen machte. Natürlich wurde in diesen Reportagen auch gelegentlich auf Misserfolge, vereiterte Narben und pfuschende Ärzte hingewiesen, aber was war schon dieses Risiko gegen das erhabene Gefühl, sich endlich wieder selbst lieben zu können. Zunächst sah ich mir diese Sendungen allein an, dann verwickelte ich Holger beiläufig in das Thema, indem ich über die psychischen Verkrampfungen sprach, die Frauen mit ihren körperlichen Problemen zu bewältigen hatten, die tiefe Depressionen auslösen konnten und nicht zuletzt die Sexualität beeinflussten. Letzteres ließ ihn aufhorchen, wollte jedoch keinerlei Zusammenhang zu seiner eigenen Frau in ihm aufkommen lassen. Für ihn war ich seine Bettina, glücklich mit den Kindern, dem Haus, Garten und natürlich mit ihm. Doch mit der Zeit spürte er, wohin meine immer häufigeren Andeutungen auf die Dellen an meinen Oberschenkeln führen sollten.

Es war kurz vor Weihnachten, ich stand gerade in der Küche beim Backen eines Christstollens, dessen Genuss meine drei begeisterten, von dem ich aber schon seit Jahren keinen Bissen mehr gekostet hatte. Holger kam von der Arbeit, stellte sich zur Begrüßung hinter mich und meine mehligen Hände, die eine Erwiderung nicht zuließen und zog den Duft von gebackenen Rosinen und Marzipan ein. Dann fasste er mich sanft um die Hüften und wollte mir gerade einen Kuss in den Nacken drücken, als ich ihn vehement abschüttelte.
„Nicht, du weißt doch, wie ich es hasse, wenn du mir um die Beine fasst."
„Da sind doch nicht die Beine, sondern deine Hüften", erwiderte er gereizt und ließ von mir ab.
„Trotzdem, nicht jetzt beim Kuchenbacken."
Holger setzte sich an den Tisch, zog seine Krawatte auf und sah mir eine Weile zu, ohne etwas zu sagen, das heißt, in Wirklichkeit fühlte ich seinen Blick eher auf meinen Po fixiert.
„Was kostet eigentlich so eine Fettabsaugung?" fragte er nach einer Weile.
Ich drehte mich erstaunt zu ihm um „Etwa drei- bis viertausend Euro."
„Hm", mehr sagte er nicht, stand auf und ging ins Schlafzimmer, um sich etwas Bequemeres anzuziehen.

Wenige Tage später war es wieder einmal so weit: Der Heilige Abend nahm uns Erwachsene und die Kinder in seinen Bann. Wie gewohnt hatten es sich meine und Holgers Eltern in der Couchgruppe gemütlich gemacht und freuten sich über die leuchtenden Augen ihrer Kinder und Enkelkinder. Der Baum war in diesem Jahr mit selbstgebackenen verzierten Lebkuchen behängt. Die Kinder und ich waren schon vor einigen Tagen mit dem weihnachtlichen Backvergnügen beschäftigt gewesen, und ich erzählte ihnen dazu Geschichten aus der Zeit, als ich noch ein Kind war. Nun drehten sich die braunen Figuren an durchsichtigen Fäden neben roten Kerzen und hellen Strohsternen an den Zweigen. Anja schenkte mir ein paar Topflappen, die sie wohl während des Handarbeitsunterrichts gestrickt hatte, und von Oliver bekam ich eine mit Knetmasse beklebte Kerze, die das Bild von Josef, Maria und dem Jesuskind schemenhaft darstellte. Dann zog Holger einen Umschlag mit goldener Schleife aus seiner Westentasche, legte den Arm um mich und gab mir sein Geschenk, so unauffällig, dass es die anderen kaum mitbekamen. Ich wunderte mich sehr, hatten wir doch irgendwann einmal ausgemacht, uns gegenseitig nichts zu schenken.
„Eigentlich bin ich dagegen und du sollst wissen, dass ich dich so liebe, wie du bist, aber da es nun mal dein großer Wunsch ist…“, sagte er.
Ich streifte die Schleife ab, öffnete den Umschlag und zog den Inhalt heraus: ‚Gutschein für eine Schönheitsoperation‘. Schnell steckte ich das Kärtchen wieder in

sein Gehäuse, sodass niemand etwas bemerkte, dann umarmte ich Holger und drückte ihn ganz fest an mich.
„Danke, vielen, vielen Dank."
Ich war so glücklich, mindestens so, wie meine Heldinnen im Fernsehen, ich strahlte und fühlte mich schon bei dem Gedanken an die verschwundenen Reiterhosen, von einem Moment zum anderen attraktiv. Fröhlich und entspannt verbrachte ich den Abend und später im Bett, als wir schon das Licht ausgelöscht hatten, tastete ich vorsichtig über meiner Oberschenkel. Bald würde alles gut werden, und in Gedanken sah ich mich in einer neuen Röhrenjeans, mit weißer Bluse, dazu ein mittelbraunes Jackett, das meine dunkelbraunen dichten Haare und die Rehaugen erst richtig zur Geltung brachten.

Und es wurde alles gut - zunächst jedenfalls. Im Januar suchte ich mir eine Klinik aus, ließ mir mit einem Filzstift schwarze Linien auf die Reiterhosen malen und informierte mich über Erfolgsaussichten und Risiken. Holger war noch immer der Meinung, dass Aufwand und Ertrag in keinem Verhältnis zueinander stünden. Er war eben ein typischer Buchhalter, Zahlen kannten nun einmal keine Emotionen und konnten daher den Wert eines Gefühls auch nicht ermessen. Doch Holger trug jeden Entschluss, den ich traf geduldig mit, Hauptsache ich würde danach wieder lachen und fröhlich sein. Von der Operation bekam ich nicht viel mit, ich hatte Dämmerschlaf gewählt, nur das Erwachen war schmerzhaft. Zwei Tage blieb ich vorsorglich in der Klinik. Anja und Oliver waren bei meinen Eltern untergebracht, und in den darauf folgenden drei Wochen, die ich mit einer Art Kompressionsmieder zubrachte, unterstützten mich sowohl meine als auch Holgers Mutter tatkräftig bei der Hausarbeit. Ich hielt es vor Neugierde kaum noch aus, und endlich war der Tag gekommen, an dem ich das Mieder abnehmen und meine neuen Beine im Spiegel betrachten durfte. Begeistert strahlte ich mich an. Die Frauen in den Reportagen hatten mir nichts vorgemacht, die Dellen waren verschwunden, und meine Oberschenkel zeigten sich vom Po bis zum Knie in einer geraden Linie. Lediglich die Haut hing nun etwas schlaff herunter, was sich mit der Zeit noch geben sollte, wie mir der Arzt versprach. Holger freute sich mit mir. Anja und Oliver kannten ihre Mutter kaum wieder und staunten nicht schlecht über meinen Tatendrang. Als erstes war die Röhrenjeans fällig mit der weißen Bluse und dem mittelbraunen Jackett. Nach vielen Jahren trug ich wieder einen BH, der meine weiblichen Rundungen zur Geltung brachte. Als nächstes ließ ich mir die Haare ein wenig kürzen, sodass sie auf Kinnlänge mein Gesicht charmanter umschmeichelten und konsultierte eine Kosmetikerin, die mir zeigte, wie ich meine Augen Audrey-Hepburn-mäßig in Szene setzte. Angetrieben von der Rundumerneuerung versuchte ich es noch einmal mit einer Gewichtsreduzierung. Diesmal probierte ich nicht wieder heimlich eine neue Diät aus, sondern leistete mir einen dieser Abnehmkurse, in denen ich alles über gesunde Ernährung lernte und wie ich mein Wohlfühlgewicht halten konnte. Es war einfach genial, innerhalb weniger Wochen nahm ich acht Kilo ab und war mit einem BMI von 22 in meiner Traumfigur. Holger schaute mich manchmal zerknirscht an, wenn er einen Blick auf unser Konto warf. Natürlich gefiel ihm seine *neue* Frau, aber die Verschönerungen gingen ins Geld. Die 4000 Euro für die Operation hätten eigentlich zum Kauf eines neuen Autos beitragen sollen, und nun waren noch beinahe 2000 für Kleidung, Friseur, Kosmetik und Biokost hinzugekommen. Anja und Oliver beklagten sich immer häufiger, dass es keine Pfannkuchen mehr zum Mittag gab, dafür gedünstetes Gemüse und Hähnchenbrust. Darüber hinaus regte ich sie an, mit dem Fahrrad zur Schule zu fahren der Gesundheit wegen, so konnte ich während der Zeit eine Runde joggen. Mein Lebensgefühl war einzigartig, ich genoss die Sonnenstrahlen des Frühlings und die Komplimente meist jüngerer Männer, die mir glatt zehn Jahre schenkten.

Doch durch das Abnehmen begann mein Busen nun welk an mir herunterzuhängen. Zwar konnte ich ihn mit Hilfe eines stützenden BHs einigermaßen in Form halten, aber wenn ich nackt vor dem Spiegel stand, zeigte er mir die Makel meiner Vergangenheit. So sehr ich Holgers Berührungen an meinen Hüften jetzt liebte, so unangenehmer wurden sie mir, wenn er meine schlaffen Brüste liebkoste.
„Nicht da bitte“, versuchte ich ihn sanft abzuwehren.
„Was hast du, es hat dir doch sonst immer gefallen?“
„Schon, aber irgendwie passen sie jetzt nicht mehr zu meinem übrigen Körper.“
Holger zog sich von mir zurück. „Ich versteh dich nicht, du bist eine wunderschöne Frau, Männer machen dir

Komplimente, dass ich vor Stolz und Eifersucht gleichzeitig platzen könnte, andere Frauen sehen dir hinterher und du bist noch immer nicht zufrieden."
„Doch ich finde mich auch schön, aber eben nur, wenn ich angezogen bin."
„Ja glaubst du, dass andere Frauen in deinem Alter, die zwei Kinder zur Welt gebracht haben, den Busen einer neunzehnjährigen unter der Bluse tragen?"
„Natürlich nicht, aber jetzt geht es auf den Sommer zu, und da möchte man doch auch mit einundvierzig Jahren noch leichte T-Shirts mit Spaghettiträgern anziehen."
„Wer hindert dich daran?"
„Ich, denn wenn ich weiß, dass mein Busen schlaff an mir herunterhängt, mag ich so etwas eben nicht tragen."
„Dann zieh eben keine T-Shirts mit Spaghettiträgern an, wenn du dich darin nicht wohlfühlst. Du bist eben keine zwanzig mehr, warum musst du dann aussehen wie ein Teenager?"
„Weil Menschen heute eben nach ihrem Aussehen beurteilt werden."
„So einen Quatsch habe ich ja noch nie gehört. Meinst du ich bin Leiter der Buchhaltung wegen meines Aussehens oder weil ich gut mit Zahlen umgehen kann?"
Holger war verärgert und das war er sehr selten, aber ich konnte nun mal nicht gegen mein Gefühl angehen, so sehr ich es auch versuchte, seine Hand an meinem Busen war zur Qual geworden.
„Du sagst ja selbst, dass alle mich anders ansehen, seitdem ich mir meine Beine operieren ließ."

„Sie sehen dich anders an, weil *du* dich verändert hast, und nicht deine Beine. Du hast angefangen, aus dir herauszukommen, dich wieder schön zu finden und etwas aus dir zu machen. Das ist ihnen aufgefallen, nicht die verschwundenen Dellen."
„Willst du etwa, dass ich wieder in den alten Trott zurückfalle?"
„Nein, das habe ich damit nicht sagen wollen, was ich meine ist, dass es mir vollkommen egal ist, ob du Dellen an den Oberschenkeln hast, einige Kilos mehr wiegst oder dein Busen hängt. Ich liebe dich, weil du mit mir zusammen durch dieses Leben gehst, wir unsere Kinder aufziehen und gemeinsam alt werden wollen."
„Aber mir ist es nicht egal, wie ich aussehe, und ich finde absolut nichts Verwerfliches daran, Dinge zu verbessern."
„Und was willst du gegen deinen Busen tun, vielleicht noch eine Operation?" Holger sah mich an und las mir die Antwort auf seine Frage von meinen Augen ab. Schon seit einigen Wochen hatte ich mit dem Gedanken gespielt, nur nicht gewusst, wie ich es Holger beibringen sollte. Nun war es also heraus und ich hoffte, er würde einsehen, wie wichtig mir der Wunsch war.
„Was kostet so ein Eingriff?" fragte er schon fast kapitulierend, denn er wusste ja bereits, wie stark ich mich in einen Gedanken hineinsteigern konnte.
„Vier- bis fünftausend Euro. Vielleicht könnte ich es im Ausland machen lassen, dann wird es wesentlich billiger..."
„Das kommt überhaupt nicht in Frage, wenn du es machen lässt, dann nur hier."

Es war mir nicht wohl bei dem Gedanken, etwas gegen Holgers Willen zu tun, aber ich war so fest davon überzeugt, dass auch er mich mit einem neuen Busen attraktiver finden würde, dass ich meine Bedenken beiseiteschob.

Wieder ging ich in die Klinik, wieder waren Anja und Oliver bei meinen Eltern und wieder sehnte ich dem Tag entgegen, als ich die Bandage abnehmen durfte. Das Ergebnis war überwältigend. Sie hatten die Brustwarze etwas nach oben verlagert und das darunter liegende Gewebe zusammengezogen. Nur zwei kleine Narben links und rechts zeugten von dem Eingriff. Mein Busen stand jugendlich straff geradeaus, und ich war mir sicher, dass ich in diesem Sommer auch ohne BH eine gute Figur machen würde. Nur leider konnten wir uns jetzt eine Flugreise nicht mehr leisten und mussten die Ferien über zu Hause im Garten verbringen. Gott sei Dank zeigte sich das Wetter von seiner Sonnenseite, sodass die Kinder viel mit ihren Freunden im Freien unternehmen konnten oder wir zum Baden an den See fuhren. Ich hatte mir einen neuen Bikini gekauft und scheute mich noch nicht einmal mit Anja und Oliver ein paar Volleyballkicks zu üben, so straff saß mein neuer Busen. Ich genoss die Blicke der Männer und Frauen gleichermaßen. Holger hatte sich zwei Wochen Urlaub genommen, in denen wir kleine Tagestouren unternahmen oder uns abends einen Theaterbesuch zu zweit gönnten. Mein Kleiderschrank brachte es mittlerweile auf eine beachtliche Anzahl von Bügeln mit dicht gehängten Kleidungsstücken. Die meisten waren eng auf Figur genäht und ließen weite Einblicke in mein neues Dekolletee zu. Holger liebte es, mich auszuführen, doch spürte ich auch seine missbilligenden Blicke, wenn mir jemand beim Vorbeigehen zu tief in den Ausschnitt schaute. Er sprach zwar nicht darüber, aber ich glaubte mein neues Selbstwertgefühl ließ ihn befürchten, dass mir andere Männer Avancen machen könnten. Gelegentlich bat er mich, mir etwas ‚Einfacheres', wie er es nannte, anzuziehen. Und auch Anja begann Konkurrenz zu wittern. Sie war mittlerweile vierzehn Jahre alt und wollte selbst die Reaktion der Jungs auf sich testen, anstatt zu sehen, welche Anziehungskraft ihre Mutter auf die Bengels hatte. Und Oliver betonte schon seit meiner drastischen Gewichtsabnahme, dass er sich nicht mehr so gut ankuscheln konnte, wie zuvor, doch mit der Festigkeit meines neuen Busens wollte er sich überhaupt nicht anfreunden.

Sport begann mir immer mehr Freude zu bereiten. Ich meldete mich in einem Fitness-Studio an. Gelegentlich begleitete mich Holger, doch sein Job ließ ihm natürlich nicht die Freiheiten, die ich genoss. Immer häufiger kam er abends nach Hause und traf mich nicht an. Die Kinder erledigten ihre Hausaufgaben eigenständig, was zu einigen Unregelmäßigkeiten in ihrer Benotung führte und im Herbst zum ersten blauen Brief für Oliver. Holger war außer sich.
„Was machst du den ganzen Tag? Die Kinder brauchen dich."
„Es ist vollkommen normal in diesem Alter, dass Kinder lernen müssen, eigenständig ihre Hausaufgaben zu erledigen."

„Aber nicht wenn es dazu führt, dass die Versetzung gefährdet ist oder sie sich selbst etwas zu essen machen müssen, nur weil ihre Mutter beim Sport oder Shoppen ist.“

„Unterstell mir nicht, dass ich meine Kinder vernachlässige. Sie bekommen gesundes Essen, und ich engagiere mich mit zwei anderen Müttern für die Weihnachtsaufführung der Schule in diesem Jahr. Da kann man wohl nicht von Vernachlässigung sprechen.“

„Aber du bist nicht für sie da und für mich auch nicht.“

„Ach daher weht der Wind. Du möchtest, dass ich zu Hause bleibe und brav auf dich warte.“

„Wäre das zu viel verlangt?“

Das war es natürlich nicht, und ich sah ein, dass ich mich in den letzten Monaten zu wenig um die drei gekümmert hatte. Ich schraubte ein wenig zurück, übte mit Anja und Oliver, um ihr in der Schule Versäumtes nachzuholen und war zu Hause, wenn Holger von der Arbeit kam. Doch wenn die drei nicht da waren, lebte ich auf, genoss die bewundernden Worte der Verkäuferinnen in den Boutiquen oder ging zum Sport, um meine erkämpfte Figur zu erhalten.

Und dann sah ich sie, eines Morgens beim Blick in den Spiegel. Sie waren ganz deutlich zu erkennen: zwei dicke Falten über meinem Nasenflügel. Es kam mir vor, als wären sie über Nacht in mein Gesicht getreten. Tief und finster machten sie sich zwischen meinen dunkelbraunen Augen breit und gaben meinem gesamten Ausdruck eine ernste, ja sogar grimmige Note. Ich legte meine Zeigefinger links und rechts an die Schläfen und zog die Haut ein wenig in Richtung Haaransatz. Das Ergebnis konnte sich sehen lassen, die Furchen waren verschwunden, und mein Gesicht strahlte in ungewohnter Fröhlichkeit. Dann ließ ich wieder locker und sie waren wieder da – tief und grimmig. Nein, so konnte ich unmöglich herumlaufen, dass mir diese Dinger nicht schon früher aufgefallen waren… Ich musste etwas unternehmen, doch was? Einem Lifting würde Holger niemals zustimmen, dessen war ich mir sicher. Botox! Ich selbst kannte zwar niemanden, der es nahm, aber wer sprach auch schon darüber, dass er sich ein Nervengift in die Stirn spritzen ließ, um nicht mehr runzeln zu können. Jede Frau sollte ein kleines Geheimnis ihrer Schönheit haben und so beschloss ich ohne Rücksprache mit Holger einen Arzt aufzusuchen, der mir das Zeug verabreichte. Es war nicht schwierig, einen Spezialisten zu finden, und nach einer kurzen Vorbesprechung bekam ich meine Dosis direkt in die Falten gespritzt. 370 Euro kostete die Prozedur und sollte mich etwa drei bis vier Monate daran hindern, meine Stirn zu bewegen. Danach würden die Muskeln allmählich erschlaffen, sodass sie gar nicht mehr die Kraft besäßen, eine Reaktion in meinem Gesicht auszudrücken. Mein Spiegelbild zeigte bereits nach einigen Tagen erste Wirkungen, und ich meinte deutlich zu erkennen, dass die Furchen zurückgingen. Holger und die Kinder bemerkten nichts, jedenfalls nichts an meinem Gesicht, nur der fehlende Betrag auf dem Bankkonto fiel meinem Mann sofort auf.

„Warst du beim Arzt?“ fragte er mich eines Abends im Bett.

„Nein, wieso?“ erwiderte ich und wusste zunächst tatsächlich nicht, was er meinte, da das Institut, in dem ich mich behandeln ließ, eher wie ein Kosmetikstudio als wie eine Praxis aussah.
„Weil 370 Euro abgebucht wurden. Auf dem Kontoauszug konnte ich nicht erkennen, wofür, aber es muss etwas sein, wofür die Krankenkasse nicht bezahlt.“
Bei dem Betrag war mir natürlich sofort klar, was dahinter steckte. Ich wollte Holger nicht anlügen, hatte aber auch nicht daran gedacht, dass ich mit einem Buchhalter verheiratet war, der Unregelmäßigkeiten auf dem Konto spürte, wie eine Schlange den aufkommenden Wetterumschwung.
„Ach das“, sagte ich etwas zögernd. „Weißt du, ich habe von einer Freundin im Fitness-Studio gehört, dass man seine Falten auf der Stirn prima mit Botox wegbekommt. Sie lässt sich das schon seit einigen Jahren spritzen und sieht einfach viel jünger aus…“
Nun log ich doch, aber es erschien mir glaubhafter, wenn ich die ganze Sache so harmlos wie möglich darstellte – frei nach dem Motto: Macht doch jeder. Holger wusste sofort, wie ich meinen Satz beenden wollte und fiel mir energisch ins Wort.
„Du hast bitte was?“
„Ich habe es einmal ausprobiert. Hier oben, wegen meiner Falten in der Stirn.“ Ich schob meine Haare zur Seite und zeigte mit dem Finger auf die beiden kleinen Furchen zwischen den Augen.
„Ich fass es einfach nicht. 370 Euro für ein Nervengift. Bist du noch zu retten? Deine Augenmuskeln hätten dabei stehen bleiben können, ist dir das eigentlich klar?“

„Sind sie ja nicht. Außerdem bin ich zu einem Spezialisten gegangen, der sich mit so etwas auskennt…"
„… und der 370 Euro dafür genommen hat. Entschuldige, aber dafür habe ich kein Verständnis mehr."
„Gefalle ich dir denn nicht? Findest du es denn nicht schön, wenn ich auf mich achte und du eine attraktive Frau hast."
„Das hat nichts mehr mit Schönheit zu tun, sondern mit dem krampfhaften Versuch, das Altern zu verhindern." Und mit etwas sanfterem Nachdruck setzte er hinzu: „Ich freue mich ja über dein neues Ich, aber die Konzentration auf deinen Körper strapaziert unser Konto in erheblichem Maße, und eigentlich wollten wir monatlich einen Betrag für die Ausbildung unserer Kinder und unsere Rente zurücklegen. Bitte vergiss die Familie nicht – wir brauchen dich, deine Liebe und deine Fürsorge, die uns zusammenhält."

Holgers Worte hatte ich wohl gehört und auch die Mahnung oder eher flehentliche Bitte, aber ich nahm sie nicht wahr oder wollte sie ignorieren. Nach Jahren des Aschenputteldaseins, wie es mir erschien, stieg ich nun wie Phoenix aus meiner Asche hervor und wollte den Erfolg genießen. Ich engagierte mich noch stärker für die Weihnachtsaufführung an der Schule und sammelte Sponsorengelder, nahm Einladungen zu Kulturveranstaltungen wahr und kam häufig erst nach Hause, wenn Holger die Kinder bereits zu Bett gebracht hatte. Meist saß er dann vor dem Fernseher, begrüßte mich kurz und fragte nicht einmal, wie mein Tag gewesen war. Ich spürte, wie er sich abkapselte, legte es aber als Neid oder Eifersucht auf mein neues Selbstwertgefühl aus.

Mittlerweile war es wieder Winter geworden, und die Adventszeit stand kurz bevor. Anja und Oliver hatten sich daran gewöhnt, dass ich häufig nicht da war, wenn sie von der Schule nach Hause kamen, und sie erledigten auch ihre Hausaufgaben selbständig, was ich positiv schätzte. Aber zur Weihnachtszeit bekommen die Dinge doch noch einen anderen Stellenwert und so war es Oliver, der mir mit seiner sensiblen Art einen Wink mit dem Zaunpfahl vermittelte:
„Früher hast du mit uns gebastelt, Plätzchen gebacken und Gedichte geübt, warum machen wir das jetzt nicht mehr?“
Ich schrak zusammen und wusste nicht recht, was ich ihm antworten sollte.
„Ihr seid doch schon so groß und braucht mich eigentlich gar nicht mehr.“
„Nein, das sind wir nicht, und ich fand es immer toll, wenn wir gemeinsam etwas gemacht haben.“
„Aber das machen wir doch auch jetzt noch. Zum Beispiel musst du noch deinen Text für die Schulaufführung üben, und ich höre dich dann ab.“
„Ist ja gut, hab schon kapiert…“
Ich wusste nur zu gut, was Oliver meinte, und es versetzte mir einen Stich, als er aufstand und enttäuscht aus dem Zimmer schlurfte.

Am darauffolgenden Tag besuchte ich mit einer Freundin aus dem Fitness-Studio eine Schmuckausstellung in der

Stadt. Obwohl ich mich bemühte wieder zu Hause zu sein, bevor Holger aus dem Büro kam, schaffte ich es nicht und stolperte beinahe über seine Aktentasche, als ich die Tür öffnete. Holger stand in unserem Schlafzimmer und legte seine Hemden in einen Koffer.
„Was machst du?"
„Ich ziehe aus."
„Warum?"
„Damit du wieder zur Vernunft kommst." Er stand jetzt vor mir, das Hemd in der Hand und starrte mich an. Ich blickte fassungslos zurück.
„Aber wieso?"
„Weil du dich seit Monaten deinen Vergnügungen hingibst und nur noch an dich und dein Aussehen denkst. Die Kinder vermissen ihre Mutter, und ich werde nicht länger in ihre traurigen Augen sehen und ihnen erzählen, dass du wieder einmal später nach Hause kommst. Tu das in Zukunft bitte selbst."
Ich sank in den Stuhl an meinem Kosmetiktisch und starrte Holger an. Ich konnte keine Worte finden, für das, was er mir soeben ins Gesicht geschleudert hatte. Dann setzte er sich mir gegenüber auf das Bett und wurde etwas ruhiger.
„Ich denke, es ist die einzige Chance, dass wir wieder eine Familie werden."
„Ich verstehe dich nicht, was meinst du damit? Wir sind doch eine Familie."
„Du bist nicht mehr die Frau, die ich einmal geheiratet habe. In Wirklichkeit hast du deine gesamte Schönheit verloren, alles was ich an dir geliebt habe, ist innerhalb eines Jahres verschwunden. Mit deiner ewigen Suche

nach der Vollkommenheit deines Körpers bist du zu deiner eigenen Mogelpackung geworden: schön, aber ohne Inhalt.“

Mir stockte der Atem, mein eigener Mann, nannte mich eine leere Hülle. Wieso liebte er mich nicht mehr? Ich war um vieles attraktiver, als er mich damals kennengelernt hatte, nicht nur aufgrund meines Aussehens, sondern auch weil ich selbst mich verändert hatte und aus mir herausgekommen war. Wie konnte er mich nur so ablehnen? Holger bemerkte meine Ratlosigkeit.

„Schau dich doch nur einmal um. Vor einem Jahr strahlte dieses Haus in vorweihnachtlicher Erwartung. Die Fenster der Kinder waren mit Schneesternen besprüht, Lichterketten rankten sich um die Rahmen, und wenn ich abends nach Hause kam, duftete es nach Weihnachtsgebäck, oder ihr kamt lachend auf mich zu und zeigtet mir, was ihr gebastelt hattet. Kinder waren deine Berufung – du bist Erzieherin – und ich konnte mir keine bessere Mutter als dich vorstellen. In diesem Jahr stehen ein gekaufter Adventskranz und Weihnachtskekse aus dem Supermarkt auf dem Tisch. Die Kinder sitzen in ihren Zimmern, wenn ich nach Hause komme und warten darauf, dass ihnen irgendjemand etwas zu essen macht.“

Er schaute mir tief in die Augen und ich begann zu begreifen, was er meinte, als er noch einmal ansetzte, um mir meine Vergehen ins Gesicht zu schlagen:

„Zugegeben, du bist jetzt schön, viel attraktiver als früher, aber was nützt uns das, wenn du nicht mehr bei uns bist - wenn du deine Natürlichkeit und dein Herz verloren hast.“

Meine Augen füllten sich mit Tränen, und ich starrte geradeaus auf die Kleider in dem geöffneten Schrank, die dicht gehängt, den Scherbenhaufen meiner Ehe darstellten. Holger stand auf, legte das letzte Hemd in den Koffer und klappte ihn zu.
„Wohin gehst du?“ fragte ich ihn ohne aufzublicken.
„Zunächst zu meinen Eltern, bis ich eine Wohnung gefunden habe.“
„Aber warum können wir es nicht noch einmal versuchen?“
„Weil ich nicht glaube, dass du begreifst, was du da aufs Spiel setzt, wenn sich nicht dein Umfeld verändert. Ich hatte vor Monaten versucht, dir zu sagen, dass es so nicht weitergeht, aber du wolltest es nicht wahrhaben. Da ich weiß, dass du eine gute Mutter bist, vertraue ich darauf, dass du dich ab jetzt wieder um die Kinder kümmern wirst. Bitte enttäusche mich nicht.“
Er zog den Koffer vom Bett, schritt langsam die Treppe hinunter, und ich hörte nur noch das Klicken der Tür, als sie leise ins Schloss fiel.

Ich saß noch immer auf dem Stuhl, zusammengesunken, verheult, in meinem neuen wollweißen Kostüm mit dem schmalen Rock und dem kurzen Bolerojäckchen. Die Stille im Haus war erdrückend, wo waren Anja und Oliver? Holger hatte recht, ich wusste nicht einmal, wo meine Kinder waren. Wahrscheinlich spielten sie mit ihren Freunden und ahnten nichts von der Katastrophe, die gerade über uns hereingebrochen war – das heißt nicht über uns, sondern über mich. Ein Sturm von Gedanken prasselte auf mich ein. Bis vor einer Stunde fühlte ich

mich schön, attraktiv, verführerisch und plötzlich war diese Schönheit für mich bedeutungslos geworden. Sie verblasste, wurde null und nichtig, weil das wichtigste in meinem Leben, gerade die Tür hinter sich zugezogen hatte. Die Kinder konnten jeden Moment nach Hause kommen. Ich zwang mich vom Stuhl auf, trottete, in mich zusammengesunken, ins Bad und blickte in den Spiegel. Meine wunderschönen Augen, tief umrandet von rot verheulten Schatten, das Gesicht trotz Schminke und unbeweglicher Stirn, wirkten fahl und eingefallen. Was sollte ich nur Anja und Oliver sagen, ich konnte ihnen doch nicht gestehen, dass ihr Vater uns verlassen hat, damit ich wieder zur Vernunft kam. Wie bedauerte ich früher die Kinder, deren Familien auseinanderbrachen, und nun stand ich selbst als alleinerziehende Mutter vor der Aufgabe, die Realität in eine schöne Hülle zu verpacken. Ich streifte das Bolerojäckchen ab, öffnete den Reisverschluss meines Rocks und ließ meine Kleider auf den Boden fallen. Dann schlüpfte ich in einfache Jeans und Sweatshirt und wischte mir die Tarnung aus dem Gesicht, um mein wahres Ich wieder zum Vorschein zu bringen. Die Spuren der Tränen waren noch immer sichtbar, und ich versuchte sie mit kaltem Wasser und einer Kühlmaske für die Augen zu lindern. Unten hörte ich den Schlüssel der Haustür und hielt einen Moment inne. Noch immer wusste ich nicht, was ich den Kindern sagen sollte und würde mich wohl auf meinen Instinkt verlassen müssen. Vor dem Spiegel setzte ich ein gekünsteltes Lächeln auf und öffnete die Badezimmertür. Anja kam gerade die Treppe hinauf und blickte mich verdutzt an.
„Du bist schon zu Hause?“ fragte sie.

„Ja, ich dachte, wir könnten noch etwas zusammen basteln“, versuchte ich mit aufgesetzter Fröhlichkeit die Stimmung abzuklären. Anja war sichtlich überrascht, dafür aber nicht sehr erbaut von meinem Vorschlag.
„Also nicht mit mir, ich muss noch lernen, wir schreiben morgen eine Englischarbeit.“
Auf einmal fiel mir auf, wie erwachsen sie mittlerweile geworden war. Sie hatte die Figur eines Teenagers, etwas rundlich, aber wunderschön, wie ich fand.
„Ich kann dich ja später abhören, wenn du möchtest“, versuchte ich eine zweite Annäherung.
„Nee, lass mal, ich kann das auch allein“, und sie wollte schon in ihrem Zimmer verschwinden, als ich sie zaghaft aufhielt.
„Wo ist eigentlich Oliver?“ fragte ich.
„Den hab ich doch heute Nachmittag zum Kindergeburtstag gebracht, wie wir es vereinbart hatten. Die Eltern wollten ihn nach dem Abendessen hier wieder absetzen.“
Sie wartete keine Antwort ab, schien nicht einmal verwundert, dass ich mich an meine Abmachung nicht mehr erinnerte, drehte sich um und verschwand in ihrem Zimmer.

Was war ich nur für eine Mutter geworden? Natürlich erinnerte ich mich daran, dass Oliver zum Geburtstag eingeladen war, ich selbst hatte ihm das Geschenk eingepackt, wie konnte ich das nur vergessen haben? Es gab keinen Zweifel, ich musste etwas tun, damit mir meine Familie nicht entglitt. Holger hatte mich bereits verlassen und die Kinder nahmen kaum noch Notiz von mir. Aber vielleicht war es noch nicht zu spät. Ich beschloss, ihnen

keine Lügen aufzutischen, sondern die Wahrheit zu sagen und hoffte, sie würden mir verzeihen. Ich ging die Treppe hinunter ins Wohnzimmer. Es war kalt, der Kamin ohne Feuer, und der Raum wirkte elegant aber steril wie in einem Möbelhaus. Vor einem Jahr noch hätte ich ordentlich eingeheizt, einen bunten Teller mit Nüssen, Mandarinen und selbstgebackenen Christstollen zurechtgestellt und weihnachtliche Musik eingelegt, damit es Anja und Oliver gemütlich hätten, wenn sie vom Schneegestöber durchgefroren nach Hause kamen. Ich zog die Vorhänge zu, legte Holz in den Kamin und zündete es an. Innerhalb kurzer Zeit breitete sich eine wohlige Wärme aus und das Knistern des Feuers tat sein Übriges für eine winterliche Atmosphäre. Es klingelte an der Haustür, und ich nahm meinen Jüngsten in Empfang, aufgeregt von den Ereignissen des Kindergeburtstags und mit einem Säckchen voller Süßigkeiten. Nachdem ich mir ausgiebig schildern ließ, was er erlebt hatte, war es nun an mir, Farbe zu bekennen. Ich bat Anja herunter und setzte mich mit den beiden auf den Fußboden vor den Kamin.
„Ich muss etwas mit euch besprechen", begann ich und spürte, wie ihre Aufmerksamkeit auf mir lastete. Ich wusste nicht wie ich weitermachen sollte und druckste hilflos herum. „Euch ist sicherlich aufgefallen, dass ich mich in den vergangenen Monaten verändert habe, vor allem durch meine Operationen und die Diät."
„Du bist jetzt viel hübscher geworden", schmeichelte Oliver. Ich lächelte und strich ihm über seinen Schopf. Sogar von einem neunjährigen Jungen saugte ich die Komplimente auf.

„Danke“, sagte ich und fuhr mit meiner Beichte fort: „Durch meine äußerliche Veränderung hat sich aber auch mein Inneres geändert, weil ich jedem zeigen wollte, was aus mir geworden war. Doch dadurch hatte ich weniger Zeit für euch und Papa, aber es ist mir nicht aufgefallen, weil ich mich so sehr mit mir und meinem Aussehen beschäftigte. Euer Vater hat mich mehrmals darauf hingewiesen, und heute weiß ich, dass auch ihr versucht habt, mir zu sagen, dass ich mehr für euch da sein sollte…“
Anja und Oliver blickten mich an, als wäre ihnen ihr Verhalten der letzten Monate gar nicht bewusst geworden. Ich schaute zu Boden und knipste verlegen mit meinen frisch modellierten Fingernägeln. „…und heute hat euer Vater seine Sachen gepackt und ist zu den Großeltern gezogen.“
„Nein“, schrie Anja entsetzt auf und Oliver runzelte die Stirn, als wüsste er nicht, was ich mit meinen Worten sagen wollte.
„Er ist nicht euretwegen ausgezogen, sondern meinetwegen, damit ich wieder lerne, mich um euch zu kümmern.“
„Aber was wird denn aus uns?“ fragte Anja entsetzt. „Oliver und ich haben doch keine Schuld daran, dass du so geworden bist, warum hat er denn auch uns verlassen?“
„Kommt Papa denn nun nie wieder?“ Oliver begann nun auch zu kapieren.
Ich schloss die Augen und atmete tief durch. Alle Schmerzen dieser Welt und jede Hässlichkeit meines Körpers hätte ich in diesem Moment mit Freuden auf mich genommen, wenn ich dadurch meinen Kindern diese Offenbarung hätte ersparen können.

„Es liegt an mir, denn er wird erst zurückkommen, wenn ich mich wieder um euch kümmere. Und das will ich von ganzem Herzen tun, wenn ihr das auch wollt. Aber ohne eure Hilfe schaffe ich es nicht."
Jetzt schauten sie mich an, als wollten sie fragen, was zu tun wäre.
„Mittlerweile habt ihr euch so daran gewöhnt, vieles allein zu erledigen, dass ihr meine Fürsorge vielleicht gar nicht mehr haben wollt oder euch ein gemeinsames Familienleben auch nicht mehr vorstellen könnt. Doch wenn ihr euch daran erinnert, was wir im vergangenen Jahr gemeinsam vor Weihnachten unternommen haben und wie schön es war, dann haben wir vielleicht wieder Spaß daran."
„Meinst du Papa kommt dann zu uns zurück?" fragte Anja mich skeptisch.
„Er ist nicht weggegangen, weil er uns nicht mehr lieb hat, sondern weil ihm seine Familie, wie sie früher einmal war, fehlte. Und das ist allein meine Schuld. Ich glaube, er würde sehr gern wieder zu uns zurückkommen."
„Du könntest ihm ja was ganz tolles zu Weihnachten schenken", schlug Oliver in kindlichem Eifer vor.
„Das ist eine gute Idee, zumindest werden wir ein wunderschönes Weihnachtsfest planen."
Ich sah Anja an und versuchte aus ihren Augen zu erraten, was sie von meinem Vorschlag hielt. Das vergangene Jahr hatte sie zu schnell erwachsen werden lassen, und ich spürte, dass es nicht einfach werden würde, sie noch einmal in eine heile Kinderwelt zurückzuholen.

„Du könntest mir meine Englischvokabeln abhören", sagte sie zögernd.
Ich willigte mit Freuden ein.

Wenn wir uns darüber im Klaren sind, dass sich das Leben in nur einem einzigen Moment verändern kann und dass nichts mehr ist, wie es vorher war, beginnen wir, den Dingen unsere Aufmerksamkeit zu schenken, die uns wirklich wichtig sind. Nie hätte ich geglaubt, durch meinen Schönheitswahn meine Familie zu verlieren, und habe sie daher leichtfertig für schmale Oberschenkel, straffe Brüste und eine glatte Stirn aufs Spiel gesetzt. Wie wenig all das von Bedeutung war, merkte ich erst, als mir das Liebste genommen wurde. In den folgenden Tagen nach meiner Beichte zog ich morgens statt Modelabels, eine tagestaugliche Jeans, Pullover und Moon Boots an und begleitete Anja und Oliver mit dem Schlitten zur Schule. Anja fühlte sich schon zu erwachsen, um hinter ihrem Bruder Platz zu nehmen, aber sie schien es zu genießen, mit mir gemeinsam den Schlitten zu ziehen. Wenn die beiden am Nachmittag nach Hause kamen, hatte ich schon eine Überraschung parat. Entweder stachen wir Plätzchen aus und bestückten sie mit Zuckerguss und bunten Streuseln, oder wir bastelten Papiersterne für den Tannenbaum, und ich half ihnen bei ihren Schulaufgaben. Zusätzlich zur Schokolade im Adventskalender kaufte ich für die verbleibenden Tage bis zum Heiligabend ein paar Kleinigkeiten, die ich ihnen in die Schultaschen steckte. Anjas Klasse probte in diesem Jahr eine englische Szene aus Harry Potter, und sie sollte die Zauberschülerin ‚Hermine' spielen. Ich nähte ihr den typischen Uniformrock und verzierte ihre Tweedjacke mit Abzeichen des Hogwarts-Internats. Beim Abhören ihres Textes versuchte ich mich schauspielerisch in ihre Gegenspieler hineinzuversetzen, was bei Anja meist zu schallendem Gelächter führte, zumal mein Englisch bei weitem nicht den Ansprüchen genügte. Oliver spielte in seinem Weihnachtsmärchen einen sprechenden Christbaum. Auf sein Kostüm war ich besonders stolz, denn ich hatte es so konstruiert, dass er mit seinen ausgestreckten Armen, wie eine Marionette, mehrere der angenähten und mit Watte ausgestopften Zweige gleichzeitig bewegen konnte. Geduldig übte ich mit ihm Nachmittag für Nachmittag die Bewegungen zu seinen kleinen Textpassagen und musste zugeben, dass mein Sohn ziemlich talentiert war. Holger fehlte mir in jeder Minute des Tages und ganz besonders, wenn ich abends allein in meinem Bett lag. Wir telefonierten gelegentlich, und ich erzählte ihm von ‚meinen Fortschritten'. Er schien genauso unter der Trennung zu leiden, wie ich, doch wir wollten den Heiligen Abend abwarten, bis er vielleicht wieder zu uns zurückkommen würde.

Und dann war er da, der von uns allen ersehnte 24. Dezember. Ich war so aufgeregt, als wäre es das erste Rendezvous, wollte ich mich doch von meiner besten Seiten zeigen. Die vergangenen Wochen hatte ich mir selbst bewiesen, dass ich noch immer eine liebevolle, fürsorgliche Mutter sein konnte, und das Zusammensein mit meinen Kindern gab mir wieder so viel Erfüllung, wie kurz nach der Geburt von Anja und Oliver. Allein dass ich für sie da war, mich nach den Ereignissen ihres Tages erkundigte oder mit ihnen kleine Aktivitäten unternahm, steigerte ihre Begeisterung und das Selbstbewusstsein, Dinge selbständig in Angriff zu nehmen. Und das gab mir wiederum das gute Gefühl, gebraucht zu werden. Mein Aussehen vergaß ich darüber nicht, jedoch legte ich nun mehr Wert auf eine gepflegte Erscheinung als auf ein künstlich arrangiertes Äußeres. Meist trug ich sportliche Freizeitkleidung und die Schminke tauschte ich gegen pflegende Cremes.

Unser Haus verriet die volle Erwartung auf das Weihnachtsfest. Es roch nach Tanne, Gebäck und winterlichen Duftkerzen. Im Kamin brannte immer schon morgens knisternd das Holz und hüllte die Stube in eine behagliche Wärme. In jedem Zimmer hatten wir Kerzengestecke arrangiert und kleine Teller mit Schokoladenkugeln, Nüssen und Mandarinen. Unser antiker Weihnachtsmann, den Holger mir vor vielen Jahren von einer geschäftlichen Norwegenreise mitgebracht hatte und der einen halben Meter hoch ragte, stand im Flur mit Blick zur Eingangstür und begrüßte unsere Besucher. Zu seinen Füßen hatte ich dichte Tannenzweige gelegt und darauf kleine Päckchen dekoriert, sodass es aussah, als wäre unsere Bescherung schon in vollem Gange. Zum Nachmittagskaffee sollte es meine berühmte Weihnachtstorte mit Äpfeln, Nüssen und Zimtpuder geben. Aufgrund dieser nicht unerheblichen Kalorienattacke, besorgte ich für den Abend verschiedene kalte Delikatessen. Auch den Christbaum hatten Anja, Oliver und ich bereits am Vorabend geschmückt. In diesem Jahr trug er dunkelblaue

Samtschleifen, die wir mit goldenem Kräuselband an den Zweigen befestigten, dazu gleichfarbige Kerzen und unsere gebastelten Sterne aus Goldpapier. Nur die Kaffeetafel musste am Nachmittag noch gedeckt werden, alles andere war perfekt arrangiert. Gleich nach dem Frühstück hatte ich die Kinder mit kleinen Geschenken zu ihren Freunden zum Spielen geschickt, und so konnte ich mir genügend Zeit lassen, um mich auf das Wiedersehen mit Holger vorzubereiten.

Ich stand also im Morgenmantel vor dem Spiegel unseres Badezimmers. Um die Stirn hatte ich mein Kosmetikband gezogen, das mir die Haare aus dem Gesicht hielt und wollte gerade mit einem Wattebausch und Reinigungsmilch meine Haut säubern, als mein Blick wieder auf diese scheußlichen Furchen zwischen meinen Augen fiel. Ich versuchte meine Stirn zu runzeln und trotz der Lahmlegung durch das Serum gelang es mir: Die Falten hinterließen tiefe Rillen. Eigentlich sollte das Gift ein Kräuseln nicht mehr möglich machen, aber es war schon einige Monate her, seitdem ich mir das Botox zum ersten Mal spritzen ließ, und offensichtlich wirkte es nicht mehr. Durch die Verjüngungsprozedur waren die Falten nun noch drastischer sichtbar, und ich glaubte in das Gesicht einer Fünfzigjährigen zu sehen. Holger kannte mich jetzt glatt und schier, auf keinen Fall wollte ich ihn als krötenähnliche alte Frau begrüßen. Vielleicht konnte ich eine feuchtigkeitsspendende Maske auflegen und damit die Falten von innen heraus etwas aufplustern. Hektisch kramte ich in der Schublade meines Kosmetiktischchens und fand zum Glück noch ein Päckchen. Ich reinigte mein Gesicht und trug die Maske auf, sodass meine Rehaugen mit den langen Wimpern, wie zwei aufgesetzte ovale Knöpfe aus der weißen Masse hervorlugten. ‚Jetzt nur nicht in Hektik verfallen, damit die Wirkstoffe in die Haut eindringen können', ermutigte ich mich in Gedanken. Ich schritt in Wollsocken, Morgenmantel und das Gesicht steif geradeaus gerichtet, damit auch ja nichts von der Kostbarkeit verschmierte, die Treppe hinunter, kochte mir einen aromatischen Kräutertee und setzte mich mit einer Frauenzeitschrift vor den Kamin. Ich atmete tief durch, schloss die Augen und versuchte mich zu entspannen, doch es war sinnlos, in regelmäßigen Abständen – etwa alle drei Minuten – sah ich auf die Uhr. Nach zwanzig Minuten durfte ich die Maske abnehmen, vorsichtshalber ließ ich sie noch weitere fünfzehn einwirken. Schließlich kribbelte meine Haut derart, dass ich es nicht mehr aushielt und hinauf ins Badezimmer lief, um das Ergebnis meiner Bemühungen zum Vorschein zu bringen. Nachdem ich mit Wasser und Schwämmchen alle weißen Überreste entfernt hatte, blickte ich in ein geschwollenes rotes Etwas mit dunkelbraunen Augen, Nase und Mund. Die Rötung sah zwar bedrohlich aus, würde aber wahrscheinlich mit einem kräftig deckenden Makeup nicht mehr zu sehen sein. Was mir viel mehr Kummer bereitete, waren noch immer diese Furchen über meiner Nasenwurzel, die durch die Rötung nun noch stärker zum Vorschein traten. Jetzt sah ich nicht mehr aus wie eine alte Kröte, sondern wie ein frisch gekochter Hummer. Diese Falten mussten weg, das stand fest. Andernfalls hätte ich den gesamten Abend über keine ruhige

Minute und würde mir ständig den Pony ins Gesicht zupfen, was alles andere als fröhlich und entspannt wirkte. Ich überlegte. Für Botox war es jetzt zu spät, das Kosmetikinstitut war geschlossen, da brauchte ich es gar nicht erst zu versuchen. Unfallkliniken hatten weder die Zeit noch das Serum, um einer panischen Frau den Heiligabend zu retten. Und Panik machte sich nun unweigerlich in mir breit. Wer könnte mir jetzt eine Spritze verabreichen? Wie eine Süchtige nach ihrem Stoff, lief in Holgers Arbeitszimmer, schaltete seinen Computer an und wartete ungeduldig, mit wippenden Knien bis er hochgefahren war. Dann linkte ich mich ins Internet und gab in die Suchmaschine ‚Botoxparty' ein. Innerhalb von Sekunden spukte mir der Computer alles Wissenswerte über diese Veranstaltungen aus, doch nichts, woraus hervorging, wo ich das Zeug am Heiligabend bekommen konnte. Ich versuchte es mit ‚Botox 24.12.' und stierte auf den kleinen rotierenden Kreis, der mir die Gewissheit gab, dass die Suchmaschine ihre Arbeit tat. Volltreffer: In einem Link fand ich eine Adressliste mit Terminen zu Botoxpartys. Die meisten wurden von Friseurgeschäften veranstaltet, und eine fand sogar noch heute in unserer Nähe statt. Es war bereits zehn Uhr vorbei, bis zwölf hatten die meisten Geschäfte auf, ich konnte es also noch schaffen. Ich rannte die Treppe hoch, riss mir dabei das Stirnband vom Kopf und öffnete den Gürtel meines Morgenmantels. Im Schlafzimmer angekommen, warf ich mich in Jeans, Pulli und Turnschuhe. Danach kramte ich in meiner Haushaltskasse. Das Spritzen in einem Friseurgeschäft war sicherlich um einiges günstiger als in einem Kosmetikinstitut, dennoch lagen in der Kasse nicht mehr als 100

Euro. Also musste ich noch zum Automaten und Geld zapfen, denn auf keinen Fall wollte ich den Betrag wieder vom Konto abbuchen lassen. Hektisch zog ich den Autoschlüssel vom Haken und rannte los.

Eine Dreiviertelstunde später betrat ich selbstbewusst, als hätte ich meinen Besuch vor langer Zeit geplant, den Laden. Es herrschte eine lockere Atmosphäre. An weihnachtlich dekorierten Tischen standen etwa zehn Leute, die meisten wesentlich jünger aussehend als ich, mit Sektgläsern und unterhielten sich angeregt. Im Hintergrund klimperte ein fröhliches ‚Jingles Bells', die Frisierkommoden waren leer. Anscheinend war Botox zu Weihnachten einträglicher als Hochsteckfrisuren. Eine blond gelockte Dame mit großem Busen und tiefem Ausschnitt, kam freundlich grinsend auf mich zu.
„Wir frisieren heute nicht, sondern verjüngen unsere Kunden ein wenig."
„Ja, darum bin ich hier."
„Prima, dann kommen Sie doch in unsere Runde, möchten Sie ein Glas Sekt?"
"Nein, ich habe nicht viel Zeit, meine Kinder warten zu Hause auf mich."
„Ein bisschen dauert es, einige Damen und Herren sind noch vor Ihnen dran."
„Na gut, was kostet das denn?"
„Zwischen 170 und 300 Euro, je nach Menge der benötigten Serumeinheiten." Die Dame bemerkte meine etwas skeptische Mine und schob sofort hinterher „Ich mache das nicht selbst. Im Nebenzimmer werden Sie von einem Spezialisten behandelt."

Das beruhigte mich. Ich war nicht daran interessiert, mit den anderen Gästen ins Gespräch zu kommen, und so setzte ich mich auf die Couch, nahm eine Modezeitschrift und blätterte darin herum, während ich ab und zu in Richtung Nebenzimmer sah und die ein- und ausgehenden Damen und Herren beobachtete. Die meisten wurden mit johlenden Beifallrufen empfangen – die Gesellschaft schien sich also zu kennen und häufiger auf diese Art Party zu gehen, was mir weitere Beruhigung verschaffte. Schließlich kam die vollbusige Dame auf mich zu und begleitete mich zum Nebenraum. Hier war es ruhig, steril weiß gestrichen, und der Behandlungsstuhl erinnerte eher an einen Zahnarzt als an eine kosmetische Verschönerung.
„Frohe Weihnachten, ich bin Dr. Jaran." Ein etwa fünfzigjähriger Mann mit Anzug und sonnenbankgebräuntem Gesicht reichte mir die Hand.
„Nehmen Sie Platz. Welche Falten quälen Sie denn?"
Ich zeigte auf die Stelle zwischen meinen Augen „Die Zornesfalten."
„Hatten Sie schon einmal eine Botox-Behandlung?"
„Ja, vor etwa drei Monaten, die erste."
„Beim ersten Mal hält die Wirkung nicht so lange. Sie werden sehen, mit der Zeit benötigen Sie nur noch zweimal im Jahr eine Dosis."
Dr. Jaran zog seine Spritze auf, desinfizierte die Einstichfläche, tastete meinen Muskel ab und pikte in drei bis vier Stellen meiner Falten. Dann tupfte er das ausgetretene Blut etwas ab, zog sich die Handschuhe aus und verabschiedete sich von mir.

Ich atmete erleichtert durch, als ich wieder im Auto saß und mich auf den Heimweg machte. Noch konnte ich meine Stirn runzeln, aber das würde sich in einigen Stunden bereits gegeben haben. Jetzt freute ich mich auf den Abend und das Wiedersehen mit Holger. Anja und Oliver waren schon zu Hause, als ich kam und begrüßten mich aufgeregt. Sie hatten von einigen ihrer Freunde kleine Geschenke bekommen, die sie mir nun stolz präsentierten. Nach einem schnellen Mittagessen, wollten sie sich das Weihnachtsprogramm im Fernsehen ansehen, was mir Gelegenheit gab, noch eine Stunde Schönheitsschlaf zu halten. Hätte ich es besser nicht getan!

Ich schreckte vom Weckerklingeln hoch und musste mich zunächst orientieren, doch dann wusste ich wieder: Heute war Heiligabend, heute kam Holger zurück, und ich hatte noch eine gute Stunde Zeit, mich fertigzumachen. Aus dem Wohnzimmer hörte ich den Fernseher, Anja und Oliver waren also noch beschäftigt. Ich stand auf, taumelte verschlafen ins Badezimmer zum Spiegel und…

„Nein ! – Was ist das?!“ Mein linkes Lid mit den langen Wimpern hing über der Pupille, als wollte mir vor Müdigkeit das Auge zufallen, während mich das rechte strahlend ansah. Doch nicht nur das Lid, auch die Augenbraue hing herunter. Meine gesamte linke Gesichtshälfte machte den Eindruck eines farbverlaufenen Ölgemäldes. Ich versuchte das Auge zu öffnen, doch das Lid bewegte sich nicht – es war lahm gelegt. Zwei Dinge sollte man kurz nach einer Botoxbehandlung niemals tun: Sport treiben und sich auf die Seite legen. Daran hatte ich nicht

mehr gedacht. Nun hatte ich den Schaden. Es würde mehrere Wochen dauern, bis der Muskel wieder zu seiner normalen Stärke fände. Mit Zeige- und Mittelfinger zog ich meine Haut über der Braue nach oben. So sah es ganz passabel aus, doch sobald ich meine Hand von der Stirn nahm, fiel das Lid in seine schlaffe Stellung zurück. Was sollte ich nur tun? Vielleicht könnte ich mir eine Augenklappe überziehen und sagen, dass ich mir eine Entzündung eingeholt hatte. Doch wie ich Holger kannte, würde er mich sofort in die nächste Unfallklinik fahren und dann flöge der ganze Schwindel auf. Anja und Oliver wussten, dass ich vor einer Stunde noch vollkommen normal aussah und außerdem hatte ich gar keine Augenklappe. Diese Möglichkeit war also ausgeschlossen. Ich sah auf die Uhr, in einer Dreiviertelstunde würden die Großeltern und Holger kommen, was sollte ich ihnen nur sagen? Ich hörte Schritte auf der Treppe, wahrscheinlich wollte Anja nach mir sehen.
„Mama, bist du im Bad?“, rief sie mir zu.
„Ja, ich hab verschlafen, kannst du bitte schon einmal anfangen, den Kaffeetisch zu decken?“ log ich, um etwas Zeit zu gewinnen, aber da drückte sie auch schon die Türklinke hinunter und wollte zu mir hinein.
„Seit wann schließt du denn die Tür ab?“ fragte sie verwundert.
„Kann ich denn nicht auch einmal für mich sein?“ rief ich ihr zu. Es tat mir leid, sie so anzuherrschen, aber mir fiel beim besten Willen keine Ausrede für mein merkwürdiges Verhalten ein.
„Ist ja schon gut. Welche Tischdecke soll ich denn auflegen?“

„Es liegt alles bereit auf der Anrichte. Ich danke dir“, versuchte ich sie zu versöhnen, und hörte kurz darauf ihre Schritte auf dem Weg nach unten.
Ich hatte etwas Zeit gewonnen, aber dafür mein Problem nicht gelöst. Wieder sah ich in den Spiegel. Nichts, keine Veränderung, das Auge hing, wo es hing. Ich duschte, trocknete mich ab und schlich zurück ins Schlafzimmer. Dort hatte ich bereits ein elegantes beigefarbenes Strickkleid mit einer großen Bernsteinbrosche zurechtgelegt. Ich zog mich rasch an und huschte wieder zurück ins Bad. Der Anblick in den Spiegel ließ mich verzweifeln. Wieder zog ich meine Haut über den Brauen nach oben und wieder wollte sie in dieser Position nicht stehenbleiben. Ich drapierte meinen Pony etwas, aber das verdeckte nur die Stirn, nicht das Auge. Und wenn ich nun… vielleicht war das ein Gedanke. Hastig legte ich meine Tönungscreme auf und schminkte mir Augen, Lippen und Wangen.
„Mama, wo bleibst du? Die Großeltern und Papa kommen jeden Moment!“ rief Oliver vom Flur aus nach oben.
Ich öffnete einen Spalt der Badezimmertür, gerade so weit, dass er mich hören, aber nicht sehen konnte.
„Ich brauch noch einen Moment. Macht bitte auf, wenn sie kommen?“
Ich horchte, wie Oliver wieder im Wohnzimmer verschwand und vernahm Anjas Klappern mit dem Geschirr. Schnell rannte ich in Holgers Büro hinüber, zog seine Schreibtischschublade auf und nahm die Rolle mit dem durchsichtigen Klebeband heraus, dann schlich ich zurück ins Bad. Vor dem Spiegel riss ich einen Streifen des

Bands ab und setzte es vorsichtig über meiner linken Augenbraue an, straffte es und klebte das andere Ende in den Haaransatz. Es ziepte sehr, hob aber tatsächlich mein Augenlid um einige Millimeter, und ich konnte sogar noch blinzeln.
Es klingelte an der Haustür.
„Mama, sie sind daaa!“ hörte ich Oliver rufen und zur Tür rennen. Ich antwortete nicht. Jetzt musste alles schnell gehen. Ich zupfte meine dichten Ponyhaare über die Stirn, blickte mich von allen Seiten an und fand, dass ich fast normal aussah. Von unten hörte ich die Stimmen meiner Eltern, die Anja und Oliver begrüßten und nach mir fragten. Wieder klingelte es an der Tür, und diesmal würde es Holger mit seinen Eltern sein. Mir klopfte das Herz bis zum Hals, hoffentlich würde ich - beziehungsweise der Klebestreifen - diesen Abend überstehen. Ich hörte Holgers Stimme, ich hörte alle Stimmen und sie fragten, warum ich nicht da war. Mir blieb nichts anderes übrig, ich musste jetzt die Tür öffnen und die fünf willkommen heißen. Noch einmal atmete ich tief durch, tastete an den Klebestreifen an meiner Stirn und drückte die Klinke hinunter.
„Hallo, frohe Weihnachten“, rief ich strahlend aus und stieg so gerade, wie ich konnte, die Treppe hinab.
„Hallo, da bist du ja?“ rief mein Vater aus, und sie blickten mich an, als wäre ich eine Braut, die zur Trauung schritt. Auch Holger sah mich an, bewundernd mit einem großen Strauß roter Rosen im Arm. Zunächst begrüßte ich meine Eltern und gab ihnen einen Kuss auf die Wange, dasselbe tat ich mit Holgers Eltern, und dann ging ich zu meinem Mann.

Wir standen uns stumm gegenüber wie ein Liebespaar, dem es nicht erlaubt war, sich anzufassen. Erst jetzt merkte ich, wie sehr Holger mir in den vergangenen Wochen gefehlt hatte und ihm schien es ebenso zu gehen. Vorsichtig, als könnte er mich zerbrechen, legte er den Arm um meine Taille, drückte mich an sich und stutze plötzlich:
„Was hast du denn da über dem Auge?"
Ich versuchte, seinem Blick auszuweichen, aber es war bereits zu spät. Mit einem kurzen Ruck riss er mir den Klebestreifen von der Stirn und mein Lid rutschte schlaff über mein linkes Auge.
Holger ließ mich augenblicklich los. Niemand sagte ein Wort. Ich stand da, wie eine im Zirkus zur Schau gestellte Hässlichkeit und spürte, wie mir die Röte ins Gesicht stieg. Meine Eltern, Holgers Eltern, Anja, Oliver und er starrten mich an.
„Ich... eh... mir ist da heute Nachmittag etwas passiert..." stammelte ich, sah auf den Boden und ... „Bitte entschuldigt mich...!" Ich drehte mich um, rannte so schnell meine hochhackigen Pumps es zuließen und mit sieben Augenpaaren im Nacken die Treppe hinauf in mein Schlafzimmer und schlug die Tür hinter mir zu. Dann warf ich mich auf mein Bett und schluchzte in die Kissen wie ein kleines Kind. Ich hörte nichts – nur Stille und das Blut in meinem Kopf, das so laut pochte, als würde mein Herz jeden Moment zerspringen. So viele Hoffnungen hatte ich in diesen Abend gelegt, damit Holger zu uns zurückkehrte, hatte mich um die Kinder und das Haus gekümmert und wollte ihm wunderschön begegnen, damit er sich von neuem in mich verlieben

würde. Und nun war alles aus. Was sollte er von mir denken? Wenn er erfuhr, dass ich wieder bei einer Botox-Sitzung war, dann würde er mir nie glauben, dass ich wieder seine Bettina war, die er so liebte. Ich fühlte mich elend und schämte mich so sehr, dass ich die Bettdecke über meinen Kopf zog und am liebsten nie mehr daraus hervorgekrochen wäre.

Auf einmal spürte ich, wie die Matratze sich bewegte und langsam ein kleines bisschen niedersank. Ich hob die Bettdecke einen Spalt an. Rote Rosen tauchten vor meinen verheulten Augen auf, eine Hand zog die Decke vorsichtig zurück und nahm mich in die Arme.
„Du hast mir gar keine Gelegenheit gegeben, dir meine Blumen zu überreichen", flüsterte Holger mir sanftmütig ins Ohr, und ich genoss die Wärme seines Körpers.
„Ich habe mich wirklich um die Kinder gekümmert und war eine vorbildliche Mutter."
„Schhhh", versuchte er mich zu beruhigen „das weiß ich doch, sonst hätte ich dich nie mit ihnen alleingelassen."
„Aber ich wollte auch für dich perfekt sein, damit du wieder zu uns zurückkommst. Und da bin ich heute zu einer Botox-Party gegangen und habe mich noch einmal spritzen lassen, aber diesmal ging es schief und das Serum ist zur Seite geflossen."
Holger nahm meine Wangen zwischen seine Hände und hielt mich so fest, dass ich seinem Blick nicht ausweichen konnte. Ich musste entsetzlich ausgesehen haben mit meinem geschminkten Gesicht, den verheulten Augen und der herunterhängenden Stirnhälfte. Holger konnte sich ein Schmunzeln nicht verkneifen.

„Weißt du, wahre Schönheit kann nichts entstellen. Keine Operation der Welt könnte dieses Glück auf dein Gesicht zaubern, das trotz Botox aus deinem Innern strahlt."
Er drückte mich an sich, und wir hielten uns noch einen Moment lang in den Armen. Dann musste ich wohl oder übel hinuntergehen und den anderen mein Missgeschick beichten. Glücklicherweise zeigte sich meine Familie von einer gnädigen, wenn auch belustigten Seite. Bald überwogen die vielen Geschenke und eine ausgelassene Weihnachtsstimmung meinen doch etwas peinlichen Auftritt, und sogar ich fühlte mich wohl in meiner Haut, trotz des hängenden Augenlids.

Wenn ich mir heute die Fotos dieses Weihnachtsfests ansehe, beginne ich immer wieder zu lachen und kann kaum an mich halten. Nie wieder war ich so hässlich, wie an diesem Heiligabend.

Nächstenliebe

Ich hasste Weihnachten. Das heißt eigentlich hasste ich das Fest nicht wirklich, sondern nur von Berufs wegen. Seit sechs Jahren arbeitete ich nun schon als Marketingleiterin für eine große Kaufhauskette, und da fingen die Vorbereitungen für das Weihnachtsgeschäft bereits im September an, in einem Monat, wo die meisten noch in Eisdielen saßen und den Altweibersommer genossen. Ich war 38 Jahre alt, erfolgreich, ohne Mann und Kinder. Hin und wieder hatte ich eine kleine Liaison, doch es wurde nie etwas Ernstes daraus. Ein Mann passte nicht zu meinem Leben, meiner Unabhängigkeit und meiner Arbeit, der ich mich verschrieben hatte. Ich liebte meinen Job, nur eben nicht zur Weihnachtszeit, denn Weihnachten war ein Familienfest, und ich hatte keine Familie. Obwohl das nicht ganz stimmte. Natürlich hätte ich die Feiertage auf dem kleinen Hof bei meiner Schwester, ihrem Mann Gerd, und den drei Kindern verbringen können. Zu Weihnachten fanden sich traditionsgemäß dort auch unsere Mutter und die von Gerd ein. Sie hätten mir sicherlich die hintere Kammer zur Verfügung gestellt, in der es doch so schön ruhig war und ich mich erholen sollte. Aber Erholung brauchte ich nicht, und als Kind der Großstadt war ich an Lärm gewöhnt. Es kam mir irgendwie heuchlerisch vor, wenn ich vier Monate lang jede erdenkliche Marketingmaßnahme in die Wege leitete, um den

Menschen das Geld zu entlocken, um schließlich am Heiligabend aufrichtig das Fest der Liebe zu feiern und zur Mitternacht in der Kirche für diejenigen zu beten, denen es nicht so gut ging. Und so schlug ich auch dieses Jahr die Einladung meiner Schwester mit der Begründung aus, dass ich von Weihnachten für dieses Jahr genug hatte. Ein Argument, das immer zog, war die Familie doch voller Verständnis für mich und meinen Job.

Doch in Wahrheit versuchte ich mich, wie jedes Jahr, vergeblich zum 1. Advent in Weihnachtsstimmung zu versetzen. Mit einer CD weihnachtlicher Musik und einem anheimelnden Feuer im Kaminofen, kramte ich aus dem Keller die Kiste mit dem Weihnachtsschmuck hervor. Nachdem ich Krippe, Nussknacker, Kerzen, Kugeln, Engelchen und Lametta in meinem Wohnzimmer ausgebreitet hatte, setzte ich mich zunächst vor den Ofen, aß ein Stück meines Christstollens vom Supermarkt gegenüber und überlegte mir, wofür ich den ganzen Aufwand eigentlich betrieb. Vier Wochen sollte das Zeug jetzt in meiner Wohnung stehen und einstauben, wo ich doch ohnehin allein am Heiligabend blieb. Mein Blick fiel auf das Backbuch mit den Weihnachtsplätzchen. Ich hob es aus der Weihnachtskiste und sah dem Zettelchen hinterher, als es aus den Seiten fiel. Es war die Handschrift meiner Mutter, ein Rezept ihrer leckeren Zimt-Anis-Sterne, die früher unabdingbar zu unserer Adventszeit gehörten. Vielleicht sollte ich ein Blech Plätzchen backen? Doch wer sollte sie essen? Für mich allein genügte ein Stück Kuchen am Heiligabend, den ich mir zur Not auch in der Konditorei um die Ecke besorgen konnte.

Nein, es machte wirklich keinen Sinn, sich dem Weihnachtsrummel hinzugeben. Ich stand auf, raffte die Sachen auf dem Fußboden zusammen und verstaute sie wieder in der Kiste. Danach setzte ich mich erneut vor den Kaminofen und ließ meinen Blick durch das undekorierte Wohnzimmer wandern. Mein Entschluss stand fest. Ich würde es mir über die Feiertage auch ohne Schmuck gemütlich machen, vormittags ins Fitness-Studio, anschließend Sauna, Massage und Ruheraum, bis sie mich gegen Mittag rausschmissen, weil auch die Angestellten ein Recht auf Heiligabend hatten. Zu Hause würde ich mich in eine Decke auf die Couch kuscheln und mein Stück Weihnachtstorte essen, dazu im Fernseher ‚Wir warten aufs Christkind' ansehen und später etwas Schnelles aus dem Tiefkühlschrank zubereiten. Zu dieser Stimmung passte ein sehr guter Rotwein, einen den man nicht alle Tage kauft, sondern eben nur zu Weihnachten genießt. Ja, das würde schön werden, dachte ich mir, und am 25. und 26. Dezember könnte ich mich an den Computer setzen und schon einmal über die Realisierung der Werbeaktivitäten im kommenden Frühjahr brüten. Dieser Gedanke verankerte sich in meinem Kopf und schob sämtliche erwartungsvollen traditionsreichen Gefühle, die jeder normale Mensch mit Weihnachten verband, einfach zur Seite. Bis zu dem verheißungsvollen Tag, als ich Marvin zum ersten Mal begegnete.

Ich erinnere mich genau, es war der Montag nach dem zweiten Advent. Ich war etwas früher im Büro als sonst, da die Umsätze nicht das zeigten, was ich in meinen Planungen vor etlichen Monaten prognostiziert hatte. Ich überprüfte die Einnahmen jeder einzelnen Abteilung, verglich sie mit der Anzahl der Werbeaktivitäten und entschloss mich, mir ein persönliches Bild des Verkaufsgeschehens zu machen. Als ich auf der Rolltreppe hinunter ins Erdgeschoss zur Parfümerieabteilung fuhr, fiel mein Blick auf einen Jungen mit abgewetzten Jeans, einem dunkelblauen etwas schäbigen Anorak und einer grünweißen Norwegermütze auf dem Kopf. Er stand vor dem Regal mit Hautkosmetik und nahm ein Gläschen nach dem anderen ins Visier. Nun sollte man meinen, dass in der Vorweihnachtszeit ein Junge in der Parfümerieabteilung kein ungewöhnliches Bild darstellte, aber ich war lange genug im Geschäft, um wie eine Wölfin von weitem zu wittern, wenn in ihrem Rudel etwas nicht stimmte. Es war nicht seine Kleidung, die alles andere als passend zu dem Glamour erschien, den die hellen Lampen und die aufwendigen Verpackungen der Gläschen ausstrahlten. Es war vielmehr die Art, wie er die Döschen in die Hand nahm und auf den Schächtelchen zu lesen schien, aus welchen Inhaltsstoffen sich Cremes zusammensetzten. Nicht einmal erfahrene Kundinnen interessierten sich derart für die Beschreibungen auf den Verpackungen, zumal sie in einer so winzigen Schrift gedruckt wurden, dass selbst sehr gute Augen sie kaum ohne Brille entziffern konnten. Ich war mittlerweile am unteren Ende der Rolltreppe angekommen und beobachtete den Jungen. Er sah sich um und schien nach einer Verkäuferin Ausschau zu halten. Ich folgte seinem Blick. Zwei Damen waren in Beratungsgesprächen mit Kundinnen vertieft und die Verkäuferin an der Kasse lenkte ihre gesamte Aufmerksamkeit auf die lange Schlange zahlungswilliger Käufer, die es abzufertigen galt. Wieder wandte ich meine Augen auf den Jungen und plötzlich sah ich, was mein Instinkt bereits vermutete. Während er mit der rechten Hand nach einem weißen Gläschen griff, steckte seine linke fast unmerklich ein kleines quadratisches Päckchen in die Anoraktasche. Eine Kamera war weit und breit nicht zu sehen, die das Geschehen hätte aufzeichnen können, und auch andere Kunden waren nicht in der Nähe gewesen, die etwas bemerkt haben konnten – ein perfekter Diebstahl. Der Junge schlenderte an der Regalwand entlang durch die Parfümerie in Richtung Ausgang. Wenn ich mich beeilte, konnte ich ihm von meiner Position aus den Weg abschneiden. Ich lief mit schnellen Schritten hinter ihm her und erreichte ihn kurz vor dem breiten Hauptgang, nur wenige Meter vor der großen Drehtür, die nach draußen führte.

„Hey, bleib stehen!“ rief ich dem Jungen zu und hielt ihn am Ärmel fest. Er drehte sich zu mir um und riss die Augen auf.

„Was ist?“ raunzte er gereizt, als hätte ich ihn zu Unrecht festgehalten und wollte sich aus meinem Griff losreißen.

„Zeig mal, was du da in deiner Anoraktasche hast?“

Der Junge holte das Päckchen hervor. Es war eine hochwertige Anti-Faltencreme eines bekannten Markenherstellers und kostete um die 150 Euro. „Es ist ein Weihnachtsgeschenk für meine Mutter…“

„…das du nicht bezahlt hast.“

„Ich wollte gerade damit zur Kasse gehen.“

„Die Kasse ist aber in der anderen Richtung. Dieser Weg führt direkt zum Ausgang. Gib zu, du wolltest die Creme stehlen.“

„Nein, wirklich nicht, ich wollte sie bezahlen."
„So, dann zeig mir doch mal das Geld, mit dem du sie bezahlen wolltest. Ich nehme nicht an, dass du über eine Kreditkarte verfügst", blitzte ich den Jungen scharf an. Er sah zu Boden und schwieg. Das Blut stieg ihm ins Gesicht, er wusste nichts mehr zu sagen. Ich stand da, hielt ihn noch immer am Ärmel seines Anoraks fest und war mir nicht recht klar darüber, was ich jetzt tun sollte. Natürlich hätte ich ihn sofort mit ins Büro nehmen müssen, damit die Sicherheitsleute die Polizei rufen konnten und der Junge seine gerechte Strafe erhielt. Wahrscheinlich war dies nicht sein erster Ladendiebstahl, so professionell, wie er den Raub ausgeführt hatte, aber er war noch so jung. Ich schätzte ihn auf zehn oder elf Jahre, und aus irgendeinem unerklärlichen Grund scheute ich mich davor, ihn den Maßnahmen der Justiz auszusetzen. Außerdem hatte ich tatsächlich keinen Beweis dafür, dass er die Creme wirklich hätte stehlen wollen. Dass er nicht genügend Geld bei sich hatte, war zwar ein Indiz für den Diebstahl, aber solange er den Laden nicht verlassen hatte, konnte man ihm nichts nachweisen.
„Also gut. Du hast Glück, dass nicht die Sicherheitsleute, sondern ich dich erwischt habe. Ich werde dich jetzt mit ins Büro nehmen. Von dort aus rufen wir deine Eltern an, damit sie dich abholen."
„Meine Mutter wartet draußen vor dem Kaufhaus."
Ich stutzte. „Ach so ist das? Deine Mutter wartet also draußen, bis der junge Herr ihr die Creme beschafft hat. Na, dann komm mal mit."
„Nein, meine Mutter hat nichts damit zu tun. Es sollte doch ein Weihnachtsgeschenk für sie sein."

„Das werden wir gleich klären.“ Jetzt war ich richtig in Rage. Bis vor wenigen Sekunden hatte ich noch Gewissensbisse, den Jungen mitzunehmen, aber dies schien mir ein Diebstahl mit Methode zu sein. Ich zerrte den Bengel in Richtung Ausgang und stopfte ihn in ein Viertel der Drehtür, während ich in dem hinteren nachging. Draußen wartete eine Frau von etwa Mitte dreißig mit langen dunklen Haaren, deren splissige Spitzen einer dringenden Korrektur bedurften. Ihr blasses Gesicht war ungeschminkt, sie trug einen grauen Parka, um den Hals einen schwarzen langen Schal und dazu helle verwaschene Sommerjeans mit Turnschuhen. Der Junge lief auf die Frau zu, die ihn schützend in ihre Arme nahm und mir entgegensah, wie ich fröstelnd in meinem apricotfarbenen Kostüm und den hochhackigen Pumps auf sie zulief.
„Ich bringe Ihnen Ihren Jungen. Leider hat es diesmal wohl nicht geklappt mit Ihrem Auftrag.“
„Was wollen Sie damit sagen?“ fragte die Frau und schien etwas irritiert über mein heftiges Auftreten zu sein. Was sollte sie auch anderes tun, als unschuldig dreinzublicken.
„Das wissen Sie doch genau. Seien Sie froh, dass es kurz vor Weihnachten ist und ich Ihrem Sohn nichts nachweisen kann, sonst hätten wir den Diebstahl zur Anzeige gebracht.“
Die Frau hatte noch immer den Arm um ihren Jungen gelegt. „Hast du etwa gestohlen?“ fragte sie ihn gespielt ärgerlich.
Ich war außer mir. Da stand diese Frau, tat so, als wüsste sie nicht, was ihr Sohn vorhatte, nur damit wir sie nicht mitanzeigen konnten. Der Junge schwieg. Natürlich

schwieg er, wieso sollte er auch leugnen, was eindeutig war. Ich hielt der Frau die Schachtel mit der Anti-Falten Creme vor die Augen.
„Wollen Sie mir etwa weißmachen, dass Sie hier draußen auf Ihren Jungen warten und nicht wussten, dass er diese Creme für Sie klauen sollte?“
„Selbstverständlich nicht. Wir haben zwar nicht so viel Schotter, wie Sie anscheinend…“ und damit sah sie mich verächtlich von oben bis unten an „…aber so dreckig geht es uns noch nicht, dass wir stehlen müssten.“
„Und wie erklären Sie es sich dann, dass ich Ihren Sohn dabei erwischt habe, wie er sich eine über 100 Euro teure Creme in die Tasche steckte, ohne sie vorher bezahlt zu haben?“
Wieder blickte die Frau zu ihrem Sohn. Diesmal energischer, mit Nachdruck fragend und in Erwartung einer Antwort, die sie mit ihrem Gewissen vereinbaren könnte.
„Stimmt das, was die Frau sagt, Marvin? Hast du diese Creme gestohlen?“
„Sie ist mir in die Tasche gerutscht. Ich wollte sie nicht mitgehen lassen.“
„Da hören Sie es, er hatte nicht vor, die Creme zu stehlen, es ist aus Versehen passiert.“
„Aus Versehen, das glauben Sie doch wohl selber nicht. So etwas kann nicht eben mal so in eine Anoraktasche rutschen, da muss schon jemand nachhelfen.“
„Das ist mal wieder typisch. Nur weil wir nicht danach aussehen, muss es noch lange nicht heißen, dass wir uns Kosmetik nicht leisten können. Mein Sohn hat lange gespart und wollte mir ein Weihnachtsgeschenk kaufen. Ich habe ihm versprochen, hier auf ihn zu warten. Aber für

Sie ist es wohl kaum vorstellbar, das unsereins sich auch etwas gönnt.“
„Über 100 Euro hat Ihr Sohn also für seine Mutter erspart?“
Eigentlich hätte ich mich mit dieser Frau gar nicht weiter abgeben sollen. Es lag auf der Hand, dass sie log, aber ich war so wütend über diese Dreistigkeit, mit der sie mir dieses Märchen auftischte und konnte noch nicht einmal etwas dagegen tun. Wenigstens wollte ich meinem Ärger Luft machen und ihr zeigen, dass ich kein Wort ihrer Lügen glaubte. Die Frau blitzte mich aus zusammengekniffenen Augen an. Ihr Mund spitzte sich zu und sie zischte wie eine Schlange „Sie haben ja keine Ahnung… Wenn Sie wüssten…“
„… wenn ich was wüsste?“
„… wie schwer es ist, einem elfjährigen Jungen klarzumachen, dass es Dinge gibt, die eben nur für andere da sind, dass die lachenden Menschen in der Werbung nur zum Kaufen locken sollen und dass die Sachen, die Sie ihm in diesem Kaufhaus da unter die Nase halten, nun einmal nicht für uns zu haben sind. Ständig sieht er im Fernsehen Bilder von fröhlichen Kindern unter geschmückten Tannenbäumen und alle sind ja so glücklich und zufrieden und überhäufen sich mit Geschenken.“
Ich starrte die Frau an. In Gedanken sah ich unseren letzten Fernsehspot vor mir, den wir bereits im September mit der Werbeagentur abgedreht hatten. Er zeigte eine Familie am Weihnachtsabend mit den Produkten, die wir in diesem Jahr besonders bewerben wollten. Noch nicht einmal meine kalten Füße in meinen Pumps spürte ich, so verstört hörte ich auf die Worte dieser Frau.

„Da reden die Leute immer von Kinderarmut und jeden Abend läuft eine andere Spendensendung, aber wer weiß denn schon, wie es wirklich in so einer Familie aussieht. Das wollt ihr doch alle gar nicht sehen. Im Grunde geht es doch nur darum, Profit zu machen, und dafür ist euch jedes Mittel recht. Hauptsache die Leute kaufen, kaufen, kaufen. Und dann wundert ihr euch, dass ein Kind einfacher Leute sich eben auch so ein Weihnachtsfest wünscht und nicht wahrhaben will, dass es so etwas nun einmal nicht bekommen kann." Die Frau starrte mich an, wartete sekundenlang auf meine Widerworte, die nicht kamen. Dann zog sie Marvin an sich heran, drehte sich um und ging mit ihm davon, ohne sich noch einmal umzusehen.

Ich blieb zurück, wie eine Schaufensterpuppe, die man irgendwo abgestellt hatte. Langsam hob ich die Hand und sah auf die Verpackung der Creme. Über 100 Euro kostete dieses Gläschen, für einige unserer Kunden eine monatliche Notwendigkeit, für andere ein hübsches Geschenk und für wieder andere unerschwinglich. Während meiner gesamten beruflichen Laufbahn waren mir niemals die Unterschiede meiner Kunden so bewusst geworden, wie in den vergangenen zehn Minuten. Für mich waren es Kunden mit unterschiedlicher Kaufkraft, in Umsätzen und Margen ausgewertet, aber niemals Menschen mit individuellen Schicksalen. Ich drehte mich um und ging zurück durch die Drehtür ins Innere des Kaufhauses. Ein Schwall verbrauchter warmer Luft kam mir entgegen, die laute Geräuschkulisse von Absätzen, Stimmen, piependen Kassen und einem heiteren „Jingle Bells" prallte auf meine Ohren. Mir wurde schwindelig, und der

Boden unter meinen Füßen drohte zu schwinden. Schnell lief ich zur Rolltreppe, fuhr in den vierten Stock, schritt hastiger als sonst den Gang entlang zu meinem Büro und war froh, die Tür hinter mir schließen zu können. Auf meinem Schreibtisch lagen die Berichte mit den Umsatzzahlen, am Monitor hatte sich der Bildschirmschoner eingeschaltet und ließ bunte Weihnachtskugeln hin und her hüpfen. Langsam ließ ich mich in meinen weichen Ledersessel fallen, schloss die Augen und atmete tief durch. Ich musste diese Episode so schnell wie möglich aus meinem Gedächtnis streichen, irgendwie vergessen, ehe sie sich festsetzte und mich bis zum Weihnachtsfest verfolgte. Es gelang mir – zunächst jedenfalls, denn kurz darauf hatte ich ein langwieriges Meeting durchzustehen, in dem ich gemeinsam mit der Vertriebsabteilung über Maßnahmen zur Umsatzsteigung für die verbleibenden zwei Wochen bis zum Fest sinnierte. Doch meine Gedanken schweiften ab, immer wieder. Mit jeder Maßnahme, die wir diskutierten, tauchte diese Frau mit ihrem Jungen auf, und ich stellte mir vor, wie sie versuchte, ihm den Unterschied zwischen Gut und Schlecht beizubringen, während wir mit dem verbleibenden Etat über noch verlockendere Angebote nachdachten. Ich war froh, als ich den Tag überstanden hatte und mir zu Hause die Pumps von den Füßen schleudern und den Kaminofen anfeuern konnte. Nach einem erholsamen Bad ging es mir besser. In Bademantel und mit Turban auf dem Kopf, setzte ich mich an den Computer in meinem Arbeitszimmer und überflog die Emails des heutigen Tages. Die meisten waren Werbebotschaften oder Newsletter, und wieder kamen mir die Frau und der Junge in den Sinn. Sie hatte recht, die Flut der Weihnachtsangebote war nicht zu übersehen. Ich loggte mich ins Internet und gab den Suchbegriff „Kinderarmut in Deutschland“ ein. Mehre Seiten spuckte die Suchmaschine aus. Ich klickte einen der vorgeschlagenen Links an, und vor mir taten sich Bilder von lachenden, fröhlichen, aber auch weinenden und verwahrlosten Kindern auf. Ich begann zu lesen, klickte, las weiter, schüttelte fassungslos mit dem Kopf. Zwischendurch ging ich in die Küche, schenkte mir etwas zu trinken ein, ging zurück und klickte die nächste Rubrik an. Natürlich hatte ich die alarmierend steigenden Zahlen über Kinderarmut in Deutschland wahrgenommen, von denen in der Presse immer berichtet wurde, aber bisher glaubte ich, diese Menschen würden durch unser soziales Netz aufgefangen werden. Auf diesen Seiten musste ich feststellen, dass es ein Netz mit großen Löchern war, durch das viele tausend Kinder vor den Augen unserer Wohlstandsgesellschaft hindurchrutschten. Im freien Fall sozusagen, fielen sie auf den Boden der Tatsachen, die ihnen unsere Leistungsgesellschaft offenbarte. Ich klickte in die nächste Rubrik und gelangte in ein Forum, in dem sich bettelnde Eltern an potentielle Spender wandten. Es gab Unterrubriken für Patenschaften, Anfragen für Lebensmittel, Kleidung, Spielsachen und Sonstiges. Was ich auch zuvor gelesen hatte, diese Eintragungen übertrafen meine bisherigen Vorstellungen über Kinderarmut bei weitem:

„Hallo, ich bin eine alleinerziehende Mutter einer 3 ½ Jahre alten Tochter. Wir leben von Hartz IV. Meine Tochter ist etwas zurückgeblieben, und ich fahre täglich mit ihr zu einer speziellen Therapie, die zehn Kilometer

von uns entfernt liegt. Die Fahrtkosten werden von der Krankenkasse nicht übernommen und Freunde oder Familie, die uns unterstützen könnten, haben wir nicht. Daher würde ich mich freuen, wenn irgendjemand meiner Tochter eine Freude zu Weihnachten machen würde, da mir einfach das Geld fehlt. Ich habe keinen eigenen Computer und kann daher nur einmal in der Woche antworten. Vielen Dank für Ihre Spende.“

Welche Not musste eine Mutter haben, um solche Zeilen zu schreiben? Dies waren nicht die Worte einer asozialen Frau, die keine Lust hatte zu arbeiten, sondern der verzweifelte Ruf einer Alleinerziehenden, die ihrem Kind ein einigermaßen normales Leben ermöglichen wollte. Soviel stand fest: Ich hatte der Frau heute Vormittag sicherlich Unrecht getan. Und auch wenn Marvin diese Creme stehlen wollte, so waren es doch auch meine Werbemaßnahmen, die ihn dazu bewegten. Ich sah auf die Uhr, es war fast Mitternacht. Meine Haare waren unter dem Handtuch bereits getrocknet und morgen lag ein langer Arbeitstag vor mir. Ich ging zu Bett, doch einschlafen konnte ich lange nicht. Viel zu sehr hafteten meine Bilder an der Frau mit ihrem Jungen, und ich wäre ihr zu gern noch einmal begegnet, um mich zu entschuldigen und vielleicht… In mir tauchte ein Gedanke auf, eine fixe Idee, aber warum sollte ich Weihnachten nicht einmal ganz anders feiern, quasi im wahrsten Sinne des Wortes, so wie es in der Kirche gepredigt wurde, in Nächstenliebe und für diejenigen, denen es nicht so gut ging wie mir. Ich wälzte mich im Bett umher, doch welche Lage ich auch einnahm, der Gedanke drehte sich mit, folgte mir und wollte mich nicht loslassen, spann sich weiter fort und zauberte Bilder in mir auf. Ich dachte an ein gemeinsames Weihnachtsfest mit dieser Frau und ihrem Sohn, hier bei mir zu Hause, mit Tannenbaum, festlich gedecktem Tisch und vielen kleinen Geschenken. Irgendwann siegte die Müdigkeit und die Fantasie ging in meiner Traumwelt auf.

Am nächsten Morgen in meinem Büro versuchte ich mich auf meine Arbeit zu konzentrieren. Doch wer behauptete, dass die Welt nach einer guten Nacht schon ganz anders aussah, musste gelogen haben. Die Gedanken des vergangenen Abends hafteten an mir und ließen mich immer wieder aus meinem Fenster auf die belebte Fußgängerzone vor unserem Kaufhaus blicken. Irgendwie hoffte ich, die Frau und ihren Jungen wiederzusehen, und wenn nur der Zufall es wollte, dann würde ich die Frau zu mir nach Hause einladen. Ich dachte nicht daran, dass sie vielleicht Angehörige haben könnte, bei denen sie das Fest verbrachte oder einen Mann und weitere Kinder. In meiner romantischen Vorstellung war sie eine dieser alleinerziehenden Mütter, wie ich sie gestern Abend im Internet gefunden hatte, die vom Existenzminimum lebte, und ich wollte ihr und ihrem Sohn einen schönen Heiligabend bescheren. Und nun freute ich mich auf das Weihnachtsfest. Es ergab wieder einen Sinn für mich. Ich hatte nicht mehr das heuchlerische Gefühl, den Menschen das Geld aus der Tasche zu ziehen, sondern den Gedanken des Helfens, der leuchtenden Augen des kleinen Marvins und dieser Frau. Am Abend kramte ich erneut die Kiste mit dem Weihnachtsschmuck hervor, plante ein 3-Gänge Menü und überlegte, was sich Marvin wohl wünschen könnte. Auch wenn ich die Frau heute noch nicht gesehen hatte, es waren noch zwei Wochen bis zum Heiligabend und ich verrannte mich in den Gedanken, ihr bis dahin noch einmal zu begegnen.

Doch ich sah sie nicht. Jeden Tag hielt ich Ausschau nach ihr oder dem Jungen. In der Mittagspause ging ich die Fußgängerpassage auf und ab, und an zwei Abenden fuhr ich sogar in die angrenzende Siedlung mit den Hochhäusern in der Hoffnung, sie würde hier wohnen. Aber ich hatte kein Glück, und mit jedem Tag, der auf Weihnachten zuging, schwand auch mein überschwänglicher Großmut. Am vierten Advent, vier Tage vor Heiligabend, blickte ich auf meine Kiste mit dem Weihnachtsschmuck, die noch immer in der Ecke stand und darauf wartete, ihren Sinn zu erfüllen. Wieder dachte ich an einen Heiligabend auf der Couch mit Kuscheldecke, Torte vom Konditor und Essen aus der Tiefkühltruhe. Wie konnte ich in den vergangenen Tagen mich auch so in diesen Gedanken hineinsteigern, eine fremde Frau, die mir darüber hinaus noch nicht einmal wohlgesonnen war, zu mir nach Hause einzuladen. Ich musste vollkommen übergeschnappt gewesen sein. Ich beschloss, mein altes Leben wieder aufzunehmen, meine Sporttasche zu packen und ins Fitness-Studio zu fahren. Das Training würde meine Gedanken bald wieder in die richtige Bahn lenken.

Und so war es auch. Über eine Stunde brachte ich an den Geräten zu und absolvierte danach noch eine dreiviertel

Stunde Aerobic und Streching in der Gruppe. Danach fühlte ich mich besser. Ausgepowert, den Kopf wieder frei für neue Ideen und zufrieden, legte ich mir mein Badehandtuch um den Körper und latschte in den Wellnessbereich zu Swimmingpool und Sauna. Es war leer an diesem Sonntag, die meisten waren wohl mit Advents-Kaffeebesuchen beschäftigt, und so hatte ich die Sauna fast für mich allein. Ich legte mich auf mein Badetuch, schloss die Augen und vernahm das leise Knacken des Ofens. Die Hitze kroch in meine Glieder, und ich spürte die Entspannung meiner Muskeln. Ich dachte an nichts, horchte nur in meinen Körper hinein und wäre fast eingeknickt, als die Tür aufgezogen wurde und ein dick beleibter Mann auf gleicher Höhe seinen Platz suchte. Er räusperte sich und einen Moment später hörte ich ihn vor Hitze schnauben. Mit meiner Ruhe war es nun vorbei. Ich stand auf, verließ die Sauna und kühlte mich im Eisbecken ab. Danach wickelte ich wieder mein Handtuch um den Körper und watschelte in meinen Badeschuhen auf eine Empore über den Saunen, auf der sich die Ruhezone befand. Auch hier waren nur wenige Liegen besetzt. Ich nahm mir zwei Wolldecken, legte die eine auf die weiche Schaumstoffunterlage der Liege und deckte mich mit der anderen zu. Neben mir auf einem Tischchen entdeckte ich eine Illustrierte, zog sie zu mir herüber und begann darin herumzublättern. Ich liebte diese Nachmittage, an denen ich nur mir selbst gehörte und nichts und niemand mich störte. Hin und wieder blickte ich auf und beobachtete die wenigen Besucher, die es mir gleichtaten. Doch plötzlich weckte irgendetwas meine Aufmerksamkeit. Zunächst nahm ich es nur aus dem Augenwinkel war,

aber dann begann mein Herz zu klopfen. Ich sah die Frau. Es gab keinen Zweifel, es war die Mutter von Marvin. Sie hatte ihre splissigen Haare zu einem Zopf geflochten und trug einen Kittel und Hauslatschen. In der Hand trug sie einen Staubsauger und steuerte geradewegs durch die Ruheempore auf eine hintere Tür zu. Ich war mir nicht sicher, ob ich sie ansprechen sollte, denn mittlerweile hatte ich mich mit dem Gedanken abgefunden, das Weihnachtsfest allein zu verbringen und dennoch… war es nicht vielleicht der Zufall, von dem ich geglaubt hatte, es wäre meine Chance mich zu entschuldigen und ihr meine Nächstenliebe zu zeigen? Die Frau war wenige Meter von der Tür entfernt, und ich hatte keine Ahnung, ob sie je wieder dahinter hervorkommen würde. Ich dachte nicht mehr nach, schlug die Decke zurück und lief barfuß, mein Handtuch über dem Busen haltend zu der Frau hinüber. Sie schrak zusammen und schien mich nicht gleich zu erkennen.
„Entschuldigung“, flüsterte ich, um die anderen Gäste nicht zu stören, „ich wollte Sie nicht erschrecken.“
„Was gibt es?“ flüsterte die Frau zurück.
„Erkennen Sie mich nicht? Wir haben uns am vergangenen Montag kennengelernt. Ich hatte Ihren Sohn aus dem Kaufhaus zu Ihnen in die Fußgängerzone gebracht.“
„Ach Sie sind das? Was wollen Sie? Habe ich Ihnen hier vielleicht auch etwas geklaut?“
Einige Besucher blickten sich um. „Pschh, nein, nein, ich bin froh, dass ich Sie treffe. Ich wollte mich bei Ihnen entschuldigen.“
„Wofür?“ fragte die Frau mürrisch.

„Dafür, dass ich Ihnen zu Unrecht unterstellt habe, Ihren Sohn zum Diebstahl angestiftet zu haben."
„Und deswegen freuen Sie sich, mich hier zu treffen?"
„Es tut mir leid. Die Sache hatte mir einfach keine Ruhe gelassen, und ich habe die gesamte vergangene Woche damit verbracht, nach Ihnen Ausschau zu halten, um Ihnen das zu sagen."
„Also, wenn Sie sonst nichts zu tun haben? Ich muss jetzt weiter. In einer halben Stunde ist mein Dienst zu Ende, und ich hab noch was zu tun." Die Frau wandte sich zum Gehen, doch ich hielt sie eilig am Ärmel fest. „Hören Sie. Vielleicht haben Sie Lust, mit mir eine Tasse Kaffee unten in dem kleinen Bistro zu trinken. Ich lade Sie natürlich ein."
Die Frau sah mich skeptisch an. „Warum?"
„Bitte, tun Sie mir den Gefallen. Ich möchte mein Benehmen wiedergutmachen und würde mich wirklich freuen."
„Na also gut, wenn Sie dann besser schlafen können."
„Prima, ich warte in einer halben Stunde unten vor dem Eingang auf Sie, abgemacht?"
„Es kann vielleicht etwas später werden, ich weiß nicht, wann ich hier raus komme."
„Das macht nichts, ich werde auf Sie warten."
Die Frau drehte sich um und ging mit dem Staubsauger in der Hand durch die Tür am Ende des Ruheraums. Ich nahm meine Badeschuhe, duschte mich ab und lief in die Umkleidekabine. Mir klopfte das Herz noch immer. Ich war mir nicht sicher, die Frau schien alles andere als froh über meine Einladung zu sein. Aber vielleicht gelang es mir, ihr Vertrauen zu gewinnen, damit sie und Marvin

meinen Vorschlag annahmen. Nachdem ich mich angezogen und meine Haare geföhnt hatte, stieg ich die Treppe des Fitness-Studios hinunter und stellte mich vor den Eingang des Bistros. Ich musste nicht lange warten. Aus einer der Hintertüren im Erdgeschoss kam die Frau auf mich zu. Wieder trug sie ihre abgewetzten Sommerjeans mit den Turnschuhen, dazu einen grünen Rollkragenpullover. Den Parka hatte sie sich über den Arm gelegt, und über der rechten Schulter trug sie einen kleinen Rucksack.

„Das hat ja gut geklappt, ich bin auch gerade aus der Umkleidekabine gekommen“, versuchte ich lässig ungezwungen zu wirken.

„Ich hab aber nicht viel Zeit, Marvin wartet zu Hause auf mich.“

„Keine Sorge, nur auf einen Kaffee.“

Wir setzten uns in eine Ecke des Bistros, und ich bestellte für uns zwei Cappuccini. Die Frau sagte nichts, die Situation schien ihr noch immer nicht geheuer zu sein, und so reichte ich ihr die Hand.

„Ich heiße Karla Brackner“

„Sandra Kornas“ sagte die Frau und erwiderte den Gruß.

„Ich muss gestehen, dass Sie mich am vergangenen Montag ganz schön schockiert haben“, begann ich.

„Wieso?“

„Ich bin Marketingleiterin und für sämtliche Dekorationen und Werbemaßnahmen des Kaufhauses verantwortlich. Insofern hatten Sie genau die Richtige vor sich mit Ihrer Ansprache.“

„Konnte ich ja nicht ahnen, aber leid tut’s mir nicht. Es ist nämlich wirklich so, wie ich es Ihnen gesagt habe.“

„Das glaube ich Ihnen, aber es ist nun einmal mein Job, unsere Waren so gut wie möglich zu präsentieren, und an das Weihnachtsgeschäft setzt der Einzelhandel eben besonders hohe Erwartungen."
„Aber dann muss sich auch niemand wundern, wenn Kinder dazu verleitet werden, zu stehlen. Sie können sicher sein, dass ich Marvin nach dieser Sache am Montag gehörig die Meinung gesagt habe, und er weiß genau, dass Stehlen verboten ist, aber ich kann nun mal nicht überall sein."
„Es ist nicht leicht für Sie, nicht wahr?" Ich versuchte meine Frage mit möglichst wenig Mitleid zu formulieren und hoffte, den richtigen Ton bei Sandra getroffen zu haben.
„Ich ziehe ihn allein groß. Sein Vater und ich haben uns schon getrennt, als Marvin noch sehr klein war, wegen ner anderen. Seitdem versuche ich wenigstens den Unterhalt von ihm zu bekommen, der Marvin zusteht, aber bei meinem Ex reicht es selbst kaum zum Nötigsten und zuverdienen tut der nicht."
„Und da fällt Weihnachten natürlich flach für Sie, nicht wahr?"
„Ach, wenn's nur um mich ginge, dann wär's alles nicht so schlimm, ich kann mich einschränken. Aber wissen Sie, wie weh das tut, wenn Sie ihrem Kind nichts geben können. Wenn andere in die Sommerferien fahren, versuche ich ihm die Stadt schönzureden und bin froh, wenn einige seiner Schulfreunde hier bleiben, damit er jemanden zum Spielen hat. Für Unternehmungen reicht das Geld nicht, und Zeit habe ich auch kaum für ihn, weil ich jede Gelegenheit nutze, etwas dazuzuverdienen."

„Das tut mir leid."
„Braucht es nicht. Das Doofe ist nur, dass Marvin natürlich genau mit den Kindern zusammen ist, deren Eltern es genauso geht, und da haben die Bengels den ganzen Tag nichts anderes zu tun, als sich Unfug auszudenken."
„Kennt Marvin denn überhaupt so ein richtiges Weihnachtsfest mit Baum, Geschenken, schönem Beisammensein und so weiter?"
„Ich versuche am Heiligabend immer rechtzeitig zu Hause zu sein. Manchmal schaffe ich es noch, einen Baum zu organisieren oder ich bekomme etwas Extrageld von einem Arbeitgeber für ein paar neue Klamotten. Dann machen wir es uns gemütlich, spielen zusammen und kochen sein Lieblingsgericht – Senf Eier. Aber dieses Jahr…"
„… ich versteh schon – die Minijobs verteilen sich auf immer mehr Menschen nicht wahr?"
„Ja auch. Ich habe zwei Putzjobs verloren. Aber Marvin wird älter, und ich kann ihn nicht mehr mit Spielen und Senfeiern begeistern. Er ist nicht dumm und weiß genau, dass seine Chancen, mal etwas Besseres zu haben, ziemlich mies aussehen. Und mir fehlen einfach die Argumente. Letztens habe ich ihn beim Rauchen erwischt – keine Ahnung, wo er das Geld herhatte. Als ich ihm sagte, dass er davon Krebs bekommen könnte, blaffte er mir doch glatt ins Gesicht, dass es doch gut wäre, wenn er nicht so lange lebe, dann bräuchte ich mich wenigstens nicht mehr um ihn kümmern. Können Sie sich vorstellen, dass so etwas ein elfjähriges Kind zu seiner Mutter sagt?"
Ich wollte mir das gar nicht vorstellen, aber ich glaubte Sandra jedes Wort. Sie blickte in ihre Tasse, vielleicht

damit ich nicht sehen konnte, wie sie mit ihren Tränen kämpfte. Sanft legte ich meine Hand auf ihren Arm.
„Es tut mir wirklich leid, was ich am vergangenen Montag gesagt habe, es war unüberlegt und vollkommen überzogen.“
„Ist schon gut. Ich muss jetzt gehen. Vielen Dank für den Cappuccino.“ Sandra wollte aufstehen und gehen, doch ich drückte leicht ihren Arm auf die Tischplatte, um sie zurückzuhalten.
„Warten Sie noch einen Moment, bitte.“
Sandra stutzte und sah mich verwundert an.
„Ich lebe allein, bin zwar nicht reich, aber verdiene nicht schlecht als Marketingleiterin. Gibt es irgendetwas, was Marvin sich wünscht und ich ihm erfüllen kann?“
„Wie meinen Sie das?“
„Na ja, Marvin hat doch sicherlich Wünsche oder hat er die auch schon verloren.“
„Natürlich hat er Wünsche, wie jedes andere Kind auch. Aber ich kann ihm wohl schlecht ein Geschenk zu Weihnachten geben und sagen, dass es von der Frau ist, die ihm beim Stehlen erwischt hat.“
Es war Sandras Gesicht anzusehen, dass sie sich über meine Frage ärgerte, und ich musste mir eingestehen, dass es keine gute Idee war, sie damit zu konfrontieren. Wenn sie schon kein Geschenk von mir annehmen wollte, wie sollte ich sie dann überreden, mit mir Weihnachten zu feiern? Auf der anderen Seite hatte ich nichts zu verlieren. Sandra war bereits im Begriff zu gehen, entweder fragte ich sie jetzt oder nie.

„Ja, das stimmt, er würde sicherlich ein Geschenk ablehnen, dass Sie ihm von mir geben. Und wenn ich es ihm nun selber gebe? Quasi als Entschuldigung."
„Und wie stellen Sie sich das vor. Wollen Sie etwa als Nikolaus am Heiligabend vor der Tür stehen?"
„Was halten Sie davon, wenn Sie einfach zu mir kommen? Ich habe eine schöne Wohnung, und wir könnten doch zu dritt ein paar nette Stunden verbringen?"
Sandra zögerte. „Ich weiß nicht. Ich kenne Sie doch gar nicht…"
„Na und? Ich kenne Sie doch auch nicht, was macht das schon? Wir sind beide allein und müssen irgendwie das Weihnachtsfest verbringen."
„Ich brauche keine Almosen, und bisher haben Marvin und ich das auch gut allein hinbekommen."
„Ich mach Ihnen einen Vorschlag: Ich lade Sie und Ihren Sohn jetzt offiziell ein, mit mir das Weihnachtsfest zu verbringen – sagen wir um achtzehn Uhr bei mir, meine Adresse und Telefonnummer schreibe ich Ihnen hier auf diesen Zettel. Auf diese Weise ist es eine ganz normale Einladung, so wie Sie sie wahrscheinlich schon hundertmal bekommen haben. Was meinen Sie?"
Während Sandra noch zögerte, nahm ich einen Kugelschreiber aus meiner Tasche, schrieb auf eine Papierserviette meine Adresse und Telefonnummer und schob sie zu ihr hinüber. Sandra steckte die Serviette ein.
„Ich bin mir nicht sicher, ob das richtig ist, aber ich werde es mit Marvin besprechen."
„Tun Sie das. Ich bin sicher, er wird die Sache als Abenteuer sehen." Ich hielt Sandra die Hand zum Abschied entgegen. Sie ergriff sie und stand auf.

„Ich danke Ihnen für den Kaffee."
„Nicht der Rede wert. Ich freue mich auf den 24."
Sandra erwiderte nichts, sie schien noch immer nicht zu wissen, ob unser Treffen schlecht für sie war oder ein Sechser im Lotto. Sie nahm ihren Parka und ging. Ich blieb allein zurück und hörte mein Herz hüpfen. Ich war überzeugt, dass Marvin sie in Erwartung eines richtigen Weihnachtsfestes schon überreden würde.

In den verbleibenden Tagen bis zum Fest zeigte ich mein ganzes Können, um einen gemütlichen Heiligabend zu zaubern. Es sollten keine Wünsche offenbleiben. Ich war geradezu im Weihnachtsrausch und ließ mich von allem inspirieren, was in mein Blickfeld geriet. Sogar eine Schlafgelegenheit hatte ich in meinem Arbeitszimmer aufgestellt, für den Fall, dass Sandra und Marvin bei mir übernachten wollten. Zunächst kaufte ich einen Weihnachtsbaum, dann fragte ich unsere Produktspezialisten nach Geschenken für einen elfjährigen Jungen und entschied mich für ein Game System. Mit dieser Konsole konnte Marvin nicht nur verschiedene Spiele einstellen, sondern auch unter Einsatz seines gesamten Körpers Sportaktivitäten oder kämpferische Szenen mit ausgewählten Gegnern nachstellen. Mit diesem Geschenk würde er ganz sicher die Aufmerksamkeit aller Schüler in seiner Klasse auf sich ziehen, und ich wollte, dass er einmal in seinem Leben das Gefühl kennenlernte, etwas Besonderes zu besitzen, was andere vielleicht nicht hatten. Neben einigen Videospielen, verpackte ich auch noch einen Gutschein für eine neue warme Winterjacke, damit er den schäbigen Anorak ablegen konnte. Auch für

Sandra plante ich eine Überraschung. Sie sollte sich einmal dem Gefühl hingeben können, grenzenlos verwöhnt zu werden. Ihr wollte ich eine kosmetische Ganzkörperbehandlung, inklusive Friseur und Outfit nach Wahl zukommen lassen. Meine Geschenke ließ ich durch unsere Dekorationsabteilung hübsch verpacken, dann machte ich mich an die Planung des Weihnachtsmenüs. Ich wählte etwas aus, dass die beiden nicht alle Tage bekamen. Vorweg sollte es eine Hummercremesuppe geben, danach mein berühmtes Rinderfilet mit Brokkoli und selbstgemachten Herzoginkartoffeln, und zum Nachtisch wollte ich flambiertes Zimteis mit Rumfrüchten servieren. Weihnachten machte wieder Spaß, und ich konnte es kaum erwarten, in die freudigen Augen von Sandra und Marvin zu sehen.

Am 24. Dezember, pünktlich um 18.00 Uhr band ich mir die Schürze ab, schaute in den Spiegel und zupfte mir eine Locke zurecht. Ich betrachtete die Dekoration auf dem festlich gedeckten Tisch. In der Mitte hatte ich den silbernen Leuchter gestellt, den ich im letzten Jahr auf einer Auktion ersteigerte. Links und rechts davon schlängelten sich Tannenzweige. Auf den silbernen Platztellern lagen die cremefarbenen Porzellanteller meiner Großmutter und zu Bischofmützen geformte Stoffservietten. Das Silberbesteck lag poliert in der korrekten Reihenfolge meines Menüs. Da ich mir nicht sicher war, was Sandra und Marvin tranken, hatte ich sowohl Wasser- als auch Weingläser eingedeckt. Im Kaminofen brannte ein Feuer, und in der Mitte meiner großzügigen Wohnzimmerwand stand majestätisch eine zimmerhohe Edeltanne.

Ich kannte Sandras Geschmack nicht, und so entschied ich mich für eine traditionelle Dekoration: Echte rote Kerzen, Holzfiguren, kleine Äpfel und Lebkuchen. Um einer eventuell peinlichen Stimmung des Anschweigens vorzubeugen, kramte ich mein Monopolyspiel hervor und besorgte noch ein weiteres Gesellschaftsspiel. Alles war perfekt arrangiert. Jeden Moment würde es klingeln, und die beiden standen vor meiner Tür. Doch es klingelte nicht.

Ich ging zum Fenster und blickte auf die Straße hinunter. Am späten Nachmittag hatte es zu schneien angefangen, und gegen die Beleuchtung der Gehweglaternen rieselten die zarten Flocken herab, als wären es winzige Sterne. Eine weiße Decke legte sich auf die Straßen und Bürgersteige und verwandelte die Motorengeräusche der vorbeischleichenden Autos in ein dumpfes flüsterndes Surren. Durch die Fenster der gegenüberliegenden Häuserreihen funkelten Kerzen und Lichterketten an weihnachtlich geschmückten Fenstern. Nur wenige Menschen waren um diese Zeit unterwegs. Der Heiligabend hatte begonnen, und in den Häusern saßen Familien und Freunde beisammen, um einander zu beschenken und zu feiern. Ich blickte auf meine Uhr, es war bereits halb sieben vorbei. Ob Sandra eine andere Uhrzeit verstanden hatte? Ich war mir ganz sicher, dass die beiden kommen würden, sonst hätte sie sich bei mir gemeldet und die Einladung abgesagt – so viel Anstand unterstellte ich ihr einfach. Sicherheitshalber sah ich auf mein Smartphone. Keine Nachricht oder Anruf in Abwesenheit. Ich trat wieder ans

Fenster und schaute auf die Straße zur Bushaltestelle, einige Meter von meinem Eingang entfernt. Vielleicht hatten sie die Bahn verpasst oder der Bus kam bei dem Wetter nicht zügig voran. Von weitem sah ich die Linie 137 heranfahren und am Stopp halten. Wenige Fahrgäste stiegen aus, Sandra und Marvin waren nicht dabei. Langsam drehte ich mich vom Fenster weg und ging zum Kaminofen hinüber. Es herrschte Stille, nur das Holz knisterte in den Flammen. Und wenn nun etwas passiert war? Ich hatte keine Ahnung, wo Sandra wohnte und kannte auch ihre Telefonnummer nicht. Bewusst hatte ich sie im Bistro nicht danach gefragt, um sie nicht zu bedrängen. Jetzt bereute ich meine Vorsichtsmaßnahme. Ich hätte die Auskunft anrufen können, aber ich erinnerte mich nicht einmal mehr an ihren Nachnamen. Ich schüttelte mit dem Kopf. Was für eine absurde Idee von mir, eine wildfremde Frau mit ihrem Sohn zu mir nach Hause einzuladen. Ich versuchte mich in Sandras Lage zu versetzen und musste gestehen, dass ich wohl auch keiner Weihnachtseinladung von einer Frau gefolgt wäre, mit der ich lediglich einen Cappuccino getrunken hatte. Resigniert ging ich in die Küche, drehte den Ofen aus, in dem ich das Rinderfilet warm hielt, entkorkte den Rotwein und schenkte mir ein Glas ein. Im Wohnzimmer zündete ich die Kerzen am Baum an, trat einen Schritt zurück und begutachtete mein Werk. Die Tanne war wunderschön und doch kam sie mir in ihrem weihnachtlichen Glanz traurig und verloren vor, weil außer mir niemand da war, der sie bewunderte. Enttäuscht und mit einem langen Seufzer zog ich meine Schuhe aus, setzte mich in den Schaukelstuhl vor den Kaminofen und überlegte, was ich

mit dem angebrochenen Weihnachtsabend anfangen sollte. Im Grunde hätte ich jetzt mein ursprüngliches Vorhaben mit Kuscheldecke und Fernsehen absolvieren können, aber mir war nicht nach kommerzieller Unterhaltung. Ich dachte an Sandra und Marvin. Was sie jetzt wohl machten? Ob sie mich einfach vergessen hatten und ihr Fest feierten, wie immer? Ich konnte es mir nicht vorstellen. Aber was sollte das Grübeln. Ich beschloss bei meiner Schwester auf dem Hof anzurufen, um mir wenigstens auf diese Weise ein wenig weihnachtliche Fröhlichkeit in meine Stimmung zu holen. Gerade wollte ich aufstehen, als es an der Haustür klingelte. Es war bereits nach sieben Uhr, mit Sandra und Marvin rechnete ich nun wirklich nicht mehr. Wer könnte am Heiligabend um diese Zeit vor meiner Haustür sein? Ich drückte auf den Knopf der Sprechanlage.
„Hallo, wer ist da?"
„Marvin Kornas. Sie haben mich und meine Mutter eingeladen."
„Ja natürlich, kommt herauf." Schnell drückte ich auf den Türsummer zum Treppenhaus und kramte hektisch meine Schuhe unter dem Schaukelstuhl hervor. Das Glas Wein stellte ich in die Küche und warf noch einen Blick in den Spiegel, bevor ich die Haustür aufriss.
„Fröhliche Weihnachten", rief ich Marvin entgegen, der gerade die letzten Stufen erklomm. „Bist du ganz allein? Wo ist denn deine Mutter?"
„Sie kommt nicht."
„Aber wieso? Jetzt komm erst einmal herein."

Marvin betrat das Zimmer, seine Augen begannen zu leuchten beim Anblick des Christbaums, der bunten Geschenke darunter und des festlich gedeckten Tischs. „Sie haben uns echt erwartet, nicht wahr?“

„Na klar, ich warte seit über einer Stunde auf dich und deine Mutter. Was ist denn passiert?“

„Ach, ich weiß auch nicht, was sie hat. Als sie mir von Ihrer Einladung erzählte, fand ich, dass es eine tolle Idee wäre zu Ihnen zu kommen, aber meine Mutter wollte absagen.“

„Aber warum?“

„Sie meinte, dass Sie es nur machten, um Ihr schlechtes Gewissen zu beruhigen. Ich fand das nicht und wollte unbedingt kommen. Wir haben in den vergangenen Tage ständig gestritten, bis meine Mutter schließlich nachgab, um mir den Wunsch zu erfüllen.“

„Und dann?“

„Heute Nachmittag stand sie vor ihrem Kleiderschrank und suchte etwas zum Anziehen. Und auf einmal fing sie an zu heulen. Ich fragte sie, was los wäre und da sagte sie, dass es nicht richtig wäre bei Ihnen zu feiern, weil sie nicht zu unserer Familie gehören und sich nur einschleichen wollen.“

„Ich verstehe…“

„Ich habe das nicht verstanden und war stinksauer auf meine Mutter. Wir haben uns angeschrien, und dann hab ich ihr gesagt, dass ich eben ohne sie gehen würde. Und da hat sie noch mehr angefangen zu heulen und gemeint, ich solle doch gleich bei Ihnen bleiben, wenn ich meinte, dass Sie mir mehr bieten könnten.“

„Oh je, was habe ich bloß angerichtet?“ Ich schob Marvin auf die Couch und setzte mich neben ihn. „Und dann hast du dir die Adresse geschnappt und bist zu mir gefahren?“
„Nicht gleich. Ich bin zunächst zum Hauptbahnhof, einfach da herumgelaufen und hab überlegt, was ich tun sollte. Nach Hause wollte ich nicht, aber Heiligabend sitzen am Hauptbahnhof nur die Besoffenen und Junkies, was ziemlich Scheiße ist. Und dann habe ich mich doch entschlossen, die Bahn zu nehmen und zu Ihnen zu fahren.“
„Deine Mutter macht sich bestimmt große Sorgen, wo du geblieben sein könntest.“
„Wieso, die glaubt doch, dass ich bei Ihnen Weihnachten feiere.“
Ich schüttelte mit dem Kopf, dann sah ich Marvin fest in die Augen: „Ich fürchte, du verstehst das nicht. Deine Mutter bemüht sich, dir ein besseres Leben zu bieten. Das ist nicht einfach für sie, und nun komme ich daher, mache meinen Geldbeutel auf und biete dir all das, was sie dir selbst gern schenken würde. Da ist es nicht verwunderlich, dass sie befürchtet, du könntest sie verachten und dich zu mir hingezogen fühlen.“
„So’n Quatsch, ich kenn Sie doch gar nicht. Und nur weil Sie uns zu Weihnachten einladen, vergesse ich doch nicht, wer meine Mutter ist!“
Ich lächelte Marvin beruhigt zu. „Ich bin froh, dass du es so siehst, denn nichts anderes war meine Absicht: Ein schönes Weihnachtsfest mit dir und deiner Mutter zu verbringen.“
„Und was sollen wir jetzt tun?“

Ich überlegte einen Moment. Bei Sandra anzurufen machte wenig Sinn. Sie würde sich missverstanden fühlen und gewiss nicht mehr zu mir kommen. „Wir fahren zu euch nach Hause und feiern dort Weihnachten."
Marvin zögerte. „Hmm, bei uns ist es aber nicht so schön, wie bei Ihnen. Wir haben nicht einmal einen Weihnachtsbaum und zu essen hat meine Mutter auch nichts vorbereitet. Wahrscheinlich sitzt sie auf dem Sofa und heult die ganze Zeit."
„Umso wichtiger ist es, dass wir sie aufmuntern und ihr zeigen, dass es überhaupt keinen Grund für ihre Befürchtungen gibt. Komm, wir packen die Geschenke ein, nehmen das Essen und die Getränke mit und feiern bei euch."
Marvin willigte ein. Innerhalb weniger Minuten verpackten wir alles Notwendige in zwei große Tragetaschen, löschten die Kerzen und fuhren mit dem Auto zu Marvins Mutter.

Als wir auf dem Parkplatz vor dem Wohnhochhaus ankamen, brannte kein Licht in der Wohnung von Sandra. Mit klopfendem Herzen fuhren Marvin und ich mit dem Fahrstuhl in den fünften Stock. Marvin steckte den Schlüssel ins Schloss und öffnete etwas beklommen die Tür. Es war dunkel und still. Marvin schaltete das Licht in dem engen Flur an. Die Wohnzimmertür war angelehnt, langsam schob er sie auf „Mama, bist du hier?"
„Marvin?" Irgendwo aus der Dunkelheit erklang Sandras Stimme, schüchtern und vor Tränen schniefend, hoffnungsvoll, dass ihr Sohn zurückkehrte. Marvin knipste das Licht an. Sandra saß im Bademantel auf dem Sofa.

Sie hatte ihre Beine angewinkelt, und um sie herum lagen dutzende von Taschentüchern.
„Mama, was machst du hier im Dunkeln?“
„Was schon? Weihnachten feiern, ohne dich.“ Sie sah ihren Sohn aus verquollenen Augen an. Dann erst erblickte sie mich im Flur und ihr Ausdruck versteinerte sich augenblicklich. Ich zwängte mich an Marvin vorbei zu ihr, bevor sie mit einem möglichen Wutanfall auf mich losgehen konnte. Dann kniete ich mich vor sie hin, nahm ihre Hände und drückte sie ganz fest.
„Sandra, ich muss mich schon wieder bei Ihnen entschuldigen. Ich habe überhaupt nicht nachgedacht, was ich mit meiner dusseligen Wohltätigkeit anrichten könnte. Ich bin fest davon überzeugt, dass Sie eine ganz wunderbare Mutter sind, und es wäre mir nicht im Traum eingefallen, Ihren Platz einnehmen zu wollen. Können Sie mir noch einmal verzeihen?“
„Scheren Sie sich raus. Sehen Sie denn nicht, was Sie mit Ihrem Getue angerichtet haben? Mein Sohn möchte lieber mit Ihnen als mit mir das Weihnachtsfest feiern.“
„Nein Mama, das ist nicht wahr. Ich möchte mit dir und mit Frau Brackner zusammensein, und darum ist sie mit zu uns gekommen.“
„In unsere kleine Wohnung? Oder wollten Sie nur einmal sehen, wie es bei Leuten aussieht, die nur von Minijobs leben? “
„Sandra, darauf kommt es doch gar nicht an. Es ist bei Ihnen ebenso schön, wie bei mir. Warum können wir nicht einfach einen fröhlichen Abend miteinander verbringen und danach geht jeder wieder seiner Wege?“

„Na nun sind Sie ja schon mal hier, da kann ich Sie wohl schlecht wieder rauswerfen. Aber ich habe nichts vorbereitet."
„Das hat mir Ihr Sohn schon gesagt, und darum haben wir alle Sachen eingepackt und mitgebracht. Was halten Sie davon, wenn Sie sich im Badezimmer etwas frisch machen, ein paar gemütliche Sachen überziehen, während Marvin und ich den Tisch decken?"
Sandra putzte sich die Nase und setzte sich auf. Sie sah wohl ein, dass es keinen Sinn machte, weiterhin zu blocken. Sie streckte ihren Arm nach Marvin aus. Der nahm die Einladung dankbar an, stürzte auf seine Mutter zu und vergrub sein Gesicht an ihrer Schulter. Ich ging in den Flur zurück und überließ die beiden einen Moment ihrer Zweisamkeit. Einige Minuten später huschte Sandra ins Bad. Marvin zeigte mir die Küche und gemeinsam deckten wir meine Köstlichkeiten auf.

Während des Essens taute Sandra auf, und wir erzählten uns aus unserem Leben. Nach einiger Zeit wollte Marvin nicht mehr länger warten und seine Geschenke auspacken. Er konnte sein Glück kaum fassen und war für den Rest des Abends verloren in seiner eigenen Kinderwelt. Sandra war etwas beschämt, als sie meinen Wohlfühlgutschein auspackte, den Einkaufsgutschein wies sie jedoch zurück, das war für ihr Gewissen zu viel des Guten. Verständnisvoll nahm ich ihn wieder an mich.

Weit über Mitternacht saßen Sandra und ich gemeinsam auf dem Fußboden. Etwas benebelt und redselig tranken wir den letzten Schluck meines Weins und hörten der warmen Stimme einer Soulsängerin zu, die Sandra mit einer CD eingelegt hatte. Marvin lag längst in seinem Bett, glücklich über ein Weihnachtsfest, dass er in dieser Form noch nie erlebt hatte.

„Weißt du Karla, dass ich wirklich nur zu dir gekommen wäre, um Marvin einen Gefallen zu tun. Ich mache mir schon lange nichts mehr aus Weihnachten und bin immer froh, wenn die Feiertage vorüber sind. Ich habe wirklich gedacht, du wolltest ihm zeigen, dass es deine heile Welt aus der Werbung auch in Wirklichkeit gibt."

„Und soll ich dir auch etwas verraten, Sandra?"

„Na, was denn?"

„Auch ich hasse Weihnachten, weil es immer nur um Kommerz geht. Und meistens lasse ich es einfach ausfallen. Aber dieses Weihnachtsfest, heute hier mit dir und Marvin, war eines der schönsten, die ich erlebt habe. In Wahrheit habe nicht ich euch eine Freude gemacht, sondern ihr habt mich über das Fest gerettet."

„Na wenn das so ist, dann kannst du nächstes Jahr gern wiederkommen."

Sandra grinste und hielt mir ihr Glas zum Prosit hin.

„Abgemacht, aber ich hoffe doch, dass wir uns nicht erst Weihnachten wieder sehen."

„Na, wir können ja mal auf uns zukommen lassen…"

„Super, was machst du Silvester?"

Sandra zuckte mit den Achseln, und ich hatte das Gefühl, dies war der Beginn einer ungewöhnlichen Freundschaft.

Vergessen

Gedämpftes Stimmengewirr untermalt vom Klappern zahlreicher Teller, Tassen und Kuchengabeln drangen aus dem Speisesaal zum Salon hinüber. Von hier aus hatte Herbert die Empfangshalle in seinem festen Blick, konnte sehen, wenn Christian mit den Jungs kam, um ihn für das Weihnachtsfest abzuholen. Die Tasche für die Feiertage stand gepackt neben seinem Rollstuhl. Herbert genoss die Ruhe dieses Raumes, der mit seinen schweren dunklen Ledermöbeln, der langwedeligen Kentiapalme am Fenster und seiner großzügigen Bücherwand eher an ein englisches Herrenzimmer erinnerte als an den Aufenthaltsraum eines Seniorenheimes. Er wandte seinen Rollstuhl zur Standuhr, sah auf das Ziffernblatt und positionierte sich wieder vor der geöffneten Salontür. Eine der Schwestern hastete an ihm vorbei, hinaus auf den Parkplatz. In der Hand hielt sie die Medikamente einer Bewohnerin, die diese am Kaffeetisch vergessen hatte und über die Feiertage bei ihrer Familie benötigte. Herbert erkannte, dass es Schwester Veronika war, eine der freundlichsten unter dem Pflegepersonal und immer mit einem Lächeln auf den Lippen.
„Einen Moment müssen Sie sich schon noch gedulden, bis Ihr Sohn kommt", rief sie Herbert mit einem aufmunternden Blick zu, und er hob seinen Arm, winkte ihr etwas zitternd nach, ohne dass sie es wahrnehmen konnte. Weihnachten stellte für die Mitarbeiter des Heimes jedes

Jahr eine besondere Herausforderung dar. Neben besuchenden und abholenden Angehörigen, kümmerten sie sich liebevoll um Bettlägerige und Demenzkranke, sprachen Alleingelassenen Mut zu und bemühten sich, ihre Hektik hinter berufsbedingter Fröhlichkeit zu verbergen. Schwester Veronika war jung und dazu noch hübsch, und Herbert fragte sich, was sie dazu bewogen haben mochte, diesen Beruf zu erlernen. Wahrscheinlich wäre sie heute viel lieber mit ihrem Freund oder ihren Eltern zu Hause, anstatt Weihnachtsdienst bei den Alten zu schieben.

Herbert war allein, das heißt – nicht ganz, denn vor dem großen Erkerfenster des Salons saß eine zierliche, fast unscheinbare Dame und schaute hinaus in den verschneiten Garten, als wäre sie gar nicht in diesem Raum, sondern weit, weit weg. Sie trug ein gemustertes Seidenkleid in gedämpften Farben und hatte ihr schütteres zartblondes Haar zu einer luftigen Wasserwelle legen lassen. Herbert kannte sie nicht, hatte sie wohl schon des Öfteren gesehen, aber nie ein Wort mit ihr gewechselt. Doch auch die alte Dame schien auf jemanden zu warten, denn auf ihrem Schoß hielt sie fest umklammert eine schwarze Lederhandtasche. Schwester Veronika kam zurück vom Parkplatz, und während sie sich am Türrahmen anlehnte und ihr rechtes Bein kurzweilig entlastete, steckte sie ihren Kopf in die Eingangstür des Salons.
„Frau Reichle, geht es Ihnen gut?“ rief sie der Dame am Fenster zu.
Erna Reichle drehte sich abrupt um, als wäre sie soeben aus ihren Gedanken in die Realität zurückgeholt worden.

„Ja, ja mir geht es gut. Wann wollte mein Sohn mich abholen?"
„Er kommt demnächst hat er gesagt", und damit war Schwester Veronika, ein weiteres Lächeln auf ihrem Gesicht, auch schon wieder verschwunden. Herbert und die Dame am Fenster blieben zurück, hingen ihren Gedanken nach und schwiegen sich an.
„Sie warten wohl auch auf Ihre Familie?" wandte sich Erna ihm schließlich zu.
„Ja, mein Sohn muss jeden Moment eintreffen, vier Uhr haben wir ausgemacht."
Erna machte eine abwinkende Handbewegung „Mein Sohn verspätet sich auch jedes Mal, es ist immer so viel zu tun. Jedes Jahr veranstaltet er einen aufwendigen Weihnachtsempfang in seiner Villa für die Kollegen und Mitarbeiter des Instituts. Wenn er mich abholt, haben die meisten seiner Gäste schon das erste Glas Champagner getrunken."

„Bisher feierten meine Frau und ich im kleinen Kreis gemeinsam mit meinem Sohn Christian, seiner Frau und den beiden Jungs, aber dieses Jahr ist alles anders", sagte Herbert nachdenklich.

„Vor einigen Jahren half ich in der Küche mit, habe gekocht, kalte Platten hergerichtet und Cocktails gemixt, aber das ist lange her. Heute engagiert mein Sohn ein Cateringunternehmen, das sich um die Gäste kümmert", sagte Erna und drehte ihren Kopf wieder in Richtung Fenster. Stille, gedankenvolles Schweigen an frühere Zeiten beschäftigte die beiden.

„Bis zum Frühjahr arbeitete ich noch selbst in unserem Baustoffhandel mit, aber dann ist meine Frau gestorben, und ich bekam den Schlaganfall. Seitdem sitze ich hier im Rollstuhl, und mein Christian muss sich allein um alles kümmern.“ Herberts Blick sank auf die Wolldecke über seinen leblosen Beinen.

„Mein Mann ist schon vor vielen Jahren gestorben, Krebs. Damals wusste man noch wenig über die Krankheit, nicht so wie heute. Vielleicht hätte man ihn dann noch retten können.“

Herbert hörte auf das Ticken der Standuhr und beobachtete das Treiben in der Eingangshalle. Fast im Minutentakt kamen und gingen die Besucher, brachten Päckchen in buntem Geschenkpapier, rote Weihnachtssterne oder bemalte nostalgische Keksdosen, wie es sie jetzt überall zu kaufen gab. Andere brachten nichts, sondern halfen ihren Müttern und Vätern eingehakt zum Ausgang, trugen Handkoffer zum Parkplatz oder fuhren direkt vor die Eingangstür, um das Einsteigen zu erleichtern. Herbert zählte die Autos auf dem Parkplatz, 24, 22, 25… Christian kam nicht. Noch einmal sah Herbert auf die Uhr. Es war mittlerweile viertel nach vier. Normalerweise war sein Sohn überpünktlich, was konnte passiert sein? Was wäre, wenn er gar nicht käme, wenn er ihn vergessen hätte oder noch schlimmer, ihn vergessen wollte? Auch Christian hatte viel zu tun, so wie der Sohn dieser alten Dame, und er konnte sich bestimmt etwas Besseres für seine freien Tage vorstellen, als sie mit einem halbgelähmten alten Mann zu verbringen, der sich nicht einmal mehr allein anzuziehen vermochte.

Von seinem Platz im Salon aus entdeckte er einen dunkelblauen Mercedes, auf dessen Beifahrersitz ein kleiner Terrier hockte. Die beiden Vorderpfoten gegen das Fenster stemmend, fixierte er hechelnd die Eingangstür des Heims. Herberts Gedanken schweiften ab, in den Krieg und zu dem Tag, an dem er mit seinen Eltern flüchtete. Er dachte an seinen Jagdhund, dessen Name ihm nicht mehr einfallen wollte, und den er bei einem Bauern zurück lassen musste und mit seiner kindlichen Naivität hoffte, die Russen würden ihm nichts antun. Er sah ihn vor sich, bellend, an der Kette zerrend, schien er verzweifelt sein Herrchen zurückzurufen, bis Herbert außer Sichtweite war und ihn nur noch das heisere Kläffen eine Zeit lang begleitete, bis es immer leiser wurde und schließlich ganz verstummte. Und nun saß er hier in diesem Rollstuhl, hielt selbst Ausschau nach seinem Sohn und hoffte, dass er ihn abholen würde.

„Vielleicht kennen Sie ja meinen Sohn, Professor Dr. Dr. Hannes Reichle? Er hat schon viele Auszeichnungen bekommen für seine wissenschaftlichen Arbeiten in der medizinischen Forschung“, brach Erna wieder das Schweigen zwischen ihnen.
„Nein, tut mir leid, ich kenne ihn nicht. Meine Schwiegertochter hilft jetzt halbtags im Büro aus, wenn die Jungs in der Schule sind.“

„Mein Hannes hat immer viel gelernt, als er noch ein Bub war. Ständig war er so fleißig und an allem interessiert. Ich wusste schon damals, dass aus ihm mal etwas ganz Großes wird. Als Mutter kann man stolz darauf sein.“

„Christian hatte nach der Schule sofort in unserem Baustoffhandel angefangen. Meine Frau und ich brauchten ihn im Betrieb, ein Studium konnten wir ihm nicht bezahlen.“

„Das konnte ich auch nicht, aber durch die Lebensversicherung meines Mannes und mit dem, was ich noch als Schneiderin dazuverdiente, kamen wir über die Runden. Und mein Sohn hat mir alles zurückgegeben - der gute Junge! Er und seine Frau haben dieses Heim für mich ausgesucht, von meinen Ersparnissen könnte ich das nicht bezahlen.“

Im Speisesaal nebenan wurde das Stimmengewirr leiser, die meisten hatten ihre Pflichtbesuche hinter sich gebracht und waren schon wieder gegangen, um nun den eigenen Heiligabend zu feiern. Die Schwestern halfen den Zurückgelassenen auf ihre Zimmer und räumten das schmutzige Geschirr von den Tischen. Herbert sah wieder zur Tür, der Mercedes mit dem Hund darin war verschwunden. Vielleicht hatte Christian einen Unfall, dachte er, aber er war ein vorsichtiger Autofahrer, ebenso wie er ein sicherer Schwimmer war. Und wieder schob sich ein Bild in seine Gedanken. Er sah Christian vor sich als Teenager. Es war einer dieser heißen Sommertage am

See. Beide standen sie auf dem Steg des schilfumrandeten Ufers und schauten auf die gegenüberliegende Seite. „Wer zuerst drüben ist…“, rief Christian in jugendlichem Übermut und sprang ohne auf eine Antwort zu warten mit einem gekonnten Kopfsprung ins Wasser. Herbert wusste, dass er mit seinem Sohn schon lange nicht mehr mithalten konnte und blickte ihm nach. Er schwamm weit hinaus, kraulte mit ausdauernder Kraft, als ihn plötzlich ein Krampf erfasste und er wild die Arme in die Luft riss. Herbert sprang sofort hinterher, erreichte seinen Sohn und brachte ihn zurück ans Ufer. Heute würde er das nicht mehr können, heute war er auf die Hilfe seines Sohnes angewiesen.

Erna Reichle öffnete ihre Handtasche, nahm einen Taschenspiegel heraus und prüfte die rosa bemalten Lippen, dann rückte sie ihre Bernsteinbrosche am Kleid zurecht und klappte den Spiegel wieder zu.
„Meine Enkelin studiert an der Musikhochschule. Sie spielt Geige und hat auch schon Konzerte gegeben. Zu Weihnachten kommt sie immer nach Hause und gibt eine Vorführung für die Gäste“, sagte Erna und hob ihr Kinn majestätisch ein wenig in die Höhe.

„Die Jungs spielen Fußball in der Schulmannschaft“, sagte Herbert, ohne wirkliches Interesse an dem Gespräch und blickte noch einmal zur Uhr. Es war bereits viertel vor fünf, eine Dreiviertelstunde über der Zeit.

„Sportlich war mein Sohn auch und spielte leidenschaftlich gern Tennis. Er lernte viele einflussreiche Leute dadurch kennen, die sich später auch für ihn einsetzten, als er seine ersten Forschungen durchführte. Früher war Tennis noch ein Elitesport. Heute spielt mein Hannes Golf in einem der teuren Clubs. Das ist besser für seine Gelenke, sagt er, und außerdem kann er sich während des Golfens mit seinen Geschäftspartnern unterhalten."

„Christian war im vergangenen Monat in China, um Kontakte für unsere Holzwaren zu knüpfen. Die Adressen hatte er von der Handelskammer", erwiderte Herbert eher aus Höflichkeit als aus Interesse und hing wieder seinen Gedanken nach. Vielleicht waren die Kinder plötzlich krank geworden, und aus Vorsicht vor einer Ansteckung wollten sie ihn nun nicht nach Hause holen, oder sie machten einen Umweg zum Arzt. Wieder zog es ihn in die Vergangenheit. Er dachte an den Tag, als Christian erst einige Monate bei ihm in der Firma arbeitete und noch nicht verheiratet war. Damals wollte er noch am Abend eine Kundentour übernehmen und kam erst spät in der Nacht nach Hause. Herbert und seine Frau hatten sich schreckliche Sorgen gemacht, ständig auf die Uhr gesehen und versucht, den Sohn mobil zu erreichen. Schließlich stellte sich heraus, dass Christians Handy unterwegs gestohlen wurde und er keine Telefonzelle finden konnte, um seine Eltern zu benachrichtigen. Vielleicht war es heute ebenso, oder er hatte bereits angerufen und die Schwestern vergaßen nur, es auszurichten.

„Jetzt ist es schon wieder dunkel draußen", bemerkte Erna Reichle gedankenverloren, während sie wieder aus dem Fenster blickte. „Im Frühjahr muss Hannes den

Gärtner beauftragen, damit er neue Tulpen- und Narzissenzwiebeln in den Vorgarten einsetzt. Im Sommer blühen die Rosen an der Balustrade – rote Rosen."

Herbert blickte zu Schwester Veronika hinüber, die einer Bewohnerin frohe Weihnachten wünschte, sich von den Angehörigen verabschiedete und gerade wieder am Salon vorbeigehen wollte, als Erna Reichle sie aufhielt „Hat mein Sohn sich gemeldet?"
„Noch nicht, aber er kommt ganz bestimmt", wieder schenkte sie den beiden ein Lächeln, und dann beugte Schwester Veronika sich zu Herbert hinunter und legte ihren Mund dicht an sein Ohr. „Professor Dr. Dr. Reichle kommt schon seit vielen Jahren nicht mehr. Er lebt in Amerika und lässt seiner Mutter zu Weihnachten immer einen Strauß Rosen schicken. Wir geben ihr die Blumen jedes Mal erst am Abend und vertrösten sie damit, dass ihr Sohn sich entschuldigt und es vor lauter Arbeit wieder nicht schafft, sie abzuholen. Die Rosen nimmt sie mit auf ihr Zimmer und freut sich, dass ihr Sohn so liebevoll an sie gedacht hat."

Herbert sah zu Erna Reichle hinüber. Sie lächelte, hatte ihr Gesicht wieder dem Fenster zugewandt und blickte hinaus in den Garten, wo das Weiß des Schnees die Nacht ein wenig erhellte. Schnell wollte er Schwester Veronika noch fragen, ob Christian sich gemeldet hätte, doch sie war schon wieder zurück zum Empfang gegangen, und es war ihm recht so, denn eigentlich traute Herbert sich nicht, ihr die Frage zu stellen. Er hatte Angst. Es war die Furcht, eine ähnliche Antwort zu hören, wie Erna Reichle sie von der Schwester erhielt und die er nicht wahrhaben wollte. Wieder blickte er einen Moment lang durch die gläserne Scheibe der Tür, und dann plötzlich nahm er ihre Gestalten war. Hopsend liefen die Jungs neben ihrem Vater her, freudig weil heute Weihnachten war und sie bald ihre Geschenke bekommen würden. Herbert atmete tief durch und sein Mund verzog sich zu einem erleichterten Lachen. Wie Christian es versprochen hatte, holte er ihn gemeinsam mit den Jungs ab. Und dann hörte er Schwester Veronikas Worte, als sie die drei an der Tür in Empfang nahm.

„Hallo, pünktlich auf die Minute, wie vereinbart 17.00 Uhr. Ihr Vater sitzt dort im Salon und wartet schon auf Sie.“

Herbert sann in seinem Gedächtnis nach und runzelte verwirrt die Stirn. Waren es wirklich nicht nur die Beine, die ihn verlassen hatten, sondern mittlerweile auch das Gedächtnis? Er breitete die Arme aus, nahm seine Enkel freudig in Empfang und drückte Christian die Hand.

„Hallo Vater, bist du bereit fürs Weihnachtsfest?“

„Ja, wir können sofort starten.“

Christian nahm die gepackte Tasche, stellte sie auf den Schoß seines Vaters und schob den alten Mann in Richtung Ausgang. Herbert blickte sich noch einmal zu Erna Reichle um, ein zartes Lächeln umspielte ihre Lippen, und sie hielt die Hand ein wenig hoch, um ein sachtes Winken anzudeuten.

„Mein Hannes kommt auch gleich und holt mich ab“, sagte sie und sah ihnen hinterher, als sie das Heim verließen.

Christian öffnete den Wagen und ließ die Jungs einsteigen, bevor er seinem Vater aus dem Rollstuhl in den Beifahrersitz half. Doch plötzlich hielt Herbert den Arm seines Sohnes fest.
„Warte Christian, noch nicht."
„Was hast du Vater?"
„Meinst du wir könnten in diesem Jahr noch eine Person zu uns einladen?"
„Warum nicht? Wen meinst du Vater?"
„Wartet auf mich, ich bin gleich zurück."
Herbert drehte seinen Rollstuhl und manövrierte sich zum Eingang, wo Schwester Veronika ihm fragenden Blickes die Tür aufhielt.
„Haben Sie etwas vergessen?"
„Ja, so könnte man es nennen", und er winkte sie zu sich herunter und flüsterte ihr ins Ohr.
„Das ist eine wundervolle Idee, und ich denke nicht, dass die Heimleitung etwas dagegen einzuwenden hat", sagte sie.
Herbert nickte zufrieden und fuhr sich zum Salon hinüber. Erna Reichle saß mit dem Rücken zur Tür, hielt ihre Handtasche umklammert und blickte wieder aus dem Fenster.
„Frau Reichle?", sprach er sie leise an und rollte seinen Stuhl neben sie. Erna drehte sich zu ihm um, und er sah wie zwei Tränen still über ihre Wangen liefen. Herbert ergriff ihre Hand, legte sie sanft zwischen die seinen und blickte ihr in die müden glasigen Augen.

„Würden Sie mir die Ehre erweisen, mit mir und meiner Familie das Weihnachtsfest zu feiern? Wir könnten Ihrem Sohn eine Nachricht hinterlassen, wo er sie finden kann, wenn er kommt, um sie abzuholen."
„Mein Sohn wird mich nicht abholen. Er wird mir wie jedes Jahr einen Strauß roter Rosen schicken und sich entschuldigen lassen."
„Dann werden Sie also mit uns feiern?"
Und noch einmal lief ihr eine kleine, fast unscheinbare Träne über die Wange, bevor sie mit zitternder Stimme antwortete.
„Ich würde mich sehr freuen, Ihre Familie kennenzulernen!"

Spendenaufruf

Zufrieden erhob sich Dr. Uwe Volkardts vom Chefsessel seines Büros im 14. Stockwerk. Er ging zur Anrichte, schenkte sich einen Cognac ein und schwenkte das Glas gedankenvoll zwischen Mittel- und Ringfinger. Seit über zwanzig Jahren leitete er nun schon die Geschicke des Senders als Programmdirektor, und die jährliche Live-Spenden-Gala versprach wieder ein Highlight mit herausragenden Einschaltquoten zu werden. Immer bewies er ein zielsicheres Gespür für die Emotionen seiner Zuschauer kurz vor Weihnachten. Und dabei war es vollkommen gleichgültig, wie es um die wirtschaftliche Lage des Landes bestellt war. Bei einer guten Konjunktur spendeten die Menschen, um ihr Gewissen zu beruhigen. Dann nahm er Spendenaufrufe für Kinder in armen Ländern oder Kriegsgebieten ins Programm. War die Wirtschaft auf einem absteigenden Ast und die Arbeitslosigkeit hoch, wollten die Menschen das Wenige, was sie besaßen, in Verbrüderung mit ihren Mitbürgern teilen. In dem Fall florierten Aufrufe für Kranke, Arme und unverschuldet in Not Geratene. Egal, welcher Anlass, der Name Dr. Uwe Volkardts stand für Einfallsreichtum, Dramatik, Mitleid, große Geldbeträge und Happy End, aber vor allem für vorhersehbar hohe Einschaltquoten und Marktanteile.

Heute Abend, am Samstag, wenige Tage vor Heiligabend zur Prime Time sollte es die letzte Spendengala in seiner Ära werden. Ab Januar würde sein Nachfolger die Leitung übernehmen und mit frischen Ideen die Erfolgsstorys des Senders neu umsetzen. Dr. Volkardts nahm einen Schluck. Er musste sich eingestehen, dass es ihm nicht leicht fiel, die Führung abzugeben, an einen so jungen Direktor mit wenig Erfahrung, dafür aber weit mehr Enthusiasmus und Kreativität. Doch er war nun 67 Jahre alt, Vater von zwei Kindern, Opa von fünf Enkelkindern und Ehemann einer liebevollen Frau, die all die Jahre an seiner Seite stand und häufig mit Widerwillen akzeptierte, wenn er das gemeinsame Privatleben hinter seinen Erfolg stellte. Er hatte sein Geld gemacht, gut verwahrt auf sicheren Konten und durfte nun seinen Lebensabend zufrieden genießen. Was sollte er mehr verlangen? Nur heute Abend sollte es noch einmal die große Weihnachts-Spenden-Gala geben, als sein Abschiedsgeschenk für den Sender. Er wollte es sich noch ein letztes Mal beweisen und die Einschaltquoten des vergangenen Jahres übertreffen. Das Budget war bis zum letzten Cent ausgereizt und die angesagtesten Prominenten eingeladen. Sie würden auch diesmal ihre Namen werbeträchtig für die Gala zur Verfügung stellen.

In diesem Jahr ging es um die Organspende. Ein umstrittenes Thema nach den Manipulationen vor einigen Jahren. Aber auch gerade in den ärmeren Ländern waren viele Menschen bereit, für wenig Geld ihre Organe nach dem Tod herzugeben. Die Kirche stand der Problematik noch immer skeptisch gegenüber. Auf der anderen Seite würden unzählige Zeugen darüber berichten, wie das Organ eines anderen ihnen ein neues Leben bescherte. Und so versprach die Sendung in zweierlei Hinsicht ein Renner zu werden. Bilder aus aller Welt hatten seine Reporter zusammengetragen und ausgewählt. Vertreter der Kirche und Menschenrechtsorganisationen waren zu einem Diskussionsforum eingeladen, ebenso wie ein Mitarbeiter der europäischen Organspendenhilfe. Die Leitungen über die deutschsprachigen Landesgrenzen hinaus waren freigeschaltet und mit Simultanübersetzern europaweit besetzt. Im Life-Chat des Internets stellten sich Experten zu unterschiedlichen Diskussionsthemen und beantworteten Fragen einzelner Zuschauer, die während der Sendung vom Moderator vorgelesen würden. Zum Schluss des dreistündigen Life-Marathons sollte ein Chor von Jugendlichen mehrerer Nationen ein eigens für die Sendung komponiertes Lied vortragen mit dem Titel: „Leben schenken". Dr. Uwe Volkardts war sich sicher, dass der diesjährige Aufwand dem zu erwartenden Erfolg Rechnung tragen würde. Er sah auf seine Armbanduhr, es war halb acht, in einer Dreiviertelstunde begann das Spektakel. Gisela würde schon zu Hause mit dem Abendessen auf ihn warten. Mit Schwung kippte er den letzten Schluck des Cognacs hinunter, nahm seinen Aktenkoffer, knipste das Licht aus und verließ das Büro.

„ Du kommst spät", rief Gisela ihrem Mann zu, als er das Esszimmer betrat.
„Ich konnte mich nicht losreißen. Die letzte Gala, das weckt Erinnerungen."

Gisela kam auf ihn zu, hakte sich bei ihm unter und führte ihn zum Tisch, wo ein leichtes mediterranes Fischgericht auf ihn wartete.
„Ich kann dich gut verstehen, nach dieser Show gibst du das Zepter aus der Hand und wirst nicht mehr der große Volkardts sein, den alle so bewundern. Aber wie ich dich kenne, wirst du dir mit dem heutigen Abend ein kleines Denkmal setzen, nicht wahr?“
„Ich bin Realist genug, um zu wissen, dass diese Spendengala ebenso schnell vergessen sein wird, wie die vorherigen. Nur die aktuellen Einschaltquoten zählen, nicht was gewesen ist.“
„Du siehst zu schwarz. Zwanzig Jahre Erfolgsgeschichte sind nicht so ohne weiteres auszuwischen. Lass uns jetzt essen, damit wir den Anfang der Sendung nicht verpassen.“

Nach dem Abendessen machten es sich Gisela und Uwe Volkardts vor dem Fernseher gemütlich. Draußen hatte es zum ersten Mal in diesem Winter geschneit. Im Kamin flackerte ein Feuer, auf dem Couchtisch standen frische Nüsse und eine Flasche 1999er Chateau de la Roche. Gisela schaltete den Flat-Screen gerade rechtzeitig an: Die europäische Sternenflagge auf blauem Hintergrund erschien, es schmetterte die Hymne und kündigte die Show an. Dann begann die Anfangsmusik, die Kamera schwenkte über das Publikum und eröffnete dem Zuschauer vor dem Bildschirm eine glänzende Kulisse mit Weihnachtsbaum, Prominentensofa und im Hintergrund eine Bühne mit mehreren bekannten Gästen, die in den kommenden hunderachzig Minuten die Spendengelder

per Telefon in Empfang nehmen sollten. Ein gut aussehender Moderator im Smoking und eine junge Blondine im lila Abendkleid strahlten dem mit Lautsprechern verstärkten Applaus des Publikums entgegen.
„Herzlich Willkommen zu unserer großen diesjährigen Weihnachts-Spenden-Gala“, begrüßte der Moderator seine Gäste.
„Wir freuen uns, dass sie so zahlreich erschienen sind und begrüßen auch die Zuschauer vor den Fernsehschirmen in ganz Europa“, ergänzte die junge Frau. „Es geht auf Weihnachten zu und das ist die Zeit, an Menschen zu denken, denen es nicht so gut geht, wie uns. Menschen, die verzweifelt darauf warten, dass jemand ihr Leben retten kann, die bangen und hoffen, Tag für Tag, Stunde um Stunde. Es kann uns alle treffen, jederzeit an jedem Ort, verschuldet oder unverschuldet. Wir alle sind auf die Hilfe anderer angewiesen – auf Ihre Hilfe, liebe Zuschauerinnen und Zuschauer…“
Dr. Uwe Volkardts murmelte in Gedanken den Monolog mit. Er selbst hatte den Text noch einmal überarbeitet und einzelne Passagen geändert. Es war wichtig, den Zuschauern sofort zu Beginn der Sendung ihre Verantwortung bewusst zu machen, und es schien den beiden Moderatoren zu gelingen. Gisela lehnte sich an ihren Mann, zog die Beine aufs Sofa und legte eine weiche Felldecke über ihre Knöchel, dann sah sie zu ihm auf. Auch nach über zwanzig Jahren war sie stolz auf ihn, auf alles, was er geschaffen und erreicht hatte.
Wieder erhob der attraktive Moderator seine Stimme: „Heute geht es um viel, um sehr viel, denn Sie sollen uns

helfen, Leben zu retten, mit Ihrem Geld und in dem Bewusstsein, etwas Gutes zu tun. Unsere prominenten Telefonisten, die ich Ihnen gleich vorstellen werde, stehen für Sie bereit und nehmen große und kleine Geldbeträge entgegen. Rufen Sie uns an oder senden Sie uns eine E-Mail!“
Am unteren Rand des Bildschirms wurde eine Telefonnummer und die E-Mail-Adresse eingeblendet…

Gisela schreckte hoch. Uwe Volkardts sah sie an.
„Hat es nicht eben an der Haustür geklingelt?“
„Ich habe nichts gehört. Komm, wir lassen uns jetzt nicht stören.“
„Lass mich eben nachsehen, ich wimmle denjenigen schon ab.“ Nur unwillig entließ Dr. Volkardts seine Frau aus der Umarmung. Er hasste es, beim Fernsehen gestört zu werden. Gisela schälte sich aus der Decke, setzte sich auf und zog ihre Hausschuhe an. Es klingelte wieder, diesmal länger und energischer.
„Siehst du, ich hatte mich nicht verhört“, rief sie ihm beim Hinausgehen zu.
Gisela ging in die Halle des Hauses. Durch die schmale Glasscheibe sah sie die Silhouette einer kleinen Gestalt. Dann öffnete sie die Tür und blickte in das Gesicht des zwölfjährigen Nachbarjungen, der tränenüberströmt, nur in Jeans und Pullover bekleidet, vor ihr stand.
„Hallo Jonas, komm herein, was ist passiert?“
„Meine Eltern…“, schluchzte der Junge aufgeregt.
„Was ist mit deinen Eltern?“
„Das Krankenhaus hat gerade angerufen…“
„Wer vom Krankenhaus?“

„Eine Frau, sie hat mich gefragt, ob ich allein zu Hause bin. Und ich habe gesagt, dass meine Eltern Weihnachtsgeschenke kaufen sind. Sie hat gesagt, dass das der Grund ihres Anrufs sei und mich jemand abholen würde.“
„Wer soll dich abholen?
„Ich will aber nicht, dass mich jemand abholt…“, rief Jonas aufgeregt.
Dr. Volkardts kam in die Halle, aufgeschreckt durch die weinende Stimme des Jungen, und fragte energisch:
„Was ist mit deinen Eltern?“
„Sie liegen im Krankenhaus, und ich soll hinkommen. Ich hab solche Angst, dass etwas passiert ist.“ Jonas schniefte auf, und die Tränen rollten unaufhörlich über seine Wangen.
Gisela kniete sich vor den Jungen und nahm ihn in die Arme. „Du musst keine Angst haben, wir begleiten dich ins Krankenhaus und sprechen mit dem Arzt.“ Sie sah zu ihrem Mann auf. Uwe Volkardts ballte seine Hände in den Hosentaschen und ließ einen langen Seufzer hören. So hatte er sich seine Abschiedsgala nicht vorgestellt, aber in Anbetracht der Umstände war es klar, dass er Jonas ins Krankenhaus bringen würde.
„Weißt du denn, in welcher Klinik deine Eltern liegen?“ fragte er, während er seinen Mantel vom Haken nahm und die Autoschlüssel suchte.
„Die Frau sagte St. Josef Unfallklinik.“
„Okay, dann lass uns losfahren.“ Er gab seiner Frau einen Kuss auf die Wange. „Ich hoffe, dass ich in einer Stunde wieder hier bin.“
„Lass dir Zeit, das ist jetzt wichtiger als die Gala.“

Obwohl das Krankenhaus nur wenige Kilometer entfernt lag, kamen sie nur langsam voran. Es schneite ununterbrochen, und die Streufahrzeuge konnten der weißen Pracht kaum Herr werden. Links und rechts erhellten die Weihnachtsbeleuchtungen die Bürgersteige und Schaufenster der Geschäfte. Jonas saß auf der Rückbank und weinte noch immer. Dr. Volkardts sagte kein Wort, er wusste nicht, was er sagen sollte. In ihrer Ehe hatte Gisela sich immer um die Belange der Kinder gekümmert, während er das Geld verdiente. Solche Tragödien kannte er nur aus den Inszenierungen der Drehbücher. Diese Situation aber war echt, und er wusste nicht damit umzugehen. Als die beiden die große Halle betraten, schob Dr. Volkardts den Jungen zu einer Couchgruppe und ging zum Empfang.
„Guten Tag, meine Name ist Dr. Uwe Volkardts. Ich habe den Jungen von Herrn und Frau Wernig begleitet. Die beiden müssten hier in der Klinik liegen.“
„Ja, bitte nehmen Sie einen Moment Platz. Ich schicke sofort jemanden zu Ihnen.“
Dr. Volkardts setzte sich neben Jonas, der noch immer mit gesenktem Kopf gegen seine Tränen ankämpfte. Beruhigend legte der Mann seine Hand auf das schmale Knie des Jungen.
„Es wird gleich jemand kommen, der uns sagt, was mit deinen Eltern geschehen ist. Vielleicht ist es gar nicht so schlimm, und du kannst gleich zu ihnen.“
Jonas ließ sich nicht beruhigen, und auch Dr. Volkardts glaubte nicht an seine Worte, sonst hätte man dem Jungen bereits am Telefon gesagt, was passiert war. Er

lehnte sich in die Couchgruppe zurück und sah auf die Wanduhr. Es war kurz vor neun. Gern hätte er gewusst, wie viel die Spendengala bisher eingespielt hatte – ein sicheres Indiz für die Prognose der Einschaltquoten. Ihm gegenüber saß eine südländisch aussehende Frau mit Kopftuch, schmutzigen Fingernägeln und verschlissenen Stiefeln. Auch sie schien auf einen Arzt zu warten. In der Ecke der Halle stand ein riesiger Weihnachtsbaum, geschmückt mit bunten Kugeln und einer elektrischen Lichterkette. Doch in der Nüchternheit der Halle wirkte er wie eine Attrappe, die man zwischengelagert hatte. Die Zeit verging, Jonas baumelte mit den Beinen und starrte vor sich auf die Steinfliesen. Seine Tränen hielten einen Moment lang inne, doch aus seiner Nase rann ungebremst der Schnodder. Dr. Volkardts griff in seine Manteltasche und reichte dem Jungen ein Stofftaschentuch: „Hier."
„Danke." Er nahm das Taschentuch und schnäuzte sich die Nase, ohne ein weiteres Wort zu verlieren. Endlich kam ein junger Arzt im weißen Kittel auf sie zu.
„Guten Tag, ich bin Assistenzarzt Dr. Thomas Meinen. Sind Sie mit Herrn und Frau Wernig verwandt?"
„Nein, mein Name ist Dr. Uwe Volkardts, ich bin der Nachbar von den Wernigs und habe den Jungen hierher gebracht."
„Gibt es noch andere Verwandte?"
Dr. Volkardts sah den jungen Arzt energisch an. Er war es nicht gewohnt, dass man ihm etwas verweigerte:
„Hören Sie, ich weiß, dass Sie Ihre Schweigepflicht haben, aber Jonas hat ein Recht darauf zu erfahren, was mit seinen Eltern passiert ist. Wir kennen die Wernigs gut,

meine Frau ist mit Jonas Mutter eng befreundet. Also sagen Sie uns jetzt, was geschehen ist oder nicht?“
Dr. Meinen überlegte einen Augenblick. Jonas blickte abwechselnd von Dr. Volkardts zum Arzt.
„Also gut, kommen Sie bitte mit“ und zu Jonas gewandt: „Bitte warte hier noch einen Moment, wir müssen einige Formalitäten erledigen und sind dann gleich wieder da.“
„Geht es meinen Eltern gut?“
Die Wangen von Dr. Meinen zogen sich zusammen, er biss die Lippen aufeinander, legte die Hand auf die Schulter des Jungen und suchte nach Worten. „Der Arzt untersucht sie, ich kann dir noch nichts Genaues sagen, aber mach dir keine Sorgen, sie sind in guten Händen.“
Dr. Volkardts ahnte, dass diese Umschreibung nur eine Beschönigung sein konnte, und er hoffte, Jonas sei noch nicht klug genug, die Aussage richtig zu deuten. Gemeinsam ging er mit Dr. Meinen in einen kleinen Raum neben dem Empfang.
„Herr und Frau Wernig hatten einen Unfall auf der Landstraße. So wie es aussieht, sind sie aufgrund der Glätte von der Fahrbahn gerutscht und gegen einen Baum geprallt.“
„Wie geht es ihnen?“
„Wie ich bereits sagte, wir untersuchen noch. Herr Wernig liegt zurzeit auf der Intensivstation. Neben einigen Rippenbrüchen und einer starken Kopfverletzung hat er sehr viel Blut verloren. Um ihn machen wir uns jedoch keine großen Sorgen.“
„Was ist mit Frau Wernig?“ Dr. Volkardts stand direkt vor dem jungen Arzt und starrte ihm ins Gesicht. Er war auf das Schlimmste gefasst.

„Sie lebt – noch. Aber wir wissen nicht wie lange. Durch den Aufprall hat sie starke innere Verletzungen erlitten. Ihre Leber ist irreparabel. Sie steht bereits weit oben auf der Liste der Spenderorgane, aber die Chancen sind gering. Selbst wenn innerhalb kürzester Zeit eine Leber zur Verfügung steht, die zum Organ von Frau Wernig kompatibel ist, wissen wir noch immer nicht, ob ihr Körper sie überhaupt annimmt."
Dr. Volkardts sank auf einen der Stühle nieder. Er fand keine Worte, schüttelte fassungslos mit dem Kopf und starrte auf den Boden.
„Ist Ihnen nicht gut, soll ich ein Glas Wasser holen?"
„Nein, nein es geht schon. Gibt es irgendetwas, was ich tun kann?"
„Leider nicht. So grotesk es auch klingen mag. Wir können nur hoffen, dass irgendjemand da draußen einem Hirntod erlegen ist und seine Organe zur Spende freigegeben hat."
Ein spöttisches Lächeln flog über Dr. Volkardts Lippen. „Wenn Sie wüssten, *wie* grotesk das alles ist. Gerade jetzt läuft meine Life-Gala im Fernsehen für einen Aufruf zur Organspende."
„Dann sind Sie ‚der' Dr. Uwe Volkardts?"
„Ja, der bin ich, und es ist meine letzte Sendung, bevor ich in den Ruhestand trete."
„Das ist wirklich ein sonderbarer Zufall, aber ob Ihr Spendenaufruf im Fall von Frau Wernig helfen wird..."
Dr. Meinen verzog zweifelhaft die Mundwinkel. „So wichtig Geld auch ist, was wir brauchen, sind Menschen, die bereit sind, nach ihrem Tod Organe zu spenden, und das kommt meist zu kurz in solchen Sendungen." Er legte

Dr. Volkardts die Hand auf den Rücken. „Aber dennoch, Sie tun weit mehr als die meisten von uns."
Dr. Volkardts errötete. „Was wird mit dem Jungen?"
„Sie sagten, dass er Ihnen vertraut. Ich weiß, es ist keine einfache Aufgabe, aber es wäre wohl das Beste, wenn er es von Ihnen erfährt."
„Ja, natürlich, meine Frau und ich kümmern uns um ihn."
Dr. Meinen reichte Uwe Volkardts die Hand. „Ich muss wieder zurück auf die Station. Bitte hinterlassen Sie Ihre Telefonnummer, damit wir Sie erreichen können." Er verabschiedete sich und ließ Dr. Volkardts allein, damit er sich auf das Gespräch mit Jonas vorbereiten konnte.

Uwe Volkardts saß noch immer auf dem Stuhl in dem kleinen Raum neben dem Empfang. An der Wand tickte eine Uhr, sonst war es still. Wie sollte er Jonas nur diese Nachricht überbringen? Er konnte doch nicht einfach auf ihn zuspazieren und ihm sagen, dass seine Mutter sterben würde. Er blickte auf die Uhr, es war fast zehn vorbei. Im Fernsehen sammelten die engagierten Prominenten Gelder. Eine gigantische Maschinerie des Images, der Einschaltquoten und Marktanteile hatte er in den vergangenen zwanzig Jahren geschaffen und nichts davon vermochte dieser jungen Frau zu helfen. Er musste jetzt dort hinausgehen und es dem Jungen sagen – irgendwie mit sanften Worten. Wieso fiel ihm das so schwer? Ein Drehbuch überarbeitete er meisterhaft, inszenierte Szenen zu Tragödien und schuf Happy Ends. Es war so einfach sich Schicksale vorzustellen, die keine Gesichter besaßen, deren Schmerz er niemals wirklich empfinden musste. Nie hatte er jemanden persönlich gekannt, der auf eine seiner

Spenden angewiesen war. Immer dienten die Shows dem Zweck höherer Quoten und letztendlich seiner eigenen Eitelkeit. War es nun die späte Erkenntnis der Wahrheit, die ihm zuteilwurde, weil er mit all seinem Engagement niemals das Wohl der Menschen im Sinn hatte? Dr. Volkardts erhob sich, wischte seine schweißnassen Hände am Mantel ab und atmete tief durch. Dann drückte er die Klinke hinunter und öffnete die Tür. Jonas erhob sich augenblicklich, als er ihn auf sich zukommen sah. Erwartungsvoll und zugleich ängstlich blickte er ihn an.
„Was ist mit meinen Eltern?"
„Setzen wir uns." Dr. Volkardts machte eine Pause. „Ich weiß nicht, wie ich es dir sagen soll. Deine Eltern hatten einen Verkehrsunfall. Beide sind am Leben. Dein Vater liegt im Moment noch auf der Intensivstation, damit die Ärzte ihn rund um die Uhr beobachten können. Heute kannst du noch nicht zu ihm, aber er wird sicher wieder gesund werden."
„Und meine Mutter?" Jonas starrte flehend zu Dr. Volkardts.
„Deiner Mutter geht es nicht ganz so gut. In ihrem Körper wurden einige innere Organe stark verletzt und unter anderem auch ihre Leber."
„Aber sie wird doch wieder gesund oder?"
„Dr. Meinen sagt, dass die Leber deiner Mutter nicht mehr zu reparieren ist, aber ohne Leber kann ein Mensch nicht leben."
Dr. Volkards las in Jonas Gesicht, wie dem Jungen bewusst wurde, was seine Worte bedeuteten. Tränen quol-

len wieder aus seinen Augen hervor und ließen sie glänzen. Wie gern hätte er ihn jetzt in den Arm genommen, doch er konnte es nicht.
„Aber gibt es denn gar keine Möglichkeit meine Mutter zu retten?“
„Vielleicht gibt es eine winzige Chance.“
Jonas horchte auf.
„Du hast sicher schon einmal davon gehört, dass Menschen wichtige Organe spenden, wenn sie nur noch von Maschinen am Leben erhalten werden – also vom Kopf eigentlich schon Tod, ihre Körper mit Hilfe von Apparaten aber künstlich noch aktiv sind.“
„Ja, das hat Papa mir erzählt.“
„Die Ärzte haben deine Mutter ganz oben auf die Liste der Notfälle gesetzt, und vielleicht, mit ganz viel Glück, bekommt sie eine Leber, die ihr Körper auch annimmt.“
„Aber wer soll meiner Mutter seine Leber schenken, wo er im Kopf doch schon Tod ist?“
„Einige – leider viel zu wenige – entschließen sich zu Lebzeiten dazu, dass man ihnen die Organe entnehmen darf, wenn sie gestorben sind. Bei denen, die diese Entscheidung nicht mehr treffen können, sind häufig die Angehörigen gefragt.“
„Also ist doch noch nicht alles zu spät, und vielleicht gibt es jemanden, der seine Leber nicht mehr braucht.“ Jonas Gesicht hellte sich etwas auf.
„Ja, nur häufig können sich Angehörige nicht entschließen, ihren geliebten Menschen für so einen Eingriff freizugeben, denn es geschieht alles anonym über Organisa-

tionen und Listen. Kaum ein Angehöriger kennt den Bedürftigen persönlich, und da überwiegt eben die Scheu vor der Wohltätigkeit."
„Aber dann müssen wir es den Angehörigen eben sagen. Können wir nicht alle anrufen, damit sie meine Mutter kennenlernen?"
Dr. Volkardts lächelte. „Ich fürchte, das ist nicht möglich. Stell dir vor, das würden alle machen, was würde das für ein Chaos geben."
„Aber irgendetwas müssen wir doch tun, damit meine Mutter wieder gesund wird."
Dr. Volkardts sah auf den Boden. Sein Herz zog sich zusammen, wenn er daran dachte, diesen Jungen enttäuschen zu müssen. Auch wenn er sein ganzes Vermögen für diese Frau gab, würde er sie doch vor dem Schlimmsten nicht bewahren können. Ja, es lag tatsächlich an der Bereitschaft der Menschen, nicht Geld, sondern ein Teil ihres Körpers zu geben. Doch Geld war anonym, es war einfach zu spenden, und man konnte es sogar von der Steuer absetzen. Bei einem Organ bedurfte es schon ganz besonderer Überredungskünste als lediglich das Leid eines Unbekannten.

Dr. Volkardts dachte nach. Jonas hatte recht. Solange seine Mutter eine Unbekannte für die Spender war, gab es für niemanden einen emotionalen Druck wirklich zu handeln. Es gab kein Bild, keine Tragödie, im Grunde gab es nicht einmal ein Menschenleben, sondern nur Organisationen und Listen. Niemand wusste wirklich, was mit jedem einzelnen Organ geschah oder wer es bekommen sollte. Die Toten, um deren Spenden es ging, aber

waren real. Sie lagen in den Betten der Krankenhäuser. Familie, Freunde und Bekannte konnten um sie trauern, sie bemitleiden, und mit den Maschinen hielten sie ihre Hoffnung auf Leben aufrecht. Deswegen hatten Angehörige von Hirntoten auch immer wieder Skrupel, sich zu einer Organspende zu entschließen. Dr. Volkardts sah Jonas an, entschlossen, etwas zu tun.
„Warte bitte hier, ich muss telefonieren." Er stand auf, lief in eine Ecke der Halle und zückte sein Handy. Dann wählte er die Nummer des Senders.
„Hallo, Regie"
„Dr. Volkardts am Apparat…"
„Hallo, Herr Dr. Volkardts, verfolgen Sie die Sendung? Ist das nicht ein Weihnachtserfolg? So eine Spendensumme ist in der gesamten Zeit des Senders noch nicht zusammengekommen. Achtundvierzig Prozent Einschaltquote, das ist einfach gigantisch."
„Hören Sie zu. Ich werde in einer halben Stunde mit einem kleinen Jungen auf der Bühne auftauchen und einen besonderen Spendenaufruf tätigen. Die Mutter des Jungen hatte heute Abend einen Unfall und benötigt innerhalb kürzester Zeit eine neue Leber."
„Boah, wo haben Sie den Jungen denn so kurzfristig aufgetrieben. Das nenne ich wirklich Können, Herr Doktor. – alle Achtung!"
„Es geht hier nicht um Einschaltquoten oder Marktanteile, sondern um ein Menschenleben, haben Sie mich verstanden? Wenn ich in einer halben Stunde nicht im Sender bin, sagen Sie den Moderatoren, sie sollen irgendetwas tun, um zu überziehen, koste es, was es wolle. Ist das klar?"

„Ja, Chef, geht in Ordnung."
Dr. Volkardts klappte sein Handy zu und lief zum Empfang. „Rufen Sie Dr. Meinen noch einmal ans Telefon und sagen Sie ihm, dass Dr. Uwe Volkardts ihn noch einmal sprechen muss. Es ist dringend."
Die Dame am Empfang griff unverzüglich zum Hörer und ließ Dr. Meinen die Nachricht überbringen. Es vergingen Minuten. Er sah zu Jonas hinüber. Der Junge saß in der Couchgruppe und beobachtete die Hektik in Dr. Volkardts Bewegungen.
„Dr. Meinen, hier."
„Ich bin es noch einmal, Dr. Uwe Volkardts. Ich brauche ein Foto von Frau Wernig, egal ob auf dem OP, mit offenem Bauch, Schläuchen oder im Spitzennachthemd. Können Sie es mir beschaffen und nach unten bringen?"
„Was haben Sie vor?"
„Tun Sie, was Sie am besten können – retten Sie das Leben dieser Frau! Ich werde tun, was ich am besten kann, und ich habe keine Zeit zu verlieren."
„Ich bin mir nicht sicher, ob das Ärzteteam…" weiter kam er nicht.
„Tun Sie es – und zwar sofort!" Dr. Volkardts beendete das Gespräch, ohne eine Antwort abzuwarten. Er ging zu Jonas hinüber und setzte sich neben ihn.
„Ich weiß nicht, ob es etwas nützt, aber vielleicht können wir der Chance deiner Mutter ein wenig nachhelfen. Wir beide fahren jetzt zu meiner Sendung. Es ist eine Life-Spendengala, und da zeigen wir den Menschen das Bild deiner Mutter. Aber du musst sehr tapfer sein, denn ich habe Dr. Meinen gebeten, sie zu fotografieren, so wie sie

jetzt auf dem Operationstisch liegt. Meinst du, dass du es schaffen wirst?"
Jonas Tränen liefen wieder über die Wangen. Er sagte nichts, er schluckte und nickte nur. Wenige Minuten später kam Dr. Meinen mit den Fotos in die Halle.
„Hier, ich hoffe nur, dass der Schuss nicht nach hinten losgeht und wir morgen alle in der Presse stehen, wegen Patientenbevorzugung oder so etwas."
„Das lassen Sie mal meine Sorge sein, dafür stehe ich gerade." Dr. Volkardts steckte die Fotos in die Manteltasche, nahm Jonas an die Hand und rannte mit ihm zum Wagen.

Es war zehn Minuten vor elf, als der Programmdirektor und Jonas den Regieraum betraten. Er warf seinen Mantel über einen Stuhl und drückte dem Regiemitarbeiter die Fotos in die Hand.
„Hier, nehmen Sie die und bringen Sie mir die Bilder auf die Leinwand, wenn ich mit dem Jungen auf der Bühne bin, verstanden?"
„Klar Chef." Der Regiemitarbeiter rannte los.
Dr. Volkardts wandte sich zu Jonas, kniete sich vor ihn hin und griff nach seinen Armen.
„So, Jonas, nun kommt es auf uns an, ob wir den Menschen, die da draußen noch zögern, eine Entscheidungshilfe geben können. Viele Millionen Zuschauer werden deine Mutter auf der Leinwand sehen, und es ist unsere Aufgabe, ihnen ins Gewissen zu reden. Bist du bereit?"
„Ja!" Jonas schluckte.
„Chef, es kann losgehen. Die Bilder sind zur Einspielung bereit, und die Moderatoren warten auf Sie."

„Na, dann wollen wir mal…“
Dr. Volkardts nahm Jonas an die Hand. Eine Assistentin verkabelte die beiden mit Mikrophonen und führte sie dann hinunter vor die Studiotür. Beide hörten sie der Ankündigung des Moderators zu:
„Wie mir gerade die Regie ins Ohr flüstert, erwarten wir noch einen ganz besonderen Gast, obwohl er eigentlich kein Gast, sondern vielmehr *noch* Hausherr hier ist und wir ihm diese Sendung mit zu verdanken haben. Bevor ich ihn begrüße, darf ich darauf hinweisen, dass der folgende Auftritt weder geplant, noch in irgendeiner Weise vorherzusehen war. Ich selbst bin gespannt, was uns unser Gast zu sagen hat. Meine Damen und Herren, bitte begrüßen Sie mit mir unseren ‚Noch-Programmdirektor' Dr. Uwe Volkardts.“
Ein überwältigender Applaus begleitete Uwe Volkardts und Jonas auf den Weg zum Moderator, der die beiden Hände schüttelnd in Empfang nahm. Nachdem der Beifall der Zuschauer sich gelegt hatte, ergriff Dr. Volkardts das Wort.
„Ich danke Ihnen für Ihre Teilnahme und Ihr überschwängliches Interesse an der heutigen Sendung – ich habe mir eben sagen lassen, dass die Einschaltquote bei achtundvierzig Prozent liegt – und ich danke Ihnen für Ihre noch immer ungebrochene Bereitschaft zur Spende.“
Wieder applaudierten die Zuschauer und Dr. Volkardts beschwichtigte die Besucher mit abwinkenden Händen zur Ruhe.
„Wie sicherlich einige von Ihnen wissen, ist dies meine letzte Spendensendung, denn ab Januar werde ich nach zwanzig Jahren Programmdirektion in den Ruhestand

treten. Es war nicht meine Absicht, heute hier zu erscheinen, um persönlich auf Wiedersehen zu sagen – meine Frau wird sich wahrscheinlich wundern, wo ich so lange bleibe, denn um viertel nach acht saß ich noch mit ihr gemeinsam auf dem Sofa."

Ein lautes Lachen erhellte den Saal.

„Nein, dass ich jetzt hier vor Ihnen stehe, hat einen ganz besonderen Grund oder sollte ich eher sagen: Schicksal? Neben mir steht Jonas. Jonas ist unser Nachbarkind, und er klingelte vor knapp drei Stunden an meiner Haustür, vollkommen aufgelöst. Das Krankenhaus benachrichtigte ihn, dass seine Eltern auf dem Weg vom Weihnachsteinkauf nach Hause einen Unfall hatten. Ich habe Jonas auf den Weg in die Unfallklinik begleitet, um zu erfahren, was geschehen war und bis eben haben Jonas und ich in der Halle des Krankenhauses gebangt – wir haben auf ein Wunder gehofft, und wir wollen die Hoffnung auch jetzt noch nicht aufgeben."

Hinter ihm auf der Leinwand wurde das Bild von Jonas Mutter eingeblendet. Sie lag auf dem Operationstisch, die grünen Tücher über ihrem Körper, der Bauch geöffnet. Mehrere Ärzte standen um sie herum, der Anästhesist hielt ihren Kopf, sodass ein kleiner Ausschnitt ihres hübschen Gesichts erkennbar war.

„Jonas Mutter verliert jetzt in diesem Augenblick ihre Leber. Sie steht weit oben auf der Spenderliste, aber wenn innerhalb der nächsten Stunden kein Organ gefunden wird, das ihr Körper annimmt, wird sie sterben!" Dr. Volkardts machte eine Pause. Niemand gab einen Laut von sich, nicht einmal ein Räuspern war zu hören. Einige

der Damen tupften sich eine Träne mit dem Taschentuch aus den Augen.
„Sie haben in den vergangenen drei Stunden so tatkräftig und mit viel Überzeugung gespendet, dass wir es wagen, Sie um einen weiteren Gefallen zu bitten: Wenn Sie jemanden kennen, oder jemanden wissen, der jemanden kennt, dessen Geist bereits von ihm gegangen, sein Körper aber noch funktionsfähig ist, dann bitten wir um Ihre Hilfe. Rufen Sie diesen Jemand an und zeigen Sie ihm das Bild von Jonas Mutter. Wir stellen es ins Internet, damit jeder von Ihnen darauf zugreifen kann."
Wieder machte Dr. Volkardts eine Pause, damit die Zuschauer seinen Aufruf verdauen konnten. Dann setzte er erneut an.
„Ich weiß, dass wir heute zum Teil auch kontrovers über die Organspende diskutiert haben. Vertreter der Kirche, ebenso wie von Menschenrechtsorganisationen…" und dabei drehte er sich zu den Prominenten auf dem Sofa und verbeugte sich leicht „…und dennoch geht es hier um ein Menschenleben, das wir alle gemeinsam, heute Abend, hier und jetzt, retten können. Sie sind unsere Hoffnung – Lassen Sie Claudia Wernig nicht sterben!"
Dr. Volkardts schaute zu Jonas hinunter.
„Möchtest du den Menschen da draußen, noch etwas mitgeben?"
Jonas sah mit festem Blick in die Kamera: „Ich hab nur eine Mama. Und wenn irgendjemand seine Leber nun nicht mehr braucht und sie ohnehin in der Erde begraben wird, dann kann er sie doch auch meiner Mama schenken."

Es herrschte beängstigende Stille und Betroffenheit. So einfach die Worte des Jungen waren, so einleuchtend erschienen sie. Selbst der Moderator wusste nicht, wie er von dieser Situation zum Jugendchor der unterschiedlichen Nationen überleiten sollte. Dr. Volkardts kostete die Stille aus, es war seine Strategie, die Dramaturgie zu steigern. Diesmal war das Ziel keine Einschaltquoten, sondern die Rettung eines Menschenlebens. Schließlich brach er das Schweigen.
„Und mit dieser Bitte möchte ich mich nun von Ihnen verabschieden. Ich danke Ihnen allen für zwanzig Jahre Ihres Interesses und wünsche meinem Nachfolger ebenso viel Erfolg und glückliche Zuschauer."
Ein tosender Applaus erbebte die Halle. Es hielt die Menschen nicht mehr auf ihren Sitzen. Standing Ovations begleiteten Dr. Volkardts und Jonas von der Bühne, zurück blieb das Bild von Claudia Wernig im Hintergrund.

Während der Moderator seine Worte wieder gefunden hatte und mit rhetorischem Geschick wieder zum einstudierten Ablauf zurückfand, nahm die Assistentin Dr. Volkardts und Jonas die Mikrophone ab.
„Ich glaube, jetzt haben wir alles getan, was in unserer Macht stand. Jetzt heißt es beten, dass eine Spenderleber gefunden wird."
„Vielen Dank Dr. Volkardts, das werde ich nie vergessen."
„Komm, lass uns nach Hause fahren. Heute Nacht kannst du bei uns schlafen."
„Können wir auf dem Nachhauseweg an einer Kirche anhalten und eine Kerze für meine Eltern anzünden?"

Dr. Volkardts sah Jonas an. Er war nie ein religiöser Mensch gewesen und eigentlich glaubte er als Geschäftsmann mehr an die Macht der Märkte als an Gott. „Klar Jonas, das machen wir!“

Weit nach Mitternacht war es, als Uwe Volkardts die Wohnungstür seines Hauses aufschloss. Gisela stürmte den beiden entgegen und fiel ihrem Mann um die Arme.
„Dass ihr endlich das seid. Ich habe alles im Fernsehen mitverfolgt. Ich bin so stolz auf dich.“
„Wir sind noch in einer Kirche gewesen und haben eine Kerze angezündet. Ich denke, Jonas sollte heute bei uns übernachten.“
Gisela kniete sich zu Jonas hinunter. „Du kannst in einem der ehemaligen Kinderzimmer schlafen, ich habe schon alles hergerichtet.“
Jonas blickte sie schläfrig an, er war zu müde und erschöpft, um noch etwas zu erwidern. Als Gisela den Jungen ins Bett gebracht hatte und zu ihrem Mann ins Wohnzimmer zurückkehrte, saß er im Halbdunkel vor dem Kamin und starrte ins Feuer. Sie setzte sich zu ihm und nahm seine Hand.
„Der Junge ist sofort eingeschlafen.“
„Weißt du Gisela, dass mir heute, an meinem letzten großen Tag, zum ersten Mal wirklich bewusst wurde, welche Verantwortung ich all die Jahre getragen habe?“
„Mach die Vergangenheit nicht schlecht, du hast viel gearbeitet, eine Familie großgezogen und für sie gesorgt, daran ist nichts falsch.“
„Aber ich habe es für Geld, Macht und Image getan. Die Beiträge und Sendungen waren Mittel zum Zweck.“

„Das war deine heutige Rede auch."
„Ja, und auch wenn die Einschaltquoten wieder einmal herausragend waren, so war es diesmal nicht wichtig. Mit dem Fernsehen haben wir die Möglichkeit, Menschen miteinander zu verbinden, sie aufzuklären und zum Handeln zu bewegen. Nicht wegen der Einschaltquoten, sondern, damit sie einander wieder näherkommen. Doch wofür haben wir das Fernsehen missbraucht, für Daily Soaps, Unterhaltungskomik und Sensationslüsterei."
„Du gehst zu hart mit dir um."
„Seit Jahren bin ich nun schon für diese Weihnachts-Spenden-Gala verantwortlich, und ich habe nicht einmal einen eigenen Organspenderausweis. Es ist mir einfach nie in den Sinn gekommen."
Gisela streichelte ihrem Mann über den Rücken. „Ich habe auch nie daran gedacht, aber das können wir noch immer nachholen."
Uwe Volkardts blickte seine Frau an „Ja, Gisela, das sollten wir tun."
„Lass uns schlafen gehen. Du hast alles getan, was in deiner Macht stand, Claudia zu helfen, jetzt liegt es in Gottes Hand."
„Als der Junge mich bat, an einer Kirche anzuhalten, habe ich zum ersten Mal wirklich gehofft, es würde da oben etwas Übermenschliches geben, ein Wunder oder einen Schutzengel, irgendetwas, das im letzten Moment noch alles zum Guten wendet. Ich habe den Arzt gebeten, mich sofort anzurufen, falls ein Spender gefunden wurde. Das ist jetzt über zwei Stunden her und die Hoffnung schwindet mit jeder Minute."

Gisela stand vom Sofa auf und reichte ihrem Mann die Hand. „Komm!“ Mutlos und erschöpft nahm er sie und ließ sich von ihr ins Schlafzimmer führen. Bevor ihn der Schlaf einfing, blickte er durch das Fenster auf den sternklaren Himmel, und es überkam ihn ein Gedanke: „Wenn es dich da oben wirklich gibt, dann schick uns ein Wunder…“

Ein Läuten weckte Uwe Volkardts aus seinem Schlaf. Draußen dämmerte es bereits, und die Ereignisse des vergangenen Abends flogen in sein Gedächtnis zurück wie ein böser Fluch, der nie mehr weichen sollte. Er blickte auf sein Smartphone, kein Anruf in Abwesenheit. Sie hatten also noch immer keine Spenderleber für Claudia Wernig gefunden. Doch woher kam dann das Läuten? Das Bett neben ihm war leer, Gisela schien schon aufgestanden zu sein. Von unten hörte er Stimmen. Vielleicht saßen seine Frau und Jonas bereits beim Frühstück. Dr. Volkardts stand auf, zog seinen Morgenmantel an, schlüpfte in seine Pantoffeln und ging die Treppe hinunter ins Wohnzimmer. Er schrak zusammen, hielt sich einen Moment lang am Türrahmen fest und glaubte tatsächlich an ein Wunder. Neben seiner Frau auf dem Sofa saß Claudia Wernig mit ihren hellblonden halblangen Haaren, etwas müde um die Augen, aber wohlauf.
„Guten Morgen, Uwe“, begrüßte ihn Gisela „darf ich dir Carolin Lorenz vorstellen. Sie ist die Zwillingsschwester von Claudia Wernig?“
Zögernd und noch immer ohne Worte reichte Uwe Volkardts der Dame die Hand.

„Entschuldigen Sie, dass ich so früh am Morgen bei Ihnen hereinplatze, aber ich wollte Sie unbedingt persönlich kennenlernen und Ihnen danken, bevor ich wieder ins Krankenhaus fahre."
Dr. Volkardts ließ sich in einen Sessel fallen und starrte die Frau verdutzt an.
„Ich habe gestern Abend Ihre Gala gesehen, und als ich das Bild meiner Schwester auf der Leinwand sah, konnte ich es kaum glauben. Ich bin Ihnen so dankbar, wahrscheinlich hätte ich nie oder erst viel zu spät von dem Unglück erfahren."
„Claudia hat uns nie erzählt, dass sie eine Zwillingsschwester hat." Dr. Volkardts hatte seine Worte wiedergefunden und war nun neugierig, alles über diese Frau zu erfahren.
„Das glaube ich gern. Wir haben uns vor vielen Jahren zerstritten. Es ging um Frank Wernig, meinen Schwager. Wir waren verliebt und malten uns unsere Zukunft aus. Doch dann merkte ich, dass Claudia ebenfalls ein Auge auf Frank geworfen hatte. Sie tat alles, um ihn mir auszuspannen. Zunächst war Frank unbeeindruckt, aber während ich ständig in Angst lebte, ihn zu verlieren, sprühte Claudia nur so vor Lebensfreude. Irgendwann gestand mir Frank, dass er sich in meine Schwester verliebt hatte. Da kam es zum Bruch, und die beiden zogen weg. Einerseits war ich fast verrückt vor Eifersucht, andererseits war Claudia die einzige nahe Verwandte, die ich noch besaß. Anfangs lauerte ich den beiden auf, stand vor ihrem Haus oder fuhr ihnen hinterher. Claudia und Frank wechselten mehrfach ihre Adresse und irgendwann verlor ich ihre Spur."

„Und Ihre Schwester hat sich nie wieder bei Ihnen gemeldet?“, fragte Gisela.
„Nein, leider nicht. Wahrscheinlich hatten sich beide geschämt für ihr Verhalten. Mit der Zeit wurde mir natürlich klar, dass Claudia und Frank keine Schuld trugen. Liebe kann man eben nicht erzwingen. Ich verliebte mich wieder, bin glücklich verheiratet und habe zwei Kinder.“
„Und dann haben Sie sich ins Auto gesetzt und sind die ganze Nacht durchgefahren?“ fragte Dr. Volkardts und sah auf die Uhr.
Carolin Lorenz sah auf den Boden, und ein flüchtiges Lächeln huschte über ihr Gesicht. „Das Kuriose an der Sache ist, dass ich nur ungefähr 300 Kilometer von hier entfernt wohne. Und eigentlich sehen wir diese Spenden-Galas nie, weil wir sie als Geldschneiderei vor Weihnachten empfinden. Wir haben Ihre Sendung nur eingeschaltet, um die Werbeunterbrechung auf dem anderen Kanal zu überbrücken. Als ich Ihren Spendenaufruf hörte, saß ich zunächst fassungslos vor dem Bildschirm. Ich war mir nicht klar darüber, was ich tun sollte. Ich wusste ja nicht, wie Claudia auf mich reagieren würde, wenn ich auf einmal auftauchte. Doch dann ergriff mein Mann die Initiative und rief beim Sender an. Danach ging alles rasend schnell. Wir bekamen die Telefonnummer des Krankenhauses, in dem meine Schwester liegt, und der behandelnde Arzt – ein Herr Dr. Meinen – bat mich sofort zu kommen, wenn ich Claudia noch einmal sehen wollte, bevor sie...“ Wieder sah Carolin Lorenz zu Boden, und eine kleine Träne rollte von ihrer Wange. Gisela legte ihre Hand beruhigend über die der jungen Frau.

Carolin riss sich zusammen und sah Herrn und Frau Volkardts an.
„Es gibt eine Chance für meine Schwester!“ Carolin machte eine kurze Pause. Gisela und Uwe Volkardts blickten sich an und deuteten mit Blicken auf Carolin Lorenz weiterzureden. „Ich kann ihr eine Hälfte meiner Leber spenden. Es ist ein Risiko, auch für mich, aber da wir eineiige Zwillinge sind, stehen die Chancen für uns beide sehr gut. Die ersten Untersuchungen haben sie sofort vorgenommen und werten die Ergebnisse gerade aus.“
Jetzt ergriff Gisela die Hand ihres Mannes und drückte sie zuversichtlich, als sie sich in die Augen sahen.
„Ich wollte Sie, Herr Dr. Volkardts jedoch unbedingt kennenlernen, bevor sie den Eingriff vornehmen und daher bin ich hier.“
„Wir können Ihnen gar nicht sagen, wie froh wir über diese Nachricht sind. Soll ich Jonas wecken, damit er erfährt, dass er eine Tante hat?“ fragte Gisela.
„Ehrlich gesagt, bin ich ziemlich aufgeregt, und mir ist nicht wohl bei dem, was vor mir liegt. Wenn ich den Jungen jetzt kennenlerne, dann hätte ich nur noch mehr Angst, dass etwas schiefgehen könnte. Ich denke, Sie bringen ihm die Nachricht schonend bei.“
„Das werden wir.“
Carolin erhob sich und gab Gisela und Uwe Volkardts die Hand.
„Ich danke Ihnen noch einmal für alles, was Sie für meine Schwester getan haben. Ohne Ihre Hilfe, hätte sie vielleicht keine Chance gehabt.“

„Wer weiß…“, sagte Dr. Volkardts „... vielleicht lag es gar nicht an mir, denn wenn nicht zufällig der andere Kanal Werbung eingeblendet hätte, dann wären Sie niemals auf die Idee gekommen, die Gala zu sehen.“
„Da mögen Sie recht haben, aber auch Wunder brauchen manchmal einen Schups, und den haben Sie ermöglicht.“

Als sich die Tür hinter der jungen Frau gerade geschlossen hatte, kam Jonas verschlafen die Treppe hinunter.
„Guten Morgen“, sagte er und man sah seinen roten Augen an, dass er in der Nacht geweint hatte. „Gibt es eine Nachricht vom Krankenhaus?“
Uwe Volkardts kniete sich vor Jonas nieder „Nein, aber unser Aufruf oder deine Kerze haben einen Menschen gefunden, der deiner Mutter vielleicht das Leben rettet.“
„Ehrlich – wie denn?“ fragte Jonas aufgeregt.
„Das erklären wir dir beim Frühstück. Es besteht noch ein Risiko, aber was auch geschieht - es ist ein kleines Wunder, dass dieser Mensch im richtigen Moment in euer Leben getreten ist und daran solltest du immer denken.“

Chancengleichheit

Vielleicht wird man sich fragen, was diese Geschichte in einem Weihnachtsbuch verloren hat, insbesondere, da sie an einem sonnigen Mainachmittag ihren Anfang nimmt. Auf den ersten Blick hätte sie sich zu jeder Zeit abspielen können, denn Chancengleichheit kennt weder Sommer noch Winter - sie unterscheidet nur zwischen arm und reich. Und so glaube ich, dass es am Zauber der Weihnacht lag, der dieser Geschichte ein besonderes Ende gab. Vielleicht liegt der Grund in den Emotionen der Menschen, die das Ende des Jahres im Reinen mit sich und ihren Gewissen abschließen wollen. In jedem Fall ist es eine Geschichte für die besinnliche Zeit des Jahres, in der wir uns mehr Muße leisten, über das Schicksal anderer nachzudenken…

„Mann, Daniel, was machst denn für`n Gesicht?“ Jannik trippelte auf seinen Mannschaftskameraden zu, wobei er den Ball leichtfüßig von einem Bein über das andere tanzen ließ und sich schließlich mit Schwung neben seinen Freund auf die Holzbank setzte.
„Hab eben mit dem Coach gesprochen.“ Daniel zog die Schnürsenkel seiner Fußballschuhe auf und verschaffte seinen Füßen Bewegungsfreiheit. Der nackte Oberkörper glänzte schweißnass in der Sonne, das dreckige Trainingsshirt hatte er über sein Knie gelegt.

„Sag bloß, er war nicht zufrieden mit dir - wenn einer das Talent zum Profifußballer hat, dann bist es ja wohl du", sagte Jannik.
„Eben, das hat er auch gesagt und möchte mich jetzt endlich einem Profiverein vorstellen."
„Alter, du kannst die ganz große Karriere machen." Jannik klopfte seinem Freund ermutigend auf den Rücken.
„Na, dann erklär das mal meinem Vater. Der hat schon nen Ausbildungsplatz als Schweißer für mich klargemacht. Dabei weiß ich noch nicht mal, ob ich den Hauptschulabschluss schaffe. Aber wie ich meinen Alten kenne, arrangiert der auch das irgendwie. Bin schließlich auf ner Privatschule, da geht mit Geld alles."
Daniel zog eine Flasche Mineralwasser aus seiner Sporttasche, schraubte den Verschluss ab und trank hastig einige Schlucke. Jannik sah Daniel zu, wie er die Flasche in die Sporttasche zurücklegte, den Reißverschluss zuzog und sich langsam erhob. Mit der Hand gegen die Stirn, um die Sonne abzuschirmen, blickte er den Freund an.
„Echt, deine Sorgen möchte ich haben. Hat 'n Oberbonze als Vater, mit 'nem Haufen Kies und nen Sack voll Beziehungen. Da machst du dir Sorgen über deine Zukunft? Mann, ist doch egal, ob du Fußballprofi wirst oder Schweißer, bei dir ist doch immer Schlaraffenland angesagt." Jannik stand auf, nahm seinen Ball in die Hand und ging mit Daniel über den Rasen zu den Mannschaftskabinen „Meine Alten interessiert das n' Dreck, ob ich im August nen Ausbildungsplatz hab oder nicht." Er wippte den Ball zwischen seinen Händen und tippelte ihn hin und wieder auf den Boden. „Meine Mutter arbeitet im

Supermarkt an der Kasse, und mein Vater schiebt Doppelschichten im Lager bei ner EDV-Klitsche. Nee, die erwarten nicht mal, dass ich den Hauptschulabschluss schaffe. Die rechnen doch jetzt nur mit meiner Hartz IV-Kohle. Wenn ich in Englisch ne fünf kassiere, hab ich sowieso verschissen, und meine Eltern haben endlich nen Beweis dafür, dass aus mir sowieso nix wird."
Daniels Augen waren auf seine Schuhe mit den geöffneten Schnürsenkeln gerichtet, die bei jedem Schritt das Leder berührten und dabei ein kleines Klicken vernehmen ließen. Er hörte Janniks Worte, erwiderte aber nichts. Jannik spürte, dass Daniel mit seiner Sichtweise nichts anfangen konnte, wollte aber nicht weiter auf ihn einreden. Jeder in seinen Gedanken versunken, stellten sie die Sporttaschen in ihre Spints und gingen mit Handtuch und Seife zur Dusche.

Als Daniel später über den englischen Rasen auf die Terrasse seines Zuhauses zulief, stieg ihm der Geruch von Holzkohle und saftigen Steaks in die Nase. Das Anwesen von Hinrich Fergensen lag in einem der vornehmen Villenviertel. Sein Urgroßvater hatte das großzügige Haus in der Gründerzeit gebaut. Seitdem wurde es mehrmals modernisiert, ohne seinen Charme der Jahrhundertwende einzubüßen. Über fünfzehn Meter hohe Tannen schirmten die wenigen Geräusche der kleinen Seitenstraße ab. Bunte Blumenbeete mit römischen und griechischen Skulpturen gaben dem Anwesen seine Jugendstilnote.

Dr. Fergensen stand in Jeans und Freizeithemd vor dem Grill. Mit einer Fleischzange in seiner Hand presste er

leicht gegen die Fleischstück, sodass wenige Tropfen des Bratensaftes entwichen und mit einem Zischen in die darunter liegende heiße Kohle tropften. Daniels Mutter saß in einem der Gartenstühle am gedeckten Tisch und schenkte sich und ihrem Mann ein kühles Glas Sherry ein. Ihre Sonnenbrille hatte sie über der Stirn auf ihrem Kopf platziert, nur eine kleine Locke umrahmte ihr Gesicht. Daniel stellte seine Sporttasche neben eine große Amphore mit gepflanzten Buschrosen ab und ließ sich lässig in einen der Gartenstühle fallen.
„Man sagt wenigstens ‚guten Abend', wenn man zu spät zum Essen kommt", begrüßte Hinrich Fergensen seinen Sohn, ohne das Gesicht vom Grill abzuwenden.
„Ihr esst doch noch gar nicht", raunzte Daniel zurück.
„Werd jetzt nicht frech!"
„Ist schon gut." Daniel nahm gleichgültig die Flasche Cola vom Tisch und schenkte sich ein.
„Wie war's in der Schule?" fragte seine Mutter.
„Ganz okay."
„Habt ihr eure Mathearbeit wiederbekommen?"
„Ne noch nicht."
Hinrich Fergensen wandte sich mit drei fertigen Steaks zu seiner Familie und verteilte das Fleisch auf die Teller.
„Nimm das nicht auf die leichte Schulter, ohne Mathe kannst du die Schweißerausbildung vergessen. Ich hab dir übrigens einen Termin für nächste Woche bei Konrad Hachem verschafft. Sollst deine Unterlagen gleich mitbringen. Er ist im Moment der Schweißbetrieb mit den besten Leuten und kann sich seine Stifte aussuchen. Wer aus dem Stall kommt, taugt wirklich was. Also, reiß dich

zusammen und blamier mich nicht bis auf die Knochen, hörst du?“

„Mein Coach sagt, dass er für mich ein Training bei einem Profiverein vereinbaren möchte.“

„Das Thema ist durch. Du bist jetzt 15 Jahre alt, und ich werde nicht zusehen, wie du dein ganzes Leben mit Freizeitbeschäftigung verbringst. Wenn das nämlich nichts wird mit dem Fußballtraum, hast du nicht mal eine Ausbildung. Du gehst nächste Woche zu dem Vorstellungsgespräch und damit hat sich‘s.“

Für Fergensen war die Diskussion damit beendet. Er und seine Frau unterhielten sich während des Essens über die Geschehnisse des Tages. Daniel entzog sich dem Gespräch. Unwillig aß er sein Steak und verneinte nur mit einem ablehnenden Kopfschütteln die Frage seiner Mutter, ob er nicht etwas Salat oder Baguette als Beilage wolle. Er fühlte sich wie in unsichtbare Ketten gelegt und hätte sie nur zu gern mit einem heftigen Wutausbruch gesprengt. Aber er wusste, dass sein Vater mit wenigen Worten ein weiteres Gespräch über seine sportliche Karriere im Keim ersticken würde. Obwohl seine Eltern noch nicht fertiggegessen hatten, stand er unter dem Vorwand auf, noch Hausaufgaben erledigen zu müssen. Fergensen wollte schon wieder zu einer Zurechtweisung ansetzen, doch seine Frau legte ihm beschwichtigend die Hand auf den Arm, sodass Fergensen seinen Sohn widerwillig gehen ließ.

In seinem Zimmer legte sich Daniel aufs Bett, setzte sein Headset auf und drehte den Lautstärkeknopf seines IPhones so laut, dass die Musik ihn von der Außenwelt unhörbar abschirmte. Er streifte seine Schuhe ab, ließ sich auf sein Bett fallen, verschränkte die Hände hinter den Kopf und starrte auf das Poster der Nationalelf an der gegenüberliegenden Wand. Nahezu jeder Winkel seines Zimmers erinnerte an seine Leidenschaft. Pokale seiner ersten Spiele standen auf einem langen Sideboard, Wimpel, Urkunden und Fotos erzählten von seinen sportlichen Ereignissen. Mit vier Jahren hatte er das erste Mal einen Fußball gekickt und sofort Spaß daran gehabt. Damals waren seine Eltern noch stolz auf ihn gewesen. Immer, wenn er einen guten Pass gespielt oder sogar ein Tor geschossen hatte, schaute Daniel zum Spielfeldrand und suchte den Blick seines Vaters. Meist hatte der beide Hände zu Siegerfäusten in die Luft gehoben und ihm zugejubelt. Manchmal hatte sich sein Vater aber auch den anderen Zuschauern zugedreht und die Anerkennung in deren Gesichtern genossen. Der Trainer erklärte immer wieder, dass Daniel außergewöhnliches Talent besäße und es weit bringen könnte, wenn er ehrgeizig trainierte. Anfangs unterstützten seine Eltern ihn mit motivierenden Worten über Leistung, Stärke und Disziplin. Irgendwann wurde sein Erfolg jedoch zur Gewohnheit. Die Trainer waren zwar weiterhin begeistert von seinen Leistungen, aber die Fergensens kamen immer seltener zu den Mannschaftsspielen. Urkunden wurden wie selbstverständlich aufgenommen, und irgendwann erwähnte Daniel nur noch gelegentlich seine Erfolge auf dem Fußballplatz. Als dann seine Versetzung in der Schule gefährdet war, schlug die frühere Euphorie seiner Eltern in Missbilligung um. Von da an musste er sich immer häufiger sagen lassen, dass er die Schule vernachlässigte oder sich wichtigeren Dingen widmen solle als dem Sport. Schließlich bezahlten sie ihm Nachhilfestunden und verboten ihm zeitweise das Fußballspielen ganz. Daniel versuchte sogar, seine Leistungen zu verbessern und sich auf andere Dinge zu konzentrieren, doch zu tief war die Freude am Fußball schon in seinem Innern verankert, als dass er sich umbesinnen könnte. Der Trainer versuchte die Eltern zu besänftigen und bat sie, an das Talent ihres Sohnes weiterhin zu glauben. Doch sein Vater meinte es besser zu wissen.

Daniel wippte mit den Zehenspitzen zur Musik und sah in Gedanken sein Gesicht auf dem Poster zwischen der Nationalelf. Einmal in einem wirklich großen ausverkauften Stadion vor über fünfzigtausend Zuschauern zu spielen, das wäre etwas. Bisher hatte er noch keinen seiner Idole persönlich kennengelernt, dieser Traum könnte für ihn tatsächlich wahr werden.

Daniel hasste seinen Vater. Er dachte daran, wie er drei lange Jahre im Blaumann Metalle zusammenschweißte. Mit neunzehn konnte er seine Fußballkarriere vergessen, das war ihm klar und seinem Vater natürlich auch. Sein Weg war im Grunde vorgeschrieben. Nach der Ausbildung würde sein Vater eine weitere Stelle für ihn organisieren, oder er müsste in seinem Unternehmen als Junior anfangen. Daniel wischte sich eine Träne von der Wange. Was hätte er darum gegeben, wenn sein Vater nicht im

Vorstand der internationalen Transabau AG säße und es ihm egal wäre, was sein Sohn aus seinem Leben machte. Er dachte an Jannik. Von Hartz IV wollte er natürlich nicht leben, aber ihm schrieb wenigstens niemand vor, was er werden sollte. Wenn er in der nächsten Woche mit seinen Unterlagen vor Konrad Hachem trat, war er sicher, die Ausbildungsstelle zu bekommen. Sein Vater war ein viel zu wichtiger Auftraggeber, als dass man den Sohn vom großen Hinrich Fergensen ablehnte - das war ihm bewusst.

Das bevorstehende Bewerbungsgespräch begleitete Daniel wie eine schmerzende Wunde, die immer mehr Besitz von ihm ergriff. Ob bei der Rückgabe einer Klassenarbeit, während des Schulwegs oder zu Hause, wenn sich die Diskussion wieder um seinen Abschluss oder die Ausbildungsstelle drehte, ständig suchte Daniel nach einer Lösung. Nur auf dem Fußballplatz schien es, als ob er die aufgestaute Frustration und Wut der vergangenen Tage in Strategie, Taktik und Ballkontakte umzuwandeln vermochte, die selbst seinen Trainer überraschten.

„Hast du mit deinem Vater gesprochen? Wir hier im Trainerteam denken wirklich, dass deine Leistungen für ein Probetraining bei einem Profiverein ausreichend sind?“
Daniel spürte den Puls in seinem Hals pochen. Verlegen hob er sein Gesicht und blickte den Trainer an.
„Ja, meine Eltern sind natürlich einverstanden. Aber mein Vater ist zurzeit in Asien. Da gibt es wichtige Vertragsverhandlungen und daher hat er im Moment keine

Ohren für so etwas. Und meine Mutter entscheidet das nur mit meinem Vater zusammen."
„Mmmh, verstehe. Eigentlich sollte unser Trainerteam längst mit deinen Eltern gesprochen haben?"
„Nein, nein, das ist nicht nötig, Ich muss nur den richtigen Zeitpunkt abpassen", sagte Daniel schnell. Er wusste, dass sein Vater die Trainer, ohne wirklich zuzuhören, einfach abkanzeln würde.
„Gut, dann sag mir Bescheid, wenn ich mich ans Telefon hängen soll. Du weißt, dass du nicht nur Talent, sondern auch den nötigen Ehrgeiz und Biss hast. Aber lange warten kannst du nicht mehr. Mit fünfzehn bist du schon sehr nahe an der Grenze für den Beginn deiner Karriere", sagte der Trainer und sah Daniel noch einmal eindringlich an. Dann wandte er sich wieder den anderen Spielern auf dem Fußballplatz zu.

Jannik stand während des Gespräches neben seinem Freund und knuffte Daniel freundschaftlich in die Seite.
„Mensch, Daniel worauf wartest du denn noch? Ich an deiner Stelle hätte mich schon längst aus dem Staub gemacht."
„Und was soll das nützen? In zwei Tagen habe ich mein Vorstellungsgespräch. Selbst wenn ich die Unterschrift meines Alten auf der Einverständniserklärung für ein Probetraining fälschen würde, so kurzfristig bekommt der Coach das nie organisiert. Und nen Zwillingsbruder habe ich nun mal nicht, der für mich einspringen könnte."
Daniel blickte auf die weiße Spielrandlinie und spürte, wie die Entmutigung langsam, aber unaufhörlich, seine Hoffnung auf ein Wunder erstickte.

Jannik dachte nach „Sag mal, in dem Betrieb, in dem du dich vorstellst, wissen die, wie du aussiehst?"
„Nö, ich kenne Konrad Hachem nur aus den Erzählungen von meinem Vater."
„Und was ist, wenn ich zu dem Vorstellungsgespräch gehe? Du sagst doch, dass du die Stelle sowieso schon sicher hast, weil dein Vater seine Beziehungen spielen lässt, dann kann ich doch gar nichts falsch machen."
Daniel grinste seinen Freund an und stellte sich die Situation bildlich vor.
„Netter Gedanke, aber was soll das bringen? Den Ausbildungsvertrag muss doch sowieso mein Vater unterschreiben."
„Klar, aber wir zögern das mit der Vertragsunterschrift noch etwas hin, bis der Coach ein Probetraining bei einem Profiverein für dich arrangiert hat und die dich wirklich fördern wollen. Und wenn ein Profiverein dich aufnehmen will, dann wird sich dein Vater die Sache vielleicht noch einmal überlegen."
„Na dann kann ich ja auch selbst zum Vorstellungsgespräch gehen und die Vertragsunterzeichnung hinauszögern. Darüber hinaus bin ich sicher, dass mein Vater trotz Meinung eines Profivereins auf meine Schweißausbildung besteht. Schließlich scheitern auch während der Profiausbildung noch genügende. Erstens soll ich etwas Solides lernen und zweitens schlägt man ein Angebot von Dr. Fergensen nicht aus. Soll sich mein Alter etwa eingestehen, dass er am Ende Unrecht hatte? Da müsstest du schon die gesamten drei Jahre für mich einspringen."
„Und wenn ich das tue?" Jannik hielt Daniel am Arm, drehte ihn zu sich und sah ihm fest in die Augen. „Was

wäre, wenn ich an deiner Stelle die Schweißausbildung mache, als Daniel Fergensen?“
„Sag mal, hast du sie noch alle? Wie soll das denn gehen?“ Daniel steckte seinen Zeigefinger gegen die Stirn und zeigte seinem Freund einen Vogel.
„Warum nicht? Ich nehme deine Bewerbungsunterlagen mit und tausche nur das Foto aus.“
Daniel wurde auf einmal hellhörig, aber er spürte, dass es Jannik ernst war.
„Alter, das ist die krasseste Idee, die ich jemals aus einem Affenhirn gehört habe. Und was ist wenn Hachem dich nach meinem Vater fragt?“
„Dann sag ich eben, dass er zu Hause nicht über die Firma spricht. Den Vertrag unterschreiben du und dein Vater. Damit fälschst du noch nicht einmal die Unterschrift.“
Daniel spann den Gedanken euphorisch weiter. „Die Knete interessiert meinen Alten nicht, ich bekomm sowieso alles, was ich brauche. Hauptsache, ich kann weiter Fußballspielen. Du richtest ein Konto auf deinen Namen – also Jannik Mertens - ein, wo die Hartz IV Kohle drauf geht, und ich richte eins auf meinen Namen ein, wo dein Gehalt ausgezahlt wird. Am Monatsende tauschen wir das Geld einfach aus.“
Erst jetzt wurde Jannik bewusst, dass auch er einen Vorteil aus der Sache ziehen könnte. Er knuffte Daniel freundschaftlich in die Seite.
„Echt krass, Mann, Schweißer, das wär so geil. In Deutsch und Englisch bin ich zwar scheiße, aber in handwerklichen Sachen hab ich echt was drauf. Hoffentlich geb ich ne gute Nummer ab bei dem Gespräch.“

„Da mach dir mal keine Sorgen, mit dem Namen Fergensen kannst du gar nicht verlieren. Ich schieb dir noch'n bisschen Asche rüber für anständige Klamotten, damit der Eindruck stimmt."
Die Freunde sahen sich einen Augenblick lang an, als konnten sie selbst kaum glauben, was sie sich gerade ausgedacht hatten. Es war absurd, aber es fiel ihnen auf Anhieb kein Hindernis ein, das der Sache im Wege stünde. Niemand würde Schaden nehmen, und jeder bekam das, was er wollte. Sie mussten eben nur solange durchhalten, bis es mit Daniels Karriere als Fußballprofi ernst und ihm ein richtiger Vertrag angeboten würde. Dann könnte selbst der große Fergensen keine Einwände mehr haben, und der Schwindel wäre schnell vergessen. Wie oft hat Daniel in Gesprächen mitbekommen, dass bei dem einen oder anderen Geschäft seines Vaters getrickst wurde, um einen Auftrag zu erhalten. Vielleicht würde er sogar stolz auf den Einfallsreichtum seines Sohnes sein.

Jannik schnalzte mit der Zunge, und Daniel hob seine Hand, damit der Freund geschäftsmäßig einschlagen konnte.
„Okay, abgemacht, ich werde Schweißer und du spielst Fußball."

Konrad Hachem war ein Handwerker alter Garde, der es sich nicht nehmen ließ, seine Aufträge selbst zu verhandeln und die Branche aus dem FF kannte. Als Geschäftsführer des Schweißfachbetriebes mit nahezu einhundert Mitarbeitern hatte er das Geschäft vor zwanzig Jahren von seinem Vater übernommen und nach den jeweiligen

Anforderungen seiner Kunden stetig ausgebaut. Dazu gehörte vor allem die Qualifikation der Leute, die er als sein höchstes Gut ansah. Wenn die Mitarbeiter und ihre Löhne schon den größten Posten in seiner Bilanz ausmachten, dann sollten sie wenigstens auch Wert sein, wofür er sie bezahlte. Das war seine Devise, und die hatte sich im Zuge der Globalisierung ausgezahlt. Sein Büro war hell und zeitgemäß eingerichtet. Auf dem Schreibtisch stand ein Computer, und jede Menge Papier lag ungeordnet drum herum. Jannik saß Konrad Hachem an seinem Besprechungstisch gegenüber. Im Vorwege hatte er sich einiges über das Schweißhandwerk angelesen, um wenigstens von dem Ausbildungsberuf eine Vorahnung zu haben, wenn er schon die eigenen Familienverhältnisse nicht genau kannte. Konrad Hachem wertete Janniks Wortkargheit in Bezug auf die Geschäfte des Vaters als befohlene Diskretion und blätterte in seiner - beziehungsweise Daniels - Bewerbung.
„Also Mathe fällt dir wohl nicht so leicht, das braucht man für diesen Beruf."
„Eigentlich bin ich ganz gut in Mathe, wir hatten aber dreimal unterschiedliche Lehrer, und es war nicht so einfach, sich darauf einzustellen", log Jannik.
„Ein richtiges Fach ‚Technik', hast du in dieser Schule gar nicht?"
„Ja, das finde ich auch blöd – eh, ich meine, das ist nicht so ideal, aber in meiner Freizeit habe ich bei einem Freund in der Werkstatt mitgeholfen, daher weiß ich auch, dass mir das Schweißen Spaß macht."

„Okay, dann wollen wir es miteinander probieren. Schweißen ist im Grunde ein Handwerk, wie jedes andere auch, und wenn man nicht zwei linke Hände hat, dann ist es zu erlernen. Also, unsere Sekretärin schickt dir den Vertrag zu, und da du noch nicht volljährig bist, lässt du ihn auch von deinem Vater unterschreiben.“
„Echt, hab ich die Stelle? Cool ey, - ich meine, vielen Dank.“
Konrad Hachem lächelte und gab dem Jungen die Hand „Sieh zu, dass du in Mathe durchkommst, sonst wird’s nichts mit der Ausbildung.“
„Keine Sorge, das schaffe ich schon.“ Jannik erwiderte den Gruß. Sein Herz klopfte bis zum Anschlag, und trotz der guten Nachricht, beeilte er sich, das Büro zu verlassen, damit ihm nicht versehentlich doch noch eine Bemerkung herausrutschte, die Konrad Hachem misstrauisch machte. Draußen vor dem Werkstor konnte er sein Glück noch immer kaum fassen. Ohne den Namen Daniel Fergensen hätte er die Stelle niemals bekommen, dessen war er sicher.

Die Vertragsunterzeichnung klappte reibungslos. Jannik wurde als Daniel Fergensen eingestellt und bei der Sozialversicherung angemeldet. Bis zum Schulende bangte er um seine vier in Englisch, denn wenn er den Abschluss nicht schaffte, würde der ganze Schwindel auffliegen und er hätte die neunte Klasse noch einmal wiederholen müssen. Aber als Jannik seinem Lehrer offenbarte, dass er seinen Eltern nicht länger auf der Tasche liegen dürfe, drückte der Lehrer ein Auge zu und gab seinem Schüler eine schwache vier. Bei Daniel war die Sache einfacher, er bekam seinen Abschluss, ob aufgrund seiner Leistung oder der seines Vaters, danach fragte niemand. Doch der Druck seitens der Trainer wurde immer stärker. Er war bereits fünfzehn, in diesem Alter waren die Jungendtalente normalerweise schon entdeckt und wurden durch einen Profiverein gefördert. Seine Trainer hatten recht, er durfte keine Zeit mehr verlieren, sonst könnte er das Versäumte nicht mehr aufholen. Die Unterschrift auf der Einverständniserklärung für das Training müsste Daniel allerdings tatsächlich fälschen. Beide Jungs richteten ihre Bankkonten ein. Auf Janniks Konto ging monatlich das Hartz IV-Geld, während Daniel das Ausbildungsgehalt erhielt. Das Geld tauschten sie, wie vereinbart, am Monatsanfang aus.

Zunächst fiel es ihnen etwas schwer, sich in ihren neuen Rollen zurechtzufinden. Während Daniel morgens das Haus mit Blaumann und Sporttasche verließ, um am Spätnachmittag noch am Training teilnehmen zu können, wie er seinen Eltern sagte, musste sich Jannik an seinen neuen Namen gewöhnen. Doch schon nach wenigen Wochen waren die beiden ein eingeschworenes Team. Daniel hatte zur Freude seines Coachs schon am Vormittag Zeit für ein Training, und Jannik tauchte ein in die ihm bisher vollkommen fremde Welt des Vitamin B. Sein Name sprach sich innerhalb weniger Tage innerhalb der Belegschaft herum, was ihm sowohl Vorteile, aber auch eine gewisse Vorsicht seitens der Kollegen einbrachte. Niemand hätte es gewagt, den Sohn des wichtigsten Auftraggebers grob anzufassen. Besonders gern umgab man sich jedoch auch nicht mit ihm, aus Furcht, womöglich etwas Falsches zu sagen, das über Daniel Fergensen zu dessen Vater wiederum an Konrad Hachems Ohren gelangen könnte. Und als läge im Namen Daniel Fergensen eine Verpflichtung für ihn, bemühte sich Jannik, alle Aufgaben bis zur Perfektion zu bringen. Meist stand er schon eine halbe Stunde vor Arbeitsbeginn in der Werkstatt, fegte ohne vorherige Aufforderung die Werkhalle und war mit seinen eigenen Leistungen meist weniger zufrieden als seine Vorgesetzten. Mathe wurde in der Berufsschule eines seiner Lieblingsfächer, und sogar in Deutsch und Englisch konnte er zufriedenstellende Noten erzielen. Seine Eltern waren stolz auf ihren Sohn. Nie hätten sie geglaubt, dass er den Hauptschulabschluss und dazu noch einen Ausbildungsplatz bekommen würde, und Jannik spürte zum ersten Mal in seinem Leben wirkliche Anerkennung. Doch je mehr er aufblühte und das Beste aus sich herausholte, umso stärker ärgerte ihn seine falsche Identität. War es wirklich nur der Name Daniel Fergensen, der das alles bewirkte? Haftete an ‚Jannik Mertens' ein Verlierer wie Rost auf schlecht imprägniertem Metall? Und mit der Zeit quälte ihn ein Gedanke, den die Jungs bei ihrem Coup nicht bedacht hatten: Welcher Name würde auf seinem Ausbildungszeugnis stehen?

Bei aller anfänglichen Euphorie zeichnete sich auch für Daniel ein Problem ab, das er nicht bedacht hatte. Durch das häufige Training verbesserte er seine Qualifikation, und eine Laufbahn als Profifußballer schien in greifbare Nähe zu rücken. Natürlich kannten seine Eltern das Talent ihres Sohnes, auch wenn sie Daniels Leidenschaft für den Sport nicht mehr allzu viel Bedeutung schenkten. Sie glaubten nach wie vor, dass er erst am Spätnachmittag auf den Fußballplatz ging und tagsüber bei Konrad Hachem arbeitete. Sein Trainer hingegen war der Ansicht, dass Daniels Eltern die Karriere ihres Sohnes unterstützten und war überzeugt, dass ein Profiverein ihn nach dem Probetraining zur weiteren Ausbildung auf ein Profiinternat schicken würde. Bislang konnte sich Daniel mit der Lüge behelfen, er fühle sich selbst noch nicht gut genug für eine Profikarriere. Insgeheim war ihm jedoch bewusst, dass er diese Lüge nicht lange aufrechthalten konnte. Sowohl Daniel als auch Jannik scheuten sich, dem anderen gegenüber ihre Bedenken mitzuteilen. Sie hatten Angst, wenn die Probleme erst einmal ausgesprochen waren, würden sie ihr Lügengerüst unweigerlich zum Einsturz bringen. Und so hofften sie auf einen Wink des Schicksals, ein Wunder oder irgendeinen Zufall. Das Ereignis stand kurz bevor und braute sich über ihnen zusammen.

Mittlerweile war es Winter geworden und Hinrich Fergensen plante sein alljährliches Weihnachtsfest, das er für seine wichtigsten Kunden und Lieferanten in seinem Privathaus ausrichtete.
„Schicken Sie bitte die Einladungen an alle Namen auf dieser Liste“, bat er seine Sekretärin „Konrad Hachem rufe ich zuvor persönlich an, versuchen Sie doch gleich einmal, ob Sie ihn erreichen.“ Nach einer Weile stellte die Sekretärin das Gespräch durch.
„Guten Tag, Herr Hachem, wie geht es Ihnen?“
„Sehr gut, danke, die Geschäfte laufen bei mir nicht schlecht, trotz viel gepredigter Konjunkturflaute.“

„Freut mich zu hören. Und mein Sohn, macht er sich einigermaßen bei Ihnen?"
„Ich wollte Sie schon längst darauf angesprochen haben…"
„Wieso benimmt sich der Bengel nicht anständig?" Hinrich Fergensen witterte Ungemach und zog die Stirn in Falten.
„Nein, nein ganz im Gegenteil. So einen Auszubildenden wie Daniel habe ich schon lange nicht mehr beschäftigt. Da haben Sie Ihrem Sohn einiges mit in die Wiege gelegt. Er befasst sich schon mit Werkstoffen, an die ich normalerweise erst Jugendliche im zweiten Ausbildungsjahr ranlasse."
„Wundert mich, um ehrlich zu sein. Daniel hat früher nie Interesse am Handwerk gezeigt und nur sein Fußball im Kopf gehabt. Freut mich natürlich, dass er sich so gut macht. Der eigentliche Grund meines Anrufes ist mein Weihnachtsempfang. Meine Frau und ich würden uns sehr freuen, wenn Sie mit Ihrer Gemahlin am 21. Dezember abends kommen könnten. Die Einladung schickt Ihnen meine Sekretärin heute zu. Es sind einige Gäste eingeladen, die bestimmt für Sie interessant sein dürften."
„Das ist sehr freundlich von Ihnen, selbstverständlich kommen wir gern."
„Also, dann noch gute Geschäfte bis dahin."
Die beiden Geschäftsleute verabschiedeten sich voneinander und legten auf.

Beim Abendessen sprach Hinrich Fergensen seinen Sohn auf das Lob seines Ausbilders an.

„Ich habe heute mit Konrad Hachem gesprochen."
Daniels Herz pochte bis zum Hals, und sein Gesicht lief augenblicklich puterrot an. „So, und was hat er gesagt?" fragte er zögernd.
„Keine Angst, brauchst nicht rot zu werden. Er war voll des Lobes über dich."
„Ach ja? Na ja, mir macht die Arbeit Spaß, hätte ich echt nicht gedacht."
„Ich habe Herrn und Frau Hachem übrigens zu unserem Weihnachtsempfang eingeladen. Ich gehe davon aus, dass du anwesend bist, wenn dein Ausbilder kommt." Hinrich Fergensens Tonfall machte deutlich, dass es sich nicht um eine Frage handelte und Daniel stockte der Atem, er brachte nur ein kurzes Nicken zustande. Sofort nach dem Essen, lief er auf sein Zimmer und wählte Janniks Smartphone an.
„Es wird etwas Furchtbares passieren", rief er in den Hörer, ohne seinen Namen zu nennen.
„Mann, was ist denn los?"
„Mein Vater hat Konrad Hachem zu seinem Weihnachtsempfang eingeladen, und ich soll ihn begrüßen."
„Scheiße, was machen wir jetzt?" Jannik erfasste die Panik.
„Keine Ahnung!"
„Und wenn du einfach nicht auftauchst und so tust, als hättest du die Party vergessen? Dein Alter wird zwar stinksauer sein, aber Hauptsache, Konrad Hachem hat keine Möglichkeit, dich zu sehen."
„Vergiss es, die machen jedes Jahr so viel Trubel um die Einladung, das kann man nicht übersehen. Wenn ich am 21.12. nicht mindestens vier Stunden vor Beginn zu

Hause bin, gibt mein Vater glatt ne Vermisstenanzeige raus."
„Ich könnte doch schon dort warten, wo die Gäste ihre Autos parken und Herrn Hachem abfangen. Dann begrüße ich ihn und mach mich aus dem Staub. Du erzählst deinem Vater dann, dass du Herrn Hachem schon vor dem Haus guten Abend gesagt hast und verdrückst dich danach."
„Mein Vater wird darauf bestehen, dass ich mit ihm und meiner Mutter gemeinsam die Gäste in der Halle in Empfang nehme."
Die Freunde dachten panikartig über weitere Optionen nach, doch an jeder Idee, die sie in Betracht zogen, fand sich ein Haken, der den ganzen Spuk auffliegen lassen würde.
„Vielleicht gibt es eine Möglichkeit: Du kommst auch und weichst mir nicht von der Seite. Ich erzähle meinem Vater, dass wir zu einer Geburtstagsfeier eingeladen sind. Das wird meinem Vater zwar nicht schmecken, aber ich denke, da wird mir meine Mutter helfen. Ich sag einfach, dass ich solange bleibe, bis ich Herrn Hachem begrüße und wir dann schnell weg müssen, weil wir irgendeine Geburtstagsüberraschung geplant haben, die nicht warten kann. Wenn du dabei bist, wird mein Vater nicht darauf bestehen, dass ich gemeinsam mit ihnen in der Halle die Gäste in Empfang nehme. Wir arrangieren es so, dass wir Herrn Hachem die Hand geben, wenn mein Vater nicht dabei ist. Sobald wir das getan haben, verschwinden wir gemeinsam." Daniel sah die Szene bereits vor sich.
„Das klappt nie, und dann bin ich meine Ausbildung los."

„Es muss, wir haben keine andere Wahl. Außerdem sind 150 Gäste eingeladen, um die sich meine Eltern kümmern müssen. Die Chance ist nicht so schlecht, dass wir mit Herrn Hachem allein sein können."
„Na, wenn du meinst…"
„Komm einfach ne Stunde vorher zu mir, und wir verkrümeln uns auf mein Zimmer, bis es soweit ist."
„Alles klar, abgemacht."
Die Jungs beendeten ihr Gespräch. Wohl war ihnen beiden nicht, wenn sie sich die geplante Szene vorstellten. Es mochten so viele Zufälle passieren, die sie niemals einkalkulieren könnten. Aber je mehr sie darüber nachdachten, schien ihnen ein Versuch immer noch die beste Lösung. Eine Beichte und Auflösung ihres Versteckspiels kam für sie auf gar keinen Fall in Betracht. Ihre Eltern und Herr Hachem würden alles tun, um die Verträge rückgängig zu machen. Jannik wäre seine Ausbildung los und Daniels Fußballkarriere in unerreichbare Ferne gerückt. Selbst wenn ein Profiverein ihn weiter fördern wollte, sein Vater würde schon als Strafe für ihn nicht darauf eingehen.

Das Haus strahlte in weihnachtlichem Glanz. Der Mittelpunkt der großzügigen Halle bildete ein langes Büfett, das vom einen bis zum anderen Ende mit einer Eisskulptur in Form der Golden Gate Bridge dekoriert war. In der rechten Ecke prunkte ein vier Meter hoher Christbaum, um dessen Zweige sich goldene Papierketten schlängelten, wie sie in den USA Brauch waren. Damen und Herren in feiner Abendrobe hielten Champagnergläser in der

Hand und unterhielten sich zu amerikanischen Weihnachtssongs, die ein Pianist auf einem extra zu diesem Anlass gelieferten Flügel klimperte. Eine Heerschar Cateringpersonal schlängelte sich mit Tabletts durch die Menge, bot Getränke an oder nahm den Besuchern ihre leeren Gläser und Teller ab. Ein überdimensional dicker Weihnachtsmann stand am Eingang und begrüßte gemeinsam mit Herrn und Frau Fergensen die eintreffenden Gäste. Den Damen überreichte er ein weihnachtlich verpacktes Schächtelchen mit edlem Konfekt, während die Herren ein Lederetui mit Füller und Kugelschreiber erhielten.

Wie geplant, hatte Daniel gegenüber seinen Eltern die Geschichte der Geburtstagsparty erzählt und sogar noch eine Idee für die Geburtstagsüberraschung erfunden, bei der die beiden Jungs auf keinen Fall zu spät kommen dürften. Wie erwartet, wollte Daniels Vater die Entschuldigung seines Sohnes zunächst nicht hinnehmen, und Daniels Mutter beschwichtigte seinen Vater schließlich damit, dass die Jugend doch ihre eigenen Partys feiern sollte. Bis hierhin verlief also alles nach Plan.

Daniel und Jannik drucksten sich in gebührendem Abstand zur Tür neben dem Christbaum herum und hielten mit Spannung Ausschau nach Herrn und Frau Hachem.
„Wenn die beiden gleich eintreffen und meine Eltern ihnen den Weg zum Büfett gewiesen haben, dann stürzen wir uns auf sie. Kurze Begrüßung und nix wie weg hier."
„Hey, da kommen sie." Jannik stieß Daniel an den Ellenbogen und zeigte unauffällig auf die Tür. Daniel fixierte

seine Eltern und die eintretenden Besucher. Er hatte Konrad Hachem noch nie gesehen und musste Jannik wie einem Blindenhund vertrauen. Die beiden Männer schüttelten sich die Hand, und auch die Damen begrüßten einander in förmlicher Herzlichkeit.
„Okay, gleich geht's los, pass auf!", sagte Daniel und ging schon in Sprintposition… „Oh nein, was macht der denn?" Die beiden Jungs sahen sich sekundenlang an. Statt dass Herr Fergensen dem Ehepaar mit ausgestrecktem Arm die Richtung zum Büfett wies, legte er seine Hand auf die Schulter von Konrad Hachem und führte ihn geradewegs in Richtung Christbaum und auf die beiden Jungen zu.
„Scheiße, wir sind geliefert", rief Jannik panisch aus.
„Red kein Quatsch, jetzt nur zusammenbleiben, dann kriegen wir's vielleicht hin." Daniel versuchte gleichfalls seine Furcht im Zaum zu halten, obwohl er fast wie gelähmt war, als die vier immer näher kamen.
Jetzt standen sie direkt vor ihnen, und Daniels Vater holte mit einer vorführenden Handbewegung aus.
„Meinen Sohn kennen Sie ja bereits, und das ist sein Freund, Jannik Mertens."
„Guten Tag", sagte Jannik und gab den beiden Hachems die Hand
„Guten Tag", sagte auch Daniel und tat das gleiche.
Herr und Frau Hachem erwiderten den Gruß, glücklicherweise ohne Namensnennung.
„Na und ihr beide wollt gleich noch auf eine Party, habe ich gehört?" Konrad Hachem lächelte.

„Ja, wie das so ist bei den jungen Leuten, die fühlen sich nur unter ihresgleichen wohl, aber ich hab Daniel ausdrücklich gebeten, dass er Sie noch begrüßt, nicht wahr mein Sohn?“ Hinrich Fergensen sah Daniel an.
„Klar doch“, „Ist doch logisch“ sagten beide Jungs fast gleichzeitig.
Konrad Hachem grinste gönnerhaft, als könne er aus seiner Jugendzeit gut nachvollziehen, wie deplatziert sich die beiden Jungs zwischen den elitären Gästen fühlen mussten.
„Na, dann wünschen wir euch viel Spaß. Aber denk dran, morgen früh wartet der Job auf dich, bleib also nicht zu lang. Ich möchte meine Lobeshymnen gegenüber deinem Vater nicht wieder rückgängig machen müssen“.
Plötzlich hob Konrad Hachem seinen Arm. Die Jungen erstarrten, sahen das drohende Unheil auf sich zukommen und konnten nichts dagegen tun. Im selben Moment passierte es: Konrad Hachem legte seine Hand kameradschaftlich auf Janniks Schulter. Jannik und Daniel stockte der Atem. Reflexartig schauten sie zu Hinrich Fergensen. Der kräuselte die Stirn, blickte auf die entsetzten Gesichter der beiden Jungs und sah fragend zu Konrad Hachem hinüber. „Aber das ist nicht mein Sohn.“ Hinrich Fergensen zeigte zunächst auf Jannik und dann auf Daniel. „Das ist Daniel!“
Die beiden Jungs waren unfähig etwas zu erwidern, sie blickten von Konrad Hachem zu Hinrich Fergensen und wieder zurück. Langsam, wie in Zeitlupentempo, sahen sie den Gesichtern der Erwachsenen an, dass sie allmählich begriffen, was - beziehungsweise - wen sie da vor

sich hatten. Schließlich war es Daniel, der den Mut fand, etwas zu sagen.
„Ich – eh ich meine – wir können das erklären“, stammelte er.
Daniels Vater atmete tief durch, und dieses Atmen zeugte von einem starken Gefühl unterdrückt aufkommender Wut. Sein Gesicht verdüsterte sich und an seinem Hals traten die Adern deutlich hervor. Mit ruhiger fester Stimme zwang er sich zur Haltung
„Ich denke, wir sollten uns für ein Gespräch unter acht Augen in meine Bibliothek zurückziehen“, und dann wandte er sich Frau Hachem zu, die bisher ohne ein Wort den Vorfall beobachtet hatte. „Vielleicht darf ich Sie kurz in die Obhut meiner Frau übergeben, bis wir dieses kleine Missverständnis aufgeklärt haben.“
Daniels Mutter ergriff die Führung „Ich habe bereits einige bekannte Gesichter gesehen, die ich Frau Hachem gern vorstellen möchte. Bitte kümmert euch nicht um uns.“
Frau Hachem sah die beiden Männer an: “Aber bedenkt bitte, dass in wenigen Tagen Weihnachten ist und auch in unserer Zeit noch als Fest der Liebe und Vergebung gilt - was auch immer als Ergebnis dieser Unterhaltung herauskommen mag.“ Dann lächelte sie milde auf die beiden Jungs, deren zerknirschte Blicke einen Hauch von Dankbarkeit ausdrückten.

Die vier gingen durch die Halle über eine großzügig geschwungene Holztreppe hinauf zur Bibliothek von Hinrich Fergensen. Noch immer versuchte er seine Fassung zu wahren, als er Konrad Hachem einen Cognac anbot.

Doch dann konnte er seinen Ärger kaum noch zurückhalten, seine Stimme war klar und fordernd, als er sich zu den beiden Jungs drehte.
„Ich denke, Herr Hachem und ich haben eine Erklärung verdient."
„Es war meine Idee...", sagte Daniel
„... und was war das für eine Idee?" unterbrach Fergensen.
„Jannik hatte sich lange um einen Ausbildungsplatz bemüht, wurde aber wegen seines Schulabschlusses, und weil er so schlecht in Englisch war, überall abgelehnt. Und mein Fußballtrainer sagte mir, dass ich das Zeug habe für eine Profikarriere, aber hart trainieren müsste, um weiterzukommen. Und als du mir das Vorstellunggespräch bei Herrn Hachem vereinbart hattest, dachte ich, dass meine Fußballkarriere schon zu Ende wäre, bevor sie eigentlich begonnen hatte..."
„Und da habt ihr einfach die Rollen getauscht?" Im Gegensatz zu Fergensen, schien Konrad Hachem fast ein wenig zu schmunzeln.
„Es war die ideale Lösung. Jannik hat sich arbeitslos gemeldet, und ich bekam sein Hartz IV Gehalt. Offiziell machte ich eine Schweißerausbildung und gab Jannik meinen Lohn. Schließlich bekam auf diese Weise jeder, was er wollte, und alle waren glücklich."
Hinrich Fergensen erfasste die Situation mit geschäftsmäßiger Schnelligkeit. Bei dem Gedanken über die Konsequenzen dieses Streiches wurde er bleich. Mit zusammengekniffenen Augen funkelte er die Jungs an.

„Ist euch eigentlich klar, was ihr da gemacht habt? Das ist knallharter Betrug, Hochstapelei und Irreführung der Behörden. Dafür könnt ihr ins Gefängnis gehen."
Daniel und Jannik erschraken. Die Worte klangen bereits jetzt wie eine Verurteilung. Nie hatten sie daran gedacht, etwas wirklich Strafbares zu tun oder mit einer Gefängnisstrafe rechnen zu müssen. Konrad Hachem stellte sein Cognacglas ab und blickte mit überlegender Miene auf den teuren Perserteppich unter seinen Füßen.
„Ein dummer Jungenstreich ist das ganz gewiss nicht, auch wenn man auf den ersten Blick darüber lachen könnte. Nur eins ist klar…", und dabei wandte er sich an Hinrich Fergensen „…ungeachtet der Tatsache, dass die beiden seit ihrem 14. Lebensjahr strafmündig sind, stehen auch unsere Unterschriften auf dem Ausbildungsvertrag."
„Was wollen Sie damit sagen?" fragte Fergensen.
„Ich vermag nicht zu beurteilen, ob wir uns besser hätten informieren müssen, bevor wir Unterschriften auf Vertragspapiere von Minderjährigen setzen."
Fergensens Gesicht nahm den Ausdruck konzentrierter Nachdenklichkeit an. Daniel und Jannik standen noch immer regungslos vor den Herren, blickten in ihre grüblerischen Minen und hörten zu, wie sich die Erwachsenen mit ihrer Situation auseinandersetzten.
Konrad Hachem führte seinen Gedanken weiter fort. „Dazu kommt, dass Sie sicherlich Ihren Sohn nicht der Justiz aussetzen wollen. Auch für das Image der Transabau AG wäre das von Nachteil. Ich wiederum schätze Jannik. Er hat sich als Auszubildender wirklich gut gemacht. Bei Daniels Leidenschaft für den Fußball möchte

ich bezweifeln, dass er sich ebenso gut in den Beruf einarbeiten würde."
„Ja, würden Sie denn Jannik als Auszubildenden behalten wollen, jetzt, wo Sie wissen, dass er sich den Job ergaunert hat?" fragte Fergensen.
„Machen wir uns nichts vor. Normalerweise stelle ich nur Jugendliche mit Schulabschluss der mittleren Reife ein. Sie wissen doch genau, dass ich in Ihrem Fall eine Ausnahme gemacht habe. Und wenn ich die Sache richtig verstanden habe, hat nicht Jannik sich den Job ergaunert, sondern Daniel in erster Linie die Chance für seine Fußballkarriere ermöglicht, die Sie ihm sicherlich verweigert hätten."
„Und das werde ich auch weiterhin", donnerte Hinrich Fergensen los und hob seinen Zeigefinger in Daniels Richtung. „Wenn du glaubst, so glatt aus der Sache herauszukommen, dann hast du dich getäuscht, mein Sohn."
„Aber ich habe den Trainern schon gesagt, dass sie bei einem Profiverein für mich einen Termin machen sollen, und es gibt einige, die mich sehen wollen", platzte Daniel heraus, ohne darüber nachzudenken, dass er auch diesen Termin heimlich und mit Unterschriftenfälschung vereinbart hatte.
„Du hast bitte was…?" Hinrich Fergensen tobte, sein Gesicht lief puterrot an, und er stand jetzt drohend dicht vor seinem Sohn, als wolle er zum Schlag ausholen. Jannik wich ängstlich zwei Schritte von seinem Freund zurück, während Konrad Hachem beruhigend die Hand auf Fergensens Arm legte und ihn zurückhielt.
„Dr. Fergensen, das bringt uns nicht weiter. Ich kann Ihren Ärger durchaus verstehen, aber vielleicht sollten wir

bei allem Unmut auch Verständnis für die beruflichen Neigungen unserer Jugend aufbringen. Wer weiß - wenn Ihr Sohn tatsächlich Talent als Fußballer hat, dann sollten Sie es fördern." Hachem lächelte, „stellen Sie sich vor, während der Fernsehübertragung eines internationalen Fußballspiels ist Ihr Firmenname auf der Bande im Stadium zu sehen, und jeder weiß, dass Ihr Sohn einer der Profispieler ist? Also, ich wäre stolz auf meinen Nachwuchs."

Die versöhnlichen Worte schienen Eindruck auf Dr. Fergensen zu machen. Natürlich war ihm bewusst, dass Konrad Hachem versuchte, ihn zu besänftigen, andererseits hatte er den Erfolg seines Sohnes im Zusammenhang der Transabau AG noch nie wirklich in Erwägung gezogen. Hinrich Fergensen kratzte sich am Kopf. Vielleicht sollte er Daniels Talent doch noch eine Weile fördern. Eine Ausbildung könnte er später immer noch beginnen, wenn sich herausstellte, dass seine Fähigkeiten doch nicht für die große Profikarriere genügten.
„Okay, wie räumen wir die Sache aus dem Weg, ohne dass irgendjemand Schaden nimmt?" Fergensen sah die beiden Jungen an und gab ihnen damit zu verstehen, dass er sich der Lösung annehmen wird, dann dachte er weiter nach:
„Verträge lassen sich ändern, das dürfte kein Problem sein, aber ob die Behörden mit sich reden lassen, mag ich bezweifeln." Fergensen ließ sich auf das englische Ledersofa fallen und zog den Knoten seiner Fliege auf.
Daniel und Jannik entspannten sich langsam und trauten sich nun gleichfalls, in den schweren Möbeln Platz zu

nehmen. Zum ersten Mal seit der Enthüllung ihres Geheimnisses unten in der Halle spürten sie einen Wink der Erleichterung. Es war nicht nur die Last der vergangenen Monate, die von ihnen fiel, sondern auch die Hoffnung, dass sie ihr Versteckspiel beenden konnten, und die Erwachsenen die Situation für sie übernehmen würden. Doch noch war nicht alles ausgestanden.
Hachem versuchte zu konstatieren: „Also, wenn ich das richtig verstanden habe, dann hat jeder von euch im August seine Sozialversicherungsnummer erhalten. Stimmt das?“ Die beiden Jungs nickten nahezu gleichzeitig. „Nur, dass du, Jannik, unter deiner Nummer Hartz IV beziehst, und du, Daniel, mit deiner Nummer ein Ausbildungsgehalt. Eigentlich müssten im Zentralcomputer bei der Rentenversicherungsanstalt nur die Namen und dazugehörigen Sozialversicherungsnummern getauscht werden, dann würde alles stimmen.“
Jetzt blickte Hinrich Fergensen mit überlegender Miene auf seinen Kollegen.
„So einfach geht das eben nicht. Schließlich ist Jannik bei der Behörde als arbeitslos gemeldet und hat daher zu Unrecht Geld bezogen, und Daniel, als Sohn eines wohlhabenden Bauunternehmers, stünde kein Hartz IV zu. Ich fürchte wir kommen um eine Aufklärung der Sachlage nicht herum“. Fergensen sah die beiden Jungs an, denen die Konsequenz ihrer Handlung jetzt erst richtig bewusst wurde. Es herrschte Stille, Stille des Denkens und der Ratlosigkeit. Gedankenverloren mit offenen Augen sagte Fergensen mehr zu sich selbst als zu den Anwesenden:

„Was hat Ihre Frau vorhin noch gesagt? Denken Sie daran, dass Weihnachten das Fest der Liebe und der Vergebung ist?'"
„Ja, das hat sie gesagt, aber ich fürchte, das hilft uns in diesem Fall nicht weiter", meinte Konrad Hachem.
„Vielleicht doch. Lasst es uns versuchen und hoffen, dass Weihnachten uns wohlgesonnen ist." Fergensens Blick erhellte sich, und er blickte abwechselnd in die fragenden Gesichter der Jungs und in das von Konrad Hachem.
„Was haben Sie vor?" fragte Hachem.
Fergensen wandte sich zunächst den beiden Jungen zu. „Ihr geht jetzt zu eurer Geburtstagsparty oder ist die auch nur erfunden?"
Daniel und Jannik erhoben sich aus ihren Sitzen. Sie wussten, dass Hinrich Fergensen keine Antwort auf seine Frage erwartete. Es war auch gleichgültig. Sie waren froh, den Raum verlassen zu können. Was auch immer noch an Folgen auf sie zukommen mochte, Daniel kannte seinen Vater. Er würde alles versuchen, um der Geschichte ein glimpfliches Ende zu geben. An der Tür drehte er sich noch einmal um „Danke, Paps", sagte er kleinlaut und mit großer Erleichterung.
„Die Geschichte ist noch nicht ausgestanden. Wir werden ziemlich viel Überredungskunst brauchen."
Als die beiden Jungen die Bibliothek verlassen hatten, wandte er sich Konrad Hachem zu.
„Unter meinen Gästen befindet sich der Vorsitzende des Bauamtes. Ich habe ihm im vergangenen Jahr einen Gefallen getan, als durch seine Fehlplanung ein Milliardenprojekt zu kippen drohte und er mit hoher Wahrscheinlichkeit seinen Posten verloren hätte. Ich denke, es ist

jetzt an der Zeit, dass er sich dafür erkenntlich zeigt. Auch wenn das nicht sein Ressort ist, kann er vielleicht seinen Einfluss geltend machen und die ganze Sache bei der Behörde tatsächlich als dummen Jungenstreich darstellen. Wenn wir erst die Anwälte sprechen lassen, bauschen wir die Sache nur auf. Ich werde ihn zu mir bitten und unter vier Augen mit ihm sprechen."
„Das ist eine ausgezeichnete Idee." Konrad Hachem erhob sich von seinem Sessel, knöpfte sich den Smoking zu und reichte Dr. Fergensen die Hand. „Ich wünsche Ihnen viel Glück." Dann ging auch er zur Tür und ließ Hinrich Fergensen allein.

Mit den Händen in den Hosentaschen durchschritt Hinrich Fergensen den Raum und dachte nach. Er fühlte sich ein Stück weit mitschuldig an der Misere. Einerseits war er wütend darüber, dass sich Daniel seinem ausdrücklichen Wunsch widersetzt hatte, andererseits hatte er ihn so sehr unter Druck gesetzt, dass Daniel glaubte, zu solchen Mitteln greifen zu müssen. Und es wurde Hinrich Fergensen zum ersten Mal bewusst, dass er alles mit Geld oder seinen Beziehungen regelte. Andere hatten diese Möglichkeiten nicht, konnten keine Privatschule bezahlen oder Ausbildungsplätze beschaffen. Diese Menschen waren im Grunde noch viel mehr auf die Hilfe einflussreicher Leute angewiesen, die ihnen eine Chance gaben zu beweisen, was in ihnen steckte. Daniel hatte das getan, ob mit Absicht oder nicht, er hatte Jannik die Chance gegeben, einen Ausbildungsplatz zu bekommen, und Jannik hatte sie dankbar für sich genutzt. Jetzt lag es also an ihm, damit der Junge diese Chance auch bis zu seinem

Abschluss behalten konnte. Konrad Hachem hatte bereits sein Einverständnis gegeben, es kam nun auf seine Überzeugungskunst und die guten Beziehungen an. Er stellte sich vor die Glasvitrine und richtete im Spiegelbild seine Fliege, dann knöpfte er seinen Smoking zu und verließ die Bibliothek.

Dr. Philipp Ademar war ein großer umfangreicher Mann, der nicht zu übersehen war. Er liebte es, im Rampenlicht zu stehen und zeigte sich gern großherzig. Seine Frau wirkte gegen ihn zierlich, ja fast zerbrechlich und war dennoch seine geheime Stütze im Dialog mit den anderen Gästen. Hinrich Fergensen trat auf Dr. Ademar zu, der gerade im Gespräch mit einem Architekten war und fasste ihn sacht am Ärmel.
„Darf ich Sie kurz unter vier Augen in meiner Bibliothek sprechen, es wird sicherlich nicht lange dauern“, flüsterte er ihm zu.
„Aber natürlich“, posaunte Dr. Ademar los, „was gibt es denn so Dringendes, das nicht bis nach Weihnachten warten kann?“
„Das erzähle ich Ihnen gleich.“
Die Männer stiegen die Treppe hinauf zur Bibliothek. Nachdem Fergensen Dr. Ademar einen Cognac angeboten hatte, holte er tief Luft und begann.
„Es ist mir unangenehm, Sie heute an diesem Abend mit meiner Bitte zu behelligen, aber gerade weil es kurz vor Weihnachten ist, hoffe ich, dass Sie Verständnis haben werden und ich auf Ihre Hilfe zählen darf, für das, was ich Ihnen jetzt sage.“

„Na, Sie machen es aber spannend." Dr. Ademar hatte es sich in einem der großen Ledersessel bequem gemacht, lehnte sich amüsiert zurück und verschränkte seine Hände über den voluminösen Bauch. Hinrich erzählte die Geschichte von Anfang an. Dabei schilderte er die Situation von Jannik ganz besonders deutlich, aber auch sein Schuldgefühl und die Bereitschaft von Konrad Hachem, den Jungen weiterhin bei sich zu beschäftigen. Dr. Ademar hörte aufmerksam zu, sein Gesichtsausdruck wechselte von Belustigung zur Bestürzung bis hin zu einem mitleidvollen Lächeln.
Schließlich schloss Fergensen seine lange Rede „…ich bin mir nicht sicher, ob Sie über den notwendigen Einfluss bei den Behörden verfügen, die Namen mit den Sozialversicherungsnummern ohne viel Aufsehens richtigzustellen. Im Grunde handelt es sich um fünf Monate, die zu korrigieren sind. Das zu Unrecht erlangte Hartz IV-Geld von Daniel begleiche ich natürlich unverzüglich. Um meinen Sohn mache ich mir nicht so große Sorgen. Für ihn finde ich eine andere Ausbildungsstelle, oder meine Frau und ich sprechen tatsächlich einmal mit dem Trainer, vielleicht lässt sich so eine Fußballkarriere mit einer Berufsausbildung koppeln. Aber der andere, Jannik Mertens, hat eine Chance in seinem Leben verdient, und ich denke, wir sollten alles tun, um ihm diese zu erhalten." Er sah Dr. Ademar an, und es herrschte sekundenlanges Schweigen zwischen den beiden Männern. Dann setzte sich Dr. Ademar auf.
„Wissen Sie Herr Dr. Fergensen, ich schätze Sie als einen leistungsstarken, sehr erfolgreichen Geschäftsmann, ohne dessen Einfluss so manche Vorhaben der Stadt und

des Landes nicht möglich gewesen wären. Dass Sie darüber hinaus auch ein gutes Herz und sich ihre Menschlichkeit bewahrt haben, durfte ich selbst erfahren, als Sie mir im vergangenen Jahr aus der Klemme geholfen hatten. Und ich stimme Ihnen zu, Weihnachten ist das Fest der Liebe, und da sollten wir in der Tat Gnade vor Recht ergehen lassen. Ich kenne die Leute im Amt, die uns dieses kleine Problem mit wenigen Handgriffen aus der Welt schaffen können und denke, dass auch sie nicht schuld sein wollen, wenn ein Junge durch diesen Fehltritt seine Chance verliert." Dr. Ademar stand auf und hielt Hinrich Fergensen sein Cognacglas zum Anstoß entgegen.

„Lassen Sie uns darauf trinken, dass wir die Welt wenigsten an diesem heutigen Weihnachtsempfang vielleicht ein kleines bisschen menschlicher machen können."

Hinrich Fergensen atmete tief durch, dann hob er sein Glas und hielt es gleichfalls dem von Dr. Ademar entgegen.

„Nein, lassen Sie uns darauf trinken, dass unsere Welt nicht ‚nur' zu Weihnachten ein bisschen besser wird."

Die Männer sahen sich in die Augen, stießen miteinander an und waren sich einig.

Holzopi

Werner Kohlhass blickte gedankenvoll in das wärmende Feuer. Er tat es jeden Abend, seitdem der Winter seinen kalten Mantel über die kargen Felder gelegt hatte. Er hockte auf dem hölzernen Schemel vor dem gusseisernen Ofen, schaute den knisternden Flammen zu, wie sie dem Feuer immer wieder neue Formen gaben und redete sich ein, dass sein Leben gut sei, so wie es war.

Doch an diesem Abend saß er vor der Glut, den weißhaarigen Kopf in die faltigen Hände gestützt, und starrte durch die Flammen hindurch, als könnte er hinter ihnen eine Antwort finden, eine Antwort auf die Frage, die sein bisheriges Leben durcheinander brachte und die er seit heute Vormittag in seinen Händen hielt.
„Es ist ein Brief aus Österreich, wohl von Ihrer Tochter", hatte der Postbote ihm schon von weitem strahlend zugerufen, als wäre er der Überbringer einer lang ersehnten Nachricht. Es geschah nicht oft, dass Natalie ihm schrieb, schließlich gab es ein Telefon, obwohl es auch nicht häufig vorkam, dass sie miteinander telefonierten, seit sie vor mehreren Jahren aus dem kleinen Dorf im obersten Winkel von Schleswig-Holstein nach Wien gezogen war, sich einige Zeit später in den Sohn eines reichen Industriellen verliebte und ihn kurz darauf heiratete.

Damals hatte seine Frau noch gelebt und beide freuten sich über das Glück ihrer Tochter. Da betrieb er auch noch seine kleine Tischlerei, und die Bewohner im Dorf ließen ihre Möbel bei ihm anfertigen oder reparieren. Immer wieder fragten sie nach Natalie, ihrem Mann und dem luxuriösem Leben, das sie nun führte. Manchmal zeigte Werner Kohlhass ihnen ein Bild, auf dem Natalie sich während des Wiener Opernballs oder einer anderen offiziellen Veranstaltung mit strahlendem Lächeln und teurer Robe präsentierte. Seine Kunden waren dann immer stolz, denn sie kannten eine Dame von Welt, die in der Öffentlichkeit stand und früher einmal zu ihnen gehört hatte.

Doch die Jahre vergingen, und die Menschen in dem kleinen Dorf suchten ihr Glück in den Städten. Sie kauften ihre Möbel in riesigen Discountern und verloren die Wertschätzung gegenüber der aufwendigen handwerklichen Arbeit von Werner Kohlhass. Das Geschäft lief schlecht, und als seine Frau vor neun Jahren starb, zog es ihn nicht mehr in die Werkstatt. Alles darin erinnerte ihn an die vergangenen Zeiten und legte einen wehmütigen Schleier um sein Herz. Irgendwann schloss er den Laden endgültig zu und verließ die kleine Mansardenwohnung unter dem Dach nur noch, um die wenigen Dinge zu besorgen, die er für sein bescheidenes Leben benötigte. Die Rente, die er sich damals als Ladenbesitzer selbst erarbeiten musste, reichte kaum aus für das Nötigste, und seit diesem Winter die Preise für Öl und Strom gestiegen waren, gönnte sich Werner

Kohlhass nicht einmal mehr die Fahrt mit dem klapprigen Golf in die Stadt, um etwas von der Weihnachtsstimmung einzufangen, die den Menschen Freude, Friede und Hoffnung versprach. Natalie kannte die Sorgen ihres Vaters nicht. Das letzte Mal kam sie für einen Tag zur Beerdigung ihrer Mutter nach Hause. In ihrem engen schwarzen Kleid, mit den Spitzenhandschuhen und dem kleinen Hut auf den hochgesteckten Haaren, dessen Schleier wie ein Hauch über ihr zart geschminktes Gesicht fiel, wirkte sie auf Werner Kohlhass wie eine Filmdiva. Werner Kohlhass hatte keine Beziehung mehr zu seiner Tochter gefunden. Sie war eine andere geworden und er glaubte, sie fühle sich nicht mehr wohl zwischen den dicht an dicht liegenden Häusermauern, den schmalen Gassen und einfachen Menschen, die früher einmal ihre Heimat gewesen waren.

Und so hatte er es seitdem vermieden, seiner Tochter die Wahrheit über sein Leben zu erzählen. Sofort hätte Natalie ihn aus seiner Welt herausgerissen und mit sich in die Großstadt genommen, oder – und das wäre in seinen Augen noch viel schlimmer gewesen – sie hätte ihm unverzüglich einen monatlichen Geldbetrag geschickt, der weit höher gewesen wäre als sein damaliges Einkommen. Für Natalie war er ein rüstiger Rentner, eingebettet in eine fröhliche Gemeinschaft kleinbürgerlicher Dorfbewohner, bei denen er angesehen war und sich wohl fühlte. Er war ihr Vater, der noch immer in seiner kleinen Werkstatt bastelte - nicht für den

Erhalt seines Lebensstandards - sondern aus Spaß an der Arbeit und für den Sinn des Daseins.
Nun hielt er den Brief in der Hand, geschrieben mit der krakeligen Schrift eines kleinen Jungen, den er bisher nie zu Gesicht bekommen hatte und der dennoch ein Teil von ihm war. Werner Kohlhass legte die letzten Scheite Holz in den eisernen Ofen und hätte den Brief am liebsten hinterher geworfen. Aber es war der Weihnachtswunsch seines Enkels und den wollte er nicht einfach ignorieren. Noch einmal faltete er die Zettel auseinander, hielt sie in seinen großen hageren Händen und las ein weiteres Mal die Worte, als hoffte er, dass sie sich beim wiederholten Lesen zu einer anderen Formation zusammenstellen und dadurch einen neuen Sinn ergeben würden:

Lieber Opa,
ich kenne dich nur aus Mamas Erzählungen und ich weiß, dass du viele hundert Kilometer weit weg wohnst. Meinen anderen Opa sehe ich fast jeden Tag. Mama erzählt mir manchmal Geschichten von früher, als sie noch klein war. Von einem Foto weiß ich, wie du aussiehst. Ein Foto mag ich besonders gern. Es ist Weihnachten, Mama kniet neben einem Schaukelpferd mit richtigem Fell und umarmt seinen Hals. Mama sagte, dass du ihr das Schaukelpferd gebastelt hast, als sie ungefähr so alt war, wie ich heute. Und sie sagt, es stand noch in der Werkstatt, als sie damals wegzog. Ist es so? Gibt es das Pferd noch? Kannst du dieses Jahr nicht zu Weihnachten kommen und es mir mitbringen? Mama meint, dass du dich so wohl fühlst in deinem Dorf und nicht gern verreist. Sie würde es nicht gut finden, wenn ich dich

darum bitte, darum weiß Mama auch nicht, dass ich dir schreibe. Wirst du kommen?
Viele liebe Grüße
Dein Kevin

Werner Kohlhass ließ den Brief in seinen Schoß sinken. Das Schaukelpferd gab es noch immer. Es stand in der Werkstatt unter einer durchsichtigen Folie, um es vor Staub zu schützen. Als im vergangenen Jahr das Elektrizitätswerk eine Stromnachzahlung von 250 Euro verlangte, spielte er schon mit dem Gedanken, das Schaukelpferd auf dem Flohmarkt zusammen mit anderen Holzschnitzereien zu verkaufen. Aber im letzten Augenblick konnte er sich doch nicht davon trennen und stellte es zurück in die hintere Ecke der Werkstatt. Das Pferd war es nicht, was ihm Sorgen bereitete. Nein, etwas anderes machte ihm Kopfzerbrechen: Eine Fahrkarte für die Hin- und Rückreise nach Wien kostete über 400 Euro zur Weihnachtszeit. Werner Kohlhass seufzte, stand von seinem Schemel auf und vergrub die Hände in den Hosentaschen, so, wie er es immer tat, wenn er angestrengt nach einer Lösung suchte. Er ging zum Fenster hinüber und blickte nachdenklich auf die große Tankstellentafel, die einige Häuser entfernt den Autofahrern leuchtend entgegen prangte: 1,68 Euro pro Liter Normal Benzin. Der alte Golf schluckte seine acht Liter, und bis nach Wien waren es über eintausend Kilometer. Auch wenn er sparsam führe, würde ihn die Fahrt mehr als 220 Euro kosten. Außerdem war der Wagen schon lange nicht mehr wintertauglich und benötigte dringend neue Reifen. Eine Fahrt nach Wien kam einfach nicht in Frage, und Natalie von seinen Nöten zu erzählen, brachte er nicht übers Herz. Es war kurz vor Weihnachten, die Menschen, die er kannte, besaßen selbst nicht viel. Von der Bank hätte er vielleicht einen kleinen Kredit bekommen, obwohl das alte baufällige Haus mit dem Geschäft als Sicherheit nichts mehr wert war. Die Ratenabzahlung und Zinsen stellten für ihn aber eine kaum überwindbare Hürde dar. Er drehte sich um und schlurfte mutlos zurück zum Ofen. Die letzten Holzscheite waren zu weißer Glut verbrannt. Er hielt ihr seine Hände entgegen, genoss die restliche Wärme, bevor er sich spät in der Nacht ins Bett legte und seine Gedanken in einen unruhigen Schlaf übergingen.

Als er am nächsten Morgen erwachte, dachte er an Kevin „Wirst du kommen?“ Diese drei Worte schienen sich in sein Gedächtnis einzuprägen, hoffend, bittend und fordernd zugleich nagten sie an seinem Gewissen. Er stand auf, schlüpfte in das knitterige Hemd und die Cordhose vom vorangegangenen Tag, ohne überhaupt Notiz von seinen Bewegungen zu nehmen. Er nahm seine Geldbörse von der Kommode und trottete hinunter auf die Straße zum einzigen Supermarkt im Dorf. Irgendjemand grüßte ihn freundlich im Vorbeigehen, und Werner Kohlhass grüßte gedankenverloren zurück. Als er gerade die Stufen zu seiner Mansarde hinaufsteigen wollte, fiel sein Blick auf die graue Werkstatttür. Wie lange hatte er diesen Raum nicht mehr betreten? Er stellte den Einkaufskorb neben den Treppenaufgang, drückte die Türklinke nach unten und öffnete die Stahltür. Der staubige Geruch langer Verlassenheit stieg in seine Nase, und stickige Luft ließ Werner Kohlhass trocken einatmen. Langsam, fast ehrfürchtig schritt er durch den kleinen Raum und vernahm bei jedem Schritt auf dem dunklen abgeschabten Dielenboden das Knacken kleiner Staub- und Holzkrumen unter seinen Stiefeln. Auf der Werkbank lagen noch der Hobel, die Säge und ein Keil, als hätte er seine Arbeit gestern erst beendet. Langsam drehte er sich um und sah in den dunklen Winkel des Raumes hinüber. Dort stand das Schaukelpferd unter seiner Folie. Sein Herz klopfte und versetzte ihm einen plötzlichen Stich. Er wandte seinen Blick ab und sah zu dem großen Wandschrank hinüber, den er vor vielen Jahren als Meisterstück geschreinert hatte. Er war noch immer wunderschön, mit seinen gedrehten Hölzern an den Ecken und den verzierten Leisten, die wie kleine Fensterrahmen an der Außentür angebracht waren. Nach der Meisterprüfung hatte seine Frau den Schrank in dunklem Rot gestrichen und mit Blumen der traditionellen Bauernmalerei verziert. Werner Kohlhass drehte den Schlüssel, doch die Tür klemmte in dem verzogenen Holz, und so musste er sich ein wenig dagegen drücken, bis sie sich schließlich mit einem leisen Quietschen in den Scharnieren öffnen ließ.

Alte karierte Arbeitshemden hingen darin, die nach Staub und langer Dunkelheit rochen. Zärtlich strich Werner Kohlhass mit seiner faltigen knochigen Hand an den Kleidungsstücken entlang, als würden sich zwei alte Freunde nach langer Zeit wieder begegnen und ihre gegenseitigen Veränderungen betrachten. Bei seiner Kluft aus den sechziger Jahren hielt er inne und zog sie näher zu sich heran. In diesem Anzug war er, wie es der Brauch verlangte, drei Jahre und ein Tag als Geselle durch die Lande gezogen, um seine Schreinerkenntnisse zu erweitern. Er hatte viel zu tun gehabt und verdiente gutes Geld, denn in den Dörfern und Städten brauchte man jede Kraft für den Wiederaufbau. Ein Lächeln huschte über Werner Kohlhass Gesicht, als er an die Zeit der Tippelei dachte und ließen seine müden Augen für einen Moment lang ein kleines bisschen leuchten. Obwohl sein Verdienst damals höher ausfiel, als er es eigentlich für seinen Lebensunterhalt benötigte, waren die Taschen ständig leer. Meist hatten es ihm die vielen hübschen Mädchen angetan, die ihre Reize mit der aufkommenden Minimode nicht verbargen. Er nahm die Kluft aus dem Schrank. Sie sah noch ganz passabel aus, etwas abgewetzt von der Arbeit, aber vollständig und ohne Löcher. Werner Kohlhass blickte wehmütig an dem Kleidungsstück hinunter. Wären es noch andere Zeiten, würde er sich sofort aufmachen und bis nach Wien wandern, doch die großen Möbelhäuser benötigten schon lange keine ausgebildeten freischaffenden Schreiner mehr und Kleinstgeschäfte, die Auftragsarbeiten annahmen, konnten Angestellte nur selten bezahlen. Er nahm den alten Schauwerker aus dem obersten Fach, pustete den Staub ab und setzte ihn sich auf den Kopf. Im Innenspiegel der Schranktür überraschte ihn sein Anblick, und auch wenn ihm nicht zum Lachen zumute war, konnte er sich eines Schmunzelns nicht erwehren. Ein ungewöhnlicher Geselle blickte ihn an, mit weißgrauen Locken, die sich unter der Melone hervor kräuselten und einem weißen Schnurrbart, der bei den

Tippelbrüdern zutiefst verpönt war. Ob ihm die alte Kluft noch passte? Er kramte im Schrank hinter den Kleidungsstücken, die auf den Bügeln hingen und fand seinen Stenz. Er hob den gedrechselten Wanderstab auf Augenhöhe, drehte ihn, als begutachtete er jedes Detail der Schnitzerei auf seine Tauglichkeit und erblickte seinen alten Charlottenburger, die Reiserolle, in der jeder Handwerker damals sein Werkzeug bei sich trug. Werner Kohlhass Gedanken wanderten die Jahre zurück, und dann packte ihn Neugierde und die Sehnsucht nach alten Zeiten. Er warf sich entschlossen die Kluft über den Arm, klemmte den Stenz unter und hängte den Charlottenburger quer über die Brust, dann verließ er die Werkstatt, konnte gerade noch den Einkaufskorb mit der freien Hand greifen und trabte die Treppe zur Mansarde hinauf.

Eine halbe Stunde später drehte er sich in voller Handwerkskluft vor dem Spiegel in seinem Schlafzimmer und begutachtete sich. Es passte noch alles wie damals, auch wenn sein Bauch mittlerweile eine kleine Rundung angenommen hatte. Ein Gedanke blitzte in ihm auf. Was wäre, wenn er noch einmal das Wagnis auf sich nahm und auf die Walz ging? Rüstig genug fühlte er sich, und sicherlich würden ihn auch einige Anhalter mitnehmen. Vielleicht konnten kleinere Firmen, die auf den vielen Weihnachtsmärkten ihre Kunstwerke verkauften, noch eine Aushilfskraft benötigen. Was brauchte er denn schon? Eine Schlafmöglichkeit, etwas zu Essen und ein paar Euro für die Weiterfahrt. Werner Kohlhass spürte mit einem Mal so etwas wie Aufbruchstimmung, die Vorfreude auf seinen Enkel Kevin und das Gefühl, endlich wieder etwas Sinnvolles zu tun. Er zog die Kluft aus und steckte sie in die Waschmaschine. Dann wühlte er im Bücherregal nach einer Landkarte. Er setzte sich an den großen Holztisch in der Mitte des Zimmers und plante seine Route. Seine Gedanken waren begleitet von dem Bild des kleinen Kevin, wie er seinen Großvater am Heiligen Abend überrascht und freudig umarmte.

Werner Kohlhass Gefühl schwankte zwischen Abenteuerlust und Ausreißen, als er am frühen Morgen die kleine Mansardenwohnung verschloss und die Treppen hinunterstieg. Das Schaukelpferd hatte er in seiner Schutzfolie belassen und zwischen Kufen und Bauch über die Schulter gehoben. Es war kalt, in der Nacht hatte es gefroren. Werner Kohlhass schaute in den Himmel und blickte auf die Sterne, die noch deutlich zu sehen waren, dann atmete er tief durch. Die eisige Luft ließ seine feinen Haare in den Nasenlöchern frieren, und nebeliger Dampf tauchte beim Ausatmen vor seinen Augen auf. Es versprach ein sonniger, klarer Tag zu werden, einer der Vorboten auf eine weiße Weihnacht. Er ging die Straße hinunter, vorbei an dem winzigen Supermarkt und den noch schlafenden Häusern, die im dämmrigen Licht der Straßenlaternen wie eine graue Mauer neben ihm verlief. An der Bushaltestelle wartete eine kleine Frau mit langem Mantel, die Hände in den Taschen verborgen. Ihre Schultern hatte sie bis zum Kopf hochgezogen und tippelte von einem Fuß auf den anderen. Nur kurz blickte sie auf, als Werner Kohlhass

näher kam und widmete sich sofort wieder ihren Gedanken und der Kälte. Der Bus kam, und als sich die Türen öffneten, schob sich Werner Kohlhass warme Heizungsluft entgegen, die nach Mief und Müdigkeit roch. Er setzte sich neben einen jungen langhaarigen Kerl, der mit seinem Kopf gegen die Fensterscheibe gelehnt, leise schnarchend seinen Schlaf der Nacht fortsetzte. An der Haltestelle in Flensburg stieg Werner Kohlhass aus und wanderte bis zur Autobahnauffahrt in Richtung Hamburg. Aus der Ferne war das lärmende Rauschen der Autos zu hören, die wie ein durch Lautsprecher verstärkter bedrohlicher Bienenschwarm an seine Ohren drang und nichts von der Walzromantik aufkommen ließ, die er aus den sechziger Jahren erinnerte. Er musste nicht lange warten bis ein alter, schon bald nicht mehr straßentauglicher 7,5 Tonner vor ihm hielt. Als sich die schwere Tür öffnete, blickte ihn ein Mann mit dunklen grau durchsetzten schmierigen Haaren an. Sein Gesicht war faltig, die Arme fleischig. Der runde Bauch zeugte von wenig Bewegung und davon, dass er den Beruf wohl schon mehrere Jahre ausübte. Er schien häufiger Anhalter mitzunehmen, denn er fragte Werner Kohlhass nicht einmal wohin es gehen sollte, er hielt einfach die Tür auf und ließ ihn einsteigen.
„Ich fahre nach Hamburg, bis dahin kann ich Sie mitnehmen.“
„Danke, genau dort möchte ich hin.“
Der Fahrer half das Schaukelpferd in den hinteren Teil der Fahrerkabine zu verstauen und musterte mit einem kurzen Blick von der Seite Werner Kohlhass Kluft. Dann startete er den Motor, ohne ein weiteres Wort zu

verlieren. Werner Kohlhass sah durch die Frontscheibe auf die Straße. Die Autos wirkten aus dieser Höhe wie Spielzeug, die wie kleine rasante Insekten an ihnen vorbeifuhren. Im Innern der Kabine ratterte der Motor in einer Lautstärke, die ein Gespräch zwischen den beiden kaum möglich machte, doch nach minutenlangem Schweigen rief der Fahrer Werner Kohlhass laut an: „Für einen Gesellen, der auf der Walz ist, sind Sie schon ein bisschen alt."
„Ich bin auf dem Weg zu meinem Enkel nach Wien und versuche mir bis Weihnachten etwas Geld für die Reise dazuzuverdienen."
„Scheiß Spritpreise, machen den ganzen Markt kaputt. Seitdem die Kosten rauf gegangen sind und vor einigen Jahren die Maut dazugekommen ist, haben die Aufträge auch immer mehr nachgelassen. An diesem Weihnachtsfest sieht es mau aus für meine Frau und die beiden Kinder. Bin schon froh, wenn sie warm und trocken vorm Tannenbaum sitzen."
Werner Kohlhass schwieg. Er hatte keine besondere Lust, diesem Mann von seinem Leben zu erzählen.
„Wo wollen Sie denn arbeiten?" fragte der Fahrer.
„Ich weiß noch nicht, irgendwo, wo man Holz verarbeitet."
„Na, Sie ham ja nen guten Humor. Es ist Winter, auf den Baustellen gibt's nichts zu tun und Möbel werden billiger im Ausland produziert. Ich glaub da müssen Sie schon `n bisschen flexibler sein und was anderes machen. An Ihrer Stelle würde ich zur Arbeitsagentur gehen und in der Jobzentrale nachfragen. Da kriegen Sie wenigstens ne Gelegenheitsarbeit für `n paar Euros."

„Danke, das ist ein guter Tipp, ich werde es probieren“, sagte Werner Kohlhass mit einem Unterton, der dem alten Mann unmissverständlich deutlich machte, dass er an seiner Meinung nicht im Geringsten interessiert war. Die Unterhaltung war so abrupt beendet, wie sie begonnen hatte, und beide hafteten in ihren Gedanken, ohne voneinander weiter Notiz zu nehmen. In der Nähe der Arbeitsagentur in Hamburg ließ der Fahrer Werner Kohlhass aussteigen und sagte, als hätte er sich seine Worte die gesamten 160 Kilometer über reiflich überlegt:
„Na, dann mal viel Glück und frohe Weihnachten.“
„Danke“, und damit schlug Werner Kohlhass die Tür zu, vernahm, wie das laute Knattern des Motors immer leiser wurde und schloss für einen Moment die Augen. Hamburg: Es roch nach Freiheit, Sehnsucht und Abenteuer. Krähen suchten sich einige Leckerbissen aus überfüllten Abfallkörben und längs der Kopfsteinpflasterstraße stand eine Frau mittleren Alters, mit sauerstoffblondiertem hochtoupierten Haar, einer Kunstfelljacke und eng anliegenden Leggings bekleidet. Zwischen rot lackierten Fingern hielt sie eine Zigarette, und unter ihrem Arm lukte ein kleiner Mops mit beigem Fell hervor. Offenbar wartete sie auf Kundschaft, ohne Werner Kohlhass als annehmbares Opfer in Betracht zu ziehen.

Er löste sich von seinen Gedanken und schlenderte die Straße hinunter zur Agentur für Arbeit. An der Anmeldung saßen zwei Männer. Beide trugen ein mittelblaues Uniformhemd mit aufgesticktem Emblem

der Arbeitsagentur und blickten Werner Kohlhass an, als würden sie bereits ahnen, was er von ihnen wollte.
„Ich möchte in die Abteilung, in der die Gelegenheitsjobs für Schreiner vergeben werden."
„Na, da hätten Sie schon ein bisschen früher aufstehen müssen, die Vergabe ist heute nicht mehr besetzt. Morgen erst wieder von acht bis zehn Uhr", sagte einer der beiden mit belehrendem Tonfall, ohne seine Position zu verändern.
„Gibt es sonst eine Stelle, wo ich mich nach Arbeit umsehen könnte?"
„Sie können im Internet unter den Ausschreibungen nachsehen, vielleicht finden Sie da etwas." Der Beamte deutete mit einer leichten Kopfbewegung hinter Werner Kohlhass auf eine Informationsinsel, in der mehrere Computerplätze an Sechsertischen angeordnet waren. Junge Leuten saßen vor PCs und hackten auf Tastaturen herum, die schnelle leise Klickgeräusche auslösten, dabei waren ihre Augen auf leuchtende Bildschirme gebannt und ihre rechte Hand zum Sprung auf die Maus bereit. Er hatte in seinem ganzen Leben noch nie mit einem Computer gearbeitet und wusste nicht einmal, wie man dieses weiße Maus-Ding betätigte, damit der Cursor sich auf die gewünschte Position bewegte. Werner Kohlhass drehte sich um, ging an den beiden Beamten vorbei zurück zum Ausgang. Draußen setzte er sich auf die kleine Mauer neben dem Eingang. Er blickte auf den Cordsamt seiner Hose mit dem weiten Schlag und den dicken Stiefeln darunter, stützte sich auf seinen Stenz und kam sich auf einmal nur noch lächerlich vor. Das graue Haar, seine Kleidung aus den sechziger Jahren und die

Menschen, die ihn ansahen, als wolle er auf eine Faschingsveranstaltung gehen. All das kam ihm vor, als wäre es ein böser Alptraum, in den er aus unerfindlichen Gründen hineingeraten war. Wie war er nur auf die Idee gekommen, die Jahre zurückdrehen und mit der Walz sein Geld für die Fahrt nach Wien verdienen zu können? Er passte nicht mehr in diese Welt, die über Computer und Internet gesteuert wurde. Was sollte er überhaupt bei einem Jungen, den er bisher noch nicht einmal kennengelernt hatte? Er starrte auf die Gehwegplatten, die staubfrei gefegt in der kalten Wintersonne vor ihm lagen und zuckte zusammen, als sich hinter ihm die Tür der Arbeitsagentur öffnete. Ein junger Kerl in schlabbrigen Jeans, bei denen die Gesäßtaschen bis zu den Kniekehlen rutschten, einem dicken weiten Sweatshirt und einer Wollmütze auf dem Kopf sah ihn mit triumphierenden Grinsen an. Sein Gang war lässig in den Hüften und im Oberkörper wankend, als wolle er mit den Armen Schwung für jeden Schritt holen, den er tat. In der Hand hielt er eine Liste mit Adressen, die er sich offensichtlich aus dem Internet besorgt hatte und nun abklappern würde.

Werner Kohlhass fühlte sich erschöpft und entmutigt. Er kannte sich in Hamburg nicht gut aus, aber hier sitzen bleiben konnte er natürlich auch nicht. Er entschloss sich, weiter in Richtung Stadtzentrum zu marschieren, denn dort würde er vielleicht auf Menschen treffen, die ihm weiterhelfen konnten. In der Nähe des Hauptbahnhofes kam er auf die Spitalerstrasse, eine breite Fußgängerzone, deren Geschäfte auf der linken und rechten Straßenseite mit weihnachtlichen Lichterketten verbunden waren. Winzige Holzbuden im Gehwegbereich formten einen kleinen Weihnachtsmarkt. Hier duftete es nach winterlichem Gebäck, Glühwein, Bratwurst und frittierten Mutzenmandeln. Schiefe Geigenklänge von laienhaften Musikanten und hohe Kinderstimmen ließen von der Ferne „Tochter Zion, freue dich“ erklingen. Obwohl es erst später Vormittag und der Zauber weihnachtlicher Stimmung noch einige Stunden entfernt war, tummelte sich eine erstaunliche Anzahl Schaulustiger an den Buden, betrachteten Weihnachtsschmuck und Kerzen oder tranken in geselliger Runde ihre ersten Gläser Glühwein. Der würzige Geruch von Anis, Koriander, süßer Zuckerwatte und dicker Erbsensuppe ließ seinen Magen laut knurren. Vor einem Wagen, hinter dem ein in Schal und Mütze eingewickelter Mann heiße Esskastanien anbot, blieb er schließlich stehen, hielt seine Hände einen Moment lang vor die ausströmende Wärme des Ofens und wollte gerade eine Tüte Maronen bestellen, als eine junge Frau mit einem kleinen Schild in der Hand in sein Blickfeld trat: „Erbitte Sachspende für Kinderheim“ las er in großen Buchstaben.

Werner Kohlhass nahm seine Tüte Maronen entgegen, ohne die Frau aus den Augen zu lassen, er zog einige Münzen aus seinem Portemonnaie, gab sie dem Maronen-Mann in die wollene Hand und ging zu der Frau hinüber.
„Was ist das für ein Kinderheim?“ fragte er neugierig.

„Es ist eine Stiftung mit über tausend Kindern und Jugendlichen in verschiedenen Wohneinheiten in ganz Hamburg."
„Und was sammeln Sie?"
„Kleidung, Spielzeug, Möbel – alles, was die Menschen zu Hause ausrangieren, aber für unsere Kinder noch gut zu gebrauchen ist."
„Ich bin Schreinermeister. Glauben Sie, dass Ihr Kinderheim auch handwerkliche Tätigkeiten benötigen könnte?"
„Ich weiß nicht, kaputt geht natürlich immer einmal etwas, aber da müssten Sie schon mit der Heimleiterin sprechen", sagte sie und gab ihm einen kleinen Werbezettel, auf dem unter einer ausführlichen Schilderung der Stiftung auch die Adresse und Telefonnummer notiert war.
Werner Kohlhass nahm den Zettel, bedankte sich und bahnte sich den Weg durch das Gedränge der Menschen, vorbei an den Geigen spielenden Musikern und zurück zum Hauptbahnhof. Von dort stieg er in die U-Bahn und fuhr zur Haltestelle der angegebenen Adresse.

Das Heim lag im Osten von Hamburg an einer parkähnlichen Wohnsiedlung mit aneinander gereihten zweistöckigen Einfamilienhäusern. Am Rande des Wäldchens erblickte Werner Kohlhass vor meterhohen Tannen, das rostgesprenkelte Schild des Kinderheimes, dessen Aufschrift nur noch andeutungsweise zu erkennen war. Er sah sich um und entdeckte hinter dem buschigen Grün einen hohen Zaun und dahinter eine steinerne Villa aus der Jahrhundertwende. Er drückte den Klingelknopf.

Kurz darauf summte es, und das Tor öffnete sich vor ihm wie von Geisterhand. Werner Kohlhass schritt auf das Haus zu. Es war ein großes mehrstöckiges Gebäude mit einer Sandauffahrt, umringt von grünem Rasen, der trotz der winterlichen Kälte seinen dichten Wuchs beibehalten hatte. Zur Tür führte eine steinerne Treppe, dessen Geländer sich zum Weg hin fächerförmig auftat, sodass sie wie weit geöffnete Arme ihre Besucher willkommen hieß. In der Tür stand eine hagere Dame mit grauem hochgesteckten Haar, engem Rock, Strickpullover und einem passenden Jäckchen, das sie sich lässig über ihre Schultern gehängt hatte. Um ihren Hals trug sie eine Brillenkette und lächelte Werner Kohlhass freundlich und erwartungsvoll an. Ihre Haut war zart und dennoch übersät mit kleinen Falten. Sie trug das sanftmütige Lächeln einer Frau, deren Lebenserfahrung ihr im Gesicht geschrieben stand. Werner Kohlhass Herz klopfte aufgeregt. Vielleicht ergab sich hier seine erste Gelegenheit, Geld für die Reise nach Wien zu verdienen. Als Geselle war es üblich, die Dienste mit einem kleinen Vers anzubieten, doch die Verse, die er von früher her kannte, passten nicht auf seine Belange, und obwohl er mit Worten nicht so gut umgehen konnte, hatte er sich zu Hause seinen eigenen kleinen Reim zusammengeschrieben. In gebührendem Abstand stellte er sich vor der Dame auf, nahm seinen Schauwerker ab und hoffte, sich nicht zu verhaspeln:

„Ich dank Euch, ihr öffnet vertrauensvoll das Tor,
und schenkt mir einen Moment lang Euer offenes Ohr.

Ich bin nicht mehr jung und ledig, wie es die Zunft verspricht,
sondern Witwer, und mein Alter seht ihr in meinem Gesicht.
Ich bin auch kein Gesell mehr oder fang grad erst an,
beherrsche mein Handwerk seit über 50 Jahr'n.
Mein Enkel bittet mich zu ihm nach Wien,
doch zu hoch sind Preise für Bahn und Benzin.
So tippel ich nach alter Zunft,
und bitte um Kost und Unterkunft.
Ich biete dafür eine Leistung aus Meisterhand,
setz Schränke, Tische und Stühle instand.
Gewährt ihr mir Arbeit und lasst mich herein,
versprech ich Euch, es wird Euer Schaden nicht sein."

Werner Kohlhass atmete tief durch und war froh, wie ein kleiner Junge in der Schule, seinen Vers fehlerfrei herausgebracht zu haben. Fragend blickte er die Dame an, deren freundliches sanftmütiges Lächeln zu einem offenherzigen Lachen überging.
„Das ist eine gelungene Begrüßung, guten Tag, ich bin Annemarie Heuer, die Leiterin, des Heimes." Sie reichte ihm die Hand und deutete an, näherzutreten. „Kommen Sie doch in mein Büro auf eine Tasse Kaffee herein, Sie sehen ziemlich durchgefroren aus."
Werner Kohlhass bedankte sich und folgte ihr durch ein geräumiges Foyer mit einem riesigen Kronleuchter an der Decke und knarrendem gebohnerten Dielenboden, der mit einem wertvoll anmutenden Perserteppich ausgelegt war. An den Wänden hingen Bilder mit kunstvollen Rahmen und alten Fotografien, vermutlich

aus der Gründerzeit der Stiftung. Rechts stand ein gut drei Meter hoher Weihnachtsbaum, geschmückt mit künstlichen Lichtern und vielerlei Baumschmuck, denen keinerlei Stilrichtung anzusehen war und die dennoch in ihrer Vielfalt eine bunte Einheit ergaben. Frau Heuer sah im Gehen über ihre Schulter zu Werner Kohlhass hinüber und bemerkte den erstaunten Blick in seinen Augen.
„Der Schein trügt“, sagte sie, als hätte sie seine Gedanken gelesen „es ist zwar alles echt, was Sie hier sehen, dennoch sind wir nicht reich; und den Baum haben alle Kinder gemeinsam geschmückt. Sie sehen: Geschmäcker sind verschieden und können sich doch gegenseitig tolerieren.“

Als sie das kleine Büro betraten, umfing Werner Kohlhass ein süßlicher warmer Geruch. Der Dielenboden war auch hier mit einem dunkel gemusterten dicken Läufer belegt, der jeden Schritt und Klang von Annemarie Heuers heller Stimme abfederte. Vor dem hohen Fenster stand in den Raum gerichtet ein moderner grauer Schreibtisch, auf dem ein Computer, eine nostalgische Lampe standen und vielerlei Zettel geordnet nebeneinanderlagen. Neben dem Fenster prangte ein weißer Kamin. Das flackernde Feuer unterstrich die behagliche Atmosphäre und gab dem Ganzen einen weiteren Hauch von Luxus. Werner Kohlhass nahm in der gemütlichen Sitzgruppe vor dem Kamin Platz, das Schaukelpferd stellte er neben die Couch. Frau Heuer nahm eine Tasse vom Kaminsims, schenkte Werner Kohlhass aus einer Thermoskanne Kaffee ein, reichte sie ihm mit einem einladenden Lächeln und nahm danach

ihm gegenüber mit elegant übereinandergeschlagenen Beinen Platz.
„Unsere Stiftung ist über 180 Jahre alt, und der Gründer hat hier, in dieser Villa, aus seinen eigenen Mitteln das erste Haus errichtet.“
„Daher also die alten Einrichtungen.“
„Mittlerweile hat sich viel geändert. Natürlich erhalten wir auch heute noch Spenden von unseren Stiftungsmitgliedern, aber der größte Teil unserer Kosten wird von öffentlichen Geldern bezahlt und die sind, wie Sie sich denken können, knapp bemessen.“
„Was sind das für Kinder, die Sie beherbergen?“
„Wie zur Gründerzeit helfen wir Kindern, Jugendlichen, aber auch deren Eltern, die sich in schwierigen Lebenssituationen befinden. Dabei ist es unser Grundgedanke, dass ein Leben nicht immer in geregelten und berechenbaren Bahnen verläuft. Damals holte der Gründer die Kinder aus verwahrlosten Elendsvierteln von Hamburg und half ihnen auf dem Weg in ein selbständiges Leben. Und das tun wir auch heute noch genauso, wie vor 180 Jahren.“
„Das ist in der heutigen Zeit sicherlich nicht einfach.“ Werner Kohlhass war beeindruckt von dem Enthusiasmus, mit dem Annemarie Heuer von ihrer Arbeit erzählte.
„Es sind nicht die Zeiten, die schwierig sind, sondern was sie aus den Menschen machen. Unsere Kinder, wie alle anderen auch, sind den Verführungen der Medien, dem Gruppenzwang des Freundeskreises und der Erziehung ihrer Eltern ausgesetzt. Unsere Aufgabe ist es, ihnen Möglichkeiten aufzuzeigen, wie sie für sich selbst einen

Weg finden können, damit umzugehen. Wenn wir sie zu eigenständig denkenden Menschen bewegen, die Richtig von Falsch unterscheiden, ihre eigenen Wünsche wahrnehmen und lernen, dass man dafür arbeiten muss, dann haben wir sehr viel erreicht. Leider gelingt uns das nicht immer, häufig empfinden sich die Kinder als Verlierer und ergeben sich in ihr Schicksal."
Werner Kohlhass stellte nachdenklich seine Tasse auf den kleinen Glastisch. Er senkte den Kopf, schaute auf seine knochigen Hände, die so viele Jahre ihre Arbeit verrichtet hatten und schwieg - es war das Schweigen seiner Beschämung. Er dachte daran, wie er noch vor zwei Tagen in seiner Mansardenwohnung vor dem alten Ofen gesessen hatte und keine Perspektive mehr für sich sah. Und auf einmal war ihm bewusst, dass es ihm weit besser ging als diesen Kindern hier, die ihren Weg noch gar nicht erkennen konnten. Frau Heuer schien seine Nachdenklichkeit zu bemerken und wechselte das Thema:
„Sie wollen also bei uns arbeiten?"
„Ja, ich bin gelernter Schreinermeister, aber auch sonst handwerklich begabt", erwiderte Werner Kohlhass und riss sich aus seinen Gedanken.
„Bei so vielen Kindern und Jugendlichen geht natürlich ständig etwas zu Bruch, einen Teil können wir über staatliche Gelder instandsetzen lassen, aber das reicht oft nicht aus. Wie hatten Sie sich eine Zusammenarbeit denn vorgestellt, viel zahlen können wir nicht."
„Mir geht es vor allem darum, etwas Geld für die Reise nach Wien zusammenzubekommen, damit ich meinem Enkelkind dieses alte Schaukelpferd bringen kann, das er

sich so sehr wünscht.“ Er deutete auf das Pferd neben der Couch.
Frau Heuer runzelte die Stirn und lächelte gleichzeitig, als erwartete sie noch einen Haken an Werner Kohlhass Bitte. „Eine ungewöhnliche Anfrage. Kost und Logis kann ich Ihnen bieten, und Geld für die Weiterreise wird sicherlich auch noch drin sein. Wenn das für Sie in Ordnung ist, dann bespreche ich die Sache mit unserem Hausmeister und frage nach, was es bei uns zu tun gibt.“
„Aber ja, das wäre prima.“
„Gut, dann warten Sie bitte hier, ich bin gleich wieder da.“ Sie stand auf und verließ das Büro. Werner Kohlhass lehnte sich zurück, verschränkte seine Arme hinter dem Kopf und sah sich im Raum um. Es war eine angenehme wohlige Atmosphäre, die dieses Heim ausstrahlte. Natürlich wusste er, dass Heime heute ganz anders geführt wurden als noch zu seiner Kinderzeit, aber dieser Raum spiegelte die Geborgenheit eines richtigen Zuhauses wider. Obwohl er sicher war, dass die Kinder in diesem Haus alle unterschiedliche Probleme hatten, schien dennoch die Welt hier in Ordnung zu sein.

Einige Minuten später kehrte Frau Heuer zurück, hinter ihr her kam ein breiter Riese mit großen haarigen Pranken, denen man ansah, dass sie nur für grobe Arbeiten geschaffen waren. Trotz der eisigen Kälte trug er nur ein dünnes T-Shirt unter einer blauen Latzhose, die sich über dem Bauch leicht wölbte. Werner Kohlhass schätzte ihn auf Mitte fünfzig, und als er ihm zum Gruß die Hand reichte, spürte er, welche Kraft in ihm stecken musste.

„Das ist Harald Bäumler, unser Hausmeister. Er wird Sie über das Gelände führen und Ihnen zeigen, was zu tun ist.“
„Freu’ mich, dass ich Unterstützung kriege. Für eine Person allein ist das ne Menge Arbeit und zu den feinen Holzarbeiten tauge ich ohnehin nicht so richtig“, dabei hielt er Werner Kohlhass seine behaarten Hände hin und drehte sie zur Begutachtung.
„Da werden wir uns gut ergänzen können.“ Werner Kohlhass stand auf, nahm seinen Hut, hing sich den Charlottenburger um und wandte sich an Frau Heuer. „Vielen Dank.“
„Ich lasse ein Zimmer für Sie hier im Haupthaus herrichten. Sie essen mit den Angestellten im Esszimmer. Also dann…“, Frau Heuer reichte Werner Kohlhass geschäftsmäßig die Hand „… auf eine gute Zusammenarbeit.“ Er erwiderte den sanften Händedruck, seine Augen leuchteten.

Das Gelände war mehrere tausend Quadratmeter groß und wie eine Parklandschaft mit hohen Laub- und Nadelbäumen, Büschen und üppigen Rasenflächen angelegt, deren Wege zu mehreren ein- bis zweistöckigen Bungalows führten. Auch wenn die Sonne keine Kraft mehr hatte und die Kälte weißen Reif auf das Grün zauberte, konnte Werner Kohlhass sich gut vorstellen, welche Idylle dieses Fleckchen im Sommer widerspiegelte. Harald Bäumler war kein redseliger Mensch und während er ihn herumführte, keuchte er unentwegt und stieß dabei eine graue Atemwolke aus.

„Jetzt sind die meisten Kinder noch in der Schule oder in ihren Ausbildungen, das ist die ruhigste Zeit zum Arbeiten."
„Wohnen die Kinder allein in den Bungalows?"
„Kommt drauf an, wie alt oder eher wie vernünftig sie sind." Harald Bäumler unterstrich seine Aussage mit einer gehobenen buschigen Augenbraue. „In einem Bungalow leben zwischen vier und zehn Kinder. Sie teilen sich meist zu zweit ein Zimmer, und dann gibt es noch ein gemeinsames Wohnzimmer, Küche und Bad. Wir haben Reinigungskräfte, die die Häuser in Ordnung halten, aber die Kinder müssen auch selbst mit anpacken, ihre Einkaufsliste schreiben, kochen, abwaschen, na, alles, was eben so dazugehört."
„Und wer betreut die Kinder?"
„Jedes Haus hat mindestens einen Betreuer, das ist die Bezugsperson. Sie kennt die Probleme der Kinder und hilft ihnen, sich zurechtzufinden."
Harald Bäumler stand vor einem der Häuser und zog ein großes Schlüsselbund aus seiner Latzhosentasche. Neben dem einzigen Klingelknopf standen in unterschiedlichen Handschriften sechs Vor- und Nachnamen auf sechs einzelnen Schildern, die, um sie vor Nässe zu schützen, in eine Plastikhülle geklebt waren. Harald Bäumler schloss die Tür auf und ein muffiger Geruch von Schweißfüßen kam ihnen entgegen, der von den Schuhen aufstieg, die im Flur unter einer Garderobe mit mehreren übereinanderhängenden Jacken standen. Der dunkle Dielenboden war belegt mit einem bunt gestreiften dünnen Läufer, der bereits Löcher hatte und dessen Teppichfransen Lücken aufwiesen und an das Gebiss

einer alten Frau erinnerten. Links und rechts des Flurs gingen die beiden Männer an geschlossenen Türen mit bedrohlichen Aufschriften wie „Zutritt verboten“, „Sperrgebiet“ und aufgemalten Totenköpfen vorbei in eine geräumige Wohnküche mit einer Couchecke, einem altmodischen riesigen Fernseher und einer Vielzahl farbiger Sitzkissen. Den Esstisch hatten sie mit einem selbst gebastelten Weihnachtsgesteck dekoriert. Die Einrichtung war alt, schäbig, stillos zusammengewürfelt und vollgepfropft mit Büchern, Spielen, kleinen Figuren und vielerlei Krimskrams, dennoch wirkte sie in all ihrem Durcheinander wohnlich und warm. Vom Flur führte eine Treppe in das obere Stockwerk, hier waren das Bad und ein weiteres Zimmer für den Betreuer, sowie ein separater Computerraum mit drei PCs. Werner Kohlhass war tief beeindruckt davon, wie die Betreuer dieser Stiftung offensichtlich bemüht waren, so etwas wie eine Familienstimmung aufkommen zu lassen, und er fühlte sich nicht wohl dabei, ohne Erlaubnis der Bewohner in das Innere ihrer Privatsphäre einzudringen. Er war froh, als sie das Haus verließen und Harald Bäumler die Tür wieder verschloss.

„So ähnlich, wie hier sieht es in den anderen Häusern auch aus.“ Sie schlenderten durch den Park zurück zum Haupthaus, vorbei an einem Fahrradraum, einem Geräteschuppen und Trockenraum für Wäsche und einer Art Abenteuerspielplatz mit einer Feuerstelle, die um diese Jahreszeit kalt und verlassen dalag.

„Was gibt es für mich zu tun?“ wollte Kohlhass wissen.

„Wenn es danach geht, können Sie alle Häuser renovieren. Bis auf die Fenster, die vor zwei Jahren moderne Thermopenscheiben bekommen haben, muss alles ausgebessert werden. Aber ich denke, das Wichtigste sind die Möbel. Kaum einer der Kinder hat schon einmal etwas Neues besessen, aber sie sollen wenigstens sehen, dass wir ihre alten Sachen ausbessern, so gut es eben geht. Schlage vor, Sie sprechen nach dem Mittagessen mit den Betreuern und stimmen mit denen die Reparaturen ab. Es sollte keines der Kinder benachteiligt werden…“ und er fügte nachdenklich und mehr für sich als für Werner Kohlhass hinzu: „…das werden sie nämlich schon ihr Leben lang“, dann blieb der Koloss stehen und bemerkte mit wesentlich mehr Enthusiasmus in der Stimme: “Mittagessen! Kommen Sie, ich zeige Ihnen den Speiseraum für die Belegschaft.“

Als Werner Kohlhass am Abend auf seinem Bett lag, die Arme hinter dem Kopf verschränkt, den Blick zur Decke gerichtet, dachte er an zu Hause. Er dachte auch an den Anblick seiner staubigen Werkstatt, die er nicht mehr betreten wollte, seit seine Frau von ihm gegangen war, und seine Gedanken wechselten zu dem Lastwagenfahrer, der sich bemühte, seiner Familie ein schönes Weihnachtsfest zu finanzieren. Und dann dachte er an die Kinder, die hier in ihren Betten lagen, die einen Betreuer statt ihrer Eltern hatten und die in dem Bewusstsein lebten, kaum etwas zu besitzen, was nicht schon ein anderer vor ihnen besessen hatte oder aus Mitleid an sie verschenkte. Seine Liste war lang, und er würde sich seine Zeit gut einteilen müssen, wenn er möglichst viele Wünsche erfüllen wollte – und das wollte er von ganzem Herzen. Die meisten Betreuer hatten sich

zuvor mit ihren Zöglingen über die notwendigen Renovierungen abgesprochen, einige Arbeiten würden nur wenig Zeit in Anspruch nehmen, wie Regalbretter, die nicht mehr korrekt passten oder Türen, die klemmten. Andere Aufträge auf seiner Liste waren weit aufwendiger und erforderten sein gesamtes handwerkliches Geschick. Manche Jugendliche entschieden sich dafür, dass etwas in den gemeinschaftlich genutzten Räumen repariert werden sollte, andere wollten unbedingt, dass Werner Kohlhass ein individuell für sie allein genutztes Möbelstück aufarbeitete. Bei seinem heutigen Rundgang machten die Jugendlichen nicht den Eindruck als freuten sie sich, dass Werner Kohlhass etwas für sie tat, im Gegenteil, sie waren skeptisch, und viele behandelten ihn wie einen Dienstboten, raunzten ein „dann kann er ja gleich mein ganzes Zimmer neu machen“ hin oder belächelten ihn abschätzig cool mit einem „Ey Alter, kannste überhaupt noch `n Hammer halten, so wie du aussiehst?“
Und dennoch steckte in dem Eifer und Kampfgeist, wie sie ihre Entscheidung gegenüber dem Betreuer oder ihrer Mitbewohner verteidigten, Stolz und Wertschätzung für Werner Kohlhass Arbeit, und er war fest entschlossen, ihre Erwartungen nicht zu enttäuschen.

Als Werner Kohlhass am Morgen durch den Heimpark zu den Bungalows hinüberging, war es noch dunkel und der Himmel bedeckt. In der Nacht hatte es ein wenig geschneit, und der Schnee tauchte nun das Grün in einen weißen Schleier. Auf den dichten Nadelbäumen, wirkten die leichten Flocken wie zarter Flaum, der bei jeder

Windböe staubend davontrieb. Von irgendwo her tschilpte eine Amsel, während sie aufgeregt davonflog und einen weiteren Schwall der weißen Pracht zu Boden rieseln ließ. Sonst war es still im Park. Die Tür vom Fahrradschuppen stand offen und ein Blick verriet Werner Kohlhass, dass die Jugendlichen bereits auf dem Weg in die Schule waren. Er hatte sich aus der Werkstatt von Harald Bäumler noch etwas Werkzeug, Schrauben, Nägel und Scharniere herausgesucht und sah den zwei beleuchten Fenstern seines ersten Einsatzorts entgegen. Obwohl Harald Bäumler ihm auch einen weiteren Schlüssel für alle Häuser gegeben hatte, drückte er auf den Klingelknopf.

Er hörte Schritte und einen Moment später öffnete ihm ein großer Kerl, der von krausen roten Haaren und einem ebenso buschigen Vollbart bis zur Brust eingehüllt war, sodass nur noch eine Knollennase und stahlblaue Augen sichtbar waren. Ein würziger Geruch von Tabak umgab den Mann, der in seiner Gestalt an Rübezahl erinnerte.
„Kommen Sie rein, ich bin Thomas Niehus.“ Er reichte Werner Kohlhass die Hand und zog ihn ins Haus.
Erwarten Sie nicht zu viel von den Kindern, vor allem keine Dankbarkeit für Ihre Arbeit, die werden sie nämlich nicht bekommen“, sagte Niehus abgeklärt und mit einem starken niederländischen Akzent.
„Ich weiß, was Sie meinen“, sagte Werner Kohlhass etwas kleinlaut.
„Die meisten vertrauen eben nicht darauf, dass sie etwas geschenkt bekommen, weil man ihnen etwas Gutes tun möchte.“

„Warum sollte man es denn Ihrer Meinung nach dann tun?“
„Weil wir Geld dafür bekommen – so sehen es zumindest die Kinder, und das lassen sie uns bei jeder Gelegenheit spüren. Na, Sie werden es ja selbst sehen. Sie fangen im Zimmer von Norbert an, er war krank und eigentlich geht es ihm schon wieder gut, aber wir meinten, dass er heute noch nicht in die Schule gehen sollte. Er freut sich schon auf Sie.“
Werner Kohlhass trat zaghaft ein, er hatte gehofft, zumindest am Vormittag ohne die skeptischen Blicke der Jugendlichen mit seiner Arbeit beginnen zu können. Er folgte dem Riesen durch den schmalen Flur, der aufgrund seiner Statue noch enger wirkte, bis zu einer Tür mit der Aufschrift „Vorsicht bissig“. Thomas Niehus klopfte kurz und trat ein, ohne eine Rückmeldung entgegenzunehmen.
„Hallo, Norbert, Herr Kohlhass ist hier und möchte mit der Renovierung anfangen.“ Er trat zur Seite und ließ Werner Kohlhass eintreten.
„Au ja, super.“ Es war ein kleiner aufgeweckter blasser Junge mit strohblonden millimeterkurzen Haaren und Sommersprossen um die Nase, der sich in seinem Bett aufsetzte.
„Guten Morgen, ich hoffe, ich störe dich nicht zu sehr, wo du doch krank bist?“ und er gab dem Jungen die Hand. „Du hast ein schönes Zimmer“
„Ich teile es mir mit meinem Freund.“
Werner Kohlhass sah sich um: Direkt vor dem Fenster stand ein einfacher Schreibtisch aus Kiefernholz mit zwei Küchenstühlen davor und zwei Lampen, die links und

rechts auf die beiden Betten der Jungen zeigten, sodass der Schreibtisch gleichzeitig als Nachttisch dienen konnte. Auf der gegenüberliegenden Seite stand ein Kleiderschrank, dessen weiß beklebtes Furnier an den Ecken und Seiten abgeschabt und ausgefranst war, daneben hatten sie ein wackeliges Kieferregal gestellt und gegen den Kleiderschrank festgeschraubt, damit es nicht umfallen konnte. Das Zimmer war mit einem weinroten Teppich ausgelegt, der vor der Tür ausgetreten und voller dunkler Flecken war. Am Fußende von Norberts Bett stand ein Hamsterkäfig, in dessen Ecke sich ein dickes kugeliges Felletwas in einem Wattebausch zusammengekauert hatte. Am Gitter des Käfigs hing ein Pappschild mit in Filzstift gemalten Kinderbuchstaben: „Anfassen verboten!"
„Ich lass euch jetzt allein. Falls Sie etwas brauchen, ich bin oben in meinem Zimmer" sagte Thomas Niehus und verließ das Zimmer. Werner Kohlhass und der Junge sahen sich sekundenlang an, als wüssten sie nicht, wie sie miteinander umgehen sollten, und dann unterbrach der Ältere die Stille: „Nun, ich hab zwar meine Liste, aber sag du mir doch einmal, was bei euch ausgebessert werden soll."
„Rolli und ich haben uns für den Schreibtisch entschieden."
„Na, dann schau ich mir den Schreibtisch erst einmal an."
Er kniete sich auf allen vieren unter den Tisch, begleitet von Norberts wachsamen Augen, der sich aus seinem Bett vorbeugte, um den Schaden mit zu begutachten.
„Ach herrje, beide Beine sind gebrochen, da könnt ihr aber glücklich sein, dass der Tisch überhaupt noch steht.

Das nützt nix, da müssen wir gehörig operieren und amputieren, aber das kriegen wir wieder hin.“ Er drehte sich mit dem Oberkörper zu Norbert herum, ohne seine Viererstellung zu verlassen.
„Kann ich zusehen, oder machen Sie das in der Werkstatt?“
„Also, in der Werkstatt wär’s natürlich einfacher, aber dann hätte ich nicht so eine nette Gesellschaft. Aber zunächst müssen alle Dinge vom Schreibtisch herunter, damit ich ihn auf den Kopf stellen kann.“
„Ich kann das machen“, und bevor Werner Kohlhass widersprechen konnte, war Norbert aus seinem Bett gesprungen und begann im Schlafanzug ohne Schuhe, alle Sachen vom Schreibtisch zu räumen.
„Du solltest besser im Bett bleiben, anstatt hier herumzurennen.“
„Ach was, eigentlich bin ich schon wieder ganz gesund und nur noch heute zu Hause.“
„Dann zieh dir wenigstens einen Bademantel und Hausschuhe an.“
„Hab ich nicht“, erwiderte Norbert, als wäre es das natürlichste auf der Welt und wurschtelte dabei weiter die Lampen, Bücher, Zettel und Stifte vom Tisch auf den Fußboden. Werner Kohlhass spürte, wie ihm beschämt die Röte ins Gesicht kroch, und er wusste nichts zu sagen; er stand nur da und sah diesem Jungen im Schlafanzug und ohne Schuhe zu, der voller Eifer seine Sachen vom Tisch nahm und schließlich wie ein Soldat aufrecht vor ihm stand, als warte er auf seine nächsten Befehle. „Und was machen wir jetzt?“

„Jetzt legen wir den Patienten auf den Rücken, aber vorsichtig, damit wir ihn nicht noch mehr verletzen. Am besten kippe ich ihn über seine gesunden Beine und du hältst ihn an der Tischkante etwas hoch, damit er mir nicht wegrutscht.“ Werner Kohlhass hätte den Tisch ohne weiteres einfach anheben und auf den Kopf stellen können, aber er wollte dem Jungen seine Freude nicht nehmen, und so stöhnte er leicht, als er den Tisch auf die Vorderbeine hob. „Hast du ihn, hältst du fest?“
„Ja, ich lasse ihn nicht fallen, Sie können jetzt loslassen“, und mit einem dumpfen Poltern stellten die beiden den Tisch umgekehrt auf den Boden.
„Danke, bist mir ne große Hilfe.“
„Und was passiert jetzt?“
„Jetzt müssen wir beide überlegen, wie wir vorgehen. Was schlägst du vor?“
Norbert ging um die beiden angeknacksten Beine herum, kniete sich davor und hielt seine Nasenspitze bis wenige Millimeter vor die Bruchstelle, dann strich er vorsichtig darüber. „Hmm, vielleicht sollten wir die Beine direkt hier oberhalb der Bruchstelle absägen, das kleinere Stück aus der Fassung ziehen und das abgesägte Bein dann wieder in die Fassung drücken.“
„Sehr gute Idee, ich merke schon, du hast Ahnung. Nur dann sind die beiden hinteren Beine kürzer, als die vorderen.“
Norbert kicherte bei dem Gedanken daran, wie der Tisch schief unter dem Fenster stehen würde. „Dann müssen wir die beiden anderen Beine eben auch absägen, damit sie wieder gleich sind.“

„Genau das machen wir. Es sind nur ein paar Zentimeter, die dann fehlen, und ich denke, damit könnt ihr beiden leben oder?“
„Okay, was soll ich machen?“
„Während ich die Säge aus der Werkstatt hole, misst du mit dem Zollstock an allen vier Beinen die Stelle ab, an der wir amputieren müssen und markierst sie mit einem Bleistift, aber es muss überall dasselbe Maß sein, denn sonst…“
„…sonst ist das eine Bein kürzer als das andere. Ist doch klar Mann“, fuhr ihm Norbert fachmännisch dazwischen, und Werner Kohlhass gab ihm Zollstock und Bleistift. Als er wiederkam, saß Norbert vor dem Schreibtisch und hatte insgesamt zweiunddreißig Striche gezogen, an jedem Bein rundherum vier, und dazu noch die exakte Zentimeterzahl notiert.
„Ich wusste nicht, wo Sie die Säge ansetzen, und da habe ich alle Seiten markiert.“
„Na, dann will ich mal sehen, ob du richtig gemessen hast“, und er kniete sich wieder auf allen vieren neben den Jungen, hielt den Zollstock an und kontrollierte jeden Strich, wobei er von Bein zu Bein wie ein Hund über den Boden kroch. „Perfekt, auf den Milimeter genau. Jetzt kann‘s losgehen, du hälst das Bein oben fest, damit es mir nicht wegbricht. Bist du bereit?“
„Kann losgehen.“
Werner Kohlhass sägte und Norbert hielt fest, bis drei Beine jeweils neben ihrer Fassung am Boden lagen, dann reichte Werner Kohlhass dem Jungen die Säge hin. „Jetzt bist du dran, das letzte Bein ist deins.“
„Echt, soll ich? Aber Sie müssen es festhalten.“

„Das mach ich." Werner Kohlhass hockte sich hinter Norbert und legte seine knochige Hand auf die schmalen Finger des Jungen, der die Säge fest umklammerte. Langsam führten sie die Säge an die Schnittstelle heran, während Werner Kohlhass mit der anderen Hand den oberen Teil des Tischbeines festhielt. „Also, immer schön gleichmäßig und ohne Hektik hin und her okay?"
„Okay!" erwiderte Norbert. Sie sägten gemeinsam das vierte Bein ab und legten es neben die anderen auf den Boden.
„Das hast du perfekt gemacht. Jetzt müssen wir die Kanten abschleifen, damit kannst du schon einmal beginnen, während ich die Enden aus der Fassung schraube." Er reichte Norbert eine Feile und ein Stück Schmirgelpapier und machte ihm seine Arbeit vor, dann begann er die Schrauben der Fassung zu lösen und die Reste herauszutrennen.
„Warum haben Sie eigentlich so komische Sachen an?" fragte Norbert, ohne seinen Blick von der Feile zu nehmen.
„Das ist die Kluft, die wir Handwerker tragen, wenn wir auf Wanderschaft gehen."
„Und warum gehen Handwerker auf Wanderschaft?"
„Drei Jahre lang lernen sie bei einem erfahrenen Meister alles über die Schreinerkunst und machen danach ihre Gesellenprüfung. Aber nicht überall wird gearbeitet wie zu Hause, und damit die jungen Gesellen neue Techniken kennenlernen, machen sie sich auf die Walz und suchen sich woanders Arbeit - und das tun sie genau drei Jahre und einen Tag, so verlangt es der Brauch."

„Aber Sie sind doch gar nicht mehr jung, können Sie denn immer noch nicht alles?“

„Ich habe meine Wanderschaft schon vor vielen Jahren beendet, und als ich wieder zu Hause ankam, da bin ich noch einmal zur Schule gegangen und habe meinen Meister gemacht.“

„Was macht so ein Meister?“

„Im Grunde dasselbe wie ein Geselle, aber er muss sich auch mit den geschäftlichen Dingen auskennen. Wenn er seine Meisterprüfung abgelegt hat, darf er eine eigene Tischlerei und Mitarbeiter führen, und er darf junge Gesellen ausbilden.“

„Aber wenn Sie schon ein Meister sind und ein eigenes Geschäft mit Mitarbeitern haben, warum gehen Sie dann auf die Wanderschaft?“

„Das ist eine lange Geschichte. Weißt du, manchmal laufen die Dinge eben nicht so, wie man es gern hätte…“

„…den Spruch kenne ich, Thomas sagt dann immer, wir sollen das Beste daraus machen.“

Werner Kohlhass schmunzelte und nickte mit dem Kopf, überrascht darüber, wie einfach und wahr diese Worte doch waren. „Da hat Thomas recht, und ich glaube, ich habe das Beste aus meiner Situation gemacht.“

„Das versteh ich nicht, Sie sind doch schon alt und brauchen Ihre Eltern gar nicht mehr.“

„Das stimmt, aber ich habe einen Enkel, der ungefähr in deinem Alter ist, und ich habe ihn noch nie gesehen. Er hat mir einen Brief geschrieben und mich gebeten, zu Weihnachten zu ihm kommen und ihm ein Schaukelpferd zu bringen.“

„Und? Wollen Sie zu Ihrem Enkel gehen?“

„Ja, das heißt zuerst wollte ich es nicht, weil mir das Geld für die Reise fehlte, und dann – ja dann habe ich das Beste daraus gemacht, ich habe meine Kluft angezogen und mich entschlossen, mir das Geld auf meiner Wanderschaft, wie damals zu verdienen…"
„…und darum sind Sie jetzt hier und arbeiten für uns."
„Ja, aber es macht mir auch Spaß, euch zu helfen. Die meisten Menschen gehen in den Laden und kaufen sich, was sie benötigen, und wenn es kaputt ist, dann werfen sie es eben weg."
„Wir gehen nicht in den Laden und kaufen etwas Neues, wenn das Alte kaputt ist, wir bekommen höchstens die Sachen, die andere nicht mehr haben wollen."
„Aber nur weil sie andere Menschen nicht mehr haben wollen, sind die Dinge nicht schlecht. Du siehst doch, wie wir diesen Tisch wieder herrichten können, sollte man ihn denn einfach wegwerfen, nur weil seine Beine gebrochen sind?"
Jetzt schaute Norbert auf: „Aber manchmal möchte man doch auch etwas Neues haben und nicht immer nur gebrauchte Klamotten von anderen."
Werner Kohlhass schwieg einen Moment lang. So wenig er von Kindern wusste, so sehr berührten ihn jetzt die Worte dieses Jungen. Er wusste nicht, warum er hier lebte und auch nicht wie lange er schon hier war, und er wollte auch nicht danach fragen, aber es war ihm klar, dass neue Sachen sicherlich nicht das Einzige waren, was er entbehrte.
„Manchmal kann man aus alten Sachen auch wieder ganz neue Dinge machen, und dann sind sie oftmals schöner,

als das, was du im Laden siehst, und weißt du auch warum?“
„Warum denn?“
„Weil sie einzigartig sind, weil es auf der ganzen Welt dann nur dieses eine Exemplar davon gibt.“
„Hmm, ich weiß nicht.“
Werner Kohlhass schaute sich im Zimmer um und suchte nach etwas, womit er seine Worte deutlich machen konnte, und er musste sich eingestehen, dass ihm tatsächlich auf Anhieb nichts einfiel, was man ohne viel Aufwand zu etwas Neuem machen konnte. Doch dann fiel sein Blick auf die kleine Fellkugel, die eingerollt im Wattebausch dort im Käfig lag und schlief.
„Wusstest du eigentlich, dass sich Hamster gern in Höhlen oder etwas Unterirdischem verkriechen, damit sie sich tagsüber beim Schlafen sicher fühlen und nicht von Greifvögeln gefangen werden können?“
Norbert blickte zunächst auf den kleinen Hamster im Käfig und dann auf Werner Kohlhass. „Das weiß ich, und darum wünsche mir auch ein Haus für Bruno zu Weihnachten. Thomas hat gesagt, dass er sich einmal umhören wollte, ob in seinem Bekanntenkreis noch irgend jemand ein altes Hamsterhaus hat.“
„Und warum baust du Bruno nicht selbst ein Haus, ein eigenes, ganz neues aus alten Holzteilen, wie zum Beispiel diesen abgesägten kurzen Enden?“
„Wie soll denn aus diesen Stummeln ein Haus entstehen?“
„Nun ja, die kurzen Enden werden sicherlich nicht ausreichen, aber ich bin mir sicher, dass wir auf einem so

großen Grundstück, mit so viel Holz drum herum, bestimmt etwas Brauchbares finden werden."
Norberts Blick erhellte sich: "Helfen Sie mir dabei?"
„Warum nicht, schließlich bin ich Meister und hab schon einige Gesellen ausgebildet."
„Und wann können wir anfangen?" Er stellte sich vor Werner Kohlhass auf, zog seine Schlafanzughose hoch, die ihm unter den Bauchnabel gerutscht war und stemmte seine Arme energiegeladen in die Taille. Werner Kohlhass sah ihn von unten her an und winkte beschwichtigend ab. „Langsam, eins nach dem anderen. Zuerst reparieren wir den Schreibtisch, und dann muss ich mich auch um die anderen Möbelstücke kümmern. Aber während ich bei deinen Mitbewohnern arbeite, kannst du schon einmal ein Bild von dem Häuschen zeichnen, damit wir überhaupt wissen, was wir bauen wollen. Am besten malst du es von allen Seiten, und dann überlegen wir, wie es anzufertigen ist. Und nun schmirgel weiter, damit wir fertig werden!"

Schon am darauf folgenden Tag präsentierte Norbert ihm seine Zeichnung. Er saß am Schreibtisch, als Werner Kohlhass anklopfte und sprang so freudig von seinem Stuhl auf, dass dieser bedrohlich kippelte und beinahe nach hinten wegkippte. „Hallo, Herr Kohlhass, ich bin gerade fertig geworden mit meiner Zeichnung für das Haus", und er legte fünf Blätter Papier nebeneinander auf den Schreibtisch, schaute zu Werner Kohlhass auf und erwartete seine Meinung. Norbert hatte ein Haus mit einem Spitzdach gezeichnet, das an den Seiten einige Zentimeter über die Hauswand hinausragte. Die

Vorderfront besaß ein rundes Fenster und daneben eine Tür, die durch eine Scharniere an der Oberkante eine Art Klappe bildete, durch die Bruno sowohl ein- und ausgehen konnte, ohne dass viel Licht in das Innere des Hauses gelangte, und in der Mitte des Giebels prangte ein großes „BRUNO". Die Rückwand und die Seitenwände besaßen keine Fenster, lediglich auf der rechten Seite wollte Norbert einen Spalt am Boden aussägen, durch das er dem Hamster eine niedrige rechteckige Futterschale schieben konnte, ohne das Häuschen anheben zu müssen.
„Da hast du dir wirklich etwas ganz Besonderes ausgedacht, nicht ganz einfach zu bauen, aber ich wette, dieses Haus ist wirklich einzigartig."
„Werden wir es hinbekommen oder ist es zu schwierig?"
„Das bekommst du schon hin, aber ich hätte da noch einen kleinen Vorschlag zu machen."
„Was denn?"
„Hamster klettern für ihr Leben gern, und wo du doch schon so ein schönes Spitzdach gezeichnet hast, bietet es sich geradezu an, auf der einen Seite des Daches Riffel anzubringen, damit Bruno daran hochklettern kann, und auf der anderen Seite verlängern wir das Dach, damit er daran herunterrutscht." Werner Kohlhass zeichnete mit wenigen Bleistiftstrichen die Veränderung in die Zeichnung ein.
„Super Idee! So machen wir es."
„Nein, so machst du es. Ich zeig dir nur, wie es geht. Als erstes misst du in Brunos Käfig die Seiten aus, und schreibst die Maße in deine Zeichnung, vergiss die Höhe nicht, Bruno soll sich ja nicht den Kopf stoßen, wenn er vom Dach herunterrutscht. Ich habe mich schon einmal

nach Holz für das Häuschen umgeschaut und bei Herrn Bäumler drei Kieferholzbretter entdeckt, die ideal für ein Hamsterhaus sind, und du darfst sie verwenden. Danach zeichnest du mit Bleistift deine Maße auf das Holz, und wenn du damit fertig bist, dann zeige ich dir, wie es weitergeht."
„Das mache ich." Norbert begann sofort damit, sein Lineal aus der Schulmappe zu kramen, um die notwendigen Messungen vorzunehmen, aber Werner Kohlhass hielt ihn zurück und legte dem Jungen seine knochige Hand sanft auf die Schulter „Vielleicht solltest du mit dem Maßnehmen warten, bis Bruno ausgeschlafen hat."

Werner Kohlhass wurde zum festen Bestandteil der Kinder und ihrer Betreuer. Die Jugendlichen grüßten ihn mit ihrer jugendlich lässigen Ausdrucksweise, so wie sie sich auch untereinander begrüßten, was Werner Kohlhass ein zufriedenes Gefühl der Zugehörigkeit vermittelte. Es waren typische Jugendliche, die nach außen unnahbar und wenig erschütterlich taten, aber im Innern waren sie so verletzlich und feinfühlig gegenüber jeder Andeutung, wie Werner Kohlhass es bisher nur bei wenigen Menschen erlebt hatte. Er mochte diese Kinder, denn auf eine ganz besondere Art zeigten sie ihm ihre Zuneigung und freuten sich, wenn er sie zurückhaltend erwiderte, und es schien genau dieses „Hab-keine-Angst,-ich-komm-dir-nicht-zu-Nahe", das sie, wie scheue Tiere, immer mehr an Zutrauen gewinnen ließ.

„Es freut mich sehr, dass Sie so gut mit den Kindern zurechtkommen und Ihnen die Arbeit offensichtlich auch Spaß macht“, sprach ihn Annemarie Heuer eine Woche später während des gemeinsamen Mittagessens an. „Mittlerweile werden Sie von allen als ‚Holzopi‘ bezeichnet – ich hoffe, das stört Sie nicht?“
„Nein, ganz und gar nicht. Zuerst war ich mir nicht sicher, wie ich mit den Kindern umgehen soll, denn alle haben sicherlich schwere Schicksale hinter sich, nicht wahr?“
„Ja, das stimmt. Norbert beispielsweise ist jetzt seit drei Jahren bei uns, nachdem er bereits in zwei Pflegefamilien vorübergehend untergebracht worden war und davor durch das Jugendamt von seiner Mutter gewaltsam weggeholt wurde, weil sie sich um das Kind nicht gekümmert hatte. Anfangs war er sehr misstrauisch und aggressiv, und selbst die Kinderpsychologin kam kaum an ihn heran. Mittlerweile hat Norbert sich an unseren Alltag gewöhnt und vertraut auch seinem Betreuer, aber wirkliche Liebe und aufrichtige Zuneigung haben die wenigsten unserer Kinder bisher kennengelernt. Meist bleiben sie ein Leben lang auf der Hut und glauben nicht an aufrichtige Anteilnahme.“
„Norbert erinnert mich an meinen Enkel Kevin.“
„Ich dachte, Sie kennen Ihren Enkel gar nicht.“
„Genau deswegen. Kevin weiß, dass er einen Großvater hat, aber ich habe mich bisher aus falschem Stolz nie um ihn gekümmert.“
„Das tut mir leid“, und sie legte mitfühlend ihre Hand auf Werner Kohlhass Arm und lächelte ihn an. „Aber es ist

noch nicht zu spät, und zu Weihnachten werden Sie bei ihm sein."
„Ja, das werde ich, ganz bestimmt, vorausgesetzt ich bekomme so kurz vor Heiligabend noch eine Fahrkarte für den Zug." Werner Kohlhass kratzte sich verlegen am Kopf, und Frau Heuer konnte seine Gedanken erraten.
„Ich werde mich gern darum bemühen, wenn ich Ihnen damit einen Gefallen tun kann."
Werner Kohlhass erwiderte ihr Angebot mit einem dankbaren Nicken.

Der Schnee der letzten Tage hatte sich gehalten, es war kalt, und die kurzen Strahlen der tiefliegenden Nachmittagssonne bildeten kleine glitzernde Kristalle, deren Lichtreflektion seine Augen blendeten. Werner Kohlhass ging durch den Park zu den Häusern der Kinder, seinen letzten Holzarbeiten entgegen. Es war nur noch ein Tag bis Weihnachten und seine Weiterfahrt nach Wien rückte näher. Er freute sich auf Kevin, denn durch die Freundschaft mit Norbert stieg in ihm gleichzeitig eine bisher nie geahnte Sehnsucht auf, auch für seinen eigenen Enkel da sein zu dürfen. Andererseits wäre er gern länger geblieben, und er wusste, dass der Abschied für beide Seiten schwer werden würde. Die Wege waren festgetreten und bildeten unter der Sonne eine spiegelglatte Schicht, die Herr Bäumler vergeblich mit Sand abzudecken versuchte. Auf der Wiese blickte ihn ein Schneemann an, den die Kinder schon vor Tagen gebaut hatten. Still und steif stand er da mit seiner Möhre, und die beiden Steinaugen schienen Werner Kohlhass auf seinem Weg zu den Bungalows zu begleiten. Dies alles würde er vermissen, denn dieser ruhige Park mit seinen Behausungen bildete so etwas wie eine Gemeinschaft von Leidensgenossen, die sich zusammengetan hatten, um sich gegenseitig Halt zu geben und hinter diesen großen Tannen einen Ort der Geborgenheit fanden. Wie einsam erschien ihm dagegen seine Mansarde über der leeren staubigen Werkstatt im Erdgeschoss, wenn er daran dachte.

Norbert sah Werner Kohlhass schon von seinem Fenster aus auf den Bungalow zukommen, und er winkte ihn aufgeregt zu sich, das Hamsterhäuschen strahlend in der erhobenen Hand. „Es ist fertig, kommen Sie schnell, ich wollte es nicht ohne Sie ausprobieren“, stürmte der Junge auf ihn ein, als Werner Kohlhass endlich in seinem Zimmer stand.
„Es ist wirklich schön geworden, und du hast es ganz allein gebaut – wirklich, du kannst stolz auf dich sein.“ Er nahm das Häuschen in die Hand und drehte es zu allen Seiten. „BRUNO“ war in großen Buchstaben zu lesen, und auch das Riffeldach, die langgezogene Rutsche und die Türklappe, mit dem schmalen goldglänzenden Scharnierrand hatte Norbert wie auf seiner Zeichnung nachgebaut. „Na, dann wollen wir doch mal sehen, ob es deinem Bruno auch gefällt.“
Sie gingen zu dem Käfig hinüber, hockten sich auf dem Fußboden, und Norbert öffnete vorsichtig das Gitterdach. Bruno wachte auf, rollte sich aus seiner Wolle, blinzelte verschlafen und hob den Kopf, während er seine Barthaare schnüffelnd nach oben streckte. „Schau mal Bruno, was ich für dich habe“, sagte Norbert und stellte

das Häuschen auf die gegenüberliegende Seite des Käfigs, damit Bruno es in aller Form begutachten konnte. Mit langgezogenem Kopf, zuckender Nase und langsamen Schritten bewegte er sich auf das Häuschen zu und begann es zunächst von außen zu inspizieren. Er stellte sich auf die kurzen rosa Hinterpfoten, wobei seine Nasenspitze bis zur Mitte des Dachgiebels reichte, sodass es aussah, als würde er versuchen von links nach rechts seinen Namen zu lesen. Dann steckte er den Kopf durch das runde Fenster, zog ihn wieder heraus und wackelte zur Seitenwand, dort stellte er sich wieder auf und spürte, wie die Riffel auf dem Dach seinen Vorderpfoten Halt gaben und er sich daran hochziehen konnte. Auf dem Dachgipfel angekommen, schnupperte er zunächst in die Luft, dann senkte er den Kopf und bewegte die Barthaare in Richtung Rutsche. Vorsichtig streckte er seine Vorderpfoten über die glatte Holzstelle, die nach unten führte, wodurch sein Kugelkörper Übergewicht bekam und er vom Dach hinunterrutschte. Werner Kohlhass und Norbert fingen an zu lachen.
“Es funktioniert, er findet es toll“
„Siehst du, ich habe dir doch versprochen, dass man aus alten Dingen, ganz neue bauen kann. Du musst nur deiner Fantasie freien Lauf lassen. Das Baumaterial findet sich meist ganz von allein an.“
„Aber ohne Sie hätte ich es nicht geschafft. Morgen fährt Ihr Zug nach Wien nicht wahr?“
Werner Kohlhass legte sanft seine alte Hand auf Norberts Schulter.
„Ja, und ich gehe mit einem lachenden und einem weinenden Auge. In den vergangenen Tagen, immer

wenn wir beide zusammen gebastelt haben, dachte ich auch an Kevin, und ich habe mir vorgestellt, dass er so sein würde, wie du es bist. Ich weiß nicht, ob ich mich mit ihm ebenso gut verstehen werde, und ich weiß auch nicht, ob er mich mag, aber ich weiß, dass ich bei euch etwas gefunden habe, das mir keiner mehr nehmen kann. Weißt du, was ich meine?“ Werner Kohlhass machte eine Pause, blickte in die blauen Augen des Jungen, die ihn neugierig ansahen. „Es ist meine Freundschaft zu dir! Freundschaft bedeutet, dass man füreinander da ist, auch wenn viele Kilometer zwischen dem einen und dem anderen liegen. Ich würde gern auch weiterhin mit dir befreundet sein und dich anrufen oder dir einen Brief schreiben. Wir können uns das versprechen.“
Norberts Augen füllten sich mit Tränen. Schnell blickte er zur Seite und versuchte seine Gefühle zu unterdrücken. Dann stellte er sich vor Werner Kohlhass auf und reichte ihm feierlich die Hand entgegen. „Auf unsere Freundschaft!“
„Auf unsere Freundschaft!“ schlug Werner Kohlhass ein und drückte die kleine Jungenhand.

„Nun werden Sie uns also verlassen.“ Es war der 24. Dezember. Annemarie Heuer stand vor ihrem Schreibtisch und sah Werner Kohlhass mit einem etwas zerknirschten Gesicht an. Wieder sprach sie mit ihrer sanften Stimme und zeigte das elegante Lächeln, das diesmal jedoch nicht über ihre Traurigkeit hinwegtäuschen konnte. „Gern würde ich Sie für immer bei uns behalten, aber für eine Stelle als ‚Holzopi’… „ und beide lachten sich aufmunternd an „…gibt es leider

keine zusätzlichen Mittel – obwohl ich dafür gern auf so manch anderes verzichten würde. Hier ist Ihr Geld für die vergangenen Tage, es ist einiges mehr, als die Bahnfahrt nach Wien gekostet hat. Ich danke Ihnen für alles, was Sie für unsere Kinder getan haben, und ich würde mich freuen, wenn unser Kontakt nicht abbricht."
„Auch ich danke Ihnen. Die Kinder haben mir etwas gegeben, das ich vor langer, langer Zeit verloren hatte, und wenn ich darf, würde ich gern auch weiterhin für sie da sein. Wie sie wissen, habe ich nichts, das ich spenden könnte, aber vielleicht ist auch eine ehrenamtliche Tätigkeit als ‚Holzopi' willkommen."
„Ich hätte mich nicht getraut, danach zu fragen, aber Sie sind uns jederzeit herzlich willkommen. Ich wünsche Ihnen eine gute Weiterreise und frohe Weihnachten." Sie drückte ein letztes Mal Werner Kohlhass Hand, dann verließ er das Büro, den Schauwerker auf dem Kopf, den Charlottenburger über der Brust, das Schaukelpferd und den Stenz unter dem Arm. Als er aus der Villa in den Park trat, umhüllte ihn ein klarer kalter Luftzug, und er sah in den Himmel auf die Sterne, die ihr letztes Leuchten am winterlichen Morgenhimmel zeigten. In der Nacht hatte es kräftig geschneit, und mit seinen Stiefel hinterließ er die ersten knirschenden Spuren in dem tiefen Schnee, unter dem gelben Licht der Laternen, den Weg entlang durch den Park, der zum rostigen Tor hinausführte. Er war versucht, sich noch einmal zu dem Bungalow, in dem Norbert sein Zimmer hatte, umzudrehen, doch er befürchtete, der Junge könnte am Fenster stehen und ihm nachsehen, und so schloss er das Tor hinter sich und ging die Straße entlang in Richtung Bahnhof.

Die Bremsen quietschten, erst leise, dann immer lauter bis der Koloss auf den Gleisen zum Stehen kam und das laute Zischen der Abluft, wie ein langer, tiefer Seufzer zu hören war. „Wien, Hauptbahnhof“, schallte es durch die Sprechfunkanlage, und als ob es ein Signal zum Start war, schnalzten die Riegel aus ihren Schlössern mit lautem Klacken zurück und ließen die automatischen Türen von der Mitte zu beiden Seiten gleiten. Menschentrauben, die bereits ungeduldig in den Gängen des Zuges warteten, schubsten sich nun mit Koffern, Kinderwagen und Geschenken beladen aus ihren Abteilen über die drei Stufen auf den Bahnsteig. Vor ihnen warteten drängelnde Fahrgäste, die in die Wagons einsteigen wollten. Werner Kohlhass zwängte sich durch die Menge und blieb neben dem Bahnsteigkiosk stehen, wo er einen freien Platz gefunden hatte, setzte Stenz und Schaukelpferd ab und genoss einen Moment lang, wie seine Glieder sich an die stehende Haltung gewöhnten. Der Zug war so überfüllt gewesen, dass er während der gesamten Fahrt von Hamburg nach Wien das Schaukelpferd vor seinem Sitz platzieren musste, sodass seine Beine während der vergangenen zehn Stunden in einem Abstand von wenigen Zentimetern angewinkelt ausgeharrt hatten. Aber ganz allein im Fahrradgepäckwagen wollte er das Pferd nicht deponieren, zu groß war seine Angst, es könnte abhandenkommen. Eine blond gelockte junge Frau, mit Wintermantel, Pelzkragen und hohen Stiefeln bekleidet schob einen Gepäckwagen mit drei großen Koffern vor sich her. An ihrer freien Hand hing ein kleiner Junge, der sich nach dem gescheckten Pferd neben Werner

Kohlhass umdrehte und seine Mutter zerrend auf das Spielzeug aufmerksam machte: „Schau Mama, a Schaukelpferd, so ans wünsch' i mir fei auch vom Christkind.“ Die junge Frau drehte sich kurz um und zog den Kleinen mit einem kurzen Ruck zu sich heran, sodass dieser beinahe vornüber gefallen wäre, und seine Mutter ihn gerade noch an der Hand hochreißen konnte. „Sieh zu dast weiterkommst, sonst fahrt da Zug fei ohne uns ab“, schimpfte sie in einem klaren gegrätschtem Wienerisch.

Werner Kohlhass wartete an seinem sicheren Platz neben dem Bahnhofskiosk, bis sich die Menschenmenge aufgelöst hatte und die Sprechanlage mit einem „Achtung, Türen schließen selbsttätig, Vorsicht an der Bahnsteigkante“ das Signal zur Weiterfahrt gab. Ein lauter Pfiff ertönte und der Koloss setzte sich mit einem gemächlichen „Radatt-Radatt-Radatt“ in Bewegung, bis er schließlich aus dem Tunnel verschwunden war und eine breite Leere zwischen Wand und Bahnsteig hinterließ. Werner Kohlhass, nahm den Stenz und das Schaukelpferd unter den Arm, fuhr die Rolltreppe hoch und ging aus dem Bahnhofsgebäude hinaus. Eiskalte klare Luft stieg ihm entgegen, dicke weiße Flocken fielen vom abendlichen Himmel und schimmerten vor den strahlenden Lichtern der Stadt in gelblichem Glanz. Es musste bereits den ganzen Tag über geschneit haben, denn die Bürgersteige, Straßen und Dächer waren mit einer dichten weißen Decke überzogen, sodass die Schneefahrzeuge es offensichtlich aufgegeben hatten, mit Sand und Salz dagegen anzukämpfen. Die weihnachtliche Straßenbeleuchtung, die Lichter der Schaufenster und der alles überragende angestrahlte Kirchturm des Stephansdoms verliehen dem hektischen Treiben eine geborgene festliche Stimmung. Die Geschäfte hatten schon geschlossen, doch es herrschte noch immer Trubel in den Straßen, Pferdedroschken kutschierten Touristen vor der winterlichen Kulisse, und aus dem Dom erklang Orgelmusik, die den Straßenlärm in besinnlicher Weise durchbrach.

Werner Kohlhass kannte sich nicht aus, er hätte ein Taxi nehmen können, doch er wollte die weihnachtliche Tradition in sich aufleben lassen, wollte Erinnerungen an seine Kindheit zurückrufen, und er wollte sich einstimmen auf die Begegnung mit seinem Enkel. Er stapfte die Goldschmiedgasse hinunter, vorbei am Petersplatz über den Kohlmarkt bis zur Hofburg, und überall fing ihn das winterliche Weiß der fallenden Flocken ein, die das gelbe Licht der Straßen in kleine glitzernde Eiskristalle verwandelte. Am Burgtheater hielt er schließlich ein Taxi an, verfrachtete das Schaukelpferd umständlich in den Kofferraum und ließ sich in den Vorort von Wien fahren, wo Natalie mit ihrem Mann und Kevin wohnten. Zwei Häuser vor der Villa bat er den Taxifahrer anzuhalten, das letzte Stück wollte er zu Fuß gehen, um sich auf diesen Moment vorzubereiten. Natalie, ihr Mann und die Großeltern erwarteten ihn nicht, das wusste er, nur der kleine Kevin würde sich fragen, ob sein Großvater ihm seinen sehnlichsten Wunsch erfüllte. Werner Kohlhass war aufgeregt, sein Herz klopfte voller Erwartung. Er wusste nur von einem

Foto aus dem letzten Sommer wie Kevin jetzt aussah. Und wieder dachte er an Norbert, so wie er schon während der gesamten Zugfahrt an ihn denken musste; an seine kindliche Begeisterung und an die zurückhaltende und dennoch unüberspürbare Zuneigung, die ihm der Junge erst nach und nach geschenkt hatte.

Der frisch gefallene Schnee knirschte unter Werner Kohlhass Füßen, und durch die Fenster der hohen Stadtvillen sah er die festlich geschmückten Stuben. Es war halb sieben. Werner Kohlhass wusste nicht, wann die Familie mit der Bescherungszeremonie beginnen würde, aber er hoffte rechtzeitig zu kommen, um nicht die Planung des Abendessens zu stören. Und dann stand er vor dem Haus Nummer 45. Es war eine weiße Stadtvilla mit drei Stockwerken, hohen Fenstern und barocken Verzierungen an der Häuserwand. Vier kleine Stufen führten zur Tür hinauf, an der ein mit roter Schleife geschmückter Adventskranz hing. Von drinnen hörte er Stimmen, die ein Weihnachtslied sangen, das Werner Kohlhass nicht kannte. Er blieb stehen, hörte den Klängen zu, und der Schnee rieselte leise und unaufhörlich auf ihn herab. Es war seine Familie, die da sang und dennoch fühlte er sich wie ein Außenseiter, der sich nicht getraut hatte, ihnen die Wahrheit zu sagen, die Wahrheit über sein Leben und seine Sehnsucht, die er die letzten Jahre in sich trug und immer tiefer vergraben hatte. Langsam stieg er die Stufen hoch, setzte das Schaukelpferd neben sich ab und zögerte einen Moment lang, dann drückte er den Klingelknopf. Augenblicklich verstummte der Gesang, Schritte kamen näher, und er

vernahm das laute Klopfen seines Herzens, als sich die Tür öffnete.
„Vater, was für eine Überraschung!“ Natalie hatte die Tür weit aufgerissen, sie stand erstaunt und freudig zugleich vor ihm. Ihre Gedanken schienen erst allmählich die plötzliche Situation zu begreifen, und so sah sie zunächst verblüfft ihren Vater an, der verschneit vor der Tür stand und danach verwundert auf das Schaukelpferd neben ihm.
„Fröhliche Weihnachten, Natalie. Kevin hat sich dein altes Schaukelpferd gewünscht, und da habe ich mich auf den Weg gemacht, um es ihm zu bringen.“ Werner Kohlhass konnte seinen Satz kaum beenden, da schob sich ein dunkelhaariger Junge mit braunen Augen, die vor Freude strahlten, bekleidet mit einem dunkelblauen Anzug, weißem Hemd und Fliege an seiner Mutter vorbei zur Tür, breitete die Arme aus, stürzte auf Werner Kohlhass zu und drückte den dunklen Schopf in seinen Bauch.
„Opa, hallo Opa, i hoab g‘wusst, dast kommen wirst.“
Werner Kohlhass beugte sich zu seinem Enkel hinunter und drückte ihn an sich. Es war ein sonderbar warmes, geborgenes Gefühl, den Jungen in seinen Armen zu halten, und wieder fiel ihm Norbert ein und die anderen Kinder. Sie alle sehnten sich nach Weihnachten, aber vielmehr noch nach Menschen, zu denen sie gehörten und die sie liebten. Er hatte einen Enkel, dem er ein Stück seiner Liebe schenken durfte.
„Ich habe dir mitgebracht, was du dir so sehr gewünscht hast.“

Kevin löste sich aus der Umarmung seines Großvaters und bestaunte das Pferd, dessen Folie mittlerweile von den unaufhörlich fallenden Schneeflocken in eine weiße Decke eingehüllt war.
„Ich verstehe zwar nicht, was ihr beide miteinander ausgeheckt habt und warum du in deiner Wanderkluft vor mir stehst, aber ich freue mich riesig, dass du hier bist.“ Natalie zog ihren Vater ins Haus, und die Familie begrüßte ihn wie einen verlorenen Sohn, der nach Hause zurückgefunden hatte. Kevin war selig, packte seine Geschenke aus und blickte zwischendurch immer wieder zu seinem Großvater hinüber, als hätte er Angst, er könnte zwischenzeitlich abhandenkommen. Werner Kohlhass saß mit den anderen in der Sofaecke vor dem Kamin und schaute seinem Enkel zu. Wie unterschiedlich doch die Welten waren, in denen Kevin und Norbert aufwuchsen und doch hatten sie beide diese instinktive Angst in sich, etwas Wertvolles könne ihnen wieder genommen werden.

Erst Stunden später, nach dem gemeinsamen Abendessen und als alle anderen schon in ihren Betten lagen, saßen Werner Kohlhass und seine Tochter bei einem letzten Glas Punsch zusammen und blickten in das flackernde Licht der Flammen im Kamin.
„Wie kommt es, dass du in deiner alten Kluft gereist bist?“
„Ach Natalie, das ist eine lange Geschichte, und ich weiß eigentlich gar nicht mehr, wann sie begonnen hat, doch es kommt mir vor, als wäre sie schon ewig her und eigentlich gar nicht mehr wahr.“ Er schmunzelte

gedankenverloren, nahm ihre Hand und tätschelte sie leicht. Natalie sah ihren Vater an und fragte nicht nach. Sie ahnte, dass es etwas gab, das er für sich behalten wollte, und so saßen sie schweigend nebeneinander und sahen den Flammen zu bis sie zu glimmenden Kohlen vergingen.

Weihnachtsfiktion

Wenn ich über Weihnachten in unserer Zeit nachdenke, dann möchte ich einen Blick in die Zukunft wagen. Werden wir in hundert Jahren ebenso Weihnachten feiern wie heute? Sicherlich werden wir uns weiterentwickeln, aber wohin wird unsere Entwicklung uns führen? Diese Erzählung ist die Schilderung eines Weihnachtsfestes im Jahr 2122, so wie es sich zutragen könnte, wenn wir den Mut haben, darüber nachzudenken.

Kian sieht aus dem Fenster, er ist aufgeregt, als wäre er noch ein kleiner Junge, der zum allerersten Mal das Weihnachtsspektakel miterleben darf. Draußen fahren bereits die festlich geschmückten Schlitten an seinem Garten vorbei und klingeln im Trab Rhythmus der Pferde mit ihren Glöckchen. Hin- und wieder überholt sie ein lautlos schwebendes Ökomobil. Auf den Bürgersteigen schlendern Jung und Alt unter dem warmen Licht der weihnachtlich geschmückten Straßenbeleuchtung, grüßen einander, winken oder rufen sich ein munteres „Fröhliche Weihnachten“ zu, und alle strömen sie zu dem großen Rathausplatz.
„Leonie, nun komm doch endlich, sonst kommen wir noch zu spät“, ruft Kian ungeduldig zu seiner Frau hinüber.
„Wir werden schon nichts verpassen.“ Leoni zieht sich gemächlich ihre Lederhandschuhe an und scheint ihren

Spaß daran zu haben, dass ihr Mann ungeduldig mit den Händen in den Hosentaschen von einem Bein auf das andere tritt. Kian blickt sie bewundernd an und stutzt für einen Moment. Wie wunderschön sie doch noch mit ihren 103 Jahren aussieht. Die dichten grauen Haare trägt sie in leichten Locken bis zur Schulter und ihre blauen Augen glänzen noch genauso, wie an ihrem Hochzeitstag vor 80 Jahren. Sie zieht den Kragen ihres Lammfellmantels zurecht. Er hatte ihn ihr 2032, während der großen Sättigungswelle bei einem Kürschner herstellen lassen. Seitdem darf kein Tier mehr wegen eines Modediktates getötet oder eine Gans bei lebendigem Leibe gerupft werden. Designer und Schneidereien sind seither weit mehr gefordert, qualitativ hochwertig zu arbeiten und künstlerisch immer neue Modelinien für die bereits hergestellten Kleidungsstücke zu kreieren. Leonie hatte ihren Lammfellmantel inzwischen auch einige Male gemäß neuer Trends umnähen lassen und steht so schick vor ihm, wie ein junges Mädchen der heutigen Generation. Sie grinst Kian fröhlich an.
„Fertig, wir können gehen“.
Kian öffnet schwungvoll die Haustür, und Leonie geht an ihm vorbei in den verschneiten Vorgarten. Kian huscht mit schnellen Schritten an seiner Frau vorbei, um ihr die Gartenpforte zu öffnen und als er es tut, knirscht sie verächtlich vor Altersschwäche.
„Ach herrje, ich wollte Henry noch bitten, mir bei der Reparatur der Pforte behilflich zu sein. Ich habe es bei all dem Trubel glatt vergessen, ihn danach zu fragen“, sagt Kian.

„Er wird es nicht erwarten können, wenn er dich damit glücklich machen kann“, erwidert Leonie. Gemeinsam reihen sie sich in den bunten Trott ein, der in Richtung Rathausmarkt führt. Die ganze Stadt scheint auf den Beinen zu sein, und diejenigen, die unbedingt zu Hause bleiben müssen, können aus gesundheitlichen Gründen den Feierlichkeiten nicht beiwohnen. Aber auch dafür wird man in den kommenden Jahren eine Lösung finden, schließlich soll jeder Mensch auf Erden Zufriedenheit genießen.
„Ist es nicht wundervoll, dass es noch rechtzeitig zum Fest zu schneien begonnen hat?“, meint Leonie während sie sich bei Kian einhakt und einen Blick in den sternenklaren Himmel wirft.
„Ja, Leonie, das ist wirklich stimmungsvoll. Vielleicht schaffen wir es ja doch noch mit den vielen Maßnahmen seit den vergangenen hundert Jahren den Klimawandel zu stoppen und nicht nur zu verlangsamen.“
„Ach das wäre schön“, seufzt Leonie „Ich wünsche mir so sehr, dass nicht nur unsere Urenkel, sondern auch alle Generationen nach ihnen, eine weiße Weihnacht genießen können.“
Kian entzieht sich Leonis Arm und tänzelt fröhlich lachend vor ihr her, dabei reibt er sich freudig erwartungsvoll die Hände. „Sag Leonie, was wirst du gleich essen? Gans, Rind, Reh, Schwein von allem etwas? Ich könnte mich durch den ganzen Markt futtern.“
Leonie lacht über den Übermut ihres Mannes. „Hey, du hast erst vor einigen Tagen Fleisch gegessen. Denk dran, das tut weder deiner Gesundheit noch der Tierpopulation besonders gut.“

Kian rollt spöttisch mit den Augen: „Es war der 108. Geburtstag unseres Freundes und außerdem hatte er das Rind bereits im Frühjahr, extra für diesen Feiertag geschlachtet und eingefroren."
„Na hör mal, 108 Jahre ist wohl kein so aufregender Geburtstag, dass man ihn derart groß feiern müsste. Bei seinem 110. würde ich ja nichts sagen, das wäre dann wenigstens ein runder Geburtstag."
Kian schüttelt amüsiert verständnislos mit dem Kopf. Seit über 80 Jahren erträgt er nun schon gelassen die Ermahnungen seiner Frau, und er will sich auch diesmal seine gute Laune nicht verderben lassen.
„Ich habe in den Weltnachrichten gelesen, dass die Südländer dieses Jahr eine riesige Menge Früchte geschickt haben und sie sollen besonders lange in der Sonne gereift und zuckersüß sein. Sag mal Leonie, kannst du dich noch an diesen faden Geschmack der Treibhausware aus unserer Kindheit erinnern?"
„Hmm, eigentlich kaum noch. Meine Großmutter erzählte immer, dass es damals zwar alles zu kaufen gab, aber die Lebensmittel kaum noch Nährstoffe besaßen."
Leonie schaut über ihre Schulter, dann rüttelt sie Kian plötzlich am Arm und deutet auf die schneeverschneite Straße neben sich.
„Sieh mal, da kommt unser Nachbar herangeschwebt. Er sitzt in dem neu entwickelten Safety-Ökomobil – einfach super, und wie schnell es ist. Hey, Lukas, bleib doch mal stehen!"

Lukas, drosselt sein Geschweb, sodass es neben seinen Nachbarn zum Schweben kommt. „Hallo Kian, hallo Leonie, seid ihr auch auf dem Weg zum Weihnachtsspektakel?“
„Ja, aber wir haben beschlossen, den Weg dorthin zu Fuß zu gehen und die fröhliche Stimmung auf der Straße zu genießen. Hey, dein neues Safety-Ökomobil sieht wirklich toll aus. Wie viel macht es über der Straße?“
„220 Meter pro Sekunde“, erwidert Lukas stolz.
„Donnerschlag, das ist schnell! Und es ist wirklich vollkommen sicher?“ fragt Kian, verzieht seine Mundwinkel zu einem anerkennenden Grinsen und blickt bewundernd auf das schneidige Vehikel.
„Vollkommen“, gibt Lukas zurück. „Sobald es ein Hindernis ausmacht, drosselt das Saftey-Ökomobil entsprechend dem Bremsweg seine Geschwindigkeit herunter. Ich habe gehört, dass die Weltindustrien gleich zum Anfang des nächsten Jahres alle alten Ökomobile zu Safetys umrüsten wollen. Dann gehören Mobilunfälle auch endgültig der Vergangenheit an. Damit haben wir einen weiterer Meilenstein auf der Zufriedenheitsskala erreicht.“
„Na, da wird wieder das Wettrennen losgehen, welches Mobilunternehmen sich als erstes die Wohltätigkeitsfedern aufs Haupt setzen kann. Da werden die Wetteinsätze an den Börsen gewaltig steigen“, meint Kian „Hast du Wohltätigkeitsaktien von Mobilunternehmen in diesem Jahr gekauft?“
„Na klar, war doch abzusehen, dass sie die Sicherheit der Ökomobile weiterentwickeln würden. Da musste man doch investieren.“

„Also, ich bin vielmehr darauf gespannt, wer in diesem Jahr den Wohltätigkeitspreis erhalten wird“, wirft Leonie ein.
„Wahrscheinlich wird wieder der Gates-Clan das Rennen machen. Ihr Großvater Bill hat doch schon vor der großen Sättigungswelle einen riesigen Anteil seines Vermögens für wohltätige Zwecke gespendet“, sagt Lukas.
„Da bin ich mir in diesem Jahr gar nicht so sicher. Denkt nur an den Arzt aus Somalia, der schon seit mehreren Jahren ohne einen Weltheller Bezahlung die Kranken behandelt“, entgegnet Leonie „Er ist mittlerweile auch an der Börse gelistet und seine Wohltätigkeitsaktien für Gesundheit reißen ihm die Anleger quasi aus der Hand.“
„Viel spannender finde ich, welches Weltland die Spitze der Zufriedenheitsskala anführt. Äthiopien hat dieses Jahr so viele Projekte aufgelegt, da werden die nördlichen Weltländer nicht mithalten können. Tja, die damaligen Drittweltländer haben uns so viele Jahrzehnte voraus, in denen sie Zufriedenheit trainiert haben, das holen wir so schnell nicht auf.“ Kian, Leonie und Lukas stehen einen Moment lang nachdenklich voreinander. Als Kinder hatten sie die Jahre der Unruhen, Machtgier und Unterschiede zwischen den Nord-Süd und Ost-West Welten noch miterlebt. Wie viel besser ist die Welt doch nun geworden, und noch immer sind nicht alle Menschen glücklich und zufrieden.
„Ich muss jetzt weiter“, sagt Lukas, „sonst bekomme ich keinen Parkpfahl mehr auf einem der Hausdächer.“
Kian und Leonie sehen dem Ökomobil hinterher, wie es sich rasant in die Lüfte schwingt und in weniger als einer

Sekunde nur noch wie ein kleiner Stern am Himmel zu sehen ist.
„Wo wollen wir uns mit der Familie treffen?“ fragt Kian.
„Beim Tannenbaum auf dem Rathausplatz, und von dort aus mischen wir uns in das Geschehen.“

Das Weihnachtsspektakel ist bereits in vollem Gange, als Kian und Leonie in der Innenstadt ankommen. Seit einer Woche waren die Veranstaltungspaten damit beschäftigt, die Aufstellung der Buden, Bühnen und Riesenleinwände zu koordinieren. Mittelpunkt bildet wie in jedem Jahr die über zwanzig Meter hohe Tanne vor dem Rathaus. Seit einem Jahrhundert wächst der Baum nun schon hier vor dem Platz. Damals, hatten die Menschen eingesehen, dass es sinnlos war, Bäumchen nur für die wenigen Weihnachtstage unter Einsatz von Chemie und Düngemittel in Massen zu pflanzen oder Kunststoffbäume zu erzeugen, die die Erdölressourcen unnötig verbrauchten. Und so hatten sich alle weltlichen Städte des christlichen Glaubens darauf geeinigt, nur einen einzigen Baum für jede Gemeinde zu pflanzen, und diesen jedes Jahr aufs Neue zu schmücken. Seitdem feiert kaum noch jemand das Weihnachtsfest in seinen eigenen Wänden. In jeder Gemeinde kommen die Menschen zusammen zu diesem einmaligen weihnachtlichen Spektakel. An verschiedenen Plätzen der Stadt gibt es Bühnen, und über das Weltnetz senden die Bewohner der Erde Grüße zum Weihnachtsfest. Selbst Länder, die nicht dem christlichen Glauben angehören, winken von den Leinwänden hinunter und wünschen Glück und Zufriedenheit. H-

Max, nach dem englischen Wort ‚humanity' für Menschlichkeit, ist an die Stelle von Gewinnmaximierung getreten und seit über 80 Jahren als Weltphilosophie in den Köpfen der Menschheit verankert. Unternehmen aus aller Welt, die an den Börsen mit Wohltätigkeitsaktien handeln, spenden jedes Jahr Köstlichkeiten, die vor hundert Jahren nur für Reiche erschwinglich oder von so schlechter Qualität waren, dass sie irgendwann selbst ärmere Menschen für wenig Geld nicht mehr kaufen wollten. Und so beglückwünschen sich die Menschen auf der ganzen Welt zu ihren großen Feierlichkeiten, ganz gleich ob es sich dabei um Weihnachten, Ramadan, dem Passahfest, Kumbh Mela, dem chinesische Neujahrsfest oder irgendein anderes religiöses Fest handelt – man beschenkt sich mit Gaben, die es im eigenen Land nicht gibt.

Kian und Leonie entdecken ihre Familie schon von weitem und winken ihnen zu. Zugegeben, es ist nur ein kleiner Teil der Familie, etwa fünfzehn Personen, denn seitdem nahezu Vollbeschäftigung auf der Erde herrscht und die Unternehmen in ihrem Wohltätigkeitsstreben für ausreichende Entlohnung sorgen, kann sich jedes junge Pärchen mehr als nur ein Kind leisten. Einige Familienmitglieder von Leonie und Kian leben mit ihren Kindern in anderen Städten oder Ländern der Erde und erleben dort auf den Rathausplätzen der Welt das Weihnachtsfest. Minuten später sind Kian und Leonie umringt von einer Schaar Kinder, Enkel- und Urenkelkinder, die sie fröhlich durcheinanderbrabbelnd begrüßen.

„Hallo, alle miteinander und fröhliche Weihnachten", rufen sie sich zu, während sie sich gegenseitig umarmen und Willkommensküsschen verteilen.
„Wartet ihr schon lange?" will Leonie wissen.
„Nein, Mama, nur einen Moment. Aber wir sollten uns gleich nach vorn zur großen Freilichtbühne zwängen. In wenigen Minuten beginnt die Erzählung unserer Vergangenheit. Ich bin gespannt, wie sie dieses Jahr inszeniert wird."
„Uropa", die kleine Jamina zupft Kian am Ärmel, „stimmt es, dass die Menschen früher jeden Tag ein Stück Tier gegessen haben, weil es so wenig kostete und danach ganz dick wurden und furchtbar krank vor Fülle?"
„Ja, das stimmt, ich habe diese Zeit noch miterlebt."
„Aber woher kamen so viele Tiere, dass alle Menschen jeden Tag etwas davon essen konnten? Wo lebten sie? Und warum haben die Politiker und Wohltätigkeitsunternehmen die Menschen in ihrer Krankheit alleingelassen und nichts für sie getan?"
Kian blickte seine Urenkelin an. „Weißt du Jamina, die Tiere lebten in sogenannten Massentierhaltungen, hatten wenig Auslauf und kamen nur dafür auf die Welt, damit die Menschen sie essen konnten. Man dachte nicht daran, ob auch sie zufrieden waren. Damals wurde niemand 120 Jahre alt, so wie heute. Aber das lag nicht nur an dem vielen Fleisch. Man aß auch künstlich hergestellte Sachen, die Unternehmen in die Nahrung mischten und die viele Menschen krank machten."

Jamina verzieht das Gesicht zu einer angeekelten Grimasse „Und warum haben die Unternehmen das gemacht? Wollten sie denn nicht, dass es den Menschen gut geht?"

„Geld schien damals wichtiger zu sein als Gesundheit. Fast jeder strebte danach, viel zu besitzen. Die Unternehmen verführten die Menschen mit diesen künstlichen Zutaten dazu, dass sie noch mehr essen und trinken wollten. Damals gab es sogar einen ganzen Berufszweig zur Kaufverführung, der hieß Marketing. Die Aufgabe der Marketingspezialisten war es, herauszufinden, wie sie die Menschen dazu bringen konnten, möglichst viel zu kaufen; Essen, Trinken, Kleidung und viele Dinge, die die Menschen manchmal gar nicht brauchten oder sogar schon besaßen, nur in einer etwas anderen Form.

„Aber warum haben die Unternehmen das gemacht?"

„Ach, das ist heute schwer zu verstehen. Man nannte das damals Wohlstand, und die Menschen der Erde waren ganz versessen darauf, im Wohlstand zu leben. Die Unternehmen verführten im Grunde nur zu etwas, was die Menschen glaubten haben zu müssen. Damals war es das Ziel von Unternehmen, viel Geld zu besitzen, man nannte es Gewinnmaximierung."

„Aber was haben die Unternehmen mit dem Geld gemacht?"

„Nun, zuerst haben sie es dafür verwendet, um noch mehr Geld daraus zu machen."

„Aber wozu denn? Geld bringt doch keine Zufriedenheit, das lernen wir doch schon im Kindergarten."

„Ja, das haben einige unter ihnen dann auch gemerkt, denn immer mehr reiche Menschen konnten sich alles

kaufen und wurden doch nicht zufriedener. Als sie das bemerkten, sammelten sie das Geld. Sie waren so sehr damit beschäftigt, ihr Geld zu horten, dass viele von ihnen darüber nachdachten, wie sie ihr Geld vor der Gemeinschaft verstecken könnten, damit sie nichts davon an andere abzugeben brauchten."
Jamina schüttelt ungläubig den Kopf „Das haben sie gemacht? Aber dann haben sie doch gar nichts für die Zufriedenheit der Menschen getan?"
„Das war damals auch nicht wichtig. Es zählte einzig und allein, wie viel Geld und Wohlstand man besaß, denn dann war man ein angesehener Bürger. Aber ich denke, wir sollten jetzt mit den anderen zur großen Freilichtbühne hinübergehen, da wirst du mehr über die Vergangenheit erfahren."
Kian nimmt Jamina an die Hand, und sie zwängen sich an den Buden und Ständen mit Speisen, Früchten und Getränken vorbei. Jamina nimmt beim Vorbeigehen eine Khakifrucht von einem der Stände und beißt herzhaft in das süße Fruchtfleisch. Gerade als die Familie vor der großen Freilichtbühne steht, berichten die Weltnachrichten von den Ereignissen des heutigen Tages. Eine hübsche etwas südländische Brünette blickt in die Kamera und erläutert das hinter ihr eingeblendete Balkendiagramm.
„Der Zufriedenheitsindex für die nördlichen Länder der Erde weist wieder eine positive Steigung auf. Demnach fühlen sich 85 Prozent der Bürger zufrieden. Die südlichen Weltländer liegen, seit der großen Sättigungswelle von 2021 noch immer bei über 90 Prozent. Die Präsidenten der nördlichen Länder haben daher beschlossen, noch

mehr in die Zufriedenheit der Menschen zu investieren. So wird der Berufszweig des Zufriedenheitsmanagers stärker als bisher ausgebaut. Vor allem der Generation, die noch die alten Strukturen mit dem Streben nach Macht und Geld kennengelernt haben, soll die Philosophie der Weltzufriedenheit vermittelt werden. Hierfür sollen mehrere Millionen Weltheller investiert werden."
Die Besucher des Weihnachtsspektakels klatschen der Sprecherin Beifall. Nach weiteren Berichten zu Umweltthemen, Bevölkerungswachstum, Wohltätigkeiten, Errungenschaften und Präsidentenbesuchen in der Welt endet die Tagesschau.

Und dann geht es los. Kian kann es vor Spannung kaum aushalten. Er legt seine Hand auf Leonies Schulter, die vor ihm steht. Sie dreht sich zu ihm um, lächelt ihn aufmunternd an und wendet sich dann wieder der Bühne zu. Die Welthymne wird eingeblendet, und während die Begebenheiten in einer 3D-Darstellung ähnlich eines Hologramms durch Bilder, Ton Surround und Duftanlage getreu wiedergegeben werden, erzählt eine warmherzige Männerstimme die Geschichte ihrer Vergangenheit:

„...doch auch als das neue Zeitalter mit der Geburt Christi begann, vermochten die Menschen nicht in Frieden miteinander zu leben. Jahrhunderte lang herrschte Zank um Glauben, Ländereien, Macht und Gier. Wer Geld besaß, hatte Macht, und wer mächtig war, konnte das Denken und Handeln auf der Erde beeinflussen. Und so strebte jeder danach, so viel Geld wie möglich zu besitzen - große Herrscher unter ihresgleichen und einzelne

Bürger gegenüber ihrem Nächsten. Um an Geld zu gelangen bestimmten Diebstahl, Betrug, Gewalttaten, und eine Vielfalt legitimer Winkelzüge das Geschehen auf der Erde. Und während die einen es versteckt hielten, kauften die anderen Besitztümer, um zu zeigen, wie mächtig sie waren. Reiche Menschen und Unternehmen investierten Geld in vermeintliche Errungenschaften, die der Menschheit zu noch mehr Wohlstand verhelfen sollten, und viele taten es auch. Forscher erhielten Auszeichnungen für ihre Entwicklungen und gingen als berühmte Persönlichkeiten in die Geschichte ein."

In der 3D-Hologrammdarstellung erscheinen Bilder von den ersten Automobilen, automatisierten Fabriken und ihren Arbeitern, aber auch von reichen Investoren, Politikern und Persönlichkeiten, die sich um die Menschheit verdient gemacht haben, wie Albert Einstein, Conrad Röntgen oder Robert Koch. Untermalt werden die Szenen durch eine gewaltige Klangwirkung und Gerüche aus der Duftanlage.

„Doch die Investoren ließen sich ihre Errungenschaften mit Geld bezahlen. Viele Bürger, unter ihnen auch Politiker, glaubten, dass all diese Entwicklungen der Menschheit nur Gutes brächten und ermutigten die Einflussreichen, noch mehr Geld in Errungenschaften zu investieren, die noch mehr Wohlstand schaffen sollten. Dabei merkten sie nicht, dass die meisten Entwicklungen, die Mächtigen noch reicher und einflussreicher machten. Aus Gier nach Geld, Macht und Einfluss beuteten sie die

Ressourcen der Welt aus, bauten Atomkraftwerke, schufen grausamste Waffen, mit denen sie Kriege um noch mehr Macht führten. Reiche Fabrikbesitzer investierten in eine zunächst willkommene kräftesparende automatisierte Welt. Doch im Grunde verringerten sie die menschliche Arbeit, sodass es zu einem Konkurrenzkampf unter der arbeitenden Bevölkerung kam. Viele waren bereit, für wenig Lohn tätig zu werden, wodurch die Reichen noch höhere Gewinne für sich beanspruchen konnten. Eine Kluft entstand zwischen wenigen sehr reichen Personen und Unternehmen und einer Vielzahl Menschen, die von der Hand in den Mund leben mussten. Doch die Macht war nicht auf allen Teilen der Erde gleich verteilt. Während auf der nördlichen Weltkugel die Menschen, dank einiger sozialer Errungenschaften, noch in guten Verhältnissen leben konnten, nahm die Armut der südlichen Weltkugel zu. Und als einflussreiche Unternehmer erkannten, dass die Armut auf der südlichen Seite die Menschen so genügsam gemacht hatte, dass sie bereit waren, für eine Schüssel Essen einen ganzen Tag lang zu schuften, da verlagerten sie ihre Produktionsstätten in diese Gegenden, um noch mehr Profit für sich zu erzielen."

Während der Erzählung blicken die Zuschauer auf Bilder, die die Gegensätze von Prunk und bitterer Armut wiedergeben, auf verstümmelte Kriegsversehrte, Alte, die in Pflegeheimen vereinsamen, aber auch auf abgeholzte Regenwälder, Menschen die mit Atemmasken durch smogverschmutzte Städte laufen und verendete

Tiere an ölverschmutzen Stränden. Kian und Leoni nicken sich hin und wieder zu. Auch wenn sie damals noch nicht auf der Welt waren, so kennen sie doch die schlimmsten Auswirkungen dieser Entwicklungen aus Erzählungen. Jamina und viele der Besucher starren auf die 3D-Darstellung, ungläubig, dass solche Ereignisse sich über Jahrhunderte hinweg zugetragen haben konnten. Und dann kommt der Sprecher zu dem entscheidenden Zeitalter, der Wende am Anfang des 21. Jahrhundert:

„Es galten Sprichwörter wie 'Zeit ist Geld', 'Geld ist Macht' oder 'Geld regiert die Welt', und man kreierte Werbesprüche, damit die Menschen noch mehr Geld und Macht besitzen wollten. Anfang des 21. Jahrhundert besaßen die hundert mächtigsten Unternehmen zehn Mal mehr Geld als die unteren Schichten der gesamten Erde. Es wäre ein Leichtes gewesen, allein mit diesem Geld die ganze Welt von Hunger und Elend zu befreien, ohne dass die Reichen spürbar an Einfluss verloren hätten. Doch sie hielten an ihrem Wohlstand fest und wollten ihn nicht teilen. Es war zunächst eine kleine Bewegung, die erkannte, dass die Entwicklung so nicht weitergehen konnte, wenn sich die Menschheit nicht eines Tages selbst vernichten würde. Diese kleine Bewegung predigte Frieden, war gegen das Ausbeuten der Ressourcen auf der Erde und suchte nach einer alternativen Energiegewinnung, um der Vergiftung durch Atom- und Kohleenergie entgegentreten zu können. Sie riefen aber auch zur Verteilung von Errungenschaften zum Wohle der ganzen Menschheit und nicht nur einzelner Bürger auf.

Die Bewegung der Andersdenkenden wuchs, und es waren wieder die Reichsten und Mächtigsten unter ihnen, die versuchten, aus diesem neuen Denken Kapital zu schlagen. Sie unterstützten die Alternativbewegung, entwickelten neue Energietechnologien und erdachten neben den künstlich hergestellten Lebensmitteln eine natürliche Produktionsform mit dem Namen ‚Bio'. Und die Menschen glaubten an den guten Gedanken, gaben sogar mehr Geld für die gute Sache aus, weil sie die Welt verbessern wollten. Und wieder verdienten die Mächtigen an der Initiative. Einige erschummelten sich die Ökozertifikate mit fantasievollen Manipulationen und Betrügereien. Erst mit der Errungenschaft des Internets – eine frühe Form unseres heutigen Weltnetzes – gelang es einer neu formierten Generation von Whistleblowern und Twitterern umfänglich über die Aktivitäten in aller Welt zu informieren. Es kamen Machenschaften ans Tageslicht, dass die Mächtigen der Erde die Menschen ausspionierten, um ihr Verhalten zu studieren und sie zu manipulieren, damit sie noch mehr kauften. Was begehrenswert war, wurde verknappt, damit die Menschen bereit waren, mehr Geld dafür auszugeben. An den Börsen spekulierten sie mit Nahrungsmitteln, Ressourcen, und sie wetteten darauf, wann ein Land so arm werden würde, dass reiche Länder ihren Einfluss darauf geltend machen könnten. Sie manipulierten sogar diesen Zeitpunkt, indem sie Waren dieses Landes an den Börsen entsprechend viel oder wenig handelten. Sie gaben den Menschen kleine Plastikkarten, mit denen sie bezahlen konnten, damit ihnen nicht bewusst wurde, wie viel Geld sie eigentlich ausgaben. In den Unternehmen war es üblich am Jahresende zu errechnen, wie viel mehr Geld man gegenüber dem Vorjahr gesammelt hatte, um für das kommende Jahr eine weitere Steigung zur Gewinnmaximierung zu planen. Erreichte ein Unternehmen die geplante Zunahme nicht, so wurden von Seiten der Einflussreichen häufig drastische Sparmaßnahmen verordnet, Mitarbeitern gekündigt und mit Prognosen über Wohlstandsrückgänge weltweit Ängste geschürt.

Die Menge starrt gebannt auf das Hologramm. Ihr Blick führt sie ins Innere von Mastbetrieben, auf gewaltige Mengen von Düngemitteln, die auf Felder versprüht werden und auf Monokulturen. Es erscheinen Bilder und Gerüche von Menschen, die sich vor Übergewicht kaum noch bewegen können, aufgrund von Stress und Überarbeitung psychische Krankheiten erleiden oder durch neu entstehende Epidemien zu Tode kommen. Jamina drückt die Hand ihres Urgroßvaters und sieht zu ihm auf, als hoffe sie, aus seinem Gesicht die Antwort ablesen zu können, ob all diese Dinge tatsächlich geschehen waren. Kian schaut auf sie herab.
„Sei unbesorgt, diese Zeiten sind endgültig vorbei, und sie werden niemals wiederkehren.“
Einige der Besucher zwängen sich aus der Menge und wenden sich anderen, fröhlichen Ständen zu, um das Gesehene aus ihren Gedächtnissen streichen zu können. Doch die meisten Zuschauer kennen die Vergangenheit, wissen, dass es ein Happy End gibt und lauschen weiter der warmherzigen Stimme des Erzählers:

„In all ihrer Gier übersahen sie die Zeichen des drohenden Unheils. Es war das Jahr 2008, als zunächst eine weltweite Finanzmarktkrise die Menschheit erschütterte. Man konnte sie stoppen, doch die Profitgier der Mächtigen ging weiter. Drei Jahre später erhob sich ein Teil der südlichen Länder gegen ihre herrschenden Unterdrücker, denn sie wollten teilhaben an dem Wohlstand der nördlichen Welt. Das Gleiche geschah in Gebieten der östlichen Welt. In anderen Ländern bildeten sich radikale Gruppierungen, die vorgaben, mit Besinnung auf alte Religionen die Welt verbessern zu können. Sie vertrieben Andersgläubige und verübten blutige Terrorakte in den reichen nördlichen Welten. Und wieder folgte eine Zeit jahrelanger Kämpfe, Gefechte und Auflehnung mit vielen Todesopfern."

Wieder sehen die Zuschauer Bilder von Grausamkeiten. Flugzeuge werden gezeigt, die in zwei hohe Häuser fliegen und in Flammen aufgehen, zerbombte Häuser, schreiende Kinder im Elend, Soldaten auf Panzern mit erhobenen Fäusten, Waffen und Flaggen. Gerüche von verbranntem Fleisch und Rauch entströmt aus der Duftanlage. Im krassen Gegensatz dazu erscheinen Bilder wohlgekleideter Damen und Herren in prachtvollen Villen, Börsenräume mit digitalen Tafeln, auf denen steigende Kurse zu sehen sind und Politiker, die sich im Einklang lächelnd die Hände schütteln.

„Und dann kamen die Menschen aus ihren Krisengebieten in die nördliche Welt. Zunächst waren es nur wenige Millionen, die sich aufmachten, um der Zerstörung, dem

Hunger und der Unterdrückung zu entkommen. Meist nahmen sie große Gefahren auf sich, kamen in verrotteten Kähnen und Schlauchboten über das Meer oder überquerten patrouillierte Grenzposten. Sie bezahlten ihren Mut für Freiheit und Wohlstand nicht selten mit dem Leben. Die nördliche Welt war auf ihren Ansturm nicht vorbereitet. Sie brachten die sogenannten ‚Asylsuchenden' oder ‚Flüchtlinge' in eiligst gebauten Heimen unter, isolierten sie aber häufig von ihrer Bevölkerung, sodass sie Fremde blieben. Viele Menschen der nördlichen Welt brachten den Neuankömmlingen Sympathien entgegen, spendeten etwas Geld, Kleidung, kümmerten sich um sie. Aber sie traten auch denen entgegen, die Angst vor der Flut neuer Mitbürger hatten, weil sie um den Verlust ihres eigenen Wohlstands und der Kultur bangten. Es kam zu Kundgebungen und Gegenkundgebungen in der nördlichen Welt."

Im 3D-Hologramm entstehen fürchterliche Bilder von Ertrinkenden, aus den Animationsanlagen strömt ein salzig feuchter Luftschwall, in den Ohren der Zuschauer dröhnt das Geräusch von sich aufbäumenden Wellen. Dann schlägt die Szene um, und es erscheinen Bilder gepaart mit dem Geruch von ungewaschenen Körpern, eingeengt auf kleinsten unaufgeräumten, schmutzigen Räumen. Darauf folgend sehen die Besucher Schauplätze von Demonstrationen mit lauten Rufen aus der Ton Surround Anlage. Jamina senkt ihren Blick zu Boden, es ist ihr kaum noch möglich, das Unfassbare mit anzusehen. Kian sieht zu ihr hinunter: „Sollen wir woanders hingehen?"

„Nein, Uropa, wenn die Menschen es aushalten mussten, dann will ich es auch. Und ich weiß ja, dass sich alles zum Guten wendet."
Kian lächelt seiner Urenkelin entgegen, zieht sie etwas näher zu sich heran, und beide sehen weiter gebannt auf die Geschehnisse vor ihnen.

„Die anfänglich wohlwollende Aufnahme der Neuankömmlinge sprach sich schnell in der südlichen Welt herum. Und es machten sich immer mehr von ihnen auf in die nördliche Welt. Sie sahen, dass Wohlstand möglich war und wollten ihren gerechten Anteil daran haben. Und diejenigen, die zu Hause in ihren Ländern blieben, forderten nun dieselben Löhne, wie sie den Arbeitnehmern im Norden bezahlt wurden. Die Bewohner der nördlichen Welt hatten sich aber an niedrige Preise und die Unternehmen an hohe Gewinne gewöhnt. Sie waren nicht gewillt, ihren Wohlstand zugunsten einer besseren Lebensweise in der südlichen Welt aufzugeben. Und schließlich schlug das anfänglich wohlwollende Willkommen der Flüchtlinge in Hass um. Die Menschen der nördlichen Welt forderten die Politik zum Handeln auf. Sie sollten die Asylsuchenden wieder abschieben, sie zurück in ihre armseligen Heimaten schicken, damit der Wohlstand in der nördlichen Welt weitergehen könne. Doch die Zeit war zu weit fortgeschritten. Das Eindringen der Armut in die Denkweise der Reichen ließ sich nicht mehr aufhalten. Immer heftiger wurde ihr Aufbegehren und immer unvorhersehbarer die Gewalt auf beiden Seiten. Es war ein Krieg zwischen Nord und Süd und zwischen arm und reich. Es brach über die Welt in so unvorstellbarer Geschwindigkeit herein, dass kein Politiker diese Mächte aufzuhalten vermochte. Und es wuchs eine Angst, die noch größer war, als das, was sie bisher gefürchtet hatten. Es war die Angst vor dem alles vernichtenden Ende der Welt – es war die Angst vor der Atombombe. Damals existierte sie noch. Ihre Vernichtungskraft war so verheerend, dass sie das Leben auf der Erde auslöschen konnte."

Der Sprecher hält inne und es herrscht sekundenlang Stille, nur die Bilder des 3D-Hologramms laufen weiter. Ohne Ton, Düfte und andere Animationen starren die Besucher auf die Bilder ihrer Vergangenheit, auf eine Zeit, die sich vor mehr als einem Jahrhundert zugetragen hatte. Und nun setzt die warmherzige Erzählstimme wieder an:

„Und dann geschah es. Niemand weiß heute, was das Fass zum Überlaufen brachte, aber am 23. Juni 2021 traf die Atombombe die nördliche Welt."

Aufschreie aus der Menge sind zu hören. Ein alles übertönender explodierender Knall hallt über den Rathausplatz und zerreißt sekundenlang die fröhliche Stimmung des Weihnachtsspektakels. Die Besucher klammern sich aneinander, um der künstlich erzeugten Druckwelle aus der Animationsanlage standhalten zu können. Rauchschwaden, Hitze und der Gestank von verbrannten Leibern zieht durch die Menge hindurch. Einige halten sich erschrocken die Hand vor die Augen, andere blicken weg, um dem grellen Licht der gewaltigen Explosion auszuweichen. Jamina vergräbt ihr Gesicht in Kians Armen, und Kian duckt sich schützend über sie. Und während sich angstvolle Unruhe in der Menge ausbreitet, ertönt wieder die Stimme des Erzählers:

„Die Bombe schlug ein in das Zentrum der Macht - auf die Börse, von der aus der größte Welthandel betrieben wurde. Und damit setzte sie ein Zeichen. Die Welt, wie sie bisher existierte, gab es nicht mehr. Im Umkreis von 40 Kilometern war die Erde verbrannt und zerstört. Ein weiterer Umkreis sollte jahrzehntelang nicht mehr bewohnbar sein, und die Menschen, die bisher dort lebten, waren von einer auf die andere Sekunde radioaktiv verseucht. Die Nachricht verbreitete sich ebenso schnell wie die Bombe eingeschlagen war. Politiker auf der ganzen Welt saßen vor den Computern und berieten sich miteinander. Kein unüberlegter Gegenanschlag sollte unternommen werden, aber dieser Schlag in die Hauptschlagader der Finanzwelt durfte nicht ungesühnt bleiben. Die Armut hätte über dem Reichtum gesiegt – eine Vorstellung, die in ihren Augen niemals wahr werden durfte. Was würden die Mächtigen und Einflussreichen tun? Die südliche Welt hatte nichts zu verlieren, die nördliche jedoch alles. Ein Schweigen ging durch die Welt, dessen Spannung bis in den verlassensten Winkel der Erde zu spüren war. Tagelang vegetierte die Menschheit zwischen Trauer, Furcht, Hass und Rache dahin, doch nichts von den Gesprächen der Politiker drang nach außen. Zu viel stand auf dem Spiel. Doch je mehr Zeit ohne eine Entscheidung verstrich, desto größer und lauter wurden die Rufe zum Gegenangriff aus der Menge. Und dann, nach Wochen des Schweigens geschah das Unfassbare und bisher nie Vorstellbare."

Der Sprecher hält wieder inne, und die Zuschauer starren gebannt auf die 3D-Hologrammdarstellung. Sie blicken auf die Bilder der Zerstörung, auf Chaos, auf Demonstranten und auf die Politiker. Und dann blendet sich das Bild von einhundert Personen ein. Der Sprecher fährt mit seiner Erzählung fort.

„Die einhundert Reichsten der Welt fassten den Entschluss, so viel von ihrem Vermögen abzugeben bis ein Gleichgewicht zwischen arm und reich hergestellt wäre. Sie wollten es tun unter der Bedingung, dass alle Länder der Erde dasselbe täten, auf das es nie wieder zu einem Ungleichgewicht zwischen den Ländern kommen werde. Diese hundert Personen waren Privatpersonen ebenso wie Unternehmensinhaber. Sie kamen aus der ganzen Welt zusammen und reichten sich symbolisch die Hände, und jeder von ihnen nannte seine Zahl. Und dann ging die Nachricht um, wie ein Lauffeuer. Sie löste eine Lawine bei den nächsten hundert Reichen aus und den nächsten und nächsten. Jedes Unternehmen und jede Privatperson, die etwas zu geben vermochte, rechnete und spendete. Wie es ihre Art war, begann die Börse unverzüglich damit, Wertpapiere auszugeben. Doch diesmal waren es keine Spekulationen auf Unternehmensgewinne, sondern auf Wohltätigkeiten. Die Politik kam nicht hinterher, diese unvorstellbar große Sättigungswelle in Gesetze zu verfassen, und so ließen sie den Dingen ihren Lauf. Es wurden Soforthilfefonds errichtet, um die stärkste Not zu lindern. Unternehmen hoben die Lohnebenen ihrer Arbeitnehmer in der südlichen Welt zunächst in moderaten Maßen an und errichteten menschenwürdige Produktionsstätten. Sie halfen ihnen, eigene Betriebe zu errichten und lehrten sie zu wirtschaften. Die Bewohner der nördlichen Welt akzeptierten die höheren Preise. Sie gingen sparsamer mit ihrem Geld um, kauften keine Dinge mehr, die sie eigentlich nicht benötigten, verschwendeten nichts und waren bereit, zu verzichten. Es war ihre Spende für den Frieden und das Gleichgewicht in der Welt. Als Folge dieser Umsichtigkeit, machten auch Massentierhaltungen für Bauern keinen Sinn mehr. Und so hielten sie nur noch so viele Tiere, die sie in ihrem Umkreis vermarkten konnten und erzielten einen angemessenen Preis. Die Monokultur als Futtermittel ging ebenso zurück, wie die Verschmutzung der Felder und des Trinkwassers durch überschüssige Düngemittel. Ein weiterer Aspekt trat plötzlich zu Tage: Durch das maßvollere umsichtige Leben sank auch die Zahl der übergewichtigen und kranken Menschen in den nördlichen Welt."

Im Hologramm entstehen nun Bilder von engagiert fröhlich arbeitenden Menschen, die Errichtung von Betrieben, Häuser- und Straßenbau, Börsentafeln mit steigenden Kursen von Wohltätigkeitsfonds und einflussreiche Personen, die motivierend zum Handeln aufrufen. Kian legt seine Hand auf Leonies Schulter, und als sie sich umdreht, lächelt er ihr in ein vor Glück tränenüberströmtes Gesicht.

„Über zwanzig Jahre dauerte der Prozess der großen Sättigungswelle, bis er sich in den Köpfen der Menschen durchgesetzt hatte. Mit der Zeit dachte niemand mehr an eine Gewinnmaximierung oder Vermehrung seines Geldes, wenn er nicht zuvor einen Teil davon an Bedürftige abgeben konnte. Dadurch, dass die Preise sich in den südlichen und nördlichen Ländern immer stärker anglichen, machte es für Unternehmen keinen Sinn mehr, im Ausland zu produzieren. Sie reaktivierten ihre Betriebsstätten im eigenen Land, führten, wenn es sinnvoll erschien, Einzelfertigung ein und benötigten dazu mehr Arbeitnehmer, die sie mit einem angemessenen Gehalt für ihre Leistung bezahlten. Die Arbeitslosenzahlen und Krankenraten sanken. Die Menschen wurden wieder gebraucht, achteten auf ihre Gesundheit und waren stolz darauf, Neues lernen zu können. Weltweit wurden Auszeichnungen für das Wohl von Mensch, Tier und Natur vergeben. Die Einflussreichen waren begierig darauf, sie zu besitzen, so wie sie Jahre zuvor besessen darauf waren, Geld zu sammeln. Und sie taten es, immer in dem Bewusstsein, Zufriedenheit auf der ganzen Welt zu schaffen."

Wieder hält der Sprecher inne, damit seine Zuhörer die Flut der Informationen aufnehmen können. Dann setzt er erneut an.

„Der Prozess nahm seinen Lauf. Die südlichen Länder standen nicht mehr hinter den nördlichen Ländern zurück, sodass sich ein ehrlicher gleichberechtigter Welthandel entwickeln konnte. Alle Bewohner der Erde lernten neben ihrer Heimatsprache eine weitere, die wir heute als Weltsprache sprechen und verstehen. Um Währungsspekulationen an den Börsen zu vermeiden, wurde der überall gültige Weltheller eingeführt. Religiöse Streitigkeiten gibt es nicht mehr, denn die Menschen stellten fest, dass jeder Glaube das Ziel der Zufriedenheit und des Friedens verfolgt. Jedes Land wird seither durch einen männlichen und weiblichen Repräsentanten vertreten, damit Harmonie und Streben in ausgewogenem Maße gelebt werden kann. Eine Atombombe gibt es nicht mehr, denn die Welt hat sie vernichtet. Heute, hundert Jahre nach der großen Sättigungswelle leben alle Menschen in Toleranz und Mitgefühl füreinander und im geeinten Streben nach weltweiter Zufriedenheit."

Dies sind die letzten Worte der warmherzigen Männerstimme, einzig die Bilder durchlaufen weiter das Hologramm. Es sind Bilder des Glücks von den Menschen, Tieren und der Natur dieser Welt. Die Zuschauer wenden sich nicht ab, wie sie es beim Abspann eines gewöhnlichen Kinofilms getan hätten. Sie lassen die Bilder auf sich wirken. Es ist ihre Vergangenheit, und es ist ihre Zukunft, die sie mit Hilfe der nachkommenden Generationen zum Wohle aller weitergestalten werden. Das letzte Bild zeigt die Nachfahren der hundert Reichsten der Welt vor 2020, die dieses Wunder möglich machten.

Langsam, wie im Zeitlupentempo, löst sich die Menge vor der Freilichtbühne auf. Kian und Leonie wenden sich ihrer Familie zu.

Kian ist der erste, der die denkwürdige Stimmung fröhlich unterbricht „Was habt ihr jetzt vor?“
„Karussell fahren!“ rufen gleich zwei seiner Urenkel.
„Wir werden in das Discozelt hinübergehen“, sagt eines der Enkelkinder und hakt sich bei ihren Cousinen und Cousins ein.
„Ich möchte über den Markt schlendern und so lange alle Köstlichkeiten genießen, bis ich nichts mehr essen kann“, erwidert einer der Söhne von Leonie und Kian „Wer kommt mit?“
„Gute Idee. Vielleicht können wir später noch einmal Halt machen vor der Filminszenierung der Weihnachtsgeschichte oder um Mitternacht in die Kirche gehen“, wirft seine Schwester ein.
„Und was machen wir?“ fragt Leonie und wendet sich an Kian.
„Ach, so einen Fressbummel mit der Familie sollten wir uns nicht entgehen lassen“, erwidert Kian und bietet Leonie seinen Arm zum Einhaken an. Gemeinsam machen sie sich auf den Weg über den Weihnachtsmarkt. Traditionelle Rezepte aus der ganzen Welt laden an diesem Abend zum Genießen ein. An jedem Stand ist ein Schächtelchen angebracht mit der Aufschrift „Für die Zufriedenheit“. Dorthinein werfen die Gäste ihr Geld und zahlen den Betrag, den sie erübrigen können. Noch nie wurden die Spender der Köstlichkeiten enttäuscht, denn die Weltphilosophie der Zufriedenheit fragt nicht mehr nach dem höchst möglichen Gewinn.

Gesättigt und bei einem Glas Glühwein stehen Leonie und Kian mit einem Teil ihrer Familie an einem großen runden hölzernen Tisch, als auf allen Leinwänden des Weihnachtsspektakels das Programm plötzlich für eine aktuelle Nachricht unterbrochen wird. Um sie herum erscheint das Bild eines Kronleuchters, und aus den Lautsprechern tönt eine sachlich weibliche Stimme „Heute Abend wurde dieser Kronleuchter aus einem Privathaus in Frankreich gestohlen. Es handelt sich um ein Exemplar aus dem späten 19. Jahrhundert. Wir bitten alle Menschen auf der Welt, unverzüglich die Polizei zu benachrichtigen, falls ihnen dieser Kronleuchter zum Kauf angeboten wird. Die Eigentümer freuen sich über ihre Mithilfe im Namen der Zufriedenheit."

Kaum war die Ansage beendet, wenden sich die Besucher wieder ihren Vergnügungen zu, und auch die unterbrochenen Programme nehmen ihre Sendungen wieder auf. Kian und Leonie lächeln sich übereinstimmend an.

„Hörst du Leonie, es gibt sie also immer noch, die Gauner aus unseren Kindertagen. Sie haben fast schon etwas Nostalgisches, nicht wahr?"
„Du hast recht. Wie lange haben wir solche Durchsagen nicht mehr gehört? Und dabei waren sie vor siebzig Jahren noch an der Tagesordnung. Aber du willst mir damit nicht wirklich sagen, dass du dir diese Zeiten zurückwünschst, oder?"
„Nein, ganz bestimmt nicht", und er nimmt Leonie in den Arm, gibt ihr einen Kuss auf die Wange und schaut dabei in die glücklichen Augen seiner Kinder, Enkel- und Urenkelkinder.